走れ、若き五右衛門

小嵐九八郎《こあらしくはちろう》

講談社

走れ、若き五右衛門／目次

装幀　芦澤泰偉
カバー・扉絵　おとないちあき

走れ、若き五右衛門

序章　草木のみならず土まで燃えて

十六世紀の前半である。

西欧では、一五一七年に宗教改革の突破口であるルターの九十五ヵ条の論題が発表され、一五一九年にマゼランが世界周航の船旅による冒険に出発し、ドイツとフランスの両君主間でイタリア戦争が一五二一年から一五四四年まで闘かわれ、一五三四年には反宗教改革の戦《いくさ》の出船としてカトリック内でイエズス会が創立されている。

唐《から》の国の明《みん》は鎖国をしていたが、北からは蒙古《もうこ》族の侵入と、南からの日本人は一割から二割程度だったらしいが倭寇《わこう》に苦しんでいた。

この日本では、室町《むろまち》幕府の末期、足利義晴《あしかがよしはる》が将軍である。将軍だけれど、名はあっても力がなく、戦国の武将に腕力、つまり槍と刀で敵《かな》わず京を追われたりしている。然《しか》り、時代は、平然と主《あるじ》の首を刎《は》ねて主に成り代わる下克上《げこくじょう》がなお続いている。未だ人人には仏教の力が占めていて法華宗《ほっけしゅう》徒、一向《いっこう》宗《しゅう》つまり浄土真宗《じょうどしんしゅう》の門徒の叛乱が屢《しばしば》だ。守護大名や戦国大名が割拠しているとはいえ、国国の所領に根をおろした国人《こくじん》、国衆《くにしゅう》の力はかなりだ——織田信長・豊臣秀吉の時代にはなお二、三十年がかかる。

その上で、たぶん、民衆にとっては幕末から明治維新、第二次世界大戦の敗戦に比《ひ》すほどの激動の時代であった。戦《いくさ》はひっきりなしで、主《おも》には無論、領土の拡大だが、参じる兵士、雑兵《ぞうひょう》、足軽には日日の稼ぎや儲け、とりわけ生け捕りにした敵の雑兵、村人、女を商人を仲にして他地に売るとか下人《げにん》にするとかが命を賭《と》する力の源であった。逆に言えば、普通の人人、村人は武装をして、負けそうになると、山の城に立て籠もり、次の機会を狙った。戦でどの武将が有利か鋭く嗅ぎ分けた。

一五三七年、天文《てんぶん》六年。

遠江国《とおとうみのくに》の、東の外《はず》れ。雨が少しでも降ると荒れる大井川がすぐそこで、この川を越すと駿河国《するがのくに》だ。領主は駿府《すんぷ》が本拠の今川《いまがわ》氏だ。もっとも、その支配の及ぶ地は甲州《こうしゅう》の武田《たけだ》氏との勢力争いや小田原《おだわら》を砦《とりで》とする北条《ほうじょう》氏との角逐《かくちく》があり、最近は武田晴信《はるのぶ》の姉が今川義元に嫁に入り、今川と武田の連合対北条という図であるが、昔ながらの地元の国衆の力がかなりであり、一帯の足軽や農を兼ねる雑兵は戦の度に力を天秤《てんびん》にかけてどの大将、足軽の頭《かしら》、親方に従うか、雇ってもらうか迷いに迷う。

夏は、果ての知れない大海原から近くの岬の御前崎《おまえざき》を越えて湿った熱い風が、秋は、天竜《てんりゅう》川より西の浜名の湖からのえがらっぽい西風が、冬は、伊那《いな》や身延山《みのぶさん》あたりから乾いて凍えた風が吹いてくる。半刻も北西へ歩くと高い山の峠とそのてっぺんはあるけれど、近くに山らしき山はない。が、身の丈の二百人分の高さの丘があり、頂《いただき》は濃い雑木林に何重にも囲まれている。

この七日八日は、魚のわんさかと棲《す》むと漁師が言う石花海《せのうみ》から、やんわりした温かみのある風や時に荒荒しい風が東から吹いてきている。

今は、その東風は熄《や》んで、ここいらでは珍しい沈香《じんこう》の匂いが漂っている。火の匂いもする。死者の魂が迷わないように、火鉢の灰の上で赤く燃えているのだ。

砂風を防ぐ赤松《あかまつ》の林との境に、馬の嫌がる馬酔木《あせび》の囲いが半分、茶の木の囲いが半分の荒家《あばらや》がある。

荒家には、しかし、人が住んでいる。荒家の屋根は茅葺《かやぶ》きではない。小指の厚さほどの平べったく歪《いびつ》になった板を並べ、風に吹き飛ばされるのを防ぐために拳《こぶし》二つぶんぐらいの石が点点と載っている。その板の隙間には松の小枝や杉の木《こ》っ端《ぱ》で埋められていて雨水を凌《しの》いでいて、羊歯《しだ》、ぺんぺん草、別名なずなが繁り、頭を傾《かし》げている。

庭のぐるりを歩けば立ち小便三回するほどの時で回れる狭さだ。が、田畑は別にある。やはり狭くてこちらは大きい方の用を足すのに二回ほどの時をかけて回りを一周できるぐらいの広さだ。村の集落の傍《かたわ》らにある。

でも、庭には、この時世《ときよ》でも人が誰も振り向かぬ雑草でしかないぎしぎし、どくだみ、げんのしょうこ、十五夜草《じゅうごやぐさ》、千振《せんぶり》、葛《くず》、露草《つゆくさ》、その他諸諸の草草が芽吹いたり、もう蔓《つる》や茎をすっくと伸ばしている。

雑草ばかりでなく、枇杷《びわ》の木が既に小さな薄緑の実をつけて立っていたり、南国産のはずの楠《くす》の木、この家の今にふさわしい白く哀し気な花を咲かしている梨の木などがところ狭しと林立している。

畳など敷いていない板の間の六畳と三畳、台所を兼ねた六畳の土間《どま》、そして、人が一人横たわれるほどの休み板の付いている家だ。

その休み板に、三十そこそこの男が、麻地の表裏を縫《ぬ》い合《あ》わせて丈夫そのものの刺《さ》し子《こ》の衽《おくみ》のところに両手の十指を絡め、重ね、置き、両目を固く瞑《つぶ》り、微かにも動かない。筵《むしろ》の上に眠っている。

うっすら毛が伸びている月代《さかやき》には、馬の蹄《ひづめ》の半分の跡が食い込み血が黒っぽい赤さでこびりついている。顎《あご》は砕かれて六割しか残っていないが、白い骨が鮮やかで、周りの肉にやはり蹄の跡が歪《ゆが》んで赤黒い半円を描いている。

男は死んでいる。

男は百姓。しかし、戦場にも雇われた兵として、時には狩り出され、足軽や侍《さむらい》の下で槍を持っての小者《こもの》であり、物を運ぶ夫丸《ぶまる》も兼ねる。いわゆる雑兵《ぞうひょう》だった。名は次郎助《じろすけ》。

休み板の下に立ち、四つ五つの幼児を抱いている九つ十《ここのとお》ほどの幼い少年が男の屍《かばね》に顔を向け、逸《そ》らし、覗《のぞ》き込み、溜息をついている。子供ながら、両眼は、天高く、まこと素速く、鷹《たか》を、鳩を、雀を、襲う隼《はやぶさ》のごとくに炯炯《けいけい》として標的を凄《すご》んで見る輝き、遥《はる》か遠くを見つめる望みに満ちた明るさを秘めているように映る。一方で、逆に、おおどかで間の抜けている雰囲気もその眼は語っているようだ。この時世でも将来においても女に持てる顔の形でなく、真四角である。

男の子の名は、虎太《とらた》。死して休み板に横たわる男の長男。既に、百人に一人、いや、もしかしたら五百人に一人、違う、千人に一人の利《き》かん気だ。九つにして、近隣の村の二つ、三つ齢上の子供まで手懐《てなず》けている。気の強さと怖いもの知らずと間延びした優しさを兼ね持つ人《ひと》たらしである。

虎太が幼児を右腕で抱っこして、左手で頭を撫でているのは弟の信太《しんた》だ。が、信太はまだ生まれて三年と少しの五歳、きょとんとして鼻から下に二筋の青《あお》っ洟《ぱな》を垂らしている。死、ということなどまるで思いも及びもつかないのだ。

女が——三十になろうか、名は右《ゆう》、庭の雑草の群れから弟切草《おとぎりそう》の葉を毟《むし》って手に持ち、休み板にやってきた。弟切草は、鷹匠《たかじょう》の兄弟の兄が、弟が鷹の傷を治すこの秘密の薬草を他人に漏らしたと怒り斬り殺した由来の名を持つほどに、血止め、切り傷には特効がある。

女、右《ゆう》は、屍の額の蹄《ひづめ》の跡の縁《ふち》に、そして、六割しか残っていない砕けた顎の周りに、弟切草を幾枚も重ねて置く。この時世のこの国の人人のほぼ全てが死を日常のごとくに見て、そして信じているように、死者には魂《たましい》があり、根っこの思い、痛み、辛《つら》さをなお続けて持っていると信じて疑わないのだ。

女は、目の粗《あら》い布地の、緑がかった淡い青の浅黄《あさぎ》色《いろ》の小袖姿だ。薄く細い帯を締めている。正式の葬いの白い装束は貧しいので仕度できない。なにしろ、年に穫《と》れる麦は五俵、米は十五俵、そのうち一割から一割五分は今川氏や時に力の程度によって国衆《くにしゅう》から搾《しぼ》られて、残りの一割五分は土地の持ち主に払う作あいで搾られる。だから、死んだばかりの夫は慣れない刀や槍を持って、国衆の戦《いくさ》、時に大名の戦、その準備に出て食糧を補なってきた。それでも、貧しいので、女は家の敷地にげんのしょうこや弟切草《おとぎりそう》などの薬草を植え、遠く西へ浜名の湖を越えて岡崎や、遠く今川氏の中心の駿府や、駿府手前の大井川を越えての焼津《やいづ》、駿府の先の清水へとその薬草を売り歩く。女一人、時に追い剝《は》ぎ、強盗、強姦魔と出会う。けれども、元元生まれ育ちは公家の下っ端のまた下だとしても、尾張《おわり》で名を成した野盗《やとう》の首領の娘ほどに、ここいらで言うおはんがく、京で言うどてんば、東国のど田舎《いなか》の江戸ではお転婆《てんば》である。衣の帯に短い刀の柄頭《つかがしら》を見せびらかし、実際に斬る刀は懐《ふところ》に忍ばせ、危ういところを七度も潜《くぐ》り抜け、一人の男を殺し、三人を半殺しにしている。

「おみゃあさん、あんなに馬が苦手でよ、垣根に馬の嫌う馬酔木《あせび》を植えてあげたなも。その馬に乗って、落馬して、馬に踏んづけられ、いくら国衆の大将の命《めい》で戦の稽古とはいえ……ぬけさく、糞《くそ》たわきゃ……ずら」

女、右《ゆう》は、生まれ育ちの尾張《おわり》とここ遠江《とおとうみ》の言葉をごちゃまぜにしてぶつくさ独《ひと》り言《ご》つ。

しかし、死人に魂があるとしても、もう夫は実の行ないとして、時に焦《じ》れったく、時に乱暴ほどに、時に京菓子《きょうがし》みたいに甘ったるく抱いてはくれぬ。子煩悩で、長男の虎太とは相撲ごっこ、我流の剣術ごっこ、樫《かし》の棒と竹竿などでの生半可《なまはんか》な戦ごっこと遊んでやっていたのに、それもしてやらぬ、できない。

「なんまいだぶ……なんみょうほうれんげきょう……なむしゃかにぶつ……」

右《ゆう》は知ってる限りの念仏やお題を唱え、神社に参拝する時の柏手《かしわで》を打つ。

「ごめんなさいまし」

「この度はとんだ御災難でござんした」

「ごしゅうしょ、しょ、しょうでなすって」

口の使い方は丁寧だが、心の内では「落馬の上に、馬に踏んづけられて死ぬなどあほでのう」と三人の顔に書いてある男どもがやってきた。国衆の大将の次の次に偉い五、六十歳の親方は白装束をさすが全身に纏《まと》っている。それに従う者も然《しか》りだが、戦《いくさ》ではもちろんのこと、戦の練習でも死人はごく日常で普通、白い葬いの服は白さを失ない、二日酔いの果てにしくじってばかりのような小便色に黄ばんでいる。

「うむ。戦での死でねえずら、真似ごとでのそれで。うむ、うむ、これが大将からのお供え、死人の霊前への品でござんすよ。麦と米ずら」

大将の代わりをして親方が、従う者の二人が抱えている麻の袋に向けて顎をしゃくる。

一人が持っているのは、尾張升《ます》で三升ほどか、袋の首から三、四粒の麦が零《こぼ》れそうになっている。もう一人の抱いている袋は米だろう、やはり袋の首に五粒ほど残っている籾殻《もみがら》付きのそれで、五升ぐらいだ。

「嘘ずらっ。命が、こんなに軽くて安いはずがねえべえ。戦の真ん中だろうが稽古だろうが、大将、立派な大将のために命懸けで働いて父《とう》さは死んだずらあーっ」

長男で惣領である虎太が大人の男三人を、菱形《ひし》の目つきとなって睨《にら》みつけ、胸を膨《ふく》らませ「この野郎っ」と怒りながら叫んだ。

虎太の母親の右《ゆう》は、我が息子ながら、まだ九つ、生まれて七年半ぐらいなのに「立派でよう」と嬉しくなってしまう。

「えっ、ま、うう……その代わり、坊さんが葬いの御経を上げにくるずら。御布施《ふせ》は、大将が出すずら、無料《ただ》だべえに。おいっ、ふん」

親方が子供相手に憎たらし気に言うや、なるほど墨衣を着た坊主が大きな数珠《じゆず》をじゃらじゃらさせ、休み板を跨《また》いで、死者の頭の方に回って座った。

「……しきそくぜえくう　くうそくぜえしき……」

木魚《もくぎよ》も鉦《かね》も持参しない坊主は、右《ゆう》がどこかで聞いた経を諳《そら》んじ、忙しいのか、

「ぎゃあてい　ぎゃあてい　はらぎゃあてい……」

と、懐かしい尾張の「きゃあきゃあ」言葉に似たのを唱え、もっと右《ゆう》が思った時には、休み板から降り、さっさと立ち去った。

「へへーん、半百姓で半小者《こもの》を舐《な》めてるべえ、あの糞坊主。人の死に、厠《かわや》で大きい方を出そうと息《いき》んでやっと出て、出し切った時の間ほどしか経を唱えんで」と右《ゆう》は赤い舌を出したくなった。

「立派ずら、今の坊さん、住職は。二十年ほど前の今川様のこの地での斯波《しば》殿の引間《ひくま》城攻めで、物運びの夫丸《ぶまる》の身で捕まって虜《とりこ》、商人に売られ売られ、京まで流れ、やっとこの地に辿《たど》り着いてからの京の縁での仏の道の修行じゃもの」

戦では騎馬《きば》姿となる侍《さむらい》の親方がこういうと、右《ゆう》は身につまされ、坊主を許したくなる。元元は公家《くげ》の下の下っ端の父を持つ右《ゆう》もまた、十四で盗賊にかどわかされ、十六になる前に春をひさぐしかない

命運の直ぐ後に、耐え切れずに極めつきの愚か者を装い、時に物乞いをして逃げ抜けた。

百姓が、民草《たみくさ》が生きるため、とりわけ晩春の麦が実る前までの飢えを凌《しの》ぐには傭われの兵になるしかなく、坊主の運命、右《ゆう》の辛《かろ》うじて助かった定めは、ごくごく普通の当たり前のこの二、三十年なのだ。薬草を売りに行く度に、夫を戦で亡くした女が、母親が、娘が、時折は父親が訴え、戦で亡くした息子を、生け捕りにされた娘や孫を悼《いた》んで嘆く。もう聞きたくねえずらと思わせるほど、耳の奥に胼胝《たこ》ができるぐれえ……。


――夫が従っていた親方と連れが消えた。

いけねえでござんすよ。

夫の屍を土に葬うには男手《おとこで》が要《い》る。

九つの長男の虎太とあたしゃだけでは無理。米を釜《かま》で炊《た》き、蒸《む》れ上がるほどの時がかかるのが墓場まで。

「虎太あ、父さんが死んだったっけかあ」

「虎ちゃーん、父さんが亡くなってござんすかあ」

「ままや、悲しまんでおくんなさいーっ」

「虎べえ、おまえーっ、ここから消えんでおくんなはいよっ」――

六つから十《とお》、いや、十二歳ぐらいの餓鬼んちょが、それも年端《としは》もいかぬ娘を含め、十五、六、七人がやってくる。

よっし、手伝わせて屍を墓場まで運べると右《ゆう》が思ったのは束《つか》の間だった。

「あの米の一升の貸しは、父さんの葬いにじゃ、虎や、返さんでいいずら」

長男の虎太より一つ二つ齢上の小僧が言った。

「虎太さん、あの旅の振《ふ》り売りの爺さんの桃十個の御代《おだい》の麦一合は要《い》らんからな。父さんの葬いにのう」

すかさず、次に、虎太より二つ三つ齢上の娘、雑兵でも上の方の足軽の長女が虎太の野良着の袖を引く。確か、おたつとか言っていた。

右《ゆう》が耳を澄ましていると、おたつは、

「な、他国へ、母《かあ》さともども逃散《ちょうさん》、夜中の欠《か》け落《お》ちせんでおくんなさい。そう、こそっとつんびいを見せてあげるからな」

と、尾張ではべべの意味だったことを、つまり、女陰の開陳《かいちん》を仄《ほの》めかす。おたつの父親の長介は子が三人とも女なので惣領がおらず、どうやら、親子してまだ幼ない虎太を狙っているらしい。そうは、させねえよ。

すると、おたつの仕草と喋りに目を吊り上げ、耳をひくひくさせていたおたつと同じ十一か十二の娘が、百姓と雑兵では儲けが足りないし命も危ないので侵入してきた雑兵の生け捕りや甲冑《かっちゅう》の具足《ぐそく》を今川の砦《とりで》の駿府や松平《まつだいら》の岡崎や、それを越えて尾張まで売りに行っている治三郎《じさぶろう》の娘、確か次女のおまさと言ったはず、割り込んできた。

「悲しいずら？　でも、泣くでねえ。ほら、葬いの銀でのう、十匁《もんめ》あるでね。荒れた京の都でも、近江《おうみ》でも、尾張でも、三河の岡崎でも、今川氏を目の仇とする北条氏の小田原でも通用するずら。あん、虎っつぁん」

「ああ、本当でござんすか、おまささん」

「本当ずら。百姓の一日の戦の雇われ代が銀一匁五分、あるいは米五升。だから、大人の六日分以上の値打ちだのう」

さすがに死んだ兵の甲冑どころか生け捕りにした男や女や子供までを商いにする親の娘、賢いというか数《かず》に聡《さと》い。右《ゆう》は虎太が誤魔化されぬよう、唐《から》の国の明《みん》から伝わってきて未だ百年ばかりと言う、両手に収まる大きさで、細い梁《はり》の上に角張った珠《たま》二つ下に珠五つの走りの算盤《そろばん》を早めに教え込まねばと考える。右《ゆう》は盗賊団に入らされる前は、そろそろ美濃《みの》になる尾張の市《いち》で公家の下っ端のなれの果てである父の商う薬の売り買いを手伝い、十三の時には細細として立って宗派の異なる小さい寺三つへと、子供相手に算盤と文字の読み書きを教えていた。盗賊に攫《さら》われて遊里に売られても逃げる知《ち》と術を心得ていたのは、算術と少くとも『論語』の読み書きを知っていたからで、ごく短い間は盗賊の銀銭を任せられたことすらある。

ん？　おまさが可愛い我が息子の野良着の後ろ襟《えり》を引っ摑み、おたつから虎太を切り離した。惣領の我が息子は女に好かれる顔立ちでもないのに、どうしゃあたなも。

「あたしは、つんびいを見せるだけでなく、触らせてやるずら。おたつみてえなどん百姓の娘を相手にすんな。どうせ、おたつの父《とう》さは、富士川のあちらあたりの北条か、ここの国衆《くにしゅう》の反目《はんめ》の誰かか、今川のここいらの民《たみ》と米と麦をせしめて跳《は》ねる足軽に殺されるか生け捕り」

おまさは、何と、茶色でもなく草葉色でもなく、灰色だが限りなく白に近い紙を、いや紙に包んだ銀十匁《もんめ》もあろう厚みの長四角のものを虎太の衣の帯に挟み込もうとして、止《や》め、右《ゆう》へとつかつか寄ってきた。

「お母《かあ》さ、お母さん。これ、僅《わず》かばかりですけどのう、葬いの……心で」

かなり、あれこれを知っている娘だ。「将《しょう》を射《い》んと欲《ほっ》すれば先《ま》ず馬を射《い》よ」なのずら。

あかん。

惣領の虎太の姿を目で追っていると、おたつの衣の上から尻を撫で、それも、中指一本をことさらに立てて突き出して触り、すぐに身を翻《ひるがえ》し、おまさの背中に回り、同じ仕草をしている……う、う。

右《ゆう》は素姓《すじょう》や出《で》の良い男や、武力に秀でた男、武力を持つ人達を率《ひき》いる力に満ちた男、学問に頭抜けて詳しい男の外《ほか》に偉くなった男を知らぬ。女たらしは、せいぜい飢えた娘を飴玉《あめだま》で騙《だま》しての人買《ひとか》いが良いところだ。

村の男衆は、葬いも屍《かばね》の土への埋めにも未だ誰もこない。戦の準備や稽古に狩り出されているのか、月雇いの銀銭目当てで雑兵を志《こころざ》してうろうろしているのか。

「よっし、筵《むしろ》の四隅を持っておくんなさい。墓場まで行かまいか」

菜の花の一輪を死んだ夫の土色の頬の隣りにそっと置き、右《ゆう》は子供達に声をかけた。

ん？

惣領にして長男の虎太が、どこからくすねたか、米十升も買える銀三匁の鈍いが白く輝やく粒を、亡き夫、父親の胸許に乗せた。

何とゆう優しい心根《こころね》か。あの世への旅の路銀、閻魔《えんま》さまへの袖の下、賄賂《わいろ》のつもりだろう……か。否《いな》。待つでよお、勿体ねえ。そうずら、土を掘って屍を埋めるどさくさの時に、懐《ふところ》、いいや、帯の中に仕舞ってしまうべえ。

右《ゆう》が筵《むしろ》の四隅の先っちょの右《みぎ》の一つを持ち上げようとすると、虎太自身ではなく虎太に気があるらしいおまさが悲しい極みの時なのににっと右《ゆう》に笑みをよこして左の先っちょを後《うし》ろ手《で》二つで持ち、負けじと恋敵のおたつが屍の足許のある筵の端を左手で右手に赤子の次助を抱き、そして、屍が持ち上がらず、小僧や娘っこが群がり、持つ。

あんれ、虎太はどうしたずらと見渡したら、既に、右肩に刃の長いここいらの百姓の使う打ち引き鍬《くわ》、左肩に鋤《すき》を担いで、惣領としての責任を感じるごとく、うち沈んで遠い空の鳥をも射つ眼を引っ込ませ、ゆっくりと身の丈十人分の先を歩き始めている。真四角の顔に、沈んだ表情が人前で見せる装《よそお》いとしても、決まっておるなも。

格好《かっこう》づけは巧みずら、こん虎太は。

女のこまし方もかなりだのう。

けれども。

百姓か雑兵《ぞうひょう》で、名字《みょうじ》などなく、自ら勝手に清水《しみず》と名乗り、そりゃま、右《ゆう》の父が公家の下の下の成り果てた者としても守護代の下で働く名字が清水であり、しかし、ここの地では村の衆に嗤《わら》われ、侍に「夫婦して、心の在《あ》り処《か》の胆《きも》を病んでおるの。清水でのうて、濁り水、涸《か》れ水の間違いずら、たぶん」と嘲《あざわら》われているとしても、この一家、清水家の惣領としてはまずまずずら。

よっし。

夫の葬いが落ち着きだして、今度の敵は北条方の物見《ものみ》か、斥候《せっこう》か、分隊《ぶんたい》の兵か、ここの国衆と反目《はんめ》となる国衆か、そのことがはっきりしたら、うん、二十日後から、この虎太を、命懸けで躾《しつけ》るでよ。いんや、ぐずぐずしとったら、東の小田原が砦の北条だけでのうて、甲斐《かい》の武田がやってきて、村は放《つ》け火《び》のされ放題、田畑は根こそぎ、そら、文字通り根こそぎに引っ繰り返され、村の衆は生け捕りにされちまう……。

うん、明日から。

虎太に、『論語』と、序《つい》でに、今の時世の強者《つわもの》が制するには似合わぬが〝仁義〟に厚い『孟子《もうし》』を教え、諳《そら》んじさせるなも。人の道、これずら。女《おな》ごを幾人も抱えては、人の道に反することを。ん？

それは、説いてはおらんかった……の。おのれ右《ゆう》の勝手な願いかなも。

算盤《そろばん》、算術も。

けれども、この戦《いくさ》の時世、軀《からだ》の力が元手《もとで》ずら。いざの時も計らいに入れて、村の城まで毎日、速足《はやあし》で登らせ、浜の砂地を走らせよう。

刀、槍の使い方は教えられん、困るなあも。いんや、おたつの父親は虎太を婿《むこ》にと狙ってるずら。うまく、おたつの操《みさお》だけはもらって逃げられるように……。うーん、難しいのう。

しかし、米や麦を口にできぬ場合を考え、水だけで七日は凌《しの》げるようにも、心を鬼より厳しくして……。

その前に、米や麦が尽きたら、蕨《わらび》の根の塊《かたまり》を掘り起こし、その塊を砕いて粉にして、井戸水か川水に一と晩晒《さら》して灰汁《あく》を抜いて、蒸《ふか》すか茹《ゆ》でるかすれば食えることも教えておかねば。蕨は、この浜辺近くの土は乾《かわ》いていて採《と》れない。村の城を越え更に三つ目の丘を登って下ると沼があり、そこいらから土の性《たち》は湿りを帯び、春には採り放題となる。

うん。本人が病になった時は、家の庭に植えている薬草の使い方をしっかり、誤まりがないように、煎《せん》じて口に入るように教えておくずら。下痢には花も小さく薄桃色で可憐なげんのしょうこ、胃の痛みには苦い千振《せんぶり》、熱さで喘《あえ》ぐ時には杉菜《すぎな》……。村の城の三つ向こうの丘の麓《ふもと》の湿り気のあるところには雪《ゆき》の下《した》が繁っていてこれは耳だれ、耳の痛みに、一と滴《しずく》の絞り汁を耳の中に垂らすと効き目が凄えずら。うん、あのあたりには山の芋《いも》があって、米や麦の代わりにはもちろん、擂《す》り下《お》ろして海苔《のり》を混ぜてやると、男の大事なところは一発で元気を取り戻すのう、死んだ夫、父さが、四年前の凶作と北条のいざこざを気に病んで駄目になった時に食べさせたら、急に聳《そび》え立《た》ち、次男の信太《しんた》を孕《はら》んだずらに。

右《ゆう》は明日からの淋しく、厳しく、辛《つら》い暮らしを、この二人の子供を可愛がりしごくことで望みを拓《ひら》こうと……悲しみの中での勇ましい決心をする。

ん？

小高い墓地から駿河の海の向こうに、火の手と灰色の雷雲みたいな煙が芥子粒《けし》の十倍ほどに見える。向こうは伊豆、山火事か、いや、やはり戦が起きているらしい。草木だけでなく、土まで燃える激しさがある……。

どこへ行っても、どこもかしこも、戦《いくさ》、戦、戦、領取りと放け火と生け捕りと田畑の荒らしと……止《や》むはずもなく。

第一章　攫《さら》われて

一

この敷島の国では天文十年。天文は、てんぶんと読むという。

西洋では一五四一年で、かるばんの宗教改革が始まったと、倭寇《わこう》で儲けた夫を持つ遠い遠い親戚の女が告げているが、さっぱり解らぬ。

この国では疫病《えきびょう》が流行りに流行って、守護も戦の世の大名も国衆《くにしゅう》も雑兵も死にに死に、戦も儘《まま》ならなかった年の次の年である。

鉄の鎧《よろい》を両顎と頭の左右に嵌《は》めたごとくに真四角で、二つの目ん玉は隼《はやぶさ》のよう炯炯《けいけい》として輝いている清水虎太は、自らの齢を数えると、生まれた夏の水無月《みなづき》に一つで、次の年の正月に二つで、そう、今は、十三歳である。算術には母の右《ゆう》のうるさい躾《しつけ》があって、それなりに強い。もちろん、九つまで、父の死ぬ前までは記憶は朧《おぼろ》そのもの。父の死だけは、やけに、はっきり刻まれている。

父《とう》さ、父親、父は、その束《つか》の間《ま》しか生きていないように懸命に遊んでくれた。

細目《ほそめ》の苦竹《にがたけ》の青いのでなく干涸《ひから》びたその竹の槍の突き合い、杉のごつい枯れ枝での刀の訓練、百人対百人、五十人対五十人の戦の真似ごとを地べたに図に描き、でも、ほとんどはその逃げ方を教えた——逆に、虎太は進み方を推し測ることができた。時には、野良着の女の尻の裾の素速く捲るやり方、野良着でも踝《くるぶし》が着物の筒《つつ》に包まれているやつの脱がせ方と……。

虎太がちゃんと遊びをしなかったり、命じられたことをやらない時は、父さは鞘《さや》を抜いての本当の刀みたいな真面目な顔で、平手で殴《ぶ》った。頭の芯《しん》まで響いたのう、ほんと。でも、すぐに「痛かったずら？　もう、叩かんからな」と打ったところを幾度もごつい手の平で撫で、でも、でも、それは七度あり、七度の後に戦の訓練で馬から落ちて馬に踏んづけられ、死んじまった。

どんな優しい人でも、必ず、息を鎖《とざ》すと知ったのは、屍は行き倒れ、流行り病、生傷だらけでとぼとぼ帰った雑兵としょっちゅう見慣れていたのに、なぜか、この時が三度目。

もう一つ、父さの死が刻まれているのは、次の日から、性《しょう》が激しく変わったように、母《かあ》さ、母親の右《ゆう》が、あれこれの稽古を虎太に課《か》したからだ、かっきり、次の日の朝からだった。

まず、読み書きだった。

漢文と、それを開いて平仮名を混じえた読み下しの『論語』を隣りに座る母に続いて声を出し、意味など解らぬまま学びは進められた。戦がいつ始まるか不安の中、しかも、一日のうちの目醒めているうちの半分は畑や田の野良仕事、弟や友達と遊ぶこともうんと好きだから大事で、牛や馬に草や飼い葉を食べさせねばならぬのに、母さの右《ゆう》は、巻第一の「学而第一《がくじ》」から諳《そら》んじさせ、虎太が少しでも怠けたり手抜きをすると、垂《た》れ髪《がみ》の後ろに垂れた髪の結び紐《ひも》までどこかへ飛ばして鬼婆の表情となって虎太の頬を「びしーん、びしっ、びしっ」と張る。あまり痛くはなかったが、叩いた後に母の瞼《まぶた》が薄い桃色になって泣き崩れそうになり、これが辛《つら》いので虎太は頑張ってきた。弟の信太もやがて一緒に学ぶようになり、負けてはみっともないと少し気合いが入った。暗誦《あんしょう》の次は、木の平べったい板に炭《すみ》を削った芯《しん》で筆写することだった。いろはにほへと、ちりぬるを……の平仮名や一、二、三……川、山、木、森……次に、時の刻を示す十二支の深夜の子《ね》、丑《うし》、明けの卯《う》、真昼の午《うま》などの刻の簡単な漢字は既に近所に住む、戦が起きると「儲《もう》け時《どき》ずらあ」と村から出て行く、ここでは珍しく文字を読めて書ける父を持つおまさに教わっていたが、『論語』の漢字はのっけから「曰《のたまわ》く」、「亦《ま》た」、「慍《うら》む」と難しさの程《ほど》がまるで違っていて、実に、実に、難儀《なんぎ》した。村の人数は四十家族百五十人ちょっとで、読み書きがまずまずできるのは五人もいないのだし。

算盤《そろばん》は数《かず》の桁《けた》が上がる時に戸惑ったが、後は何とかなった。小枝で地べたの上に書いた真四角や長四角、三角の広さ大きさの計算の仕方も教えられた。

「どうせ百姓の男の一生は、父さのように戦《いくさ》か戦の稽古かに雇われたり狩り出されたり、運良く生け捕りになってもどこかの村の下人《げにん》か用心棒の兵《つわもの》か。その定めを逃れるには、学問を熱く学んで、軀を鍛《きた》え、度胸、そう勇気をいつもいつも用意していざという時に力を出し切ることずら」と母の右《ゆう》は、浜辺での走りを、雨の日、風の日、横殴りの大雨の嵐の日も二日に一日課した。裸足の踝《くるぶし》まで砂に埋まっての走りは初めはきつかった。慣れるのに、春から始めてやっとその秋の終わりだった。二日に一日は、丘の上の〝村の城〟を通り越して次の次の丘のてっぺんまで速足《はやあし》で登ることだった。もっとも、母さの右《ゆう》は丘の下で見ているだけなので、十日に二度、三度、雑木林で空《そら》の雲や鳥どもを見上げて寝っ転がった。空というのは果てしないし、のんびりしているし、変わる時は時にゆっくり、時に白さ、黒さへ急になり、案外に楽しいものをくれる。

しかし、この浜辺の走り、丘への速足の登りが役に立つことがあった。去年の三月、麦の刈り取りで端境期《はざかいき》、甲斐を中心の武田の物見の兵か先遣《せんけん》の兵であったろう、二十人ばかりが北の金屋《かなや》あたりからやってきたのを虎太は見つけ、弟の信太と近所の子供達を集め、自らは全力で〝村の城〟まで子供達より先に登り、枯れ草と枯れ枝を集めるのに手間取ったが火打ち石と火打ち金《がね》を使って火を熾《おこ》し、狼煙《のろし》を上げ、国衆の足軽、村人が集まり、大騒ぎして追い出すことができた。母の右《ゆう》は「男は自慢などするでねえの。しかも、百姓の自慢はみっともねえずら」と叱るが、この件で、虎太に色目を送ってくるのはおたつとおまさだけではなくなってきて、隣り村の娘達も虎太の遊ぶところや家近くに走りと速足の姿を見にくるようになった。

　刀や槍の使い方は、おたつの父、母の右《ゆう》によると「おまえさんを本人の娘ともども婿《むこ》に狙ってる。気いつけるでの」であるその父親に、足軽だけど戦になると既に七人を殺してるらしい父親に、古竹《ふるたけ》の細めの槍を用いたり、樫《かし》の棒に藁《わら》を厚く巻いた刀で十日に一度、教えてもらう。でも、おたつの父は槍は胸の正面から相手の胸を突くだけ、刀は首を刎《は》ねるため、それも、既に負けた敵の兵の首斬りのためだと虎太は推し測るが、斜め横へと一直線に振る技しか教えない。

　そう、いかなることをも母さは考えるらしい。

　一と月に一度か二度、決まって浜へと海の波が荒く、時に嵐の前触れで波が逆巻《さかま》いて大人の身の丈の倍や三倍の日に、母の右《ゆう》は虎太を浜の磯の岩の上に連れて行き、きっぱりと有無を言わせず命じる。

「泳ぎはできても、穏やかな海など一年に六割、嵐の時こそ、あるいは海賊に出遇《であ》う時にこそ役立たねえと値打ちはねえなも」

　母さの右《ゆう》は、初めの二、三度ほどは、虎太の腰の上に、帯《おび》四本を繋《つな》いだ紐を命綱にして岩の上から放ったが、それからは綱なしで岩の上からど突くまま。

　しける海で得《とく》したことは、浜でも、岩のあるところの海底には魚が多く集まり、時に潜《もぐ》って栄螺《さざえ》を獲れることぐらいしかなかった。

ま、漁師の三、四人と仲良くなれて「鬼みてえに怖いおふくろさんずら」とからかわれながら、舟と舟の繋ぎ方、船と桟橋《さんばし》代わりの杭《くい》との結び方、舵《かじ》の取り方を教えてもらったことが収穫か。

母さの右《ゆう》は、父の次郎助《じろすけ》が落馬して馬に踏んづけられて死んだのを気にしているのだろう、いろいろ、あれこれ、馬の師匠を探し続けてきていたが、馬を乗りこなすのは侍とか国衆《くにしゅう》の下の偉い十数人ぐらいで、足軽には三人もいなくて、村の衆には誰もいなかった。仕方なく母さの右《ゆう》は、田を耕やすこの家の牡馬《おす》げんと牝馬《めす》のももに鞍《くら》や鐙《あぶみ》を設《しつら》え、虎太を乗せたが、げんもももも走ることを忘れたらしい、尻を通草《あけび》の蔓《つる》と茎の鞭《むち》で叩いても不機嫌そうに虎太を振り返るだけ。村の長《おさ》から運び役の馬を借りての訓練も、馬というのは思いのほかに賢いらしく、虎太が齢若い未熟者と知って言うことは聞かぬ。「良《え》えずら、おまえ、虎太。騎馬で闘う兵より、陣で扇子《せんす》を持ってあれこれ命じる将《しょう》になるでよお」と母は乗馬の教えについては諦めた。

教え、躾《しつけ》、稽古といえば、家の庭に繋っている草草についても、母は水やり、間引きはもちろん、何の病に役立つかを厳しく仕込んできた。雑草としか映らぬそれぞれに、それぞれの効きめのあるものがあると、何度か教えられてはきたが、母の教えをまた聞く度に、思わざるを得ない、雑草と食い物用や薬に役立つ草草の差とは何かと。何となく、人の間にも……通用しているような不可思議さだと。

それでも、母さの右《ゆう》は、時と場合による主な薬草をいくつか挙げ、葉の形、実《み》のつけ方、薬として使う時の生《なま》か、干《ほ》してか、煎《せん》じてか、煮つめてかについて、虎太は高高《たかだか》草っぽなのにと思うのに、しつっこく、厳しく教え込んだ。

母さの伝《でん》でゆくと。

大切な一番目の薬草は、戦《いくさ》の場とか、戦のない時の刃傷沙汰《にんじょうざた》とか、思いもしなかった大怪我《けが》の時に、弟切草《おとぎりそう》。夏に黄色く可愛らしいちっこい五弁の花を咲かせる。よほど、母さの右《ゆう》は思い入れといか、効きめを信じているのだろう、虎太が九つの時の父の次郎助の死のすぐ後に、この葉か、この葉を荏胡麻油《えごまあぶら》に浸したやつか、生葉の青汁を傷口に塗ると魔法みたいに治るのだと口酸っぱく説いた。実際、虎太も二年前、十一歳の真夏、山登りの途中で青竹の切り株を踏んづけ、その鋭く太い棘《とげ》は土踏まずから左足の小指の半分ほど突き刺さったけれど、弟切草の青汁を塗って血は止まり、五日後、〝びっこ〟を引かず再び歩けるようになった。

二番目に大切な薬草は畑の葱《ねぎ》と、げんのしょうこの二つで一つの組《くみ》。普通、腹下しは腐りかけた魚を食うか、流行り病の伝染《うつ》りからだ。葱を生《なま》で三日食ってその毒を消し、それからげんのしょうこで、しゃあしゃあの糞《くそ》やびちぐそを治める。

三番目は、軀の火照りが尋常《じんじょう》でなく熱くなった時の薬草。頭や軀の痛みを伴うことが多い。それは、どくだみ、蕺草とも書くと知ってきた。匂いがくどくて、臭くて、きついが、効く。

あとは……。

母の右《ゆう》は、しかし、「気分が塞《ふさ》いで、何もやる気がなくなるとか、戦《いくさ》ばっかりの世の中でしゃあないけどな、幻の天の帝《みかど》と話したとか、女房が浮気したとか現《うつつ》とは別のことを思ってしまうのには、ほれ、あの日陰《ひかげ》に繁っている青紫蘇《あおじそ》の葉っぱを、うん、酒に浸して三十日して、その酒を飲ますとかなり元へと戻るずら」と告げていたが、試しようがないので効くかどうかは虎太は分からない。

母さが、やっと去年の梅雨明け頃、父さが死んで頰が細くなりこけるばかりから、少しふっくらしてきた頰を撫で、「あのなあ、虎。おみゃあには関《かかわ》りがまだないがのう、男どもも四十の不惑を越えるあたりから、あっち、えーと、えーと、あっち、そう、助兵衛の心も情けも淡くなり、実の力も、流れの涸《か》れた大河がせいぜえ春の小川《おがわ》のせせらぎになるずらね」と呟《つぶや》き〝村の城〟を越えて三つ目の丘の麓の川の水が注ぐ沼に連れて行き、黄色く可憐な花の咲き切れないこうほねという水蓮《すいれん》みたいな草の根っこを採った。「男の冬の小川が夏の嵐のそれになる。山の芋《いも》と海苔《のり》よりも男のあっちに効く」とも淋し気に告げて……。

それで、その時、更に奥へと母さの右《ゆう》は連れて行き、

「良おーっく、葉の小さい手の平の形とぎざぎざの裂けた形を覚えるなも。花に迷わされては駄目じゃ」

と、そうは言ってもまことに美しい青紫《あおむらさき》のちっこい兜《かぶと》みたいなのが群がる花を指差した。

「あの草の根の塊《かたまり》が猛猛《たけだけ》しい毒ずら。小指の先ぐらいを飲ましただけで、吐き気、涎《よだれ》だらだら、全身が引《ひ》き攣《つ》って死ぬでのう。とりかぶと、空飛ぶ鳥《とり》に甲冑《かっちゅう》の兜《かぶと》と書くずら。何でも、この花の蜜《みつ》を吸った蜂蜜を食っても二日三日は身悶えするとな」

虎太は猛毒も然《さ》ることながら、最も美しい花を持つ全ては、実は怖いのではと考えた。

「男の力が滾《たぎ》る」というこうほね、河骨と書くと母親に教わったその根茎を、おたつの父親に見せびらかし、猛毒の鳥兜《とりかぶと》の話は省き、河骨の効き目の凄さ、そもそも虎太には何のことだかうっすらとしか解らないまま、大袈裟に話した。

そしたら十日後に、近頃は農よりも雑兵の上の方の位の足軽で忙しく、あれこれ甲斐、武蔵、駿河、信濃、尾張、美濃の戦のいろいろな報《ほう》に詳しいおたつの父親は、猫背なのに胸を反らし欠けた前歯四本の桃色の歯茎《はぐき》を剝《む》いて「効く、効くう、効くずらあ。母《かあ》さは喜ぶ、戦で親父を亡くした寡婦《やもめ》三人も喜ぶ」と、やや訳の分からぬことを口に出し、虎太に抱きついてきた。

「おめえさんは、落馬して死んだ父さに似てねえで賢いずら。度胸もあるずら。優しいずら。うん、

俺は戦に行くのが楽しみで、楽しみで」

「なぜ、殺し合って、死ぬかも知れねえのに」

「そりゃ、生け捕りにした女をすっ裸にして、あるいは帯から下を裸にしてやってやりまくれるでのう、あの河骨《こうほね》を持って、今度は行くっ」

「えっ……」

「そりゃ、大名や国人《こくじん》、国衆《くにしゅう》の安い雇い米や銭だけで、命の遣《や》り取りじゃ間尺《ましゃく》に合わねえずら。女だあ、それに、敵の衣の類《たぐい》、刀と槍、運が良くて敵の残した米と麦でのう」

戦《いくさ》の本当の根っこをおたつの父は唾《つば》の飛沫《しぶき》を口から出して言う……と虎太は考えた。いや、ごく普通の民からの見た戦の根っこ……か。実に、悲しい思いで……しかし、力《ちから》でもある欲《よく》……ずら。

そしたら、それが通じるのなら、いずれ、母さも。母さだけでなく数え切れない娘、夫を失くした妻、若い女が……。

「どうした、おめえさん、虎。真四角の顔の尖《とが》りを丸めて、珍しいことに目をしょぼつかせてのう」

「…………」

「戦はそんなものでのう。あのな、おまさの父さは俺の悪さ、あ、いや、欲、ううん、好みに較べたらもっとひでえずら」

「……例えば？　おたつの父さ」

「戦場《いくさば》の商人は、水や握り飯、酒は当たり前に振り売りだけでのうて見世小屋《みせごや》を出して売る、鎧兜《よろいかぶと》、刀、槍、衣の類を値切って安く買い、他の市《いち》で売る。生け捕りの男は下人や村の使い捨ての用心棒、女、子供も百、千の単位で買ってでかい町へ、金や土地を持つ廓《くるわ》の主や豪商や国衆や地侍《じざむらい》や村に高く売りつけるずら。その雛型《ひながた》がおまさの父さでの。おめえさん、決して、おまさの家の婿なんかになるな。俺んとこが一番。な、な、な」

「おまさの親父も、おめーさんもどっちもどっち」

「ほ、ほほお。まだ十三の餓鬼のくせして、いや、大人だっても当たり前で疑わん戦の根の熱さと因《もと》と力を疑うずらあ」

元の猫背となり、摩訶不思議そうな顔つきをして、上の欠けた前歯四本の跡を手の平で隠し、おたつの父は頭を傾《かし》げた。

「だったら、戦をやりたがる丘のてっぺんの大名は、どんな心の根の熱さだらね、おたつの父さ」

「そりゃ、国の広さを守って、もっと広くしてえ。そうすりゃ、百姓から年貢を搾《しぼ》れる、嬶《かかあ》の他に認められて女を堂堂と十人や二十人侍《はべ》らせることができる。安泰なら、子や孫、曾孫《ひまご》まで、ゆっくり、飯も食い放題、扱《こ》き使わられず、遊んで暮らせる」

「う……」

「だから、他の大名に負けられねえ。負けたら、おのれだけでなく妻子の命も取られる。これが膨れて、大名と大名同士、疑いの心の暗い鬼とならあね、互いに」

「うう。それだけ……かの」

「俺ら、民《たみ》、百姓と違って、あん人達には訳の分からねえ誇り、思い、名誉《めいよ》とかの欲がひでえ強い」

「何だ、その欲は、おたつの父さ」

「そういう難しい問いは、おめえさんの母さに聞くと良《い》いずら。何せ、七十年ぐれえ前のでけえ応仁《おうにん》の乱の後ですら、まだ、公家の末の沙汰人《さたにん》として仕《つか》えていたのがおめえの母さの爺さま。母さの右《ゆう》さんは読み書きができるし、和歌も作るし」

いくらおのれ虎太を婿に欲しいとしても母の右《ゆう》を誉め過ぎで、なるほど正月の五日間は公家の遊びの名残りの百人一首の競《せ》り合いを弟と近所の娘を五人呼んでやらせるが、母が和歌を作っているのを見た覚えはない。ん？　この頃《ごろ》、『論語』、『孟子』を終えて、唐《から》の国の古い時代の唐詩《とうし》を、杜甫《とほ》とか、李白《りはく》とか、王維《おうい》とかをとりわけ繰り返し大きな声で読ませ、書かせ、諳《そら》んじさせる。一昨日《おとつい》は急に思い起こしたように「戦《いくさ》の頭領、大将になるには必須らしいでのう」とその『孫子』という前表紙、四つ目とじに汚れのない、つまり、誰も読んではないらしいのを押し付けた。

しかし、『論語』や手垢《てあか》のついてない『孫子《そんし》』の写本を含めて、ああいう古い古いことの書物はどこから手に入れたのだろう――死んだ父さは、読み書きはできなかったのに。そういえば『平治物語絵巻』という、もちろん写本のまた写本の写本であろうけれど、そのうちの『六波羅行幸巻《ろくはらぎょうこうのかん》』が立派な函《はこ》入りで絵も彩《いろど》りが目ん玉が驚いてびっくりして外の景色すら淡く貧しく見えてしまうのもあった。写本の写本の写本だとしても、よくこれだけ多くの顔料を使い得た。百姓でも、一応は、真ん中ほど、でも貧しい我が家が、よおく手に入れ得た。

そうずら、おまさの父さは「この村の百五十人余りはみーんな地下人《じげにん》、そのうち百姓でねえのは俺で商人が半分の仕事、おたつの父さでやっと半分が武士になれねえ侍の下っ端。みーんな百姓。公家衆、大名や国衆の子分の武士の下の階《かい》の者ずら、書物など、必要ねえ」と言っている。

いけねえ、おたつの父さがおのれ虎太が黙っているのでむくれておる。

「あ、おたつの父さま、長介さん、そんで、戦に熱中する大名の心は？」

「うむ、うむ」

「聞きてえ」

「心の古里《ふるさと》、国の飾り、史《ふみ》とゆうのか、うむ、歴史《れきし》ともゆうらしいが、その天子さまに命じられた将軍家の足利《あしかが》はもう力はねえのよ。だから、足利に代わって天下を取って統《す》べるのが大名の名誉じゃ。

もっとも、将軍とかを命じるのは千年前ぐらいから一番偉い、天子《てんし》さま。俺達、とりわけ百姓のおまえさんは一番下の百姓ずら」

「へえ、え……そんなもんかの」

「そう。大名は史《ふみ》、そう歴史に残りてえらしい。しかし、そんな根性があるのは、俺が聞いて見る限りでは、甲斐が根城の武田は内輪揉めで大変だが跡継ぎの晴信が今に凄くなりそう。相模の北条、美濃の斎藤、尾張の織田、そして噂にしか過ぎないけんど西国の果ての薩摩の島津の五大名だけ」

「しょっちゅう、力や勢いの縄張りが変わるけど、ここの大名、今川は？」

「駄目ずら。部下の侍の道《みち》と徳《とく》があまりに不足しておる。臆病だから、百姓に、逆に威張る。とどのつまり大将、大名に徳《とく》がねえ」

戦《いくさ》の現《げん》で嗅いだ匂いだろうし、なまじ絵空ごとではあるまい、おたつの父さは自信たっぷりで語り、「おいーっ、また、あの特に効く根と茎を頼むう、う」と消えた。


その日の晩。

「なぜ、この家に、『論語』、『孟子』、『唐詩』、『平治物語絵巻』や他《ほか》があるん？」

虎太は聞いた、母さの右《ゆう》に。

「そりゃ、わたしゃが昔に住んでおった町の全てとはいわんが、一割ほど、三十人が国人《こくじん》にかっ攫《さら》われて、盗賊にまた売りに出され、わたしゃ、その、そう、歴《れっき》とした盗賊の親方に信用され、銭や銀や米とか麦の出入りの数《かず》の計算を任され、そのうち、みんなが、手下が奪《と》ってくる銭や銀や、物や品の中に、書物があって……くすね、おみゃあさんの父さに会うまで持っていたずら。この百倍はあったが、戦と、逃げる逃げるで捨てての」

母さの右《ゆう》は、あれこれを思わせ、考えさせ、教え、疑わせる書物の大切さを命懸けで大切にしてきたらしい。盗み、奪い、不正に入手したそれを。しかし、それはそれで……大事なこと。

序《つい》でに、そのう、思ったことを、この二年半ぐらいの。

「あのな、母さ。孔子さまは『……弟子《ていし》、入《い》りては則《すなわ》ち孝《こう》、出でては則ち弟《てい》、謹《つつ》しみて信《しん》あり、汎《ひろ》く衆《しゅう》を愛して仁《じん》に親しみ、行ないて余力あれば、則ち以て文を学ぶ』と記しておるでの」

「うん、良く覚えたなも」

「これは、『若い人は家では孝行《こうこう》、外では年上の人に従って逆らわない、慎しんで誠《まこと》があって、広く人人を愛して仁《じん》に親しんで』、そう、そう、『それらを実に行なって、やっと、余った力があれば書物を学ぶことが重い』のだと教えたのう」

「う……ん。虎……それが？」

「だったら、母さ、あのう、そのう」

「だったら？　おいっ、惣領なんずら、おみゃあさんは」

どうも、この一年余り、母の右《ゆう》との話はどこかで別別となり、交わらない。これは、男の子のおのれの成長なのか、単におのれの独りよがりの思い込みなのか、母さが老いたのか、虎太は惑う。

「え、あ、うん。書物を読むより、行ないの方が前で、ここっ、でねえずらあ、母さ」

こう、口に出し、いけねえや、昨夕に食べた鯵《あじ》の刺身が古かったか、腹が鳴り、でかい方の便《べん》が危うくなり、虎太は、ぼろの家でも離れにちゃんとある厠《かわや》へと急いだ。

――母さは、この後、なぜか、葬いにきてごく短かい経を唱えた僧侶の寺へと、月四回、学びに通わせた。

その学びは、退屈そのものだった。

ちっこい寺の、狭苦しい本堂と廊下の拭き掃除。そりゃそうだ、この寺は、戦を経て廃寺となり、そこへ、無了《むりょう》と名乗る四十代初めの、戦で生け捕りにされて苦労の果てにこの地に帰った僧が勝手に乗り込み、居座っているからだ。宗派は、曹洞宗《そうとう》だ。禅寺だ。

ただ、この十ヵ月で、虎太なり学んだ。

僧の無了が唱え、その経文を虎太も読んだ『修証義《しゅうしょうぎ》』の冒頭の第一章の「総序《そうじょ》」の説く論だ。

「生《しょう》を明《あき》らめ死《し》を明《あき》らむるは仏家《ぶっけ》一大事《いちだいじ》の因縁《いんねん》なり、生死《しょうじ》の中《なか》に仏《ほとけ》あれば生死《しょうじ》なし、但生死即《ただしょうじすなわ》ち涅槃《ねはん》と心得《こころえ》て、生死《しょうじ》として厭《いと》ふべきもなく、涅槃《ねはん》として欣《ねご》ふべきもなし、是時初《このときはじ》めて生死《しょうじ》を離《はな》るる分《ぶん》あり、唯一大事《ただいちだいじ》因縁《いんねん》と究尽《ぐうじん》すべし」のところだ。

幼ない虎太なりに必死に諳《そら》んじ、幾度も唱え、考えてみた。

とどのつまり、たぶん、次のようになるのではねえずら。

「生とは何か、死とは何か、生死の意味を値打ちをはっきりさせるのが仏を信じる者の一番大事なこと。生きる死ぬの中に、仏を見出せば、悩むことなく生きられる」と。

この思いを、無了に話すと、

「ま、そんなところだの。おいっ、拙僧に代わって坊主をやって説教してくれんか。わしゃ、疲れた。戦《いくさ》で死人が沢山《たくさん》、坊主は儲かると考えたが、御布施を出せる人も戦とひでえ凶作と流行り病とで少のうなっての」

と、答えた。

「けれど、この大切な御経の最初からして、自ら、自分、おのれ一人の死への怖さの越え方を説いても、他《ほか》の人、他人さまの幸せがすぐに出てこんず。やっと第四章『発願利生《ほつがんりしょう》』で『利行《りぎょう》は一法《いっぽう》なり。

普《あまね》く自佗《じた》を利《り》するなり』と説いて……親、兄弟、近所の友達、人、この世の人人が本人の次に大事で後追《あとお》い……これじゃ、世の幸せはこねえずら。おのれと他の人を一緒に共に立てねえと」

虎太は『論語』や『孟子』が刻《きざ》みつけてくる思いとの違いよりは、おのれ一人の生死に拘《こだわ》る我が儘に依《よ》ってしまう説にささくれ立ち、かなり背伸びしてこういうことを口に出した。

「おいっ、清水の虎太。おまえはまだ十三、四、五なのに、わしゃが不惑、四十にしてやっと知ったことを、もう、もう……知っておるわあ」

無了のこの言葉に、虎太はびっくらこいた。夥《おびただ》しい書《しょ》を読み、悟りに近いか悟っているはずの僧侶がこう……なのずら。しかし、父の葬いに小便をひる間だけのあまりに短い読経《どきょう》しかしなかったこの坊さんが急に好きになった。

「わしゃの宗派は、相模《さがみ》の鎌倉に幕府があった時に、戦で生死《しょうじ》を賭けられない上流の人の武士の侍の、死への覚悟のために流行った仏の道の一派……けれど、今の今は、この大和《やまと》の国の隅隅《すみずみ》までが戦の時世ずら、民や百姓が戦で女犯《にょぼん》と銭儲けに半分以上は走り、でも、役立たずなのに狩り出される男とか女子供は生贄《いけにえ》となるのが半分……こん人達には役立たず、救いとならぬ仏の道じゃ。あーあ」

長い溜息を引きずり、無了は、眼《まなこ》の中心の点に「虚《むな》しい」と「無《む》だらけ」の墨文字なのにぼんやりした文字を記したように虎太には映った。約《つづ》めれば、こんな熟語はあるのか「虚無《きょむ》」だ。父の死の読経のしょんべんをする間ぐらいしかなかった短かさを納得した。

その上で、無了は「死にたい時」、「しかし、死が恐ろしい時」、「心配ごとがあって胸が搾《すぼ》む時」、「暇《ひま》な時」、「これから大事中の大事を行なう時」に役立つという坐禅を勧《すす》めた。何でも、あの御釈迦《しゃか》さまが死する前までやっていたのがこの修行、行ないだと言う。

そして、無了の教える座り方の姿勢、つまり、無理なく背筋を伸ばし、顎を引いて、目ん玉は身の丈の半分弱に据えるやり方と、臍《へそ》の下の中指分《ぶん》に気を配って息を吐くことを主にして吐く吸うというのでやり、「何を思っても、空想《くうそう》しても良い。好きな娘の裸、母親の優しく怖い立ち振る舞い、山河、海、銀河《ぎんが》……と」の説に従った。けれど、真《まこと》の説かのう……。

確かに、最初、親子三人分の米を釜《かま》に入れて枯れ枝に火を熾《おこ》し、湯気が噴き出し、火を細くして、火を消して飯を蒸《む》すほどの時を費やして坐禅を組むと、次の日、隣りの隣りの村の三つ齢上の餓鬼大将と一対一の素手の喧嘩でどっちの村を兄貴分にするかを決める大切なことが待っていたけれど「負けても良い。でも、とことんやるずら」と構えが決まり、心構えが落ち着いてきた——むろん、一発目は顎、二発目は腹に拳骨を浴びせ、勝ったけれど。

坐禅を十度ほどやると、何かしらどでかい、孔子でなく、母の簞笥《たんす》の底にあった荘子による『荘子』の書に出てくるみたいな「宇宙と遊ぶ心」まで微かに湧き上がってくるのだった。でも、これは、おのれの幼ない一人よがりの思い込みだろうと虎太は考える。

そしてまた、悠悠《ゆうゆう》とどでかい荘子の気持ちだけでなく、戦《いくさ》ごっこや、いや、本当の戦になったら役立ちそうな、母がくすねた本を、また虎太がくすねた『孫子』を生かそうとも思うのだった。

当たり前、こういう考えは、おのれ虎太の未熟なる思い込みが半分以上と知りつつ……。なお。

二

ポルトガル人が種子島《たねがしま》に漂着し、鉄炮が伝来した一五四三年の八月に入っている。元号では天文十二年、そろそろ彼岸《ひがん》が終わる頃、冷涼な季《とき》だ。

清水虎太は生まれて丸《まる》十四年と少し、この国では十五歳である。

髭《ひげ》が濃くなり、四日に一度は握《にぎ》り鋏《ばさみ》で剪《き》るがかなりの時を費やす。真四角の顔の両顎はますます角張り、鉄すら嚙み砕くごとくに外見《そとみ》には映ると言う。両眼は隼《はやぶさ》みたいに遠くを炯炯《けいけい》として見つめる輝やきを変わらずに持っているが、あれこれ思い願う年頃のせいか、この国にはいないが、人を襲って食うという唐《から》の画にある虎の目ん玉みたいな獣じみた光をも秘めてきていると人は言う。

虎太は以前と同じく、母親の右《ゆう》に学問の初めから中くらいまでについて扱《しご》かれている。が、自らも、母が盗んで仕舞っていた漢籍の『四書《ししょ》』の頭と尻に拳骨《げんこつ》を食らうほど難しくて学び方の好い加減さを叱られた『論語』と『孟子』を除いた『大学』『中庸』だけでなく『荘子』『十八史略』の一部、和書の『古事記』『万葉集』『世継物語《よつぎものがたり》』『平治物語』と解るのに苦しみつつ解らないまま、独り学んできた。

母さの右《ゆう》の命《めい》の許《もと》、なお、毎日毎日、雨の日も嵐の大風の日も、踝《くるぶし》を半分砂に埋めて浜辺を走る。丘の〝山の城〟へ速足で登り、そして下りをする。

禅寺の僧の無了のところへも行かされる。いや、虎太自らが行きたいと思う。なぜなら、この無了は「戦の時世《ときよ》に望みはまるでねえでござんす。けれど、一《ひ》と滴《しずく》は持っておくんなさい」と、自らの宗派の祖である道元の書だけでなく、今では名ばかりだが昔はしっかりしていたらしい公方《くぼう》がいた相模の鎌倉にあった時に、法華宗を拓《ひら》いてやがて京の都を支配するほどの勢いのあった日蓮《にちれん》の信徒の元となる『立正安国論《りっしょうあんこくろん》』を虎太に読ませ、同じく鎌倉に幕府のあった頃に親鸞が始祖として拓いた一向宗、即ち浄土真宗の根っこの『無量寿経《むりょうじゅきょう》』の経をも勧《すす》めるのであった。仏教用語は難しい中での最大であり、二つとも虎太にはほんの少ししか解らなかった。ただ——母親は「解らんで良いずら。たぶん、大切《たいせつ》中の大切は、神さまみてえな、仏さまみてえな、銀河を含む大空《おおぞら》と人の運びを続けてくれる途轍《とてつ》もなくでけえ何かを大事にして畏《おそ》れることでのう」と告げ、「次に、母親を、いや、父親も、死ぬまで敬《うやま》うこと」、「その次に、いざこざや村八分の苛《いじ》めに遭っても仕返しした後で、いや、戦の敵でもやり返した後には、心の底では許してあげて、可愛がる胆《きも》を持つことかのう」と、仏の道の書を読んでもいないのに解ったことを言う。あ……ではないのか。どこかしら、母親の右の言《ゆう》い分は要《かなめ》を撃ってる気も……。

それで、虎太の日日は、去年から、麦畑の耕し、種蒔き、刈り取りと、水が涸れぎみの土地なので用水の詰まりにかなり気配りしての水田の耕し、苗代《なわしろ》への稲の種蒔き、田植え、抜いても切っても抜いても刈っても生えてくる雑草の取り除き、真夏の水のちょうど良い配分、刈り取り前の害虫の一つ一つの指での潰し、やっとの刈り取りが終わると、面倒なのが棒の先が樫《かし》の木の小槌《こづち》みたいので籾殻《もみがら》を剝《は》がさねば玄米にならぬ……ので、忙しい。

村の人の田畑のあれこれの手伝いも加わるし。

だけど、十日に一度の戦《いくさ》ごっこは止《や》められない。

この村はもちろん、隣り村、その隣りの隣りの村の十四、十五、十六、十七歳の餓鬼んちょが集まる。なぜなら、いつ、東の北条が、北の武田がやってくるか、毎日毎日が問われているからだ。ここ遠江《とおとうみ》の、うんと昔は守護で、やがて斯波《しば》に代わり、今では国衆の勢力と六分四分の大名の今川は、一年に一度、年貢を取り立てにくるが、あんまり顔を出さず、だから、北条、武田は舐《な》めてかかってくる。おまさやおたつが力ずくで手籠《てご》めにされてもこの戦、戦、戦の時世、しゃあねえ。でも、でも、しかし、母さがそうなるのは、何が何でも防ぐしかねえずら。

そうずら。二年前の、たぶん北条か武田の先見《さきみ》か先遣《せんけん》の兵が村にきた時に、おのれ虎太が老人と子供達を逸早《いちはや》く〝村の城〟に導いて逃げさせ、狼煙《のろし》を燃やして村の衆のみならず他の三つ四つの村にまで知らせたことを母さだけでなくみんなが覚えていて、おのれ虎太に期しておるずら。

というわけで。

近隣の四村の餓鬼どもを集め、実の戦にかなり似た遊びをする。
十四、十五、十六、十七の餓鬼んちょは、全員男、六十人より少し多い。四十人は、身の丈ほどの長くぺしっとすぐに折れてしまうが梶棒を持たせ、その先には貴く高価な綿《わた》をたんぽに包んだ槍《やり》まがいだ。一応、「決して、目を突くな、喉許を狙うでねえぞ」と叫んではいる。二た手に分かれ、争う。一方は、東の北条と北の武田の連合軍だ。一方は、あんまり面倒を見やしない今川とやがて凄くなるという織田の連合軍だ。
虎太は、一戦目は、審《さば》きの役だ。二戦目は負けた方の大将となる。虎太は、この槍に似せた棒の戦《いくさ》ごっこの勝ちの陣型は、楔《くさび》の形を作って進み、崩さぬことと知っている。

二戦連勝する方は、応援しながら見物している娘達の七、八人の衣の上からの擽《くすぐ》りが褒美《ほうび》だ。このことを知って娘どもが増えてきたのに、虎太は女の情、胆《きも》、肌の感じにさまざまな謎を思う。


――そうであった。

前夜の大雨による野原のぬかるみの中で、この日も、戦ごっこをして、二戦目に、虎太の敵が腹の下というか鳩尾《みずおち》を撃たれたらしく蹲《うずく》まり、腹に両手を当てて、呻《うめ》いていた前か後だ。いや、後だった。

あれ、大人が見物していたのか、赤松《あかまつ》の木陰から、手拭いをきちんと長四角の形にして被り、手に風車《かざぐるま》を持って玩具の旅の振り売りか、羽織に似た丈《たけ》の短い十徳《じっとく》姿の二十代後半の男がゆったりと出てきた。

「やあやあ、戦の訓練の大将、将来の大名、命《めい》や指揮の仕方も、実戦の先っちょもかなりのもんですわな」

手拭いを被った男は両肩から赤子を抱くように提げている葛籠《つづら》の蓋《ふた》を開け、おーや、滅多《めった》に食えない褐色の飴玉を片手に余るほど載《の》せた。

「勇ましゅうて感激させるうら若い兵のみなはん、あ、みなさん。こん大将にいろいろ御頼みしたいことがありまして……や。みなさんにはこの舌の蕩《とろ》ける飴玉を一人に二つを土産《みやげ》にして、一旦、散って欲しゅう思いますねん……いんや、思うやて」

虎太がこの男の言葉がここいらでは聞き慣れない響きと言葉の終《しま》いがあり、しかも、それを強《し》いて隠そうとしているのではと訝《いぶか》しく思った。ま、けれど、遠国からくる振り売り、薬売り、大道芸人は、母さの右《ゆう》が大井川や富士川や浜名の湖を越えて薬草を売りに行くように珍しくもない……としても。

「只《ただ》って、本当ずら？」

「きゃあ、甘い甘い飴玉、しかも、大っきい」

「しゃぶる前から涎《よだれ》が出てくるのう」

仲間と応援兼見物の娘が男の葛籠《つづら》の前に群がって、甲高《かんだか》い喜びの声を挙げる。だから、虎太は男への訝《いぶか》しさを棚《たな》に上げてしまった。

「一列に並ぶのや……並べえ。わいは、この若大将に大事な願いごとがあるから、一人二個を貰ったら、一旦、帰るのやでえ。ええか、約束を守ったら、そのうちまたきて、一人四個をあげるわ」

若い男の口上《こうじょう》は巧みで、餓鬼仲間は、先刻は腹を抑えて痛がっていたのを含め、飴玉を手にするや尽《ことごと》く消えてしまうのに時がかからなかった。

「ほな、ここでは何となくせわしのうて……あの赤松の林あたりへ、若大将はん」

男は松の木が林立する丘の方角へと、にこやかに笑い、先へと急ぎ足となった。

「大事な願いごとって何ずら、振り売りのおっさん」

ちょっぴり躊躇《ためら》いながら虎太は若い男について行くと、男は赤松の林が続く端で手拭いを頭から取り除いた。うわっ、可哀想、若禿《わかはげ》ずら。頭の後ろの髪でやっと細い髷《まげ》を結んでいる。でも、改めて見つめると、てかてかに光っている頭のてっぺんから斜めに刀傷がある。

「ごくろう」

赤松の大木の陰から、目ん玉の奥に凝《こ》り固まった痼《しこ》りを隠しているような三十男が、ぬっと、姿を現わした。鎧兜《よろいかぶと》が似合いそうな男だ。しかし、やはり、天秤棒《てんびんぼう》を右肩に担いでの振り売りか、丈《たけ》の短い十徳《じっとく》姿だ。

あっ、いけねえ。

虎太が危うさを感じたが、遅い。

ほぼ時を置かず、赤松の陰から、二人、三人、いいや、五人、違う、八人の頑丈な軀つきの男どもが、示し合わせたように出てきた。それも、裸足でなく、乳《ち》が六つある草鞋《わらじ》としても幽霊のように音なしで、何気なさを装い、三人は虎太の前に、二人は虎太の脇にぴったり、三人は虎太の背中へと貼り付くように。

悔いた、虎太は。もう、たんぽで先っちょを包んだ木の槍は放ってしまった。いや、持っていても、槍の使い方はおたつの父親から胸の正面への突きと先っちょの槍身《やりみ》での斜めの撫で斬りしか教わっていないゆえに太刀《たち》打ちはできない。

「もう、知ったやろな。暴れたり、逃げたり、逆らったりしたら、そうやねん、これ、これが、おめえの喉許、心《しん》の臓《ぞう》のあるゆう左の胸の上、腹へと、ずぶっ、ずぶり、ずぼっと突き刺さる」

目ん玉に痼《しこ》りを隠しているみたいな三十男が、鞘《さや》というより布で包んだ短い、中指から肘《ひじ》までぐらいの刃の刀を、木漏《こも》れ陽《び》に、ごく束《つか》の間《ま》、曝《さら》した。

「実の感じとか覚えが解らんやろな。こう、こう、こうなんから始まるのやでえ」

この八人の頭らしい三十男は、布に短かい刀を納め、その刀の先で、虎太の野良着を開け、直《はだ》に脇腹の肉の真ん中を小突く。刃の硬さが、鋭さが、冷えすらも分かってしまう。

虎太はじたばたするのは極めて危ないと思った。

それに、この八人組が、気《き》の張り詰めている時なのに、一糸乱れず、しかも、楽し気に動くさまに、何かしら別の世界《せかい》があるように感じ、覗《のぞ》きたくすらなった。そういえば、母さの右《ゆう》ばかりか、村の大人も、僧の無了も「珍しいこと、定《さだ》かでないこと、知らぬことに興味を抱き過ぎ」と忠告している。

むろん、知っている。この戦世《いくさよ》の時、大名の兵が千人いたら、騎馬の武士は多くても百人、残り九百人のほとんどはこれに奉公して専《もっぱ》ら闘う侍《さむらい》や、侍の下の中間《ちゅうげん》、小者《こもの》などの馬を曳《ひ》いたり槍を持つ下《げ》人《にん》、その下の村から駆り出される日雇いと同じ夫丸《ぶまる》と称される百姓だ。戦に負けたら武士は首を刎《は》ねられ、侍や下人や百姓は生け捕りにされて、甲斐みたいな国で一文二文三文で売られ、かなりの土地持ちの百姓なら二貫文で売られ、その商いばかりで儲ける人、それを仲介する賊もいる……。

おのれは幾らで取り引きされるかのう。二束三文《にそくさんもん》だろう。取り返そうと母さが騙されて銀百匁《もんめ》とか支払わずに済むのを神頼みするかのう……。いや、ついに母さは俺の在《あ》り処《か》が分からず、俺は男の軀を買われて尻の穴ばかり狙われるところへか……。

ま、いいずら。

危なく険《けわ》しさが伴うことを敢《あ》えて為《な》してこそ、そして、それは若く若いからできるわけで、そこを経て、普通の日日とは別のことを知ることができるずら。「虎穴《こけつ》に入らずんば虎子《こじ》を得《え》ず」は母さがくすねた書の中の足つきの唐櫃《からびつ》の一番下にあった、えーと、確か、『十八史略』にあって〝虎〟が出てくるからおのれ虎太の好きな言葉……ずら。

「おい、この餓鬼は案外やな。素直、従順やでえ」

九人の頭らしいのが、目ん玉の奥の痼《しこ》りを和《やわ》らげて不思議そうな淡い光を入れた。

「そうでんね。あれほど、戦《いくさ》の真似は、命《めい》も、指揮も、実の喧嘩も太太《ふてぶて》しく、賢こく、勇ましかったのにや……でっせ」

今は手拭いを拡げてすっぽり被り、禿《はげ》を覚られぬようにしている、手引きした男が相槌《あいづち》を打つ。

「頭《かしら》あ、そんに、オニゾウさん、油断しちゃあきまへん。わいだって、掻《か》っ攫《さら》われてこん四月《よつき》は眠れず、隙《すき》を見て、いつ逃げようかと、そればっかりを考えて暮らしてましたんえ」

虎太の左脇で短刀を突きつける役を交代した。声だけでは二十半ばと映る男が言う。白い布で口と鼻を覆《おお》っていて、顔は判別できない。

「ほんなこつ。子供、元服前後の若い者は、生きていよったらその父《と》っとん母っかんをどぎゃんしても恋しく思い……故郷、村に残してきたみぞか女《おな》ごにいさぎゅう後ろ髪を引かれるたい」

虎太の後ろにいた黒い覆面の二十前後ぐらいなのに潰《つぶ》れて嗄《しゃが》れた声の男が思い入れをたっぷり残すように同意する。但し、虎太はおまさやおたつに未練などまるでないから、後ろ髪など引かれぬ。けれど、女それ自体《じたい》は好きなわけで、戦・飢饉・流行り病だらけのこの時世、好きな娘や恋人や情婦《いろ》や妻を作るのなら、できるのなら、かなり哀しい話と解る。この嗄《しゃが》れた声の若い男の名を知りてえの。

言葉から推し測るに頭、手引きした者、刃を突きつける者の出身とは別の土地らしい。

「こりゃあ、おめえ達、あんまり喋るのやないーっ、オニゾウ、センサクっ、ロクスケっ」

手引きした禿の男がオニゾウ、そうか、潰《つぶ》れて嗄《しゃが》れた声の西の果ての訛りのある若いのはロクスケと言うのか。二人を頭らしい男が睨《にら》みつけた。手の内を、知られたくないのだろう。

――八人組は、村の城への登り道は辿《たど》らず、東側へと脇道を行き〝村の城〟のある丘と次の丘の間の低い地を、人一人がやっとの獣道《けものみち》を横切った。そして、西の方角へと進む。

虎太は、舌を巻く。この獣道から三人の人がやっと通れる細道へ、それはやがて街道への大きな道へと出るのだが、低いとしても峠を越えるしかない道で、土地の者さえほとんど知らないのだ。ことの前に、尋常《じんじょう》ならざる欲と細かさで土地の形、道、様子を調べ上げているのだ。ぶっ魂《たま》げる。

――もっと驚いて、参った。浜の砂地を走り丘を速足で登る日日を過ごしてきたのに疲れるのに、そして日が沈んで闇がきたのに、八人組は虎太をかどわかしながらも闇の丘の道、峠への道を進むのだ。細道の隣りが急な崖《がけ》になっているところだけ、頭《かしら》と映る男が、先頭の者に「灯すのやあ」と命じて足を止め、瀬戸《せと》焼《やき》の燈台《とうだい》の芯《しん》に、火打ち石ではなく、子分の一人が懐に鉄の箱に入った種火《たねび》から移して明かりとさせた。

そして、回り道をしながらも、西へ、西へと進む。

西、と虎太が分かったのは北斗七星の柄杓《ひしゃく》から北辰《ほくしん》の星を見つけ得たゆえだ。

夜ともなれば、家の明かりが漏れてくる村の真ん中は別として、林、森、山の中は、漆黒《しっこく》と書き表わすのか、真っ暗そのもの。月が山陰に落ち、星明かりだけが頼りで、そうずら、星屑《ほしくず》は頼もしいずら。

「あのやでえ。楽しゅうやろうや。おいっ、オニゾウ、ゲンゾウ、ロクスケ、リュウキチ、センサクッ、ほかの者も喋って良《え》えわ、国《くに》自慢の里の歌でも、春歌《しゅんか》でも、童歌《わらべうた》でも口遊《くちずさ》んで良《え》え。女自慢、おめこの善《よ》し悪《あ》しでも。しんねりむっつりやと、逸《はや》る心が萎《な》えるんやて。そんに……この小僧が里心《さとごころ》を出しよるさかい」

頭《かしら》らしいのが、いや、この八人でははっきり責任のあると分かる目ん玉の奥に痼《しこ》りのある男が、上からの指図《さしず》というよりは、励ますとか、囃《はや》し立《た》てるみたいに勧める。

「一つとやあ、一人娘とやる時にゃあ、あ」

「よい、よい、良《え》えわ、良《え》えわ」

「親の許しを得《え》にゃならん、ん、ん」

「そうや、そうや、そうなのやっ」

虎太を手引きしたオニゾウが歌いだすと、残り八人が頭らしきを含め間《あい》を打つ。かなり古い春歌だろう。村の衆は夜這いか手込めが普通、おたつの父親は銭を持ってるから例の外に過ぎない。

星までが歌に喜ぶのか、その涙か、星明かりも消えた。

虎太は、当分、この荒荒しく怪し気な男どもを、腰を据えて見つめるずらと胆《きも》を固めた。もっとも、大《だい》の男八人から逃げられるわけもない……けれど。

——真北《まきた》を示す北辰の星が雲に隠れ、匂いでは海から遠ざかっているのは分かるとしても、そして木木《きぎ》の匂いの湿りのあるくどさと登り道で山岳方向へと八人組が向かっているのは判別つくが、虎太にはどこをどう歩いているのかさっぱり見当が付かなくなった。

ただ、そういえば、二年半前、一年前と「京ででけた人形どす」と京か大坂《おおさか》からきた振《ふ》り売《う》りが村に商いにやってきて、その調子から八人組の言葉が西の方にある荒れ放題と聞く京から近いところか、そこから更に西の大坂かその南あたりであろうと考えた。

――闇そのものの空が藍色になってきた。

「良《よ》お辛抱したわな、坊や。辛《つら》かったろうや」

頭《かしら》らしき男が、案《あん》の外《ほか》、優しい声をかけた。

ほぼ時を同じくして、虎太の鼻奥へと川の匂い、しかも、水の嵩《かさ》がかなりあると思われる匂いが忍んできた。うん、母さに三度ばかり連れられて浜名の湖へと行った折《おり》の往《い》き帰りに褌《ふんどし》一つの男に肩《かた》車《ぐるま》されて渡った川、その時は母さがなぜか妙《みょう》にはしゃいだ記憶がある川、その天竜《てんりゅう》川に違いないでのう。

「ふん。このぐらいの歩き、山登りは屁《へ》でもねえ」

水の嵩《かさ》がいきなり増えて牙《きば》を剝き出したばかりか、ふっと休む流れもあったあの川がこの川だと分かり、虎太は気《き》の力だけは湧いてきた。ま、いくら、母さの見張りの許で浜の砂の上の走りや丘登りで鍛えた足でも、前の日の昼過ぎから次の日の暁《あかつき》までの歩きは難儀《なんぎ》、へとへと、顎を上げて、頭らしきとオニゾウの後を付いて行くのがやっとだが。もっとも、それは、虎太だけでなく、いろいろもっと知りてえ、教えてもらいてえ、仲良くなりてえと直の勘《かん》で感じたロクスケと、そろそろ五十《いそ》路《じ》にはなるだろうジンゴは虎太よりきつくなっていて、三百歩、五百歩、千歩と遅れ、喘《あえ》いでくる。その度に、頭《かしら》の次の男かオニゾウに頬っぺたを張られている……けれど。

「おどれは、いんや、坊やは見栄《みえ》っ張《ば》りやな」

「俺は、そんな悪口を叩かれたことはねえ」

「はあ、とんがらしの回りに毛が生えたかどうかのおのれがよお言うわ」

頭らしき者が言う「おどれ」「おのれ」は、どうやら「おまえ」とか「おめえ」の意《い》らしい。

「とっくに、生えてるずら。へ、へーん」

「ふうむ、とうない、やくたいもない、強気《つよき》のごんたの坊やな」

「ごんた」とか訳の解らない言葉を九人の頭《かしら》らしき男は続けて言い放つ。が、何となく虎太には通じる。

「強気じゃねえでござんすよ。普通の心構えずら」

「うーふっふっはあ。そうやろか。あのな、坊やは父ちゃん、母ちゃんには当分は会えんのやで。

あ、父ちゃんはおらんのやな」

「そう、父さは死んで久しい。母さは、軀の鍛え、学問の復習、田畑のあれこれでうるさいずら。当分、会わなくて良いでのう」

母親については真っ赤な嘘を、虎太は吐く。あ、父さの死をも、この男どもは調べている。

「へっ、当分とゆうても、六月《むつき》や。そんで、厳しい試《ため》しを受け、資格《しかく》がのう、ないと分かったら、そこで首を絞《し》められるか、運《うん》が良いとしても目隠しされて森の中か海辺に放られるのやで。おいっ、坊や、小僧っ」

「ああ、もう、覚悟してるでのう。六月《むつき》、半年どころか、二年、三年、五年でも。おっさん」

虎太は、本音の五倍増しを口に出した。悪党、賊の動きは具《つぶ》さに知りたいけれど、一年で十分だろう。

闇が藍色から紺色になりかける中で、頭《かしら》の男らしきは、三角眼に棘《とげ》を持つ面構えを崩してにやけていたが、俄《にわ》かに兄弟を亡《な》くしたような真面目顔になった。

「ふうむ、遠江《とおとうみ》まで遠くきて、初めて費やした銀銭に値する獲物《えもの》に出会おたわ。おい、イチベエ、こん小僧を刃物で後ろから小突かんでも、もう良《え》えわ」

頭《かしら》らしきが命じた。三角ぽい目ん玉の痼《しこ》りの厳しさとは別の性《しょう》も併せ持ってるらしい。

「頭あ、逃げられたら、ほんまに怖いあの親方にしばかれるとちがいまっか。親方の機嫌によっては『こんかいしょなしめえ』と、ここにおる八人の首が危なくなりまんね、刎《は》ねられますでえ」

イチベエ、そうだ、しんねりむっつりして一切の無駄口を叩かず、センサクとやらと交代し虎太の背後から刀の先っちょの鋩子《ぼうし》を小便をする間を除きひたすら突き付けていた三十半ばと映る男が言い返した。

虎太は、黙《もだ》す男が必ずしも秘密じみたことを漏らさぬとは限らないと知る。この悪党、賊にはとても怖い親方がいて、ここにいる目ん玉に痼《しこ》りのある男はやはりその手下の頭なのだ。

「あのな、親方は叱らねえわのう。わいらはもう、銀で二貫、二千匁《もんめ》は貰って稼《かせ》いだものにゃ。そう、ものになるかも知れん餓鬼はこれで四人、商いになりそうな娘は二人……砦《とりで》に帰れば親方は誉めてくれるわ。良《え》えこっちゃ」

五十を越えているのかジンゴとかいう爺さまは、年も年なので足がのろいのは当たり前、なのに頬にびんたをオニゾウに食らっていて膨らませ、喋る。

「遠江《とおとうみ》まで遠くへと出っ張り、獲物が沢山、良《え》えこっちゃのう」

ジンゴという爺さまを、オニゾウが「しっしっ」と睨む。

「遠江《とおとうみ》は今はそれなりに威張っとる今川の領《りょう》。でも、儂《わし》の父ちゃんの話では、そんだべよ。『今から五十年前、斯波《しば》から遠江を奪い返す時、騎馬の武士はもちろん、その百倍の村人が殺されに殺された上に、飢え死にする者の屍が道端に何百どころか何千』とのことでなあ。そこが、とりわけ、この坊やが住んでたところ。んだからな、根性の据わって、泣き言を口に出さん男の子が今でも育つわけかいな。人の世の負け戦と飢え死にの重なる地獄に鍛《きた》えられた土《つち》の血を引いて」

ジンゴ爺さまは、紺色の空の彼方へ目を放《ほう》った。

虎太も村の集まりで古老から、少しだけ聞いたことがある話だ、少しだけ……。「国衆、大名など信用すんな。その時時《ときどき》、強え方へ靡《なび》け。もっと賢いのは、ジリキ、自らの力ずらあ」とも。

「そうだっぺよお。父ちゃんは『百姓と下《した》っ端《ぱ》の足軽の屍《かばね》を食い飽きた蛆《うじ》が、道の真ん中まで列を作って這いずり、道は粗塩《あらじお》を撒《ま》いたみてえに白く、金蠅《きんばえ》、銀蠅《ぎんばえ》と唸《うな》り、空は真夏の土砂降り前みてえに真っ黒だった』とも話していたべな」

何で、このジンゴの爺さまの父親が遠江の国の外れまできたかは言わぬが、たぶん、勝った今川側が奪い切れなかった刀や褌《ふんどし》を含めた衣の類《たぐい》を引っ掻き集めて市《いち》に出すためだろう、何となく真《まこと》のことだという気が虎太にはする。「蛆《うじ》で道は粗塩《あらじお》を撒いたように白かった」、「空は蠅《はえ》で、真っ黒」……。

「そうなんか、道理で、こん小僧、ことの前の調べによると虎太だったわな、物怖《ものお》じはせん、泣きを入れんわ、憐れみは乞わん。おいっ、おどれの父ちゃんと母ちゃんは戦の負けと餓《う》えを知っておどれの躾《しつけ》をしたのや。おおきにと、感謝せえ」

頭《かしら》は、的外《まとはず》れなことを告げた。しかし、おのれ虎太が逃げる素振りも見せずに賊に溶け込もうとしているのを解りかけて、警戒の心を緩《ゆる》めているらしい。

だんだんと、夜は青黒さを失ない、白味を帯びてきた。

迸《ほとばし》る天竜川の、こちら側、水の源《みなもと》に向かって右岸に、炭《すみ》小屋か、粗末で小さい小屋がぽつんとある。目立つようで、景色に溶けていて目立たない。

――やはり、炭小屋としては広い八畳ほどの寝泊りできる小屋に連れられて行った。

「ちっ、ちっ、ちゅちっ」と、虎太みたいに田舎者で荒れて廃《すた》れたのを京の人は呼ぶという〝椋鳥《むくどり》〟の鳴きみたいな合図をオニゾウが口笛ですると、あちらからぎしぎしと軋《きし》んで戸が引かれた。

樫《かし》や櫟《くぬぎ》を蒸《む》し焼《や》きにする窯《かま》には火が灯っていない。

代わりに、虎太ぐらいの十四、十五、十六ぐらいの大人になる前の子供、いや、やっぱり幼さを残しているとしても既に男だ、三人が窯を背にして座っている。三人は両膝を抱えて、眠れないに決まっている、項垂《うなだ》れている。

おいっ、見張り役が二人いて刀を一人は振り翳《かざ》して立ち、一人は筵《むしろ》に突き立てているのは当たり前だが、木の太目の枝を積んであるところに首を預けてうつらうつらしている十四、五の娘一人と、別に、全身を丸めて忍び泣きをしている同じ年頃の娘一人がいる。

三人の幼い男の一人の垂れ目と垂れ眉が弟の信太にひどく似ている。

うつらうつらしている娘の顔半分が格子窓からの光を受けていて、あん、母さの右《ゆう》が眠る時の大きくておちょぼ口《くち》の半開きにそっくり……ずら。

親兄弟は、死なれたり、遠い別れに陥った時には、他人に成り済まして現れる……ものか。

「御頭《おかしら》……さま、お願いがありますずら」

ここは遜《へりくだ》って丁寧な言葉をと、虎太は床に座って両手を床に付けた。

「正月の目出度《めでた》い尾頭《おかしら》付きの鯛《たい》の料理やないのや、小僧。『頭《かしら》』でええよ。何や？　言うてみい。あ、腹が空《す》いて堪《たま》らんつうことやろ、ちゃうか。おいっ、こん小僧」

「それもそうだけど」

「おい、ジロベエ、サキチ、火鉢《ひばち》にがんがん炭の火を熾《おこ》すのや。そいで、大鍋に麦粥《むぎがゆ》を作らんか、早ようせい」

留守番役の二人を頭は急《せ》かす。

「頭《かしら》さん、それより、この娘二人と年端《としは》もいかぬ男三人は……元に帰してやれねえ……でござるかのう」

虎太は切り出した。

「おいっ、小僧。狎《な》れ狎《な》れしく頭《かしら》に話しかけるのやないっ」

オニゾウが両目を菱《ひし》形にして、横から文句を付けた。

「良《え》え、オニゾウ。けどな、遠出してきての獲物《えもの》なのや。おどれ虎太と同じで大切な戦利品《せんりひん》でな、その手の商人《あきんど》、仲介人、市《いち》へと持ち込めば高う売れる。役立ちそうなのは親方の考え次第で組《くみ》の働き手になるのやでえ」

「ならば、この、両目両眉が垂れてるそこの坊主は、必らずこの顔の相《そう》、痩《や》せ方からして、頭さんの砦に戻る前にへこたれるでのう。足手纏いになって……頭《かしら》に、組《くみ》に損となる兆《きざし》が……あるずら」

「明日の夕方前あたりには、どうせ、力や根性が試されるわけやし。おいっ、戦ごっこや足の力や、気の強さだけは大人並み、んや、それより上やな小僧、虎太、おまはんも試されて、失敗《しくじ》るとあの世行きやで。ひいーっ、ひっ、ひっ。おめこを知る前に死ぬのやでえ」

優位《ゆうい》に立つ者のゆとりで頭は、いかにも賊らしい大声に罅《ひび》の入るどら声を出して笑う。

「頭《かしら》あ。そしたら、口が大きいのに、おちょぼ口のそこの娘……醜女《しこめ》。売り物にならねえはず、男が嫌うずら」

「おいっ、小僧、虎。嘘をつくのやない。おめこはまだしてないやろけど、田舎の遠江《とおとうみ》のまた外れに残した愛《いと》しゅう思おてる女に似てるのやろ。ずばり、とちゃうかあ」

「そんなこと、ねえずら」

「遠江のど田舎《いなか》は、男は遅れて育つのやろか。へえ、え、え」

「そうではなくて、口の大きい女は食い意地が汚なくて、飢饉の時でも旦那や舅《しゅうと》の食い物を夜更《よふ》けに起きて食っちまう……質《たち》と」

「そないのは迷信やて」

「違いますずら。しかも、おちょぼ口の女は、助兵衛で男という男の口や男のものを銜《くわ》えて離さねえと」

「ひぃーっ、ひっひっ、女《おな》ごを知らん小僧のくせして一丁前に。女ごはな、みーんな、例《れい》の外《ほか》はのうて助兵衛にでけとる。せやから、人の類《たぐい》は滅びんのやでえ」

「う、うう……」

虎太は、真《まこと》と映り、思える、頭《かしら》の言い方に気持ちが引く。負けを……知ってしまう。

どうにもならんのか、母さに似た娘と弟を思わせる目と眉のでれんと垂れた同い年ぐらいの男は……。

「こないなことを喋って良《え》えのか……良《え》えやろな……しくしく泣いとる女は、戦の大名今川の四十番目ぐらいの家来の娘やでえ。もう話が纏まって、銀五百匁、百姓の親子五人が一年半暮らせる値《ね》や。やっぱり、生まれてくるのなら、公家はんか、守護か大名の正式な家来《けらい》の武士か、豪農か、戦で儲けとる商人の……ところが。無念とゆう気もするが、こん現《うつつ》の世《よ》は、人に階《かい》、段《だん》、位《くらい》があるのやでえ。厳しゅうて堪らん差やて」

目ん玉の芯の痼《しこ》りを、束の間、黒く目立たせて頭は両目で天井を睨《にら》んだ。

最後の説き伏せを、虎太は諦《あきら》めない。

「あのう、頭《かしら》さん……血がとくとく流れ、情《なさ》けを持ち、獣とは違う人として、仁義《じんぎ》はあるはずで。俺は、頭さんのいる組が見たいし、田畑と、浜と、丘の暮らしとは別の世界《せかい》が見てえけど……そうじゃねえ、年端《としは》もいかぬ娘や坊主に罪はねえ。掻《か》っ攫《さら》われて、悲しむだけで。ここは、仁義《じんぎ》の心で元のところへ」

「おいっ、じんぎ、って何のことや」

ややきょとんとして目ん玉の痼《しこ》りの黒さを淡くして、頭《かしら》は顔を傾けた。

「え、孔子の後を継いだ孟子の考え方で、『仁《じん》は人に忍《しの》びざるの心有り』ゆう意味ずら。つまり、えーと他人に対する優しい思いやり、義《ぎ》は自らの欲や我が儘を我慢して他人を広く愛《あい》すること……のような」

母の教えと独りでの学びではこうなるが、口に出すとぴんとこないと虎太は自らの説き伏せの力の弱さ浅さを知る。

「何や、それ。おどれの家は、死んだ親父が百姓で、戦に狩り出されるか銀か米を貰うて雇われる雑《ぞう》兵《ひょう》……。孔子とか孟子とかゆう奴は、唐《から》の国の人か、南蛮の奴《やつ》らか。好《え》え加減なことを言うんやない。ちょっ」

どうやら頭の次に偉くて、組の者の尻や顔を叩いてどやす役のオニゾウが、若禿と虎太が思ったがそうではなく、大名や国衆《くにしゅう》に正式に従う武士がやるように月代《さかやき》を大きく広くするために無理して毛を抜いた点点とした細かい傷跡らしきを見せ、口を尖《とが》らした。

「そうや、将来の組の大親方《おおおやかた》。今の今は、たぶん、この大和《やまと》の国ではかつて経《へ》ておらん乱世の戦《いくさ》ばかり。仁《じん》や、義《ぎ》や、とゆうても通じはせんだべいに」

夕方や夜の暗さでは分からなかったが、ジンゴと呼ばれる爺さまは刀傷らしいのを右頬、額の真ん中に中指ほどに残し、説を垂れる。

「米や麦を食いてえ必死な欲、命は永《なが》らえたいのやけど薬師《くすし》も医師もおらんで生きたい欲、衣《ころも》を着て寒さを凌《しの》ぎたいのにやでえ、衣も手に入らんで衣を盗みたい欲、狭くて厠《かわや》の臭いがぎょうさん溢れても良《え》えけど住むところが欲しゅうて堪らん欲と……せやから、むしろ、他人への優しい思いより我が儘を突っ張る方が道《みち》に適《かな》っておるのと違うでねえべか」

ジンゴ爺さまは、おのれ虎太の孟子の考えより説き伏せる力がある。

「そうたい。ばってん、おいの爺さんは、三百年ぐらい前の、一遍上人《いっぺんしょうにん》の『南無阿弥陀仏、決定往生《けつじょうおう じょう》、六十万人』の念仏札《ねんぶつふだ》を命みてえに大事にしておったぜよ。わいも、褌《ふんどし》の中に仕舞ってるけん。そうや、信不信《しんふしん》、浄不浄《じょうふじょう》にかかわりなく往生できるぜよ。わいらは、不浄で盗賊、山賊、海賊の悪党の不信心者ばい。あーあ、嬉しいわあ」

藍《あい》で染めた手拭いを外しているロクスケと呼ばれる男が叫ぶように言う。鼻の高いところの右脇に、小指で円《えん》を作ったほどの青い痣《あざ》がある。顔半分を隠す訳《わけ》を虎太は納得する。盗賊、それもかなり大掛かりで、普通のやり方を逸《いっ》し、国の境を越えて悪さをやっているらしい組に入っているのなら、人相書《にんそうが》きを含めて身の危うさに考えを及ぼすはず。

ま、虎太は、母親に、飯にありつくために、しかし、虚しさを抱え、悟りとはほぼ無縁な僧の無了のところへと通わされてきて、ちょっぴりだけ一遍上人のことは聞いていたので、ロクスケの話の六割は解ったのだけど。

「あんね、小僧。この党の見習いなのによお喋るわ。ロクスケも調子に乗って」

好感を虎太が下っ端ゆえに抱いている、下っ端そのものと映るセンサクが、おずおずと回りを気にしながら口を開いた、細い声で。虎太が気付くと、八人と、八人に足すこの小屋の見張り番二人と、人質《ひとじち》とゆうか、掻《か》っ攫《さら》われた幼なく若い者全ての眼《まなこ》が虎太とセンサクに集まっている。

「わいはこの組を怖い、怖いと思おても逃げなかったんは、親鸞《しんらん》さまの教えゆえさかい。親鸞さまは、ついに、『悪人の方が善人より救われ、往生できるのや』と。ああ、嬉し……わいは、父ちゃんと母ちゃんがおらんのや、そいで子供の頃から手癖《てくせ》が悪うて、盛り場の市で万引《まんび》き、店の小屋の主が小便の折の隙に品物を盗み……悪人そのものやて。海賊やった父ちゃんの、爺ちゃんの血《ち》でっしゃろか。そない人、人間《にんげん》が、救われるとは……そいで、この組の親方が、一度は命がけで一向宗のために立ち上がったと聞いて、ここで踏ん張ろうと」

センサクは、虎太などの暮らしより遥かに辛《つら》くて、厳しい日日を過ごしてきたらしい。

「おいっ、もう良《え》え。親方の一向宗への信心、おっと、戦についての術《じゅつ》の違いは、ま、信心《しんじん》の方も……サイカ衆の惣国《そうこく》の会とは別になったさかい……当分、このことは言わんとけ」

頭《かしら》が、話をちょん切った。

どうやら、サイカという言葉が二度ほど出てきたが、どういう字を当て、そもそも、どこにあるのか。それに、この賊の組の一番の親方は、一向宗らしく、その一向宗はどこでも凄まじい念仏の力で大名、領主、国衆に抗《あらが》う仏の道の一つの大きな流れで強い派とは、昨日《きのう》までの虎太が僧の無了から教えられたこと。無了は曹洞宗の僧侶なのに「我が宗は、根っこが大名や国人や武士や侍の殺し、殺されるの、死を巡る心得」、「法華宗は『娑婆《しゃば》即寂光土《そくじゃくこうど》』を説く現世利益《げんぜりやく》が強みで、この戦《いくさ》の世に強い」、「一向宗は、極楽の中身は明きらかではないが『南無阿弥陀仏』と唱えれば、どんな賊、悪人、女好きでも地獄など行かずに楽楽《らくらく》と死ねる」と言っていた。

「おいっ、おどれ、いや、おのれ、あのな、おめえさん、虎太。うん、あ、留守番のジロベエ、サキチ、早よう筵《むしろ》を並べて重ね、枕と枕替わりの銀銭の麻袋を準備するのや。おいっ、戦利品の娘に手を出したら、我が組の掟《おきて》によって、叩き斬るさかい、てめえの助兵衛の欲はてめえの五本の指で済ますのや。良《え》えか」

頭《かしら》は、やはり、八人足す四人を抱えて組の掟《おきて》の法《のり》を気にするらしい。しかし、立派ずら、と虎太は思う。この時世、普通の男女は、雑魚寝《ざこね》をしたら「やる」と村の大人衆から聞いている。

「あ、おめえさん、虎太。孔子だとか孟子だとか、法螺《ほら》や大きな布《ぬの》の平包《ひらづつみ》をもっと広げる能《のう》と才《さい》は大《たい》したもんやでえ」

頭は、一貫文の銭の袋を枕にして、振り売りの粗末な服を頭から被り、いきなり、小屋を震《ふる》わす鼾《いびき》を掻き始めた。


——虎太は、こんなに、昼から夜を通して歩き、登り、ぐだぐだ悩み、考えたのに、疲れ果てているはずなのに眠れない。

ただ。

この悪人どもをもっと覗きたいの強い気分から、この組に入って、あれこれ見つめ、いろんなことを経たいという気持ちへと、はっきりと変わっていくのを知る。腹が、がっちり……据わりだした。

悪人の底の必死さ、場合によっては人の善さが見え隠れしてきた……からか。

どうせ、国衆か、乱世で成り上がった大名に狩り出されて戦で死ぬか、飯を食いたいのでそれらに雇われて弓矢や槍か刀の餌食の雑兵になって死ぬか、生け捕りにされてどこかの村の守りの生け贄《いけにえ》の盾《たて》になるか下働きで扱《こ》き使われるかの百姓の人生ならば……がっぽりと銭や銀を手に入れたい……その何割かを母親や弟に分け、うん、顔色が食う物がないせいで悪い乞食や浮浪人の飢えた者にも分け与えたい……流行《はや》り病で伝染《うつ》るからと道端や林に捨てられた死に際の人へ粥《かゆ》などを……の願いからか。

三

母が十二支の漢字と時を教えたけれど、村の衆はほとんど誰も知らず用いない巳《み》の刻ぐらいの明かるさだ。格子戸の窓からの光の具合いで分かる。

気持ちは「この賊と一緒に」に舵《かじ》を切りだしているのに、虎太の浅い眠りに現われたのは母さの右《ゆう》の麦粥を土鍋から柄杓《ひしゃく》で掬《すく》って椀《わん》に注《つ》ぎ「食え、食え」という姿と、どこまでもほっつき歩く姿だった。ほっつき歩くのは、たぶん、虎太を探し探せど見つからないから……だろう。

もっとも、浅い眠りは不安に陥っているはずの母さを思う気持ちだけでなく、娘二人が童歌を共に唄うようにしくしく泣くからでもあった。今川の四十番目ぐらいの家来の攫《さら》われた、口が大きいのにおちょぼ口の娘は、既に銀の遣《や》り取《と》りで解き放されることが決まっているのに、そのことを未だ知らないらしい。

「起きるのやあ」

頭《かしら》が最初にがばと跳ね起きた。

「おいっ、おのれども、衣を着替えんかい、早よう。そろそろ、炭小屋の持ち主が握り飯を持って、別れの挨拶《あいさつ》にくるわ」

頭《かしら》の命《めい》に、八人の部下と二人の留守番役は、せっかく珍しくも井戸が小屋にあるのに、口を漱《すす》ぐこともせずに、慌てて、せっつかれたように動きだす。

「ほれ、娘達、裏の戸から出て、外で用を足してから、これを着ていただかしてよ」

留守番役の一人が、頭《かしら》などとはやや違う口の利き方をして、帷子《かたびら》一つと袴《はかま》一つを放った。

「オニゾウ、これは貴《とうと》く値の張るかつら。大切に扱《あつか》うんやでえ」

頭《かしら》は、髪の毛を集めてからどうやって頭の形に似せて作ったのか、この贋《にせ》の茶筅髷《ちゃせんまげ》は虎太が口《くち》あんぐりになってしまうかつらという毛が集まったのをオニゾウに渡す。え、ありゃ、オニゾウは既に素速く、振り売りの恰好《かっこう》から、小袖に小袴《こばかま》、その上に大紋《だいもん》に袴《はかま》の侍の姿へと変わっている。

他の者達は、武士に仕える従者の小袖に鹿皮らしき尻敷《しっしき》を付けて長刀を差す恰好、ジンゴの爺さまとセンサクと、留守番二人は物を運ぶ役どころだろうか、半袖に褌《ふんどし》姿、そしてぐるぐる巻いて紐《ひも》で止める脚半《きゃはん》の恰好なのだ。

掻《か》っ攫《さら》われてきた虎太と同じ年頃のうら若い三人は野良着の上に長羽織で、この長羽織は特に武士か侍の上の方の息子を思わせる姿だ。

「おい、急げ、見栄っ張り、大法螺吹き、ま、少しは根性の据わっとるおどれ、おみゃあさん、坊や。こん長羽織を着るのや。裸足《はだし》はあかんでえ。こん、武者草履《むしゃぞうり》を履《は》け。肉刺《まめ》だらけになるやろうが、なあに、三十日もすれば慣れて胝《たこ》になって丈夫になるわ。ふっ、へえ」

上機嫌で、目ん玉の奥の痼《しこ》りを消して、でも、三角と感じる厳しい両眼の形は崩さず頭《かしら》が言った。

頭自《みずか》らは、え、え、えっ、おいっ……。

そういえば、この炭小屋は、夜が明け切って改めて見ると、八畳なのに倍ぐらいに広く見えて、隅には水っ気を防ぐ、柿渋《かきしぶ》の青黒い紙を被せている大きな、赤子三人は押し隠せるような葛籠《つづら》二荷《か》がある。そればかりでなく、赤ん坊五人は内緒で運べそうな麦色の竹で編んだ、かなり珍しい行李《こうり》も三つある。

それとは別の木でできた足なしの倭櫃《やまとびつ》の蓋を開け、頭《かしら》は、虫を寄せ付けぬ麝香《じゃこう》の匂いの立《た》ち上《のぼ》る中で、訳の分からぬ帽子、見たこともない、いや、母がどこからかくすねたらしい絵巻にあった、袖が広く、前掛けみたいなのもあって重苦しい上着、足首で縮まる袴みたいな衣を取り出した。

何ずら？

慣れない手付きながら頭《かしら》は、一年前か京からきた振り売りの行商人が「これはな、高貴な御人《おひと》とその嫁はんの人形や。ジョウシノハラエの祭りに使うとる」と見せたやつ、そう、冠《かんむり》、いや、立烏帽子《たてえぼし》がこれだろう、頭に被り、おーやー、公家《くげ》の姿へとなり変わった。もっとも、虎太は公家の姿を人形以外で見たことは一度もない。

虎太は知る。このたぶん大がかりの賊は、かなり進んでいると。そう、賊の先っちょを走っていると。

娘二人が、外で用を足したか、戸を引いて入ってきて、頭《かしら》の「こりゃ、男どもは背中を向けて、見るのやないっ」との命《めい》があり、うーん、そう言われると、虎太の、もう故郷《ふるさと》と呼んで良いだろう、遠《とお》江《とうみ》の外れの村でのおまさや、おたつが自ら進んで股の間を見せたのとは別の類《たぐい》の女への欲が出てくる。一と晩中、しくしく泣いていた娘だ。虎太の母の右《ゆう》の口に似て、しどけなく大きいくせにおちょぼ口でその窄《すぼ》んでいるのに尖っている二つの唇に吸い付きたくなる思いをそそる十四、五の娘だ。

「御公家さま、御公家さま、少納言《しょうなごん》さま」

炭小屋の外で、ここ炭小屋の本当の主《あるじ》らしきがおずおずと畏《かしこま》った声を出した。ん？

「うむ、待たれい。護衛《ごえい》の拙者が……」

オニゾウが、賊の中でも押し込み強盗より悪さをしそうなのに他の賊が入ってこないようにする用心棒を外し、戸を引いた。頭《かしら》を除いて、炭小屋にいる全員が畏って座る。

「うむ、御苦労。ナカツカサノインさまからの御褒美じゃ。謹《つつ》しんで拝受されよ」

なかなかの役者であるオニゾウは長四角の盆《ぼん》に紙で包んだ熨斗《のし》包《づつ》みを載せ、引き戸から一歩二歩三歩引き下っている炭焼きの主風《あるじふう》の中年男へと差し出す。その差し出す隙を見て、虎太はもっとこの場をあちら側を含めて知りたく、禅宗の僧の無了から習ったように正式な座り方、胡坐《あぐら》で、出入り口の引戸の正面の背後にじわりと回った。

見える、見える、見えるずら。

四十ぐらいの炭小屋の主《あるじ》らしきが、オニゾウから戴いた熨斗包《のしづつ》みを大切そうに帯の間に仕舞って地べたに額《ひたい》をつけて御辞儀をすると、こんなにいたのだのう、主の脇、後ろにいる村の衆か雇われ人か、七人、一斉《いっせい》に畏って額を地べたにつけて礼をする。そして、盆に、お握りと漬け物を載せ、恭《うやうや》しく、炭小屋の中を覗き込むこともなく、頭を垂れっ放しで、主は盆を返してよこす。

主《あるじ》とは別の村の衆か雇われ人は頭を上げることはない。

「有り難く受け取り、少納言さまに献ずるわ。もう、去って良《え》えね。見送りも要《い》らんでの」

公家の護衛役の武士がオニゾウで、話し振り、身振りが決まっている。もしかしたら荒れ放題の京なのに、そこで演じるという狂言とかの役者から、押し込み、強盗、人の掻《か》っ攫《さら》いの組に引き抜かれたのではないのか。

ん？　オニゾウの脇に、すっと、もったりした動きで、頭の冠の烏帽子のいろんな紐《ひも》を揺らして頭《かしら》が引き戸へ向かった。

「この度《たび》のお、民民《たみだみ》のお、深く深い近江《おうみ》の湖《うみ》ほどのお、有り難い思いにい、感謝すること大《だい》なりい、い。天子《てんし》さまも、さぞや、御心《みこころ》を動かしたもうはずう、う、う。賢《かしこ》し、賢し」

頭とオニゾウの間を虎太が覗くと、炭小屋の主とその他の人人は、ひれ伏して、ただひたすら

「有り難えこって」

「はあ、天子さまの御恩が」

「将軍を任じる天子さまの畏《かしこ》い思いが」

と、頭もオニゾウをも見ることなく呪文《じゅもん》みたいなのを唱えるだけ……。

確かに、虎太は、母さの祖父が公家の末端にいて「天子は、ど偉い方《かた》」「天子は、昔、昔、大昔からの国国を集めた北のあっちから、南のあっちまでの一番に偉い人」「幕府の公方《くぼう》さまを決めるのも天子さま」と教えられてはきたが、肌の感じで分からない。そもそも、今の時世は戦、戦、戦、それに地震、洪水、悪い流行り病で、公方、つまり将軍は足利《あしかが》なんだろうけど、ほとんど力がなく形だけとも、母さは言っていたっけ。

でも、でも、でも……。

形だけの公方、つまり将軍を決める天子に、ここの人だけが特別に恭《うやうや》しいのか……とは考えられない。有り難いと額を土に付ける……。天子の贋《にせ》の使いの者に……。

もしかしたら、今の世は、大名と大名が戦をして相手を滅ぼし、滅ぼし、それで終《つい》に勝ち残った大名が天下を統《す》べると当たり前に、なおうら若い虎太とても思い巡らしてきたけれど――最も力のある者、最も命令の凄みのある者、年貢とか通行の税とか市《いち》の税とかを巻き上げる力のある者、これらに取って替わるのは可能なのではないのか、偽りの姿で。一度だけ浜松で観《み》た素人《しろうと》による物真似の猿楽《さるがく》能《のう》の巧みに演じる装《よそお》いと科白《せりふ》の言葉によって、俺も騙された。あん、逆も、真《まこと》かも。実の力のない天子、将軍の姿をすれば……人人は信じて凄いと思い込む。

それが、変身――変装――ここの頭の贋《にせ》の官衣。これが天子、有力大名になったらもっと力が出る。

それだけでなく、それを信じ込む人人の在《あ》り様《よう》は何ずら？　このへいこらの態《てい》が、また変身の姿の力を生んで増やす……。

待てよ、この賊の中で、これを開花させることができるかも知れんずら。

俺は、天下の大泥棒、それも、戦利品を貧しいやつらに、戦で家の柱を亡くした人に分け前をきちんとやる大泥棒、それで儲けた銀や銭で戦の元手が不足している大名を手下にして……まずは、戦を止《や》めることを。地震は防ぎようもないが、洪水の暴《あば》れを川の堤を高くする大普請をして……しかし、熱さにのたうち腹下しで水みてえな糞を出して死ぬしかない阿漕《あこぎ》な流行り病はどうしようもねいでのう。

「よおっし。少納言さまの乗る駕籠《かご》を、倹《つま》しいとしても、手に入れてるわけや。あと半刻で発つゆえに、この戸の前に」

オニゾウが勿体《もったい》を付けて言い、素っ気ないのも猿楽能か狂言かの演じる技《わざ》を学んだか、びしーんと、引き戸を引いて閉じた。

この音で、虎太の一番の凄い力への試みのあれこれの思いが中断されてしまった。そう、変装すれば凄い人になれるのか、ならば、本物の凄い人とは何か……について。

「おいっ、この握り飯を、早く食え。食い終わったら、あれこれ一切、残したらあかんでえ」

頭《かしら》が、命じた。

「うーむ、せっかく二年振りのここやのにのう、ものすごう山山の匂いのするここできつぎりゆっくりしてえのにや」

吐息みたいな喋りをオニゾウはした。ここまでは、この賊の組の者は一度か二度はきているらしい。

四

天竜川と虎太が推し測る川は、かなり勢いに満ちている。その勢いは、流れが上流に行けば行くほど嵐の海の飛沫《しぶき》みたいに白く泡立つ奔流《ほんりゅう》が目立つことで分かる。

そういえば、おのれ虎太が掻っ攫われる前の日は、かなりの大雨が降っていた。

この天竜川を遡《さかのぼ》って、この賊一行はどこへ行くのだろうか。う、うーんと上流の果ては信濃《しなの》のはずだ。いや、三河か。

頭《かしら》は、菊の紋章がところどころに黄色の岩料《がんりょう》で描いてある駕籠の中にいて、少しだけ窓を開け、とりわけ烏帽子《えぼし》が目立つようにしていて担《かつ》がれている。

かどわかされたに決まっている娘二人は狭苦《せまくる》しいだろうに、駕籠《かご》というより竹で編んだどでかい倭櫃《やまとびつ》に入れられ、倭櫃《やまとびつ》は担《かつ》ぎ棒が付けられて大風呂敷に包まれ、男二人に運ばれている。男二人のうち一人はジンゴ爺いで、男一人は虎太である。もう新しい仕事を頭《かしら》から言い渡された虎太だ、「半日は、この商いの品二人の運びに精を出すのや。せやけどな、その後、かなり厳しいこころみとためしがあるのや。そこいらを考えに入れとかんとあかんぞ」と。

それだけでなく、頭《かしら》は、中指の先から手首ぐらいまでのひどく短かい刀を虎太に「ほれ、わいを刺すのやないでえ」と鞘《さや》から抜いて、えっ、この頭、実《じつ》の実《じつ》は怖い男であろうはずなのに左頰の下にくっきり沈む片笑《かたえ》窪《くぼ》を作った。

さっそく頭《かしら》から仕事を与えられて嬉しかったが、娘二人、とりわけ母さの右《ゆう》に似たおちょぼ口の娘の方がひ弱に映り、頭《かしら》から与えられた、人を刺しても殺せない刃渡り六寸の、中指から手首までしかない短かさの短刀の先で、ごりごりと倭櫃《やまとびつ》の竹で編んだ目を削って、吐く息《いき》と吸う息が少しは娘にとって楽になれるようにした。

けれども、むろん、すぐ、殿《しんがり》を歩く、二十半ば、むっつりのロクスケに気付かれ「おいっ」と虎太は野良着の襟首を摑まれた。

虎太は、しかし、「これから売る商いの品は、そんに生け捕った商い用の大事な人は、活《い》きを良くして、見た目には買い手の欲を誘わねえと……うん、ここいらで、小便もさせてやんねえと。臭い女は、子供でも厭がるすけ」と、はっきり口に出した——本音は、人の世《よ》、人の類《たぐい》には〝情け〟が大切中の大切と考えているつもりだからだ。

「何いーっ、この餓鬼めっ」

低い声ながらむっつりロクスケが凄む。

「いんや、悪党、悪人、賊にも一寸の情、魂はあるっ」

虎太は言い返す。

「人質《ひとじち》にすらなれんぞいおまあはんは。こん餓鬼ぞーっ」

骨太と分かるが動きが鈍いとも分からせ、むっつりロクスケがむっつりの分《ぶん》、怒るとそのむっつりが弾《はじ》けるらしく、虎太の襟首を引っ摑んだまま水平に拳骨《げんこつ》を繰り出してきた。が、こういう細かい喧嘩には近隣の悪友達との間で慣れている虎太はひょいと背を縮めた。

「んげえっ」

力が余ったロクスケは、頭《かしら》の次に偉いらしいオニゾウの顎へと拳骨を入れてしまった。

「てめえっ、陸《ろく》に商いの要《かなめ》の盗みも、放《つ》け火《び》も、殺しもできへんのに、ロクーっ。仲間の見習いのくせしてーっ」

オニゾウの怒ること、怒ること。

しかし、やはり、はっきり、この賊の組は、盗み、放け火、殺しで成り立っていると分かった。

「やっ、ロクスケさん、生意気を言って、ごめんなさいでのう」

公家が遊ぶという蹴鞠《けまり》の鞠《まり》みたいに蹴っ飛ばされた上に蛸殴《たこなぐ》りされて地べたに転ぶロクスケに寄り、虎太は、手拭いで血を拭く。手拭いの血には、重さがあった。

この組の、どうやら西方角にあるらしい砦に辿り着くまでは、一人も敵を作ってはならぬと、気がついた。『孫子』には、こういう気配りは記していなかった……が。『孫子』を記した孫子は、敵の虜《とりこ》、敵による生け捕りなんぞ経験していないのだ。あんな凄い戦《いくさ》の略《りゃく》を述べているのに……ここいらは、闇だ、穴だ。

あん？

頭《かしら》が、苦《にが》いとも、疑わしいとも、もしかしたら嬉しいとも映る顔つきで、眉尻を下げ、両目を上げ、顎を崩しかけ、虎太を見ていた。


——もう一昨日《おとつい》の晩のこととなるのか、虎太が母さの右《ゆう》と弟の信太と楽しく暮らしていた海と丘の間の住まいに大雨がきて、亡き父が村の人と共に引いた用水が溢れ、水が畦《あぜ》の二割を崩したのは……。

間違いなく天竜川と推し測るが、その大雨の名残りは、なお消えていない。川沿いの道を遡《さかのぼ》り、「あれーっ」と思ったら右へ、お天道《てんと》さまの方角によると東へ折れ、一年中葉の繁る楠《くす》の木に囲まれた小さな無人の神社に着いた。

頭《かしら》が「こん戦の世の時に、何で公家や侍にならにゃあかんのや。『わいは、俺は、てめえは足軽やでえ』と『税を負けろ』の一揆、『大名の戦は、わいら、俺らが担《にな》って、そうやから、盗み、人らの物をほしいままにできるんえ』との誇りは消えちまうでえ」と、みんなに、とりわけ虎太に聞こえるように小さく叫び、おのれの説をぶつ。そして、素早く、楕円《だえん》の葉の、たぶん木斛《もっこく》であろう紋《もん》の背中についた麻の単《ひとえ》で胸紐《むなひも》のある素襖《すおう》姿になった。つまり、公家から侍に変身した。

「早ようせんか、ジンゴ爺さん。あ、わいに何かあったら、そうや、一刻経《た》っても戻らん時は、うん、今日は晴れとるわい、お天道さまが南の上に昇る時までに帰らん時は、おいっ、オニゾウ、うまく親方のところに着くまで頭《かしら》をやるのやでえ。良《え》えかオニゾウ、みんな」

頭《かしら》は、厳しく、血の気を失なって白くなるほどに口許を締《し》め、倭櫃《やまとびつ》の蓋を開けた。

人質、いや、生け捕りの銀と銭の卵の二人の女が嬉しそうに二人とも両目を緩《ゆる》めて垂れ、立ち上がった。

「生活《たつき》の生き死にが賭《か》かっておってな、済まんことをした。これから、銀と銭と引き替えに……解き放つわ」

頭は、なまじ「済まんことをした」の言《げん》は嘘ではないらしく、案外に顔でのあれこれは器用だ、両眉を垂れに垂れた。

「けどもや、二人を引き取る人の売り買い商人が約束を違《たが》えて、多勢でこちらを襲う時には、ほんま、済まん、死んでもらうしかないのや」

今は、もう一歩二歩の凄《すご》みが足りないと虎太は感じるが、頭《かしら》は告げた。どうやら、直《じか》の取り引きでなく、それ専門の仲介の商人と遣り取りするらしいが、いきなり当《とう》の二人の娘の親の武士とか豪農が出てきて、まあまあ、なあなあの約束を崩し、刀や槍で出てくることは多いのだろう……か。

虎太は、この賊の商いの種、幅、さまざまをなお解らないが、実は、日日、一刻一刻、命懸《いのちが》けの暮らしとだけははっきり解ってくる。

「二人とも、ぴょんぴょん、地べたから跳ねてくれんかいの。半日も、身動きできんかったから、いきなりの歩きはしんどのはずや」

頭《かしら》の思いやり、いんや、商いの品、物、人を大事にする心懸けは、大したもん。

一人の娘は、再びぴょんぴょんする。

が、もう一人、戦の大名の今川の四十番目ほどの家来の娘、値打ちの張る娘はぴょんぴょんをせず、いきなり、虎太に近づいてきた。

「虎太さま。囚《とら》われ人《びと》への、とても優しい御気配り、かたじけなく、有り難く、感謝しています」

えっ、おいっ、耳許に、この娘は喋る。擽《くすぐ》ってえのう。

当たり前、八人足す二人の十人の組の者、生け捕りのうら若い男三人、もう一人の娘の眼《まなこ》が虎太に貼り付く。

「わたくしは……」

何だ、「わたくし」って「わて」「あたい」「あたし」「わたし」のことかと、虎太は自らの言葉でないのに恥ずかしくなる。

「今川さまでのうて、かつて、そこに居候《いそうろう》というか封じ込められていた松平《まつだいら》さまの家来《けらい》の、サカキバラ、そう、姓はサカキバラ、名はトキでございまする」

「あ、そう……ずら」

「いつか、いつの日にか……と、虎太さま。あら、幼名とはいえ虎太じゃ、何か、海賊や盗賊にはなれない、鰯《いわし》と鯖《さば》を釣るしかない船頭さんみたいな名ね」

ここまで言って、トキとかいう娘は、隠し持っていたか、懐《ふところ》から紙入れを出し、手鏡なしで人差し指で頬と口に紅をそっとまぶした。

「おいっ、虎太あ」

全体を見渡していた頭《かしら》が、虎太の胸倉を摑み、小さな賽銭箱の前に引きずった。

「あのな、この時世《ときよ》、ど偉い大名と、生きるか死ぬか、飢え死にか戦で殺されるか流行り病で死ぬかのわいらには……恋とか、情けとか、親鸞《しんらん》さまの記す愛とか……は〝きんき〟なのやで。あかんのや。耐え忍ぶしかないのや」

「きんき？」

「そう改まって聞かれるとや、おまはんは何やら漢籍《かんせき》まで知っとるので説きにくいでえ。つまり、為《な》しては決してあかんこと、どないもできへん毒薬やて」

「はあ」

「悲しいけどや、娘、女には思いとか、名残りとか、未練《みれん》とかを持ってはあかんのや」

「あ、はい」

こう答えて、トキという娘の、ぷっくらした丸顔に、大きな口なのに反対のおちょぼ口という、確かに変な形ではあるがおおらかと映るし、今の今、気付いたけれど両目が意外に真冬時《まふゆどき》になっても温かさをよこす駿河《するが》の海の感じをよこすと知った。深さと優しさの二つを孕《はら》んでいる。

「解ったか、虎太」

「えっ、あ、はい」

虎太は心の中の四割ぐらいを答えた。

ただ頭《かしら》の忠告は、この血で血を洗う時世の恋は、愛は、大名すら戦に負ければ妻も殺され破綻《はたん》、その家来も、そもそも人人はもっと……と教える。

そう、恋が成り立たない、もしかしたら、希有《けう》な、この敷島《しきしま》の国の時世……なのかも。

「わいはな、わいも……あったんやで、いんや……あるのや。辛《つら》かったし、辛いわの……けんど。せやから、辛抱せいな」

ひどく低い声で頭が、えっ、三角の形の眼をぐんにゃりと丸くして、しょぼつかせた。

五

お天道さまが南の空の上へと過ぎても頭《かしら》とジンゴ爺いが帰ってこず、そう、もう虎太は賊の組の一人になっている気分だ、はらはらし、胆っ玉がせわしない。

が。

「すぐ、動くやてーっ」

頭《かしら》とジンゴ爺いは、もしかしたら、その跡を尾《つ》けられて足が付くように渡されたのではないのか、麻の頭陀袋《ずだぶくろ》いっぱいに銭を入れて戻ってきた。銀でなく、銭だろう。もっとも、オニゾウとジンゴ爺いが、近くの宿場《しゅくば》へか、両替えに行かされた。

オニゾウとジンゴ爺いが戻ると、賊の一行は暫《しばら》く天竜川らしい川沿いに行く。

頭《かしら》以下が堤の上に立ち、見下ろすと、甲高《かんだか》い川鳴りにふさわしい荒れ方で、流れの勢いは凄まじく、嵐の兆《きざし》のある海みたいな荒波を含んだ逆白波《さかしらなみ》すら立っている。

「良《え》えか。これは、わいの命《めい》とゆうよりは親方のげっついい厳しい命や。わい達は陸《おか》での稼《かせ》ぎばかりでのうて、海でも稼がにゃあかん。こちらの岸から、あちらの岸へと、どないな遣り方でも良《え》え、歩いてでも、泳いででも、ぶっとい枝にしがみついてもやでえ、渡り切るのや。そこで安心するんやない、戻ってくるのや。つまり、組の一人になれるかどうかの前に、生きるか死ぬかの験《ため》しを、これから、やるでえ。良《え》えかあっ」

これが頭《かしら》の本来の顔つきと声だったか、地獄で死人の生きていた時の罪を悉《ことごと》く知り抜いた上で罪の審《さば》きを為すという閻魔《えんま》さまごとき左目右目を吊り上げた形相で、腹の底の底からの嗄《しゃが》れ声を出した。

歩いて渡れるわけがない。虎太の倍の背丈の男がいるはずもないが、それでも、川面《かわも》に頭を出せまい。川の色の色濃い青みの深さで分かる。

「ぶっとい枝にしがみついても」と頭《かしら》は言うけれど、むしろ、丸太ん棒のような大木や先が尖ったりぎざぎざになったりしている枝が、流れの速さで頭や目ん玉に当たったら只《ただ》では済まない。頭の骨が壊れ、脳味噌が溢れ出て、生臭くてうまくない川魚の餌《えさ》になっちまう……。

泳ぐしかねえずら。

それも、堤の高さから荒れる川を見渡すと、川幅はあんまり広くはないが激流なので、斜めに下る泳ぎで、しかも、大岩が二つ、急流の手前、向こうとあり、この大岩の下の流れが一旦緩《ゆる》むところを過ぎ、疲れを凌《しの》ぐ……しか……ない。最も気を使わねばならぬのは、でかい大木か尖った流木にぶつからぬことで、これを避けるには流木の下に潜《もぐ》ること……のはず。いや、流木が人の軀の倍ほどの太さがあるのなら、流木を馬としてこれに乗ること……か。

「良《え》えか、験《ため》しへの覚悟は。ここへくる前に伝えたはずやな、熱い心で信じる一向宗のセンサク、念仏だけでは命は助からんのやでえ」

やはり、センサクの自信のない態《てい》から虎太は推し測ったように、まだこの組に入ってそんなに時が経っていないらしい。

「ほれ、黙《だ》んまりのロク、先祖代代からの海賊ロクスケ。おどれは、場《ば》の気《き》を読めん男やが、この験《ため》しは簡単やて。あっち行って戻ってくりゃ良《え》えのや」

頭は、むっつりロクスケが傷だらけの顔をしているのに薄情《はくじょう》に申し渡した。ロクスケはでかい態《てい》をしているが実は新入りなので、験《ため》しから外れることは許されないのだ。

「それと、ジロベエ、サキチ、こん試《こころ》みを無事に経てから正式の組の者となれるのやでえ、気張って行って、帰ってこいや」

頭《かしら》は、炭小屋で留守番をしていた二人を脅すみたいな、逆に、励ますみたいにも聞こえる口の利《き》き方をする。ジロベエ、サキチまでが、験《ため》しにかけられるのか。

「おいっ、浜名の湖《うみ》の東の出のトヨマルだったな、泳いで帰ってこれたら、親方次第で命は助かるんやで、頑張りいな」

そうか、母さの右《ゆう》の話では魚も貝も豊かという湖の東岸から掻っ攫われてきたうら若い男なのか、このトヨマルは。しかし、あの湖は、海と繋《つな》がっていて海へと湖の開いたところは潮の出入りの激しく動く水脈だとは母の話だった。成功を、虎太は祈ってしまう。うーむ、でも、トヨマルの顔には、蚕豆《そらまめ》の大きさの土色の痘痕《あばた》が九つ、戻ってこれても女には持てなくて苦しむだろう……に。いや、それどころではねえずら……。おのれ虎太の命運もかかっている。

「おい、どこの産《さん》やったか。そうや、最初の奴《やつ》、ちゃちゃむちゃくに高い山山が連《つら》なっとる麓《ふもと》やったな。あん竹槍の突きは見事やったな。生きて、川の往復をして、わい達の組に役立つようにせんか、そうシンサク」

掻っ攫った獲物だけど、時と歩みを共にしてくると情は湧くのだろう、両目をしょぼしょぼさせるうら若い男の尻を頭《かしら》はびしーんと手の平で叩いた。母親が息子の尻を叩くような感じすらする。

「何や、下ばっかり向いたままで。木曾の山ん中で山伏相手に薙刀《なぎなた》を振るっておった元気はどこへ失《う》せたん？　泳げんのか？　泳げる？　ならば、上を向けや、シンサク」

頭《かしら》はこう口に出すが、山奥の川はちょろちょろ水か、上から真っすぐの流れか、滝かのはず……でも敏捷《びんしょう》そうだし、腕と足の太さは虎太の倍近くある。何とかなるでのう。

「おい、確《たし》か一番年若のヘイゴやったな。おまはんはわいらに出会ったのが運《うん》の分かれ目、覚悟するのやな、南無阿弥陀仏、南無阿弥陀仏、南無阿弥陀仏」

頭《かしら》が既にこのヘイゴの死を深く信じているように念仏まで上げだすと、虎太は、弟の信太のようなこのヘイゴだけは何とかと考える。が、方策などあるわけがなく。

それより、自らのことを考えねば……。

「おいっ、虎、虎、虎太。見栄っ張りで、大法螺吹きで、水に溺れる前に情けに溺れそうなおどれ、虎。ま、腹《はら》の括《くく》り方の早さと辛抱強さはあるのやから、戻ってきいな、良《え》えか」

頭は、この荒れ川の試練に何人かは死ぬと見通して、最期の餞《はなむけ》の言葉を一人一人に与えていて、思いの外、情に厚いと分からせる。

「褌《ふんどし》一つになるのやあ」

有無を言わせぬ頭の命《めい》に、虎太は、心を落ち着かせようと川を静かに見つめながら、身の丈ほどの長さの褌に緩《ゆる》みがないか確かめ、「頼むずら、溺れて死んでも解《ほど》けねえように」と祈る。死んでもなお、男の大事なものは……見られたくねえ。もう故郷と呼ぶべきか、あの地のおまさにすら見せていねえずら。

川は、急な谷、崖《がけ》、荒れ野を削りながら、流れるというより迸《ほとばし》るとか、吼《ほ》えるという感じでなお前夜の大雨を引きずっている。青みのある水は川の瀬にちょっぴり、細濁《ささにご》りは大岩に流れが止まってのところだけ、あとは海の波が砕けるような無気味な白さと濃い紺色の混じった濁流……。

「うむ。ひ弱《よわ》なセンサク、新入りなのにでけえ顔のロクスケ、そんにジロベエ、サキチが最初。これは、証《あかし》の儀式。親方には、今までの働らきもあるから『及第《きゅうだい》』やと言うがな、一応、水に入って川の真ん中まで行って、それで戻ってきたら良《え》えわ」

頭は、かなり緩《ゆる》いことを命じる。

「よおっし、組の見習い合格か、はたまた入水《じゅすい》の刑かの四人が次や。横一列に岸辺に並ぶのや。あん、待て。親の形見《かたみ》や、恋しい女の形見があるんなら褌に結《ゆ》わえても挟んでも良《え》え……一つだけなら形見《かたみ》、いや物なら何でも良え」

頭《かしら》の命の内には、頭だけの情けではなく、このかなり規模の大きそうで質の高さを持つ賊の、大事な胆試し力試しを兼ねた、大切な儀式らしいと虎太は解りかけてくる。

それにしても、こういう命懸けの験《ため》しを頭《かしら》に命じる親方とはどんな人物か……。

落ち着くずら、おのれ虎太。

また、自らに言い聞かせながら、虎太は父や母へと遺《のこ》す形見などあるわけもなく、天竜川らしい荒れ川の今の敵は激流と大木、先の尖った竹や枝と考え、野良着の、身の丈ほどの帯を手に取り、首から頭をぐるぐる巻きにする。この帯は、大木などがぶつかってもその力を殺《そ》ぐためだ、血が出ないように守るためだ。場合によっては……。

うん……。

おのれ虎太は、母さの、右《ゆう》の、時に計算なき思い付きのとりわけの躾《しつけ》で、嵐の前と最中の大時化《おおしけ》の暴れ波の中を泳がされた。慣れると、波と波の間を狙ってきっちり息を吐いて吸うことを知った。そして、沖へ流されて人の力ではどうしようもないうねり、海流《かいりゅう》と呼ぶべきか、それに巻き込まれないことが要《かなめ》と軀で分かっている。十三の秋だったか、嵐の後だったが、海を舐めて、海流に運ばれて戻れないで、夜通し泳ぎ、次の日の暁、伊豆の波勝崎《はがちざき》というごろごろた石だらけの海岸が遠くに見えた時、舵《かじ》をなくした無人のぼろ舟が、しかも、半分が壊れて嵐の名残りの突風と潮の勢いで襲ってくるようにやってきた時、乗馬は苦手だがそのぼろ舟に摑まり、馬乗りになり、板を剝がして舵の替わりにして、海岸へ辿り着くことができた。

「ほりゃあ、これで残り、いんや、今の今の人生は決まるのやでえ。ここいら一帯は暴れ谷《あばれだに》と呼ばれてるらしいわい。命懸け……。行けえーっ」

頭が命じた。

虎太は、ぬめりが少しある石と石の間に足を浸《つ》け、秋酣《たけなわ》の葉月《はづき》とはいえ冬みたいな水の冷めたさを知り、そういえばと、母の薬草売りの手伝いで大井川のそろそろ河口あたりで遊んだことを思い出す。二度、ある。それなりの大河の大井川だが、水の表面から身の丈半分、遠江《とおとうみ》の大工の使う曲尺《かねじゃく》では三尺ほどは流れが速く油断できないけれど、川底から残りはのんびりしていた。ここが、海との大いなる違いだった。

「行くのやーっ。日暮までに戻れば良《え》え。せやったら、組入《くみい》りの資格《しかく》あり、及第《きゅうだい》やてーっ」

頭《かしら》の自信たっぷりの命《めい》を背中に、虎太は岸から身の丈二つほどに中《ちゅう》ぐらいの岩があり、その後ろは水が急に緩い流れとなっているのが分かった。ここで、じいっと……の手もあるが卑怯だろう……。やっぱり虎太は流心の手前の大岩の急流を一旦止めるところをまず目指し、深みで立ち泳ぎした。

泳ぎは、軀を横に伸ばして両足で水を蹴って煽《あお》るのし、流れがきつい時は抜き手《ぬきて》が一番だが疲れが激しく無理、沼にいる川の虫のあめんぼみたいな平泳《ひらおよ》ぎがいいはず、それと様子を見るには立ち泳ぎがふさわしいと一応は海で覚えた我流の四つの泳ぎを軀で思い出す。

水の冷たさに表の方、真ん中、下と、かなりの差があるけれど、推し測った通り、水流の激しいのは川の表の遠江国の曲尺《かねじゃく》で首から下の三尺か四尺、その下はゆったりだ。しかし——海の水より、川の水の方が一、二割重いとも感じる。厄介ずら。

よっし、第一の関門《かんもん》のてかてか夕陽に光った大岩が、死んだ父さが偶《たま》に母さと晩に酒を酌《く》み交《か》わしてなぜか二人で上機嫌で寝床のある部屋へと行く前みたいに笑って構えている。その大岩の裏、元《もと》、下へ——そこで、流れが急に止まり、立とうとした。が、立てないから、かなりの深みだ。

いけねえ、俺なんかより泳ぎも根性もねえ新入り、違う、人質、掻っ攫われたシンサクが、頭を水の中に入れ踠《もが》きながら、虎太の身の丈の一つ半の脇を流されていく。助けなければ、人の道、うんや、これはきちんと解っていない、でも、人の道の一番低い筋が通らねえずら。

でも、手を出して摑えようとしたが、届くわけがない。

溺れる者を助けようとして海で二回、逆に、しがみつかれて死にそうになったことがある。無理……。

そうだ、頭と首を守るために巻いた帯を解《ほど》いて……。

と、大急ぎで解いて帯の端を投げようとしたが、憐《あわ》れ、シンサクは既に、もう、身の丈五人分の先で頭の髪を沈めたり浮かしたり……。溺れ死ぬだろう。

油断どころか、むしろ、千《せん》に一つ命が助かってくれればと、虎太は、もう一つの流心のあちらにある大岩を目差す。帯は、褌に括《くく》り付けた。すぐには解けないが、解こうと思えば簡単に解けるもやい結び、そう漁師から習ったやり方で。

のしより平泳ぎの足の蹴りの強さが力強いと分かる。

よっし、二番目の大岩が、すぐそこに。

そしたら、がん、がん、がごーんっ。

身の丈の五倍ほどの長さがあり、太さは虎太の腰の二倍ぐらいの流木が大岩にぶつかり、束の間、流木は生きてるように迷い、速さを失なった。

うん、十三の時の嵐の時のようにと、生き残るために必死な虎太に考えが閃《ひらめ》き、流木の脇から腕を出してる拳骨ぐらいの太さの枝二本を梃《てこ》にして、力の限りを振り絞り、這い上がろうとした。

拳骨ほどの太さの枝がぬるりと滑り、帯でぬめりを拭いて、二度、三度……。

駄目っ、と思った四度目に流木が大岩と並んで、止まった。

「よっし」

虎太は流木を跨《また》いだ。

流木が再び、増水した川に運ばれて行く。

金玉が痛むので、流木の外側の捲《めく》れ、毛羽《けば》立った木の皮へと頭と胸を付け、伏せる。

嵐の後の海より、大雨の後の川の方が、厳しいと分かる。舵《かじ》の取りようがない。せめて、畳の二割の大きさの板とか、ごつくて分厚い薪《まき》のごとき木の枝があれば……。うん、合図か何かの役に立つかもと、流木の枝の三本を折り褌の中に押し込む。

おいーっ。

ぷかり、ぷかぷか、流木の脇を身の丈二人分離れてむっつりロクスケが流されてくる。いや、もう、死体か。

しかし、けんど、こんな厳しい験《ため》しを課す、遥《はる》か遠く西の方向らしいのに住む、頭《かしら》より偉い親方って何者なのか。

〝悪の権化《ごんげ》〟ってえ、奴《やつ》か。禅宗の僧の無了が教えた……。

ううん、むっつりロクスケは生きている。

泳ぎが少しはできるらしいが、それがかえって災《わざわ》いとなって激流の凄さを予《あらかじ》め測れなかったのだろう。

虎太は、褌《ふんどし》に結んでいた帯を手に取り、帯の先に小枝二つを結ぶ。

「ロクスケさん、ロクさんっ、この帯の先の枝に、縋《すが》るしかねえっ。良《い》いかああ、命が懸かってるずらーっ」

「う……う……む、む……ふが……んが」

悶《もだ》えと、喘《あえ》ぎと、溺れ死に寸前の言葉にならぬひどく荒い息を出し、ロクスケが、「うんっ」と頷いた気がした。

いけねえ、一投目は、ロクスケのうんと向こうに落ちた。

二投目は、流木より人の流される速さの違いで、ロクスケの何とか平泳ぎのあおり足で踏ん張る足許に着いてしまった。

三投目、やったあ。ロクスケの目の前に帯先の枝が着いた。よっし、ロクスケが、枝ごと帯を両手に摑えた。

いいや、ここからが、難しさの果て。溺れる人を助けるのは、溺れる人の三倍から五倍の力がないと無理と、遠江《とおとうみ》の外れの海で怖いほどに体験している。ロクスケと軀《からだ》と軀《からだ》を合わせては危ねえ。

水を含んで重たい帯を、虎太は、引き寄せる。流木の真ん中か、終わりに、ロクスケを引っ張らねばならぬ。

よおっし、虎太の跨がる流木がぐるぐると回りだして引っ繰り返る怖さを五度六度と感じたが、ロクスケは流木に縋《すが》りついてから、自らの力で跨がった。

「ううーん、ん、ん、おっ母《か》ん、おっ母《か》んっ」

たこ殴りされた顔の傷はなお赤く、その上、鼻の青痣ほどに青黒く残しながら、むっつりロクスケは泣きじゃくった。二十前後ぐらいで、大盗賊にならんとする心をこんな時なのに虎太は覗きたいと思った。そして、二十前後になっても母親を焦《こ》がれる胸の内をも……。でも、たぶん、おのれと似てるはず。


——推し測るに天竜川の中流から上流にかけての暴《あば》れ谷《だに》に違いないが、虎太とロクスケを乗せた流木は下流へ、下流へと流されて行く。

もちろん、頭《かしら》が見張り、待ち、験《ため》しの成否を決める姿など、暴れ川のゆったりした曲がりと、遠く離れているせいで、芥子粒《けしつぶ》ほどにも見えない。

どこまで、流されて行くか。

おっとお。

川幅が、いきなり広くなった。だから、流れも緩《ゆる》くなる。

浅瀬を探せば、もしかしたら、一旦、休めるかも。この川の大凡《おおよそ》の姿を眺めて計《けい》を練ることができるかも。

「ロクスケさん。俺がやるみてえに、木の枝を並べて、この流木の向きを変えるようにしてくれるか」

「もちろーんたい。命の恩人、俺《わい》の大親方」

むっつりロクスケの口の回りは良い。頭《かしら》が舐めて言ったように、確かに「場《ば》の気を読めない」、二つの目ん玉が右と左で向きがやや違い、額《ひたい》も猫より狭く、鼻は団子というより名主の葬いで出す饅《まん》頭《じゅう》のように平べったい上にてっぺんに青い痣がある。

「俺《わい》の大親方、親方。うんと、先に」

ロクスケは川幅が急に広がった流れの、ずうっと先の真ん中の岩とこんもりした土の盛り上がって並ぶちっこい丘を、指差す。丘と呼ぶより、中州《なかす》がこれか。立派というか、健気《けなげ》というか、薄《すすき》が丘には繁っている。

あやーっ。

どこかで掻っ攫われてきたか、実の弟の兎《うさぎ》みたいな目許の似たヘイゴだ。美少年の枠に入るだろう。十二、三歳と思うが、案外に賢い。岩の上で、がっくりして、両膝をだらしなく伸ばし切り、背中を丸め、褌《ふんどし》すらどこかで失ったか素裸だけれど、それなりにぶっとく長い木の枝五本を杖《つえ》みたいに支えとしている。つまり、泳ぐより、木の枝を頼りにしてここへと辿り着いたわけだろう。

「ロクスケさんっ、この流木の方向を中州の岩へと変えるずらあ」

遠江の浜の漁師に習ったように、流木の先の端の右へと木の枝三本を出して舵《かじ》の代わりに使い、行き先を中州へと向けた。

よっし。

「ヘイゴおっ。偉いーっ、生きていたかあ」

濁って騒ぐ水の音で虎太の叫ぶ声はヘイゴには聞こえないらしいが、流木がこんもりした土の盛り上がった薄《すすき》の繁る中腹へとぶつかり、ずっ、ずっ、ずるーっ、ずんっ、と音立てて止まると、ヘイゴは急に顔を桃色に染めてしゃきっと立ち上がった。おや、まだちんぽに毛が生えてないのに、傍らに小便色の身の丈より長い褌がとぐろを巻いている。

――向こう岸への泳ぎ、たぶん西岸だろうが、頭《かしら》の命《めい》としてもこの際、省くことにした。今の今は、約束や命《めい》を守ることより、自らを含めて三人の命《いのち》の方が大切ずらと虎太は大切な順番を知り、腹を決めた。

川の流れは、緩《ゆる》い。これなら、嵐の最中の駿河の海よりは楽《らく》ちんずら、行かまいか、泳ぎでのう。うん？　東岸まで、身の丈の七倍ほどしかない。遠江の曲尺《かねじゃく》の測りでは凡《およ》そ三十五尺。駄目だ、おのれ虎太の帯と褌と、ヘイゴの六尺褌、ロクスケの褌を結んで足してもせいぜい二十尺……。いや、この中州に繁っている薄《すすき》を縒《よ》って、綱《つな》とすれば……何とかなるずら。

「ロクスケさん」

「ロクスケと呼び捨てに呼んでくれなはれ、将来の大親方」

「え、うん。それに、ヘイゴ」

「はい」

ロクスケとヘイゴは、二、三年前からの子分みたいに頭を垂れた。

「急いで、でも、解けたり、切れたりしねえように、この薄《すすき》の茎と葉っぱで綱《つな》を作ってくれ」

「んで、虎太さま」

「どうするの、虎太さん」

ロクスケとヘイゴが、山だらけの木曾は陽《ひ》が沈むのが早くてもう薄暗く、それに空《そら》は昼過ぎからどんよりで雨がきたら今度は助からないと知るらしく、二人とも瞼《まぶた》の上を腫《は》らして、不安そうに聞く。

「俺が、岸へと泳ぐ。褌《ふんどし》、帯、これから作る薄《すすき》の綱《つな》を巻き付けて。それで、ほれ、元の岸の木に縛り付けるから、ロクスケ、ヘイゴは、それを頼りに岸へ。いいかあ、最後のつめずら、気を引き締めてやるずら」

――水に濡れそぼつ帯や、薄《すすき》の綱、いや、薄の紐《ひも》がふさわしい、それが思ったより重く、軀を縛るので冷やりとしたが、懸命に、疲れがくると知りながら抜き手で東岸へと泳ぎ切った。

薄《すすき》の紐と帯の結び目が分かれはしまいかとひどく気になった。

が、ロクスケとヘイゴは無事、こちらの岸へとやってこれた。


――星も出ない闇そのものの堤、土手の細道を、よろけながら、躓《つまず》きながら、這いずり、遡《さかのぼ》った。

まだ季節の良い秋なのに、長い間の水の冷えで全身が強《こわ》ばり、凍《こご》えた。

よっし、火が燃えている、焚火《たきび》を頭《かしら》がしている。

焚火の炎の赤さと、揺《ゆ》らめきに、命はありがてえ、と純《じゅん》に虎太は感じた。色《いろ》というのは、弥生《やよい》や卯《う》月《づき》の緑《みどり》もそうだし、梅雨明けの水無月《みなづき》下旬の青空の青さも、そこへ行く白い雲の白さも良いし、たぶん、熟《う》れ初めた女の乳の乳首もあそこもと夢見るが、実に目ん玉が清《すが》しくなるし、なるだろう。火も、母さの肌も含め、温かさは心の中まで優しいものへと染め上げる。

「おいーっ、虎太、あん、ん、生きておったんかあ。ロクスケ、済まん、堪忍《かんにん》でんね。大雨の後のこの大暴れの天竜川の恐ろしさを測れんかったのや、ほんま、ほんまのことでんね」

木の枝のぱちぱちと爆《は》ぜる時、赤い炎はもっと生《せい》の力を持つと焚火が教える中、頭《かしら》は、本心《ほんしん》からしい、地べたに尻を付け、両手も地面に付けて頭を垂れた。

ジンゴ爺いが、焚火に背を向け、両目を両手で隠している。隠しても、鼻から下が濡れている。大泣きしている。

あ。

ひ弱《よわ》だが、虎太が仲良くしたいセンサクはいない。

けっこう古株《ふるかぶ》と映ったが正式の組の者ではなかったらしい炭小屋の見張り役のジロベエ、サキチの二人も、いない。溺れ死んだのだ。

掻っ攫われてきたであろうシンサク、トヨマルも、いない。

「ああ、わいは、親方に罰を与えられて……飯抜《めしぬ》き十日じゃ済まねえわい。穴蔵に入れられて二十日やでえ。いんや、首を刎《は》ねられるわあ、どないしよう」

頭《かしら》が、左手を頭に、右手を首に当て、かつて見せなかった弱さを曝《さら》す。

「心配すんでねえ、頭《かしら》。生き返ってきた、そこの遠江の餓鬼んちょ、虎太が十人、二十人の役を果たすべえ。親方も、納得するだども」

ジンゴ爺いが、頭《かしら》を慰め、励ます。

「頭あ、『十人、二十人』ではなかとね。虎太しゃま、あ、いや、この虎太は五十人、百人の力でんね。この、わいも、きっちり助けてくれましたい。『この野郎、畜生』と憎んでいたこの虎太しゃま、いんや虎太しゃんに」

命が助かったと、まだ、新しい気分なのか、むっつりロクスケの口が回る。

「その通りです、頭《かしら》さん。俺も、虎太さんに、あの世行きを止められて、助けられ。あん、俺は生きてるーっ。温かい湯をもらえますか」

ぼそり、ぼそりと、妙に正直な訴えのように弟の信太にどこか似ているヘイゴが告げた。

——オニゾウとジンゴ爺いが、「しゃあねえわ、今夜は」と頭に命じられ、銭の音鳴りのする小さな麻袋ごと渡され、近くの空き家か、物置き小屋か、人の住んでる家の空き部屋かを借りに出かけた。

オニゾウとジンゴ爺いが消えると、えっ、幽霊じゃないのか、そうでなくても眠《ねむ》た気で両目が細いのに、もっと細くして、垂《た》れ髪《がみ》の粗末で簡単な髻《もとどり》を失くしてばらばらに乱れた髪の毛から滴《しずく》を垂らし、ぬっとトヨマルが現れた。生きている。誰もが有《あ》り様《よう》を信じるが実に見た者は希有《けう》である亡霊ではない、その証しに「寒い、寒い、誰か衣を貸しておくんなはい」と声を出している。顔の蚕豆《そらまめ》の大きさの痘痕《あばた》を、両頰に三つ、額《ひたい》に三つ、顎に三つ、計九つ確かに付けている。裸足《はだし》でよろめいている。

「おいーっ、良《よ》おやった。人魂《ひとだま》みたいやなあ、この暴れ川の向こうへ泳ぎ、こちらへ戻ってこれるなど」

頭《かしら》は自ら行李《こうり》の蓋を開け、野良着と褌を出した。

虎太も、ひどく感心する。トヨマルは浜名の湖の東あたりの産と聞くけれど、あの湖は泳ぐには穏やかで楽ちんのはずだ。もしかしたら、湖と海の水の出入り口の流れの入れ変わりの激しいところで訓練したのか。しかし、この暴れ川とは流れの速さきつさが比較にならないはず……。

「へえ、ありがとうございます、頭。何しろ疲れました。やっと今しがた泳ぎ切りましたわ」

切《せつ》な気な声をトヨマルは出すが、息は上がっていなくて、虎太やロクスケやヘイゴは川の中での木の枝とか岩とかでどこかを少しは傷付けられているが、トヨマルは、痘痕《あばた》を除けば、全身が、顔も、胸も、尻も、両腕も、両脚も、すべすべした肌だ。

ん？

虎太は、このトヨマル、虎太がたった一度だけ見た素人《しろうと》の物真似の狂言の役者をやらせたらかなりの者になるのではと推し測りだした。

たぶんトヨマルは、川に入ってからほとんど前へ進まず、頭《かしら》などの目に入らぬ岸の近くで立ち泳ぎか、水の中に潜って遊んでいたのではないのか、あるいは岩陰で……昼寝すら。

よっし、生きて、無事、この盗賊の一人になれたら、このトヨマルは大事にしよう。凄い狂言をやり、大金持ちを誑《たぶら》かすことができそう……。いざとなったら頓智《とんち》で……危険を。

でも、けれど、しかし、待て。

窶《やつ》れ果て、水の滴《しずく》をなお髪から垂らして頭《かしら》の目すら誤魔化してるはずのトヨマルが、すんなりこの賊の組に入るものだろうか。それは、案外に賢く字も書ける、弟似の、ヘイゴ、平吾と土《つち》に文字を木の枝で書いて教えた平吾についてもだ。

未《いま》だ若く十五の虎太は、かなり重くて大事なことに気付きだす。

賊となるきっかけ、賊から逃げない思いや欲、賊となって罪を背負って罰としての斬首や火炙りの刑を覚悟してもやる気力、これが極めて大切なことだ。一人一人のきっかけは、あるいは続ける欲や願いはそれぞれ違っていても、要《かなめ》は、強《し》いられての命《めい》ではなく、自分で、自らが欲《ほっ》するやる気力……ずら。この時世《ときよ》、普通の人人は、大名や国衆《くにしゅう》、国人《こくじん》に狩り出され、あるいは米や麦や小銭や女《おんな》欲しさに、雑兵《ぞうひょう》となるしかないけれど、あるいは食える草草の根っこを漁《あさ》っても飢えて死ぬとか流行り病で熱さに震えて死ぬしかないとしても、最も危なく命の懸かる盗賊になるには、強《し》いられた力ではなく、自らの願い、望み……ここではねえのか。

いいや。自らのやる気と同じ切実さが、やっぱり大事中の大事。明日は飢えか戦で死ぬかの厳し過ぎる破目にある者も、必死になって、盗賊になるであろう、根性の据わった盗賊に。

だとすれば、盗賊のやる気の半分が自らの願い、半分はひもじさと明日は分からぬ命のゆえだろう。

――虎太は、やがて、敷島《しきしま》、日の本の国を揺《ゆ》するほどの大盗賊にならんとかなり甘い決意をし始めたが、その、組の一人一人の有《あ》り様《よう》と、賊全体の縦糸《たていと》と横糸《よこいと》の組み合う力《ちから》の源《みなもと》に考えが及んでいく。そう、強いられた力でなく、自らが発《はっ》する力で。同時に、いや別にか、飢え、大名や国衆に圧《お》されて反発する者らの力で。

――そして、一先《ひとま》ず、最初の験《ため》しを乗り切れたのは母さの右《ゆう》の躾《しつけ》と教えのおかげと知り、時に怖くて疎《うと》ましくすら思った母親の熱《あつ》さに、頭《かしら》らに知られぬように、駿河《するが》の海の方角に両手を合わせ、感謝した……やっぱり、帰りてえのう、会いてえずら……けれど、もう、きちまった。振り返るな、おのれ、清水虎太め。

六

賊一行の旅は、なお、続いている。

暴れ川の験《ため》しから、三十日余りだ。

どこを歩いて、どこへ進んでいるのかは、不明だ。頭《かしら》は、なお、トヨマルは豊丸と書くと分かった痘痕《あばた》顔の掻《か》っ攫《さら》われた豊丸《とよまる》、弟似でなお少年そのものの平吾、そして、いまや虎太の褌《ふんどし》まで「洗います」と願い出るやっと組の正式な一人となれたロクスケ、つまり六助の、賊からの逃亡を恐れている。なるほど、どこにいるのか分からないと、どこへ帰って良いのかは分からず、逃げるのも大変だが、親方という人に渡すまでは験《ため》しを潜《くぐ》った大事な宝みたいなものなのだろう。

虎太も、むろん、どこを歩いているのか皆目、分からない。

ただ、天竜川に間違いない川を、奥の奥まで遡《さかのぼ》り、峠みたいな高いところから見下ろすと広く深い盆地があった。え、え、う、う、やっぱり、自ら欲するやる気でなくかどわかされたわけで可哀そう、虎太が昼寝している最中に、十三、四のうら若いモンタと呼ばれる男が、飴玉両手にいっぱいと風車《かざぐるま》で誘われて一行に組み入れられた。この盆地を、かなり知り抜いていないとこの術は使えないわけで、頭《かしら》だけは少くともきっちり下見していると分かった。

それから、山岳の尾根伝いに苦しく喘《あえ》ぎながら登り降りして、西方角へと向かい、初めはせせらぎだった川を下り、それはでかい川となり、これはたぶん、母さがいつか話した「三河と美濃の境を流れて、嵐の度に河道《かわみち》が変わる」木曾《きそ》川ではないのかと虎太は推し測った。水の量は豊かだが、くねくねしているからだ。この中流あたりで、また一人、十六、七のジスケと名乗る若い男を騙して、新入りを補《おぎな》った。今度の手は、女が湯浴みして裸と秘処を曝《さら》している、かなり細かく肉の襞《ひだ》や毛を描いている画だった。ジスケは女が一人もいない組に落胆し、いつも逃げる気配を示し、鬼造と書くと知らされたオニゾウと、仁伍であり五十五歳と教えたジンゴ爺いがそれぞれ「なあに、京に行って、大坂を通ったら、こないな画の女ごよりもっと良《え》えのがぎょうさんおる」、「お兄さん、大坂ゆう商いで活発な大きな町の女は、只《ただ》で、五人に一人、いいや、三人に一人、犯《や》らせてくれるわ」と説き伏せている。虎太すら、生唾《なまつば》をごくりと飲み、その話の魅《ひ》く力に負けそうになった。

けれども悲しいかな。虎太は、モンタとジスケ二人の騙しての引き込みに、あんまり驚くことがなくなった。二人には、それぞれ、母や父や、好きな女がいるかも知れないという点には、なお強く引っ掛かったけれど。自らの命運を知った上に、慣れというものがある……らしい。

木曾川であろう川を下って行くとやがて尾張《おわり》、幾つもの内側の争いを制し、三河の松平、美濃の斎藤などと戦いながら今は織田信秀《のぶひで》とかいう大名が強いというところらしい領に入った。

だから、この一行が盗賊の組の者と発覚したら、織田に取っ捕まるのではと恐れながら、しかし、ここがどこかは頭《かしら》しか分からず、黙ってじわりと川幅を広げていく木曽川らしいのと、口《くち》あんぐりのだだっぴろい野っ原と田畑を見ながら下って行った。

――かなり広い街道に出ると、「草鞋《わらじ》いっ、安い緒太《おぶと》なもお」、「研《と》ぎ屋あ、研ぎ屋でよお」とか嗄《か》れた声を張り上げている道行く振《ふ》り売《う》り、百姓ふう、職人ふうの胡散臭《うさんくさ》い目に出会った。言葉の調子が遠江の僧の無了が教えた『般若心経』の「ぎゃーてい、ぎゃーてい」を孕《はら》んだような響きがある。喋《しゃべ》りの終わりの「なも」「せも」「わあも」も耳奥に届いてくる。

頭《かしら》が、一番前を進む鬼造に二《こと》言三言《こと》を囁《ささや》くと、一行は、再び、細い道へと入って行く。

因《ちな》みに、この組の殿《しんがり》は、虎太だ。頭《かしら》は、天竜川の験《ため》しを成功させただけでなく、逃げるかも知れぬ平吾と、むっつりながら威張っていたが実は頼りないと読んでいた六助までを助けただけでなく組へと無事に連れ帰ったことを買ったらしい。

ここいらは、飢えとか、戦《いくさ》のない、安泰な地なのか、田んぼの稲が綺麗に刈り取られ、稲架《いなかけ》に吊るされている。もっとも、百姓ふうの五人組が三つばかり、竹槍と短かい刀を手に、それぞれが組《くみ》となって目を光らせている。そうか、田畑まで刀剣で守るところなのか……いや、少くとも遠江より人通りも多く、豊かそう……。この大和、敷島はこれが普通なのか……も。

広広とした田畑を過ぎ、更に、歩き続けた。

朝に目醒めて、口を漱《すす》いで、母《かあ》さに言われて海辺まで走って帰り、大きい糞《ふん》を出し、飯を食い終わるほどの半刻の時が経つと、川と海の境の灰汁《あく》っぽい匂いとは別の、海のちょっぴり辛《から》い匂いが勝ってきた。

赤松の林、いや、森と呼んだ方が良いか、こんもり分厚い暗がりの道へと入ると、頭の命《かしらめい》で、あるかなしかの細い砂の獣道《けものみち》へと更に曲がった。

西寄りの風に乗って、ちょっぴり辛くて好ましい赤松とはまるで別の匂いがしてきた。

かつて、嗅いだことのない匂いだ。

十《とお》の二つ、つまり二割は犬や猫が死んで二、三日後の匂いで、十《とお》の三つ、三割は、乾《かわ》いた真夏の石《いし》の匂いだ。残り半分の五割は冬の晴れ続きの浜の砂の匂いだ。

赤松の森を一歩踏み出し、砂地と枯れ草の野っ原に出た……。

「うっへえ、え、え」

「ど、ど、どっひゃっ」

「どない……なっとるん、ん」

先頭の鬼造が蹴躓《けつまず》くと、うんや、蹲《うずくま》ると、続いて、むっつり六助、平吾、豊丸、新しく掻っ攫われた二人と、尻餅《しりもち》をつく。

突っ立っているのは、顎を片手で撫でる頭《かしら》と仁伍爺《じんご》いだけ。

うん？

殿《しんがり》の虎太が前のめりになると、陽《ひ》に、奇妙に輝やく、人の骨だ。髑髏《されこうべ》、首の骨、肋骨《あばら》、ふーん、尻あたりの骨はこんなに入り組んでいるのか、腰の骨、両脚の付け根が絡まっている。でも、五本の指がくっきり分かれている足の骨と、一人の骨がすんなり縦長に地べたに転がっている。

この戦《いくさ》と、飢えと、流行《はや》り病の時世だから、虎太とて、ぶよぶよして腐った肉の屍《かばね》は飽きるほど見てきた。

しかし、骨だらけの全身は初めてだ。いや、頭蓋骨にはざんばらの髪がそよ風に揺れている。なのに、なぜか、子供なのか、違うであろう骨の丈《たけ》からして大人、股の繁みの毛、陰毛はない。でも、髪の微《かす》かに残る湿った感じからして、死んで半年か、一年ぐらいか……。分からぬ。

思わず虎太は、両手を合わせようとして、その両手の指の先、身の丈二十人に、別の山積みの、七十体ばかりの骨の形を、嵩《かさ》を、姿を目に入れてしまった。

人の軀の骨が、全ての姿とすると、とどのつまり、歪《いびつ》な三角の形をして積み重ねられていて、骨の強さ弱さの皺寄《しわよ》せか、左へと傾いている。崩れそうだが、崩れない変な定《さだ》まりもある。

不思議で、気持ちの悪さを誘う匂いの因《もと》は、これだったずら……。この、夥《おびただ》しい人骨《じんこつ》の……丘《おか》。

歪《いびつ》で、崩れかかった三角の形の、すんげえ数の屍の骨の嵩《かさ》ばかりでなく、少し離れたところには三体、二体、五体に揃えられた人の骨もある。

うすうす分かるが、数多い死の原因を、虎太は確かめたくなる。

人骨の誰もが、沓《くつ》、履物《はきもの》を足の先に付けていない。あれれ、褌《ふんどし》が雨風に曝《さら》されながら、紙のように残っているのが五人。あ、二人だけ、一人は二《ふた》ツ乳《ち》の草鞋《わらじ》、一人は緒太《おぶと》……を、死してなお、残している。あん？　草履も緒太も、ひどお、安物のやつ。

勢いはまるでないが、雨のせいで黒さをやっと保っているのか、死骸にいきなり、にょきにょき髻《もとどり》の髪の、そのすぐ下の額《ひたい》であろう、骨が裂《さ》けて、割れているのが……えーと、えーと、五人……。

つまり、頭を、刀《かたな》、もしかしたら刃が厚く硬い鉈《なた》か、で、叩かれた跡。

今の今こそ、白さが砂地とクロ松の森の隣りに馴染《なじ》んでいるが、この骨は、元元《もともと》、血まみれの死体……。

それも、戦での、死の証《あかし》。兵《つわもの》の屍の、からからに乾いた果て……。

鎧《よろい》も、冑《かぶと》も、刀も、尻敷《しつしき》すらもない。

全て、仇《あだ》となった敵に捥《も》ぎ取られたか、巧みに将に取り入って売り買いを取り仕切る商人に、死者の飾り、そうなんだのう、飾りは全て剝《は》がされて、裸……そのものへ。

虎太には、頭のてっぺんから、血の脈《みゃく》の本通《ほんどお》りと聞く左胸の上まで、ううん、その下の臍《へそ》のすぐ下まで、この骨の主達《あるじたち》の、「辛《つら》いっ」、「悔《くや》しいーっ」、「空《むな》しいわのう」の、低く低く、掠《かす》れ切ってるが、声、ちっこい叫びが聞こえてくる気がする。

骨の主《あるじ》の七割は、たぶん、我ら百姓の雑兵《ぞうひょう》。二割は、威張って驕《おご》る侍。少し、一割は、たぶんだ、夫の勝ちを信じ続けた女……だろうに。

しかし、一番に心に刻まれたのは「死出の旅は丸裸、無一文」という真《まこと》だった。

骸骨《がいこつ》の重なり合う丘から、御経でなく、ひゅーん、ん、ん、んと子守唄にひどく似た風が吹き抜けてくる。

——虎太だけではなかった、歩みを止めて、口をあんぐり、あるいは、ぼけーっとしてしまう、賊のみんなは。

「おいーっ、虎太、虎。人殺しが正義っつう世の中は……やっぱ、何とかせんとあかんのやないのか」

空《むな》しく、途方もない願いを、頭《かしら》は、虎太の耳に呟《つぶや》いて、このすぐ丘の右、やや離れた七十尺にある別の骨の丘に顎を抉《しゃく》った。目の前の骨の小丘より、三倍も高く、嵩張《かさば》っている。

あ。

この骨による小さな丘の右にある、別となっている骨の集まりの丘の頭蓋骨に残る髪は長い。飾りの簪《かんざし》も、髪を結《ゆ》う笄《こうがい》もない。多分、勝者か、商人に剝がされたのだろう。いや、安い値の竹でできた笄《こうがい》を挟んだ長い髪の三体がある。女の骨……だ。

誰かに、古代の唐《から》の意固地《いこじ》で変ちくりんで「役立たずの人こそ立派」と思っていたらしい荘子の告げる〝宇宙〟みたいなものに、祈りたくなった、虎太は、この虚《むな》しさ、腹立たしさを癒《いや》すのなら、法然でも、日蓮でも、道元でも、親鸞でも……縋《すが》りたくなる。

「母さ、母さ……どうしてるずら」と、虎太は、東へ向けて、ひどく小さく呼んでしまう。

七

夥《おびただ》しい数の、戦《いくさ》の果ての骨となる姿を見て五日後。

遠江《とおとうみ》にてかどわかされた折の夏の野良着は頭《かしら》の指示でどこの家紋か分からないが紋だらけの大紋と袴の姿に替えさせられて侍ふうなのだが、早や、風が首へ、項《うなじ》へと凍《し》みる。

そういえば、あれっ、いつの間にか、頭《かしら》、鬼造、仁伍爺いの左腰には小指の半分ほどの腰紐《こしひも》の束《たば》がぶら下がっている。何に使うずらあ?

一行は、海の西に陸《おか》が見える港で、舟に乗り込んだ。舟は、帆は古びているが丁寧に布地を凧糸《たこいと》で繕《つくろ》ってあり、畳が三枚ほどの大きさのが二つ、大小の便《べん》こそ舟尾でするしかないが簡単な流しや飯を食うところまでついていた。

先に乗り込んでいた一行十人の頭《かしら》らしいのと、こちらの頭が「互いに無事で、目出度いわい」、「商いは繁盛したかいな」と両肩を叩き合った。そういえば、あちらの一行にも若い男が三人ばかりいる。「役に立たんかったら、情が移ってしもうたし、殺さんようにして男のあれ、稚児《ちご》で売るわ」とからからからあちら一行の頭《かしら》が笑う。うへーい……。ただひたすら女が好きな虎太は震え上がる。弟に似たヘイゴ、平吾は、大丈夫だろうか……。虎太は、平吾が女ばかりか男も好きであるように祈ってしまう。

舟の舵取りなどの責《せき》を負う水主《かこ》らしき者もやってきて、頭《かしら》二人と三人で、ひょっとこみたいに口が大きく出っ張っている平瓶《へいへい》の酒を回し飲みしだした。三人とも同じ格《かく》らしい。

そして、この賊の規模がかなり大きいし、水軍《すいぐん》をも持っている、つまり、海賊も兼ねているとはっきり知った。

また、こちらの頭《かしら》が、別の頭と水主らしきに「リュウイチはん」と呼ばれていることを知った。たぶん「竜一《りゅういち》」と記すのだろう。

――出発を急ぐはずなのに、頭《かしら》の竜一は、思い立ったように「おいっ、モンタ、ジスケ、褌《ふんどし》一つになれや。易しい験《ため》しにするわ。ほれ、あそこの岩まで泳いで戻ってきいな」と、駿河の大工の曲尺《かねじゃく》で大人の身の丈十人分の五十尺ほど向こうのごく小さい島を指差した。

なるほど海賊もやるのなら、泳げないと話にもならぬ……けれど。

――女の裸の画で釣られたジスケは舟に戻ってきて、鬼造の垂らす綱を攀《よ》じ登《のぼ》ってこれた。が、飴《あめ》と風車《かざぐるま》で誘われた十三、四歳のモンタは、舟から蹴飛ばされて海へと放たれ、水面で踠《もが》き、やがて、海の流れに漂いだした。つまり、溺れ死んだ。

虎太は二人の命運を分けたのは、女への欲の方が、甘いものや珍しいものへの欲より上で「ここだ。ここずら……」と知り、悲しい教訓じみたものを心に刻んだ。

――モンタの屍を放っておくうちに、荷《に》が運び込まれた。別の頭の一行が盗み、騙し、奪った〝戦利品〟だろう。米の俵九つ、葛籠《つづら》五つだ。他《ほか》に、銭の入った袋も五つ。

――帆で動く舟は不思議だ。西寄りの向かい風なのに、東の方角の前へ前へ、確かに進む。

その代わり、虎太が駿河の海で漁師に乗せてもらった舟とはまるで別で、右へ左への揺《ゆ》れは鳩尾《みずおち》まで揉《も》むし、前へ後ろへの揺れは地震に遭《あ》ったよう。帆を括《くく》りつけてる太い柱も、帆の向きを変える時、突風の時、折れそうに「ぎいっ、ぎっ」と軋《きし》み声を出す。

おかげで、虎太だけでないが食い物どころか腹の中の水まで嘔吐《もど》し、しかも、舟内での嘔吐は厳禁で、舟縁《ふなべり》で六人ぐらいが並んで海へと吐き、良く良く下を見ると、魚がうようよと群れてきている。吐いた物に群がってきたのだ。この魚め。しかし、海賊の勤めは遠慮してえのう。

――陸《おか》から付《つ》かず離《はな》れず七日が経った。

「おいーっ、サイカザキやあ」

別の組の頭《かしら》が叫んだ。「ザキ」は「崎」と書くと虎太は推し測る。「サイカ」は虎太の組の者が幾度か口にして分からぬ場所だ。

「ほんまやっ、見えよる、見える」

「六月《むつき》と十日振りやて。やっぱ、サイカ崎を見ると、懐かしゅうてのう、有り難えわ。幾度も我ら悪人を迎えてくれる岬《みさき》やて。そして人や」

「サイカ崎から、こっちへ、ずうっと続くワカノウラの白砂も、心が和《なご》むわいのう」

右の舟縁《ふなべり》に立ち、古参らしい六人の賊が背筋をしゃきっとさせ、しおらしいというか、ついつい本音の思いを出したか、頭を垂れた。

なるほど帆の舟が通っている右手の浜は広く、長く、海の色もなぜか青く澄んで綺麗だ。

でも、サイカ崎の、岬のてっぺんとゆうか、頂《いただき》はそんなに高くはないし、その中腹から下にかけては背の低い家家がびっしり並んで貼り付いている。景色としては、決して優れてはいない。故郷《ふるさと》を贔屓《ひいき》したいこともあるけれど、駿河の海のあちらの伊豆《いず》の山山、大井川どころか富士川を越えて、田子《たご》の浦《うら》で見上げる富士山の方が、遥かに見映えがする。

あん？

違う。

サイカ崎の、決して人を威圧しない高さと姿と、中腹から裾にかけての人人の背の低い家家の集まりと並びは、古代の唐《から》の荘子が告げる「大いなる自然」と「恥なき者が富む」の人人の同居と映る。たぶん、ここの人人は——悪人、賊、を含み、だからこそ、空海や、最澄や、親鸞や、道元や、日蓮などを懐《ふところ》に入れてくれたはず——ま、もう故郷となってしまった遠江の禅宗の僧の無了の教えだけど。

思い切って、いや、いきなり連れ去られることを強いられてから最も安心できる人、仁伍爺いに、小声で聞いた。

「あのですのう、サイカってここの地の名ですか」

「うん、将来の大親方。こんだら字を書く」

仁伍爺いは屈み、舟板に、指に唾《つば》をたっぷり塗り「雑」「賀」となぞった。「崎」は、予測した通りの「崎」だった。

「ここの雑賀《さいか》は、一向宗、真宗、知ってるべえ、親鸞さまの教えに心を打たれ、信じ、武《ぶ》の力も阿弥《あみ》陀《だ》さまの思い、願いなら、阿弥陀さまに誓ってやるのや、やるうーっがぎっしり詰まっておるだよ」

「は……あ」

「『悪人こそ、まず、救われる』、これなのじゃ。将来の大親方、虎あーっ」

「え、はい」

ま、上を見上げれば、足利《あしかが》の力のあった頃の守護大名、守護は力をなくしてきたが、それは皇尊《すめらみこと》と民を大切にしなかったせい。民を頼りにして、そこを力の源として戦のこの世の大名、国衆、国人が現われきた——とは、母さの右《ゆう》の、公家の味方《みかた》にかなり立った史《ふみ》への考えで、虎太も、そうなのかと受け入れてきた考え。いや、あの禅宗の僧の無了も母と似た考えだった。しかし、どうも、一人だけど偉いのは、しかも、先祖は凄かったとしても今も血縁でど偉いというのは、なお幼ない虎太にはひどく引っ掛かる。不公平そのもの。

「ま、虎、虎さん、やがて、分かる。この雑賀衆《さいかしゆう》の強い契《ちぎ》りと、兄と弟みてえにして、うん、その弟として、真宗についての考えとゆうより、ま、その、稼ぎについての考えを別にして、違う行ない、利益《りやく》へと……我らは走りだしているべしゃ」

「は……あ」

生返事《なま》をしているうちに、この雑賀崎の港へと、舟は左へと急に曲がり、ゆっくり止まりだした。

えっ、あっ、おいっ。

ちゃんとした冑《よろい》や兜《かぶと》ではなく、分厚い頭布に、布の表と裏を重ねて糸を幾度も通した刺《さ》し子《こ》の胴《どう》衣《ぎ》、布ではなく馬革らしい土色の小袴の格好の良くない姿の男ども五十人ほどが、肩に刀や鉈《なた》や先っちょが尖り切った竹槍やを担ぎ、屯《たむろ》している。

虎太が未《いま》だ見たことのない戦場の気《き》が満ちている。

「おーい、帰ってきたのやけえ」

手を振る陸《おか》の男がいた。

「ふ……ん」

睨《にら》んでくる男もいた。

そういえば、港の左右には人の造ったのであろう石積みの高台と、矢倉《やぐら》があり、虎太ら一行を鷹《たか》や隼《はやぶさ》や疑い深い梟《ふくろう》みたいな眼で見下ろしている。

第二章　大盗賊への試練

一

いつの間にか、季節は、神無月《かみなづき》に入っていた。

帆《ほ》の舟の者を含めて全て二十人は、雑賀《さいか》の港で降り、ここで舟は再び出発した。虎太らは、かなり歩いて、菅原道真《すがわらのみちざね》を祭る和歌浦天満宮《わかのうらてんまんぐう》に御参りをした。盗賊に御参りとは案外に似合うと虎太は思った。悪さ、阿漕《あこぎ》なやり方、悪業の報いを少しは減らしたいとの必死な願いが……あるからか。そもそも〝祈り〟には、人の為《な》す行ないと心を一緒にして、必死さがあるせいか……。解らんずら。

ゆるゆるして水の嵩《かさ》がある川沿いの道を歩き、それから北方角の山道をどこまでも登って行った。秋も終わりに近づき、陽《ひ》が落ちるのは早い。母さの右《ゆう》の教えた申《さる》の刻を過ぎて、やっと、雑木林の中に隠れるようにして建つ家へと辿り着いた。

辿り着いたと思ったら、舟に係《かか》わる一行だけが家に入り、また山道を喘《あえ》いで登り、別の頭《かしら》の一行が目立たぬ低い家に入り、こちらの頭《かしら》の竜一以下はまたまた山登りで、月の出ない朔《さく》の夜、冷やりとしたが、竹藪《たけやぶ》の中の一軒家にやっと着いた。

分かれて暮らした方が隠れ易いのか、一網打尽《いちもうだじん》を避けるためか。たぶん、両方を兼ねているのだろう。

鬼造が家の頑丈《がんじょう》な戸を、どうやら秘密の合図らしいが「と、と、とんがとん、と－ん」「と、と、と、と－ん」と軽めに叩くと、あちらから用心棒を外す音がして、燭《しょく》が灯された。

二

「良《え》えか。一に、火の用心やて。二に、内輪《うちわ》で揉《も》めごとを起こすのやない。和を以《もっ》て尊しとなす、これや。三に、寝《ね》ずの番を二人ずつ、四交代でやる。後で、阿弥陀籤《あみだくじ》で決めるわ。眠った奴《やつ》は飯《めし》抜きだけじゃ済まねえのし、運良くてここから追い出されるのやて。運悪ければ、首を締められるか、刀の試し斬りとなるか、強弓《こわゆみ》の的《まと》となるのやでえ」

二十畳もある板敷きの部屋で、頭《かしら》の竜一が一席打《ぶ》つと、二人ずつ、整った歩き、姿勢で十五人ばかりの賊の仲間に違いない男達が入ってきて、虎太達の後ろに声も音も立てずに座った。どうやら、虎太達より先に仲間入りを強いられた新入りらしい。

それから。

鬼造が前に出てきて、既にここにいた者、新しく加わった者と班の編成を命じた。四人で一つの班だ。不寝番の順番と組む人も籤《くじ》で決まった。

「よっし、飯やあ。明日からは、歩き方、走り方、殺し方の訓練や、たらふく食べておかんと倒れるわい。あんじょう沢山《たくさん》、食いな」

鬼造と同格らしい四十男が大声で命じた。

「殺し方」で、もう、そこへ直に行くのかと虎太は気が滅入る。「殺し方」の言い方に、奇妙な現《うつつ》に迫るものがある。

しかし、殺しの〝大義《たいぎ》〟が欲しい。

いんや、自ら全知全霊を籠め、作り出すしかねえずら。

――おっ、女がいるのぅ。

虎太だけでなく、新しく掻《か》っ攫《さら》われてきたであろううら若い男達が、頭《かしら》などの目を盗み、手拭いで顔の上から髪を覆っている女四人を見る。

が……。

箸《はし》や皿や椀《わん》を折敷《おしき》に載せて運んでくる女四人は、三人は五十過ぎ一人は六十ぐらいか、いるにはいると映る。

本当は新入りの正式な許しを得てないらしい十三、四から十七、八ぐらいまでの若い男達は「あ……ふう」とがっかりの溜め息をつく。

けれども、虎太は、溜め息をつかない。

一つは、未《いま》だ見ていないここの賊の親方は太っ腹というより、優しい男なのではという淡い期待だ。たぶん、この女の人達は、戦か、流行り病か、飢饉で、夫を、あるいは頼るべき息子を喪《うしな》ってしまった……。ゆえに、親方はこの老いた女の人達を大切にしている……のではないのか。

それに、釜や大鍋から、米三麦七の飯、汁を椀とか皿に分けてよこす顔は、母さの右《ゆう》より老けているはずなのに、快いのだ。わざと作ったり、強いて崩しての笑顔でなく、ごく普段の日日《ひび》のように、でも、無言で励ますように……。とりわけ、虎太の折敷《おしき》の上の大きめの皿に、鰹《かつお》の生の魚、造《つく》りを長い箸で分けてくれた六十代だろう女の人は笑顔をごく普通に、わざとではなく浮かべてくれた。右目の上に中指の爪ほどの傷があり、右目は半分しか閉じないのに。

だから、虎太は、

「ありがとうござるう……あ、いや、ありがとしゃんです」

と、頭《こうべ》を深深と垂れた。

「あんら、明日から、辛《つら》いしごきとしばきが待ってるなしてよ。気張るのがよし。名前は？」

「虎太です」

こんな遣り取りをした、右目あたりに何かのことがあったろう六十ほどの女の人に。


――飯の中身は、遠江《とおとうみ》の我が家より上で驚いた。とゆうより、飯のおいしさで、盗み、人攫《ひとさら》い、殺し、火《ひ》つけの力を与え、その不安を消すため……だろうか。醬《ひしお》たっぷりに漬けて食う鰹の造《つく》り、青菜《あおな》いっぱいの汁、故郷より数段おいしい蕪《かぶら》の薄切りの薄塩の漬け物と。


――夕飯を食い終わり、寝ずの番前に少し休んでおこうと考え、いろんな稽古に使うだけでなく、どうやら重立《おもだ》った賊以外の寝床ともなるらしいだだっ広い二十畳ほどの部屋で腕枕をして軀を横たえると、六助が衣を被せてくれた。

う、と、う、と、しだす……と。

この隠れ家みたいな屋敷の左の方から、老いた女の声で始まり、すぐに、男どもの四、五人の声の読経《どきょう》が続いてゆく。

どうも……。

「きみょう　むりょうじゅ　にょらいーっ　なむ　ふかしぎこう……う」

と思える声が聞こえ、やがて、

「ほんがん　みょうごう　しょうじょうごう、ぅ　ししんしんぎょうがんにいん、ん」

と響く経だ。

たぶん、一向宗、浄土真宗の経だろう、賊がここに至るまでの話で推し測ると……。それにしても、どうして経はこんなに難しい言葉を連《つら》ねるのずらと虎太は考えてしまう。坊さんの特別の知識の見せびらかしの……ような。せっかく「悪人こそ救われる」と教えているはずなのに。

その上で、何かしら和《なご》むものをよこし、ごく短い間としても、眠れることができた。

しかし、遠江《とおとうみ》からここ雑賀《さいか》のどこかまで誰も経は唱えなかったわけで、どうも信心は、最初の老いた女の他《ほか》は好い加減……らしい。


――夜中の、丑《うし》の刻からの寝ずの番は、痘痕《あばた》を顔中に九つ張り付け、でも、へいちゃらで頭《かしら》以下の目を天竜川と思《おぼ》しき暴れ谷で騙くらかしたであろう豊丸《とよまる》とであった。

隠《かく》れ家《が》と呼ぶらしいこの家の外の、木肌から樟《くすのき》と分かる大木を半分にちょん切った切り株に、梯子を使って登り、腰と腰と引っ付け、虎太と豊丸は、遥か先へ、回りへ注意を払う。

仁伍爺いの忠告では「里のある下からより、山の上から敵はくるみてえや。不意を狙うらしいけんど、ま、この三年半、何もねえ。ま、しかし……」と、「いざとゆう時は、こん太鼓を思いっ切り、叩くのやでえ」と、団扇《うちわ》みたいな形の馬革一枚貼ったのを渡した。

――荘子が『荘子』で言う「宇宙の欠けらでしかない人」という旨《むね》は、星だけの明かりでもそれは真《まこと》らしいと感じてしまう中で、それが全身の毛穴に生きてくるような……。

豊丸の痘痕《あばた》を九つ貼り付けている顔が、闇と星の明かりの中でくっきりと現われてきた。故郷、そう、故郷になってしまった、遠江《とおとうみ》では〝じゃんこ〟と言っていた痘瘡《とうそう》の、恐ろしい流行り病で死の割は八割ともされている高熱の病を、豊丸が幸運か、あるいは上手に潜《くぐ》り抜けて生きてきた強さが虎太の気分を揺すった。

「豊丸……痘瘡に罹《かか》ったのにひどくうまく助かった……の」

これから、この豊丸は、上《うえ》の人をうまくおちょくり、生き抜いて欲しい。しかし、女には痘痕《あばた》ゆえあんまり相手にされぬだろうと気配りしながら、虎太は聞いた。

「うん、おふくろ、次に親父、それに姉《ねえ》ちゃ二人が続けて熱に魘《うな》され、顔、首、胸、背中、腹、おまんこ、金たまあたりに油虫《あぶらむし》みてえな腫《は》れものをいっぱい作り……死んじまった。今年の五月」

「そ、そ、そうか」

「うん。俺の家は、浜名の湖《うみ》、昔は遠淡海《とおつおうみ》なんつうて格好の良い名で通ったところのごく近く。鰻《うなぎ》と車海老《くるまえび》を主に獲《と》って、その日のうちに、松平さまのいる岡崎に売りに行き……まずまずの生活《たつき》……だったけど」

そういえば、天竜川のはずの中流で銀と銭で解き放たれた娘のトキは、松平とかいう武士に仕えているサカキバラとかいう家の娘はどうしているか。美人ではなかったが、情のありそうな、かつ、しっかりしていた女だ。生きているうちに再び会えるか。会いてえずら。

「そう……か」

「けんど、死は、不幸せは、命と幸せにぴったり寄り添って……俺だけが、助かってのう」

「そうかあ」

「同情は嬉しいけどな、しなくて良いのだわ。いずれ、おぬしにも、不幸と死はぴったり背中に張り付いているのが……いきなり目の前へと正面からくる」
「えっ……あっ……そう」
とんでもなく真《まこと》の真《まこと》の的《まと》を、家族の死と自らの流行り病を経た豊丸が口に出すので、かつ虎太には
それが真《まこと》の中の真と映り、喘《あえ》いでしまう。
「だから、俺は、風車《かざぐるま》、飴玉《あめだま》、女の裸の画と与えられた時『あ、こりゃ、盗賊』と気付いて、こちら
から従うことにした。助兵衛の心ではねえんだよ。……だってな、おふくろ、親父、姉《ねえ》ちゃが死んで
から、腹が減って、ひもじくて」
真北の北辰《ほくしん》のひとつ星を探すようにして、探し得た真《まこと》なのか、豊丸は一人、うんうんと頷いた。
「おい、虎太。大井川より東の相模《さがみ》を流れる馬入川《ばにゅう》あたりから鎌倉《かまくら》の北まで、疱瘡が、今年の夏から
流行りだしたと聞いたけど……家族は大丈夫か」
「そ、そ、そうか」
この豊丸は賢いだけでなく、いろんな話の種《たね》を入手する才もありそう……と思いながら、虎太は故
郷で自分を探しているであろう母さの右《ゆう》と弟の信太が俄《にわ》かに心配になってくる。虎太が搔《か》っ攫《さら》われた
のは、秋の八月、葉月《はづき》……まだ疱瘡は、遠江には流行《はや》っていなかったけれど。

三

訓練の最初の日だ。
六助などが外されているので、ごく新しく引き込まれた者だけが教えを受けると分かる。計八人
だ。

教える者として出てきたのは、ここの隠れ家には住んでいないらしい不惑ほどの、僧侶みたいに頭を隈《くま》なくつるつるに剃っている男だった。

「良《え》えか、今日は、一つめが『立つ』や」

横一列に新入りは並ばされた。

「向こうの黐《もち》の木三本を、これから襲う敵、人と思え。両足で、立てーっ」

不惑の男の教えの意味するところが解らない。が、虎太は、取り敢えず十尺はある黐の木の丈の半ばを見据え、背筋を伸ばし、腰に気合いを入れた。

「良《え》えか、これからは、足で立とうとするのやない。腰で立つといつも心掛《こころが》けるんや。うむ、その、目ん玉だけは隼《はやぶさ》のような餓鬼や、立ち方は一丁前、腰に力が入ってさまになっとるわ。みんな、見ろや」

不惑の坊主頭は誉めてくれるが、立ち方、立っている姿に上手下手などある……のか。ただ、遠江の母さの右《ゆう》に海辺の走りや山登りを課せられて鍛えられ、なんぼか腰の据え方が役に立っているらしいが。

「こりゃ、そこの見目好《みめよ》い餓鬼んちょ、坊や。腰に力を入れて立つのや」

弟に似ている平吾が不惑の男に撓《しな》うような手付きで尻をばしっと叩かれた。だけではなく、尻の丸い肉半分の表を強く揉まれた。

「おい、色男の坊主、真剣にやらんと今晩中には山の奥に捨てられ、狼に食われるさかい気い付けんとな」

割あい親切に不惑の男は平吾を叱る。あっ……。ま、良い、それどころじゃねえずら。

――次は、「敵に近づく歩き方」の、三尺の樫《かし》の木の棍棒《こんぼう》を左手に持っての訓練だった。

「腰で歩くのやでえ。しかも、幾つかの大名の領国でやっておる飛脚《ひきゃく》みてえに、歩くのや。えっ、飛脚を知らんてか。そういや、関所を大名が作り過ぎ、近頃は見かけねえけどや、ほれ、見てみい」

不惑の男は、何となくみっともない歩き、左足と棍棒を持つ左手を一緒に出し、右足と右手を一緒に出す実際を早足でのやり方を示した。みっともないが、じいーっと見つめると、腰の確かな落ち着きがあり、安らかに定まる歩き方とも映る。

虎太を除く新入りは、頭の照り輝やく不惑の男にびしり、びしりと尻ばかりか、尻の谷まで叩かれ、母さの右《ゆう》の教えた一日の中の昼の六等分の一、朝飯と夕飯の二度を食らぐらいの時の間、一刻《こく》ぐらいを費やしてしごかれた。なるほど、賊が、大名の手下や、奉行や所司代の手下に、あるいは用心棒を数十人ほど使う豪商と立ち向かう場合、歩き、進撃は重いものになる……はず。

――「おうい、昼飯やでえ」と鬼造が、歩きの稽古が終わらぬうちに、隠れ家の外に面した板敷《いたじ》きから叫んだ。おい、この時に、昼に、飯が、また食えるとゆうか。

えっ、ここは、賊の棲《すみか》では、一日三食なのか。遠江《とおとうみ》では、二食が、ごく普通だ。

道理で、賊の先達らは軀の骨組み、肉の付き方とがっしりしている。

ううん、ここの一番の上、親方は、子分、従う者達の使い方、操《あやつ》り方、心の隅隅までの支配の仕方を知っているずら……と、虎太は心を引き締めた。

何が起こるか分からない。けれども、ちょっぴり、先が見えてきた。案外に、明かるいずら。

――昼飯が終わると、厠《かわや》で腹を下して呻《うめ》くほどの時、ま、腹下しは、ちっこく淡い紫の綺麗な花を咲かす〝現《げん》の証拠《しょうこ》〟を煎《せん》じて飲めば、流行《はや》り病のそれとは別で一日半で治るのだけれど、その腹下しの時ぐらいの休みがあった。

「集まるのやあっ。今度は、これから、ありがてえ品、物、財、銭をいただく御客さまだけでのうて、我らを取り締まる侍、役人、私《わたくし》の集まりで刀、槍、弓を持つ悪人《あくにん》とやり合う時の、目ん玉の使い方やでえ。これ、大切ぅ、ぅ」

「私《わたくし》」という言葉で、不意に、あの炭小屋に閉じ込められ、やがて解き放された娘が心に浮かんだ。母さに似て丸ぽちゃ顔で口が大きいのにおちょぼ口、名はトキ、姓はサカキバラだった。その後、無事に、疱瘡《とうそう》、別の名では天然痘《てんねんとう》とも呼ばれる恐怖の流行り病にならずに過ごしているのか、自らを「わたくし」と変な言葉を口にしていたっけ。会いてえのぅ、けんど、もぅ会えねえだろぅ……のぅ。

「こりゃあ、遠江《とおとうみ》、あ、あかん、出生と育ちは知らぬが虎太あ、聞いとんのかあ」

「あ、はい」

「良《え》えか。目ん玉二つは、敵の奴ら、侍や役人や用心棒らの悪人を、きっと、睨《にら》む時、それだけではあかんのや。けんど、それらの、気の迫る力、刀か槍か短刀かの武の器《うつわ》、進む方角は真正面から見つめ切るのや」

どうもおのれ虎太ばかりに文句の先を向けている、この四十男は、と気にかかることを、いけねえ、自らを気にし過ぎた気分とすぐに恥じ、気を腹に力を入れ構え直す。

「正面、目の前の敵をきりり、ぎりり、きっちり見ながら、敵の裏、敵の左右前後をも、見るのやで。二つを見るーっ。それだけでのうて、遠い景色、空まで見て、三つを目で見るぅ。一番良いのは、見ながら、見ない振りをして、見るのだあ」

武《ぶ》の術の訓練とか稽古《けいこ》を超えて、戦の道義と術を説く『孫子』にはなく、『荘子』みたいなことをこのてかてか丸坊主は叫ぶ。

主《おも》なる的《まと》を見ながら、その他の全てを見る……ってか。

ん？　ん？

繰り返しやってみれば、物の見方が、倍か、うんや、十倍にも拡がりそうずら。


――三日目は、暗いうちから例の読経のうねりの声で起きてしまった。

読経と殺しの稽古は反対のものではねえのかのうと思ったが「殺しの練習やてーっ」と、また、てかてかの坊主頭を師として、こちらの頭《かしら》の竜一と別の頭の景清《かげきよ》と称する二人が指南役となり、始まった。

「不寝番の二人が、向かい合うのや。ろ、く、じ、み、ょ、う、ご、う、に向こうておるのが相手の首を締めるのやて」

不惑ぐらいの髪の一切ない男が声を張り上げた。「ろ、く、じ、み、ょ、う、ご、う、」とは何のことだか分からぬが、稽古場を兼ねている新入りと下《した》っ端《ぱ》の寝床の正面に、そういえば、くねくねした墨文字で六文字の「南無阿弥陀仏」の掛け軸がある。遠江の禅宗の僧の無了からは少ししか教えてもらえなかったが、一向宗、浄土真宗というのはとんでもねえ幅、信ずる心と殺しを同じ住まいとさせちまう深さと虎太はびっくりというよりは呆《あき》れてしまう。

呆れてしまった果てに、今の時世では、戦《いくさ》で伸《の》し上がってきた大名や国衆、そこに取り入って戦による負け組の男や女とか刀や冑兜《よろいかぶと》の売り買いで儲ける商人、どの大名や国衆に仕《つか》えたら報奨《ほうしょう》の銭や米が良いかを命懸けで追う百姓とその戦での雑兵、けっこう儲けがあるもんで勝手に足軽《あしがる》大将と名乗って良い顔をする者、みーんな人殺しと人殺しに絡《から》み付くのが……しがない生き方……と虎太は改めて知り、「南無阿弥陀仏」ってえのは、もしかしたら、人殺しすら救う懐《ふところ》の深い印《しるし》、呪《のろ》い、祝い、短かい言葉なのかもと気持ちのどこかに刻み込まれてしまった。

「おいっ、遠江の餓鬼の虎っ。聞いてんかにい。気合いを入れて、両手の十本の指に力を籠め、手首の力を効かせて首の真ん中の左を、ぶっとい血の脈が通ってるところにとりわけぎりり、ぎりっと締め……良《え》えか」

不惑の男の指し図で、虎太は豊丸の首を両手で包む。でも、豊丸の肉は感じの良いふくよかさだ。

豊丸もまた、「虎太さん、手抜きを頼むわいの」と言わずもがなのことを口に出す。

「必死にやるのやでえっ。殺せなんだら、逆に殺されるの気分になるのやっ」

不惑のでかてか坊主頭が新入りの指や手首を一つ一つ直し、命じる。

が、しかし、けれども、「殺せなかったら、殺される」は少しの説き伏せる力があっても、大きな義《ぎ》、真っ当な道義の力に余りに欠けている。殺し、殺されることの前に道理……が横たわっているはず。

豊丸も然《しか》りらしく、交代して、虎太が首を締められる役になったら、「侍も雑兵も冑《よろい》とか喉輪《のどわ》を身に着けとるのに、馬鹿らしい」とひっそり声で囁いた。

——素手から、小指の半分ほどの太さの麻紐《あさひも》で締め殺す練習に入った。

そうだ、こちらの頭《かしら》の竜一、鬼造、仁伍爺いが、たぶん木曾川の河口に近い港から舟に乗った時、いつの間にか腰の帯に束《たば》となって楕円《だえん》となった紐の束《たば》をぶら下げていたけれど、殺しのための武器だったのか。不惑の坊主頭が、丈夫そうな麻紐を伸ばすと、先っちょには物を引っ掛けるような鉤型《かぎ》の鉄であろう楔《くさび》が付いていて、かなり長い。そう、身の丈三人分の長さもある。

「命《いのち》の要《かなめ》は、左の首の血の脈の走る真ん中やけれど、そ、もう一つは、首の付け根から三番目の骨と四番目の間や。せやけど、今は稽古、首の一番上を二《ふ》た重《え》で括《くく》り、ほんの束の間だけ、縛ってのし」

さすがに殺しの教えをする不惑のてかてか坊主頭の男も手加減《てかげん》のやり方を口にした。

――次は、布《ぬの》を幾重にも先っちょに巻いた、指先から肩口まで二尺の長さの棍棒を渡され「良《え》えか。一と突きで、回りを気にせえへんで躊躇《ためら》いなどなく、殺す、殺し切る練習や」と、これは実際には数多くあるのだろう、武具を持たない商家への押し込み強盗とか、追《お》い剝《は》ぎとか、不惑のてかてか坊主頭の熱が入る――しかし、虎太は考える。今は、百姓も刀ばかりか槍を家の中に持っていて、どうも武装していない人を襲う練習で義《ぎ》が立たない。卑怯とも思える。

その上で、この稽古は、遠江の同じ村の東組と西組に分けての合戦ごっこで慣れ、練《ね》れている。もっと危ない竹槍と竹槍のぶつかりもしている、親同士が幾分仲の悪い両隣りの村の悪餓鬼どもだけでなく近隣の四村と。骨《こっ》、肝《かん》どころは、一対一の場合は喧嘩の矢先《やさき》に、村の大人の用語で「機先を制するずら」だ。あるいは相手がこちらに向かってくる寸前に、やはり村の大人の用語で「先《せん》の先《せん》を探すでのう」だ。向かってくる相手に必ず隙《すき》というものができる。一対三人、四人、五人の場合は相手方の大将を狙い気合いを殺《そ》ぐ。十対十の集まりの合戦では、横一列に並ばず、楔《くさび》型の三角の隊列で向かい、相手方の結ぶ力を壊す。

「うむ、この稽古は大事そのものやさかい、竜一殿と景清殿の正しい殺し方の実際をまず学ぶのや。しっかり目ん玉を開いておれっ」

〝正しい殺し方〟などと冷やりともして暗くなるとも思うことを言い、てかてか坊主は、頭《かしら》の二人に御辞儀をした。

「ほいじゃ、竜一はんから。おいっ、新入りども、どこを狙うてくるかを、良《よ》お見るのやでえ」

景清の方がかなり後輩らしく、竜一に恭《うやうや》しい態《てい》を取り、頭《こうべ》を垂れた。

身の丈一人分、遠江の曲尺《かねじゃく》で五尺のところで、頭《かしら》二人は棍棒を正面に向け合った。

向け合ったと思ったら、竜一が相手の棍棒を払うこともなく、両腕を伸ばし、「うひょーっ」や「おりゃあ」や「このうっ」の気合いの声も入れずに無言で、あっ、狙い目は鼻だ、なるほど鼻は、本当の合戦の時には、侍や雑兵の大将でも剝《む》き出《だ》しの裸だと聞く。守る武具は着けてはいないと遠江の大人達は言っていた。鼻を突かれると、人は頭が痺《しび》れてしまい、鼻血に塗《まみ》れて息を吸ったり吐いたりの半分弱しかできなくなる。静かに考えると、敵の両手両腕は別として、最もこちらの刀に近い。

ぴたり、と、竜一の棍棒の布地のたんぽの先が景清の鼻柱の小指の先ぐらいのところで止まった。

「おみごと」

不惑の坊主頭が誉める。

「さすがなしてよ」

景清という頭《かしら》の一人が頷いた。

虎太も、頭の竜一を見直してしまう。この狙いどころと動きの速さは毎日稽古して自らのものにした方が良い。心に刻み付けた感じでは、相手への進み方は先に習った珍しい飛脚の歩き方を早くすること、そう、早くだ。実の闘いでは刀となる棍棒は最初から両手で握り、その向き方は水平からじわりと鼻の柱へと上げること。

しかし……。

実際には、相手を殺すことになる。

殺しの大義が解らねえ……ずらと、もう、この賊に入る決心をしたのに、虎太に、通り雨、違う、土砂降りの雨みたいな虚《むな》しさがやってくる。

「よおっし、今の竜一殿と景清殿の正しい殺し方の形を物真似《ものまね》でいいから、やるのやあ」

てかてか不惑が命じる。

豊丸相手では情が入ってしまう。力が余って本当に鼻先どころか鼻柱を突いてしまいかねない。可哀そうずら。そう、胸板なら大丈夫。

「虎兄い、本気を起こさねえでな」

豊丸が、ぴょこんと頭を垂れた。

然《さ》れど、自分を気にし過ぎか、不惑の坊主頭も、竜一も、あんですなあ、別の組の頭《かしら》の景清も、おのれ虎太を見つめている。

しかし、虎太は、友達への情けを第一にした。

やる気がなくて、隙だらけで、これはこれでなかなか様《さま》になっている豊丸の首許の下の胸板を狙い、いけねえ「ぼこっ」と骨の音がした。

「ああ、痛えよお、おっ母《か》さっ」

済まねえのん、豊丸。

そしたら……。

「あかんな、馴れ合って殺しの気合いが入っておらんわ。今度は、竜一殿の組の新入りと、景清殿の新入りとの勝負、あ、いや、稽古に」

と、不惑のてかてかが言った。

虎太は、一度目のケンジと名乗る十四、五のすばしこい動きのやつとの狙いは、鼻先ではなく顎先に定めた。その通りになった。

二度目は、棍棒を滅多矢鱈《めったやたら》に振り回す、「十六、美濃産、シゲノハンゾウ」と珍しくも姓を持つのとやり、ハンゾウの棍棒の目まぐるしい動きに嫌気が差し、良《い》くねえのう、鳩尾《みぞおち》にたんぽごと棍棒の先を突き入れ、相手は、少し大袈裟ではないのか「死ぬでよう、死ぬなも、助けてちょうだあも」と転げ回った。

三度目の相手はシシマツと言う、おのれ虎太より二つ三つ齢上、髭は既に濃く顎に頬にびっしり繁り、背丈は中指の先から肘ぐらいまで虎太より高い。唐櫃《からびつ》のごと、きっちり長四角の顔だ。

身の丈一人分を置いて睨み合った時から、シシマツは虎太を体格からして舐めていて、こちらへ突き進んでくる準備、気配をたっぷりさせ、せっかく、今日の稽古は棍棒を水平にしての直進が要なのに、大上段に振り翳《かざ》した。

シシマツは「なんえ、その工夫《くふう》のない構えは。ちんとおしや」と京弁を使って口《くち》でも攻めをよこす。かなり賢いし、喧嘩慣れしている。

虎太はシシマツが向かってくる気《き》と、両腕の動きをその前に知り、その寸前に、撃《う》って出た。遠江《とおとうみ》の村人の大人の知恵か、大和の国の共通の考え方か「先の先」だ。

いけねえ、決め過ぎだのう。

棍棒は、たんぽで先を包《くる》んでいるのだけれど、鼻の両穴をまともに撃ち、シシマツは両手で鼻を抑えて仰《あお》むけとなり、夥しい鼻血が十本の指の間から溢れてしまった。でも、素直に負けを認め「あんじょう強いわ、わいを弟分《ぶん》にしておくれやす」と血だらけになって頭を垂れた。

——次の日は、おいっ、母さの教える史《ふみ》、あの禅寺の僧の無了が口にする〝世継《よつぎ》〟、〝来歴〟、〝歴史〟を、墨衣《すみごろも》なのに髪を中指ほどに伸ばしている五十ぐらいの老人が話をしにきた。

母親や、僧の無了の語った、皇尊《すめらみこと》の歴史、う、うーんと昔の大化改新《たいかのかいしん》など語らず、出発は、いきなり鎌倉に幕府のあった時から、三百五十年ぐらい前というが、親鸞の生まれからその為した偉大なこと、その師の法然のこと、越後《えちご》に流されて大変だったことから始まった。ここいらは、虎太も、禅宗の無了から、ちょっぴり教わったことがある。

が。

次に、五十年前ほどに死んだと聞く蓮如《れんによ》のことになると虎太はまるで知らない。だからこそ新鮮でもあった。蓮如は、守護や出始めた戦国大名に逆らって、武力ではなく自らの仏の道の治《おさ》めを大事にする源《みなもと》を持つらしい。しかし、武力もかなりが蓮如自身で、蓮如を敬まう一向宗の人人の今の今なのだとのことを墨衣の老人は強く語った。それは、公の認める守護・地頭などに代わって伸《の》してきた武力のみの大名が、おのれ達の領土と収奪という利益のために仏の道を踏《ふ》み躙《にじ》り、豪農や商人や自ら治める大きな町ばかりでなく寺寺に戦《いくさ》用の銀や銭である矢銭《やせん》を自分勝手に課し、応じなかったり言うことを聞かない時には寺を焼き払ったり僧侶ばかりか周辺の人人を殺したりすることに現われているとのこと。これから、これはもっと数多く酷《ひど》くなるとも言う。

虎太は「仏の道」がいろいろあって解らないが、少くとも、人殺し・強盗・人攫《ひとさら》いの悪人が一向宗を信じて救われようとしている凄《すご》みには参る……。悪の大海に溺れながら、畳一畳の狭さの中で救いを必死に求める……ような。

墨衣の五十男は、蓮如を誉《ほ》め称《たた》え、額に汗粒を溜めて、次のようなことをも告げた。

「蓮如さまが偉大なのは、人人を救って解き放つのは阿弥陀仏による本願《ほんがん》だけで、ここが信仰の最も大切なところとしたこと。せやから、坊主が施物《せぶつ》に応じて密《ひそ》かな儀式で極楽往生を約束するとか、金品や施物の高さや大きさで同朋《どうぼう》、信者の名帳《めいちょう》を作って坊主が極楽ゆきを決めるとかは邪義《じゃぎ》。坊主は単なる阿弥陀仏の救いを手伝う代官に過ぎないのや」

と。この言葉が本当とすれば、蓮如っつう一向宗の先人は、上から人を見降ろす坊主の質《たち》と中身の無さをかなり深く知っていると、虎太は考えてしまう。

それにしても――。

この五十男は髪を薬指ほどの長さに生やしているが、やはり坊さんに違いないと虎太は推し測るけれど「坊主、坊主、坊主」と舐《な》めた言い方をして、大名や国衆などの代わりに税を絞り、威張りくさっている代官と同じ扱いをする。

たぶん、この墨衣の教えの行き着くところは「信じよ、一向宗を。信者、同朋になるのや」であろう……。

けれども。

どうも、それだけでなくて「他の坊主は信じなくても良い。ここの組は、ここの組のやり方がある」を含んでいるような。いや、ここに力が籠もっていると映る。

つまり。

同じ一向宗の中でも、それぞれ信心の仕方の違いがあり、かつて、いや、今なお、その対立が厳しくあるという実のことの現われ。

そういえば、この雑賀《さいか》の港に舟が着いた時には、燥《はしゃ》いで迎える男達と、むっとして睨《にら》んでよこす男達がいた。みんな、刀か鉈《なた》か尖り切った竹槍を持っていた。

「気《き》を集め、聞くのが良《よ》しっ。いろいろな思い、邪義《じゃぎ》、お上《かみ》や羽振りの良い武将に膝を屈する者どもがいても、安心するが良いでのし。ここの石川組、おっと、とんでもなく儲けておる商人や百姓を搾《しぼ》る豪農や名主《みょうしゅ》を懲《こ》らしめる総大将、大いなる親方は、親鸞さま、蓮如さまの信仰の要《かなめ》、『他力本願《たりきほんがん》』、そうやて、阿弥陀如来の無限の慈悲を心で軀でやりなはっておるよし。信じて、おのれを無《む》にして、従ってゆくのが極楽、浄土への近道やあっ」

一寸半ぐらいの髪の毛を揺らし、天井へと直立させるようにして墨衣の五十男は叫んだ。

やっぱり、ここか、辿り着く地平は。

でも、親方という男に直に見《まみ》えてえの。

ま、部下の賊や、まだものになるのか分からぬ新人と簡単に会ったら自らの威《い》を軽くしてしまうし、足《あし》が付《つ》くってえやつになり、縄《なわ》を貰って、首をちょん斬られるだろうから……、用心の心を研《と》ぎに研《と》ぐのは当たり前ずら。

虎太は、気分を落ち着かせようと回りを見渡した。

おいーっ。

おのれ虎太の弟に似た平吾が、いない。泣き言ばかり吐いていた。けっこう賢いのに。

それだけでねえずら。

昨日《きのう》の、棍棒での殺しの稽古で、姓を持つのだろうから家の位《くらい》はあるらしい美濃出のシゲノハンゾウが、いない。訓練と遊びが七対三なのに「死ぬでよう、死ぬなも、助けてちょうだあも」と必死に声高に転げ回りながら告げた若い者だ。

そう、二人は、役立たずと消されたのか――うんと幸いの命運として、場も方角も分からぬところへ捨てられ、置き去りにされた――のか。

弟みたいな平吾、平吾、平吾……。もっときっちり忠告をして、気合いを入れておくべきだった。

うむ。

ここにいる限り、決して弱音は吐くまい。

「二十里《り》の道を一日で走れ」と命じられても。

それにしても。

何が「総大将の、大いなる親方」だ。俺ら達は、まだ若くて、未熟。将来もあるずら。なのに、見込みがない、と消すか、放ってさ迷わせ飢え死にさせるとゆうのか。

でも、でも……。

ま、この、戦世《いくさよ》の時、どの餓鬼んちょも、若者も、刀や槍を持っての殺し合い、一歩を踏み外したり、負けたりすれば飢えか、火焙《ひあぶ》りか、首を落とされるか、病の死か……なのずら。


——その次の日は、しっかりした侍ふうの三十代半ばの男が、裁付袴《たつつけばかま》のゆったりした衣に、畏《かしこ》まった袖なしの肩衣《かたぎぬ》の姿で出てきて、こちらの頭《かしら》の竜一の紹介だと「この敷島、大和の国の位置《いち》を教えていただくわけや。耳穴をかっぽじって聞くのやでえ」とのことだった。

三十男は、手の平の三倍ほどの紙を、たぶん高価な紙を、何と二十枚も切り貼りした大きな板を出し、見せた。

三つの島が濃い墨の線で描かれ、薄い墨でもう一つ、上の方に、たぶん、それが蝦夷地《えぞち》とゆうのか、描かれている。

「えーと、土地、場所、どこにおのれ、おのれ達、敵がおるかは、自らの命、ありがたか銀や銭の根っこのことたい」

眉も鼻の下も顎の鬚《ひげ》も濃い三十男は、聞き慣れない、いんや、天竜川で助けたむっつり六助に似た訛《なまり》を帯びて語りだした。

虎太は、この賊の組が、かなりの規模を持ち、あれこれ西や東の地域の人と人との脈《みやく》、元となる知《ち》についてでかく、深いと改めて知る。

「ここが、京。荒れ放題ばい。ばってん、皇尊（すめらみこと）の御所と幕府は辛うじて面目ばかりを大事にして、か

すかに残っておるけん」

三十男は、どうも、遠い西国（さいごく）の出らしい。

「隣りが大坂のある摂津（せつ）とゆうとたい。ここには、石山本願寺（いしやま）があるでな。通称、一向宗の本山（ほんざん）ごた

る。そりゃそうたい、ありがたかあ」

この男も、むろん、一向宗の信者で、しかも強く信心しているのだろう、北東方角に頭を垂れた。

「今、うちらがおるのは、ここ、雑賀（さいか）の少し北や」

摂津の下の方の◯印を三十男は指す。

「せやばって、港から、ここへくるなかで分かったろうが、京の測り方で十里あるこっちゃ。だか

ら、もう雑賀ではなか。いずれ、はっきり教えちゃる」

まだ新入りを信用していないのか、三十男はやや曖昧（あいまい）にした。でも「十里」もあったかのう。京の

測り方は、遠江（とおとうみ）より短かいのかのう。遠江では、大人が明け方に歩きだして、春や秋の彼岸の日の暮

れる頃にやっと五里……。

三十男は、今から七百年以上昔に都があったという奈良、「この大和で今の今、一番、商人が儲け

て唐（から）だけでなか、海の向こうの話や物が入ってくる図（さかい）」、織田の城のある清洲（きよす）、武田の甲斐（かい）、上杉の

越後（えちご）、北条の砦の小田原などを点や線で示す図を指で差しながら「せやばって、必ずや、本願寺門

徒、同朋が仏の道を大事にするこの大和を作るたい」と結んで話を終えた。

──三十男の地勢（ちせい）についてが終わると、目の据え方、歩き方、殺しの稽古の復習（さらい）をやった。

終わって、ほっとしたら、組の偉い人も、虎太達も地べたに座り、手拭いで頬被《ほお》りをした老女が出してくれた白湯《さゆ》を飲んだ。ここいらの水は、そう、すっかり古里《ふるさと》の感じとなってしまった遠江の水よりおいしい。そういえば、うねうねして光る大きな川がそんなに遠くないところにあったなと、虎太が立ち上がって背伸びして見渡すと、こちらの頭《かしら》の竜一が「キノカワと呼んでおる」と自らの掌《てのひら》に「紀の川」と記した。

あれ。

その川のこちら岸からも、年若い男の声のざわめきとゆうか叫び声が、風向きのせいで微かに聞こえてくる。

そうか。

この賊が、組が、掻っ攫い、場合によっては甘い餌で誘った新入りを訓練する道場が別にもあるのだ。もしかしたら、三ヵ所、四ヵ所、五ヵ所と。たぶん、賊の古顔、重立った者が住み、屯《たむろ》するところも別に何ヵ所かがあるはず。

だったら、組の親方は、足が付かないように、北方角の山並みの間とか、東方角に聳《そび》えるそれなりに高い山山のてっぺんにでも仙人みてえに隠れ住んでいるのかのう。

四

同じ年の暮れも押し詰まる頃。

目の据えどころ、歩き、人殺しの稽古の上に、母さの右《ゆう》よりは緩《ゆる》く短かいとしても走りが加えられ、そして、悪を為《な》す賊だけがやるのだろう、「他人が一人二人、いいや、十人おってもや、ひっそり、気付かれず、自らを消すほどにして、隠れ、あたりを調べ、すぐにでも敵の一番手を殺せる稽古やでえ」とこちらの頭《かしら》の竜一と別の組の頭の景清に命じられた訓練をも始めだした。

この訓練は、なるほど大事と分かる。

お天道《てんと》さまが輝いている時は、一枚の衣で、下の袴は膝までしかなく筒《つつ》となって紐で閉じる小素襖《こすおう》の姿、雨空の時は同じ小素襖だが灰色のそれ、夕方は藍《あい》色のそれ、夜は黒いそれでやる。「自らの姿を消す」など有り得ないが、その心情はかなり面白い。「生きてここに在る」のとは別の自分を見つけられる。欲を捨てて、回りに溶《と》けて、それでもなお自分が在《あ》る不思議で楽しい気分なのだ。回りに溶けて「見る」「調べる」のは、確かに、普通の場合より、気配りの思いを尖らせるより、遥かに冷えて静かにできる。

但《ただ》し、そこから「殺し」へは、ちぃーっと、難し過ぎて、参るでござるよ、頭の竜一さん。

それに、この稽古は衣を時と天気によって変えてから、木登りから始め、これは得意で楽ちんだが、そして、板葺《いたぶ》きの屋根に登って這いずったり眠ったりも良いけれど、道場の横に渡した梁《はり》にぶら下がり、母さの右《ゆう》の教えでは四半刻《どき》、遠江《とおとうみ》の家だったら朝起きてから大きい便をして口を漱《すす》いで広くもない家の庭を一周しておかしなことがないかを見回るほどの間、我慢しなければならないのがきつ過ぎる。

豊丸など「頭《かしら》さまーっ、糞《くそ》が出ますう」と幾度も訴え、しかし、もしかしたらこれが殺されるか、山の中に放って置かれるかの境目と今更ながら気づくや、大きいのを漏らしっ放しとなって、かえって、頭に「掃除が大変やでえ。おみゃあはやらんで良《え》え」となった。

そういえば、掃除もまた戦《いくさ》で寡婦《かふ》になったらしい老いた女の人達がやる。しかも、その責《せき》を負うのは、先だって名前がやっと分かった〝おひろさん〟で、どうやら、頭《かしら》の竜一、景清は新入りの時代に世話になったのか、決して命令とか、注意とか、文句とかを与えない。しかし、のう、豊丸は賢過ぎるし、すぐに糞を出せるのは器用過ぎるとしても大した役者だ。

もちろん、縁の下に潜ったり、壁に寄り添って直立したり、天井裏への登りの探しとそこでの板一枚下の話を盗み聴きする技も教え込まれた。

その時、塀《へい》や、錠で鎖ざされた高い木戸や、二階建てとか高殿と映る家にそっと、あるいは、いきなり登るために、紐の先端の鉤《かぎ》型の鉄《てつ》の楔《くさび》を利用して、塀のあちら、木戸のてっぺん、二階の出窓などにぎりぎり引っ掛けて登る初歩の訓練もさせられた。が、鉄の楔をがっしりと嚙ませたりすることそれ自体がひどく難しいと知った。たぶん、この技を自在に熟《こな》せるには三年以上を要するだろう……。でも、時が空《あ》いた場合はこれを毎日毎日、一人でも、稽古しようと虎太は思った。

それにしても、組の重立つ者が腰にぶら下げている長い紐の束が、殺しにも、押し入る道具にもなる便利さに虎太は感心してしまう。賊の経たあれこれのこと、その史《ふみ》、歴史が見えてくる。

遠江にいた頃の年長の悪餓鬼が、「夜這いの練習に一番に役立つのは〝忍者《しのびのもの》ごっこ〟ずらあ」と自慢気に言っていたが、ここの賊の組は忍者の術をも身に着けているのだ。

——〝忍者ごっこ〟の一旦の終わりは、遠江の故郷でも遊んだ〝馬《うま》〟とか〝蹴馬《けうま》〟の通りと応用だった。「土塀《どべい》や壁を越える術」なのだとのこと。二人が屈んで土に這いつくばり、一人が乗る初歩から、一番下が六人で、一番上が一人で、なるほど、楽楽と身の丈二人分の高さは越えられる。

——忍者みたいな稽古は、他にもあった。

そう、「水の中に隠れ、話を盗む術」、「それだけでのうて、逃げても逃げ切れん時に、自らを助ける技」との気合いを頭《かしら》二人から入れられ、かなり歩いて、天竜川や木曾川とは違って、ゆったり、たおやか、けれども水の嵩《かさ》が豊かな、竜一の教えた紀《き》の川《かわ》へ案内された。川の縁《へり》には、もう野蒜《のびる》の茎の上には薹《とう》が立っていてその根っこの球《たま》はぶっと過ぎるだろうと思わせた。この地には、虎太の〝故郷〟より三十日ばかり季節が早くくるようだ。

　半端《はんぱ》な中州《なかす》二つに囲まれた目の前の川の流れは緩くて昼寝したよう、二十四節気の立春がすぐそことはいえ水の中は冷めたかろうと虎太を含め新入りは震えてしまう。

　息をするための、細めの淡竹《はちく》の節《ふし》を抜いた一尺の筒を渡され、あの暴れ川の天竜川や似たような川での試練を潜り抜けてきた者達だから立ち泳ぎはできるはずで、竜一、景清の二人の頭《かしら》の命で、川の淀《よど》みの深いところまで行き、頭二人による模範の仰《あおむ》けの泳ぎから身を三尺から四尺ほど水に潜る練習をして、案外に紀の川は冷えていないと分かる頃に、淡竹の筒より細く、節《ふし》と節《ふし》の間の長い唐竹《とうちく》の筒を口にして川の表の気《き》を吸い、吐き出すことをやらされた。「川の魚になり切るのやあ」と言われ、これに慣れると、両耳の穴に淡竹《はちく》より細い五寸、つまり半尺、中指から手首まである、たぶん真竹だろう、筒二本を渡され、仰《あおむ》けで、川のせせらぎの音、空《そら》の音、鴨《かも》や鷺《さぎ》やかいつぶりの鳴き声を聴き分けることをやらされた——慣れるのには大変だったけれど、これは、実に、面白く、楽しかった。でも、いざとなった時に役に立つとは思えない。いや、賊には、あらゆることが起き得るし、あらゆる才や能《のう》を花咲かせることが求められると〝この道〟に嵌まっていくおのれを知ってきた。

　——十六歳となった、正月三ヶ日だけは「大親方の考えやて」と頭《かしら》の竜一は告げたが、この道場とゆうか、隠れ家とゆうか、新入りのしごきの地獄の半分の場とゆうかを越えて遊び、休んでも良いとの、かなりおおらかな賊の頂《いただき》の思いだ。

もっとも、ここで命を賭ける心情はできているが、ここで逃げだすなどはできないとの心への圧《お》す力や怖さからくる金縛りに遭《あ》っているのだろう、屋敷の塀や垣根を越えて近所を探索《たんさく》したり、この山の下へと年頃の娘の住んでそうなところを凍《い》ての中でうろついたのは虎太と、痘痕《あばた》だらけで女に持てそうもない豊丸と、別の頭《かしら》の景清の組の二つ齢上で軀はごついけれど虎太にたんぽ付きの棍棒で突かれて鼻血を出して腰を抜かしたシシマツ、獅子松《ししまつ》だけだった——もっとも、年頃の娘はついに一人も見ることができなかった。女は山の杣道《そまみち》で出会い、丁寧に「明けましておめでとう」とこちらから頭を下げた三人の六十代、五十代、五十代と思われる人だけだった。

ど偉い大いなる親方が正月なので部下の年始の挨拶を受けにくるかと思ったが空振りだった。

その代わり、鬼造、仁伍爺い、六助が現われて、しっかり白い紙に包んだ年取《としと》りの祝いを、内緒なのか、虎太だけに、こっそり、厠《かわや》や廊下で渡した。成り上がりの戦によって伸《の》してきた大名や国衆が公家に、あるいは商人ばかりか僧侶までが時の実力者にひっそり渡すとゆう〝袖の下〟の意味が解りかけた。悪くはねえずら。もっとも、こういうやり方が流行りになっても困るのう。

——正月が終わると、それぞれ別の土地から掻っ攫ってきたのであろう、しかし、いろんな験《ため》しや試練を取り敢えず潜り抜けたはずの新入りの十五人と合流し、稽古、稽古、稽古の日日となった。

虎太は、朝の暗いうちからひっそり起き、「腰で立つ」、習ったよりかなりの速さで「腰で歩く」、そして、遠江からの母さの右《ゆう》の躾《しつけ》と同じく走る、腰紐の束を解《ほど》いて殺しの武器とするを繰り返した。夕飯の後の休みの、みんなが床に着いた後も。

この虎太の目立たぬように、他の者の眠りや休みを邪魔しない気配りの稽古に、たまに、豊丸が、そして京生まれの京育ちと言う獅子松が付き合うようになった。

とぼけているのに気転の利く豊丸と京弁で盗賊に似合わぬ品を持つ獅子松と虎太は、だから、かなり親しい仲となっていく。

「あのさあ、俺、痘痕《あばた》でみっともねえのに女好きでよ。虎太の兄いっ、女をこます術を頭《かしら》二人に教えるように申し入れてくれねえか」

豊丸は、切実、必死、真正直と思えてしまうように訴えた。

「俺《わい》は、図体、体格には自信があったおす。けれど、勇気も志も、いざの気合いも役に立たんと知りおしたわ。虎太兄いとの棍棒での遣《や》り合《あ》いまで解らへんかった。おっ父《と》う、おっ母《か》あも、雑兵とその手伝いで狩り出されたり、負けた雑兵の女の飾り物の拾《ひろ》いの最中に死んで、兄さん二人もどこかへ消え、うん、ここで飯の種を貰うしかあらへんさかい、どうか、俺が危ない時、殺される時には救ってくれたら極楽でんね」

と、獅子松はごつい軀で頭を下げてくるのが三度、四度であった。しかし、よくよくこの二つ齢上の獅子松を見ると、顔は唐櫃《からびつ》に似た長四角ではあるが、眉は反《そ》って太く、鼻もきりりとしていて、色《いろ》男《おとこ》の気配に満ちている。

何だかんだゆうて、明日は分らぬ命運、虎太は友達を大事に、掛けがえのない人として、大切にしようと改めて決心をし直した。

五

ついには、土の壁、板の仕切り、天井裏の板などを通しての他人の声の盗み聴きまで訓練されて、卯月《うづき》四月、八十八夜を迎える日となった。

頭《かしら》の竜一が、道場と寝床を兼ねたところへ、うとうとしている虎太を揺り動かした。

「おい、虎。今日は、すげえ、どでかい、親方が各《おのおの》の班、四つの班の、ま、望みがある新入りと会《お》て下さるとのことや」

頭は、いつものゆとりを無くしたように目を見開き、瞼《まぶた》の上へ下への開きと閉じのぱちぱちを繰り返した。

「良《え》えか、黙《だ》んまりは駄目そのもの。喋《しゃべ》り過ぎはもっとあかん。でも『ここぞ』の時は、殺されてもしゃあねえ、どこかへ捨てられても已《や》むを得《え》んの心構えで考えを口に出すのやで。実に至難《しなん》の分れ道の決め方……やけど」

「あ、は……い」

「わいは、おみゃあはんを失ないたくねえのや。いんや、虎太がでかくなって我が組、我が団《だん》がもっとでこおなると願っとるんやでえ」

「ま、そのう、静かに頑張りますずら」

「うん」

もっと、あれこれ言いたそうに頭《かしら》の竜一はしたが、回りが起き始めた。

——新入りはみんなでなく、虎太、獅子松、正月に合流した別の頭《かしら》の下の茂次《しげじ》、そして、門太《もんた》の四人だった。どうやら、四人の頭《かしら》の下の新入りが一人ずつ選ばれたらしく、虎太は胸を張りたくなったり、待てよ、こうやってその気にさせられて真っ先に生け贄《にえ》にされるのかという空恐《そらおそ》ろしさを感じたり、ええーい、行けるところまで行くしかねえと勇気を奮い立たせたりといろいろ混ぜた気分となる。

四人の新入りに、四人の頭《かしら》が付き添うのだと分かった。

四人の頭に、持ち物を調べられ、この百日以上、正月を除いて虎太が腰に吊るしていた身の丈三人分の長さの鉤《かぎ》付きの麻紐は取り上げられた。

これから見《まみ》える親方は、警戒の心がかなりあるというよりは、その配下の気配りのし過ぎとも感じてしまう。

そして、改めて、重ねて、虎太の中に、この、盗み、強盗、脅し、人攫《ひとさら》いの賊の「道」、「仁義」、「目標」の鼠《ねずみ》色の曖昧《あいまい》さが、ひどく気になりだした。虎太は、母さに習うより自ら学んだ孟子の説の「性善説」が全て正しいとは思わないけれど、人の性《さが》は善人との気持ちは人ならばどこかに、一割か二割か三割ぐらい、うんや、半分は持つと考えるのだ。記憶によれば、孟子は唐《から》の国の〝戦国時代〟の人、その説では、人の本当の性《しょう》を「人に忍びえない心」、仁・義・礼・智の徳へ至る四つの糸口の「四端《したん》」、「本心」、「良知良能」とか虎太には解りにくい言葉を含めて説いていたのだけれども。

ううん、それもそうだが、実の訓練の仕方、教え、組のあり方《かた》についても……駄目が多い。ま、良いところが、今のところは多くて気に入っているけれど。とりわけ飯はうまい上に、必ず食わせてくれるなど、今の世の中では大名、国人、国衆、侍の偉いやつ、儲かる商人並みだろう。

——底無しの青さのある空の下、四人の頭《かしら》に、前と後ろを挟まれ、どうも去年港から連れられてきた時とは別の道を辿っているらしく、一旦は、南へと山道を下り、紀の川に出会うと堤を東へと進み、丘を登って、やっと、新入り訓練の道場への道と出会い、西へ下って行く。

つまり、親方の住む場所を新入りの未《いま》だ確かな根性のない餓鬼には分からせない、誰かに喋られたらとんでもなく困る、戦の大名や、国衆や、生き残る地頭などの捕吏《ほり》に告げ口《づぐち》されてはやばいとの考えだと、道をくねくねして進む遣り方を虎太は知る。そう、当たり前だろうが、未だ、新入りは信用されていないのだ。信用されるのは、たぶん、命懸けほどのでかい泥棒の行ない、大商人の倉まるごとの強奪、場合によっては大名の城の金蔵《かねぐら》の〝貰《もら》い〟……か。

——着いたらしい。

というのは、四人の頭《かしら》が四人とも、急に背骨に長い刀を直に入れたように伸ばし、眉をぎっと上向けたからだ。

遠江《とおとうみ》の外れの虎太の住んでいたところと較べると、町と村の半分半分の、その入口という気分の集落の感じだ。

家の軒《のき》が、二十ぐらい並んでいる。茅葺《かやぶ》きが四軒、板葺きが残りだ。

その家並みを通り過ぎ、小さな道を逆へと戻った。

うん、表通りを過ぎた折に、黐《もち》の木の矢鱈《やたら》に目立つのが二本、門替わりに立っていたけれど、ごく普通のしもうた屋ふうの家の、その裏木戸だ。裏木戸からも黐《もち》の木のてっぺんが見える。

どうやらここは、雑賀《さいか》の港とはかなり隔《へだ》りはあるが、とんでもなく遠いところではないらしい。海の潮の匂いは、ほんの、ほんの、微かで、むしろ、河口の灰汁《あく》っぽい匂いと、夏が近いので草草の蒸《む》れる匂いが鼻穴を擽《くすぐ》ってくる。

裏木戸では、へえ、そうなのだろうな、竜一を含む頭《かしら》四人を顎で示す男二人が、つまり、頭四人より偉いらしいのが、新入り四人だけでなく、頭四人の腋、腹の帯あたり、股間、尻と調べる。かなり厳しく、重重しい、軀の調べずら。

裏木戸の上からは、あんまり手入れされていないけれど、草木の思いのままを生かしたような姿の庭となっている。つくしの果ての杉菜《すぎな》、そろそろ花の咲きそうなどくだみ、野薊《のあざみ》、そして、茎の皮を剝《む》いて炒《いた》めて食うとおいしい石蕗《つわぶき》……。

裏木戸を、草に囲まれて過ぎると、別の二人が出てきて、裏口の土間《どま》から長い廊下へと導いた。

障子《しょうじ》ではなく、襖戸《ふすまど》のところで、再び別の二人が立っていて、あーあ、こんな細かい、瑣末《さまつ》な軀の調べをやっていてはこの賊の先も知れてると思ったが、新入り四人、頭《かしら》四人が、またまた武具の有無を調べられた。何度目ずらあ。


——ふんとに、悪戯《いたずら》好きの親方でござんすよ。

しかし、床の間の感じは、かなり良い。誰の画かは、むろん分からないが、掛け軸がある。松の森が嵐の強い風に揺れる海辺を背にして、今にも難破《なんぱ》して、引っ繰り返って沈みそうな帆《ほ》掛《か》け舟が描かれている。へえーい、い、これが、百姓、普通の人が飲めない茶の道具の一つか、白い地に青い樹木や花が咲いている陶器が置いてある。

四人の頭が、土下座のやり方で両膝を上座《かみざ》の方へ整えて座った。もっとも、遠江の荒れ寺の僧の無了は「達磨《だるま》さまの坐禅の形は、こうでのう」と、胡坐《あぐら》の座り方を「正しい座り方」としたから、どちらが本式か。

「よう、堪《こら》えて、頑張って、今日までできたなあ。母《か》かやん、父《と》とやんと離れ離れになったり、両親がいなくても友達、古里《ふるさと》の地での蜻蛉《とんぼ》釣り、小川での鮒《ふな》釣り、桑《くわ》の実の摘み、然《しか》り、他にも、憧れの姉《あね》さんとかあったやろうに」

ふうむ、親方という人がこれか。しかし、けっこう、良いことを言う。言葉も、ことは、どこか違うような。

それにしても、これが、虎太の頭《かしら》の竜一を含めて、その上をも配下にする大盗賊の親方か。そこいらにいるごく普通のおっさんの雰囲気を持つ。

「おい、ツネ、この新入り達に褒美《ほうび》を与えるのや」

侍みたいな素襖《すおう》を着た親方は、機嫌良さそうに、不惑、四十前後と映るのに小娘《こむすめ》のごとく目蓋《まぶた》をうっすら桃色に染めた。

「ありがとうございます」

「おおきに」

「たいへん、ありがてえなも」

「ありがたいこっちゃ、でして」

新入りの四人が交交《こもごも》、掻っ攫われた土地の言葉で謝意を口に出す。確かに、手触わりでは紙に包んだおひねりの中には銅銭でなく銀であろう、それも二匁《もんめ》の粒と思われるのが入っていそうだ。銀一匁は八十文だから、二匁なら徳利に入った一升の酒を二本、米だと三十升は買えるのではないか。

それにしても。

まさか、武将の影武者ではあるまいけれど、この顔つき、姿が、大盗賊の親方なのか、本当に。礼を失したり、嫌われぬように虎太は恭《うやうや》しさを装い、でも、しっかりと見る。

好好爺《こうこうや》と言うにはまだ若過ぎるが、ちょいと見《み》、孫を可愛いがる若く優しい初老のおっさん、決して客を騙さない正直な商人、喧嘩や揉《も》めごとがあれば公平な仲介をしそうな人物と映る。

軀も丸丸としているが、小柄だ。

しかし、良く良く見ると、引っ込んだ奥目の両眼の底には猛猛《たけだけ》しい鮫《さめ》すら眼光だけで脅して仕止めるごとき圧《お》すものがある。

唇は上下とも分厚い。情《じょう》さえ秘めていそうに思える。

額は〝おでこ〟と呼んでふさわしいように出っ張っている。

頭《かしら》の竜一が脇に畏まって座っていたが、虎太の腿の脇を叩く。何かの合図か、注意か。

いけねえ、親方の容姿について注意のし過ぎだったか。その証しに、親方が「あ……あっ」と俄《にわか》に不機嫌そうに眉根と眉根の間に深い皺《しわ》を刻んだ。

「うう……う、う、ううっ」

違っていた。女、しかも若い女の呻《うめ》きと喘《あえ》ぎの声が、親方の斜め後ろあたりの別の部屋から聞こえてきているのだ。

えっ、おいっ、これって、遠江《とおとうみ》の村の大人達が話していた、男と女が目合《まぐわ》いする時の女の嬉しさの声か……。

女の呻きと喘ぎが静かになった。

「あ、そうやな、儂《わし》がここの頭領《とうりょう》、親方のいしかわさもんだわい」

出っ張っている額に汗の玉を浮かべ「いしかわ」は石川、「さもん」は左門だろう、いずれにしても勝手に姓を名乗り、いかにも武士らしき名も連歌師や能や狂言の役者のように自分で付けたのであろう。もっとも、虎太の死んだ父《とう》さだって、名主に袖の下を贈り〝清水〟の姓を貰っていて……そのう。

「よっし、新入りの者、前に座っている儂《わし》に向いて左の奴《やつ》から、決心を言うのや。但し、嘘や法螺は口に出すな、真正直な気持ちをや」

この石川左門の耳は、そういえば、ひどく大きく、団扇《うちわ》みたいだ。その団扇耳の左右をひくひく動かす。そうか、斜め後ろの部屋からくる女の声を気にしているのだ。

「あ、それから、この組への進言《しんげん》、けどや、前へと進める考えを言いなはれ。ほれ、おまえ」

石川の親方は、新入りの身も心も縛り、実の自由を禁じているわけで図図しい。けれども、太《ふと》っ腹《ぱら》でも……あるのか。

「えーと、騙され、いえ、誘われたすぐ後に『あかんね』と気付きやしたが、今は、親父、おふくろも田畑を手放してどこかへ逃げ……せやから、やるしかのうて、やりまんね」

「どんな大泥棒をも越えてなるなあも。よろしゅうなも」

「とっくにおっ父う、おっ母あが死んで親戚に預けられての暮らし、だから、ここに連れてこられ、泣くほどの喜びのこっちゃです」

と三人が、それぞれに告げた。それなりに真《まこと》の一端が籠められていると虎太は感じてしまう。

「はい、俺は、虎太と申します。最初は、母さ、いえ、母と弟が心配で不安でありましたが、この組の底の知れない力の活発さ、駄目な人である俺の能《のう》とか才とかを拓《ひら》いてくれると、根性を据えてやるつもりですずら」

虎太なりに、決意を言った。

「ふうむ、おめえが遠江出の清水虎太か。進言があるやろう？　許すわい。言えっ」

好好爺《こうこうや》の感じを保ったまま、石川左門親方は喜ぶように頭を上に下に揺らした。

「あ、はい」

「あんなあ、早く言え。儂《わし》にも、あの、あの、えーと、族《うから》、家の中のことも待っておるのや。あ……ま」

なにゆえか、石川の頭は、十一、十二、十三の若い娘のように目の上を再び、いや先刻より赤くして、かつ、腫《は》らした。

「では。初めに、この賊、おっと、済みませんのう、組の的《まと》、目当て、道義《どうぎ》を、はっきり、明きらかにせねばいけねえと。例えば、敢《あ》えての盗み、殺しの、理由を、目的を」

　掻《か》っ攫《さら》われてからの思いを、虎太は出す。

「そんなの必要……けえ？　坊や」

「戦争の神さまみたいな唐《から》の孫子《そんし》が、最初に五つの大事なことを挙げて、その一番目に『曰《い》わく道』と書いてるずら、親方さま。『道』とはたぶん、組の偉い人も兵《へい》も同じ心になる政《まつりごと》みたいな、的《まと》、目当て、道義……のはず」

「孫子けえ、聞いたことはあるわいの。そりゃ、そのう……やな。うむ、うんとあくどく儲けとる商人の銭、銀、品を、最も貧しい人達に分け与える……正義……ゆえだ」

　まるで自信ないように、短かい首を下に向けて石川の親方は答えた。

「親方さま、奪った銭、銀の何ぼを？」

「こちらが九は当ったり前。京、大坂、いろいろ、あれこれの貧乏人へが一や。時に気張ってそれに一を足す……それなりにだわ」

「親方っ。年貢だって、大名、国衆、生き残っている守護すら六公四民。ちぃーっと、取り過ぎじゃあ」

「えっ、そうやろか。でも、話の筋が、どこか違うてきておるわい。その他に、何か文句あるかいのう」

　思った以上に、親方は感じたらしく、低い声と姿勢で、虎太に聞いてくる。

「『喋り過ぎては、あかん』と頭《かしら》に戒《いまし》められておりますでのう。その上で、言っても良《よ》おござんすか」

「良《え》え、良《え》え」

なお、ぴくぴくと、鳩が羽ばたくみたいな、大きな団扇《うちわ》のような耳を震わせ、石川の親方は頷いた。

「組の根性の根のこの確かな立て方の次は、組の有り様《あよう》ずら、石川の親方さま」

「言えっ」

親方が承諾し、勧《すす》める。

言い過ぎの度をこれから越えようとしていると分かるのか、頭《かしら》の竜一が虎太の袖を、くいっくいっと引く。

もう、既に、この賊の組に入って、命懸けをするつもりの虎太には、やはり、重大、大事中の大事、大切そのものの進言と考える。

「組、党《とう》の中の、麻の素《もと》の苧麻《ちょま》や、近頃は急に流行りだした木綿の素の綿《わた》から布を機《はた》で織るような仕組みをきっちり作ることでのう」

「小僧、おめえ、何を言いたいのし?」

「もう力は無いと聞きますけど、幕府とか守護の役人、大名や国衆の代官や奉行や捕《つかま》えにくる兵から、この組を守り、やがてそいつらを攻めるための組の編《あ》み方、つまり陣《じん》の組み方ですずら」

「ふう……む、なるほど。親鸞聖人の教えだけでは足りねえ……かのう」

石川の親方の菱《ひし》形の奥目の底が、好奇の気分が湧いたかかなり黒くなった。でも、強盗の道と仏の道ではやっぱり違うずらと、虎太は束《つか》の間考えたが、もしかしたら……。

「組がどでかい財や銀銭の盗み、おっと、百戦しても百勝するためにも、組の仕組みを強くしねえと」

「ふうむ、例えば何やな」

身を乗り出して親方は聞く。

「まず、決して大名の部下の捕り手《とて》には、あるいは隣り近所の人にも、場合によっては仲間にも顔や在《あ》り処《か》を曝《さら》さずに過ごし、活躍する人達の集まりを作ること……親方さまを初めとして」

「おいっ、だったら不便な山奥で暮らすわけかなあ。遊ぶ女もおらん……」

「いえ、必ずしも山奥でなくても、こういう町並みに、町衆《ちょうしゅう》に溶《と》ける暮らしを。守り役の数は減らして目立たぬようにして、普段は針や糸や女の櫛《くし》などの小間物を売る店などにして……親方さまは隠居《いんきょ》の振り……などを」

いけねえ、喋り過ぎか、隣りの頭の竜一が、虎太の太腿を激しく小突く。だったら、もう一つだけ大事なことを。

「覇《は》を競《きそ》う敵、これから狙う的《まと》を良おっく知り抜くことも大切……一番に効き目があるのは間諜《かんちょう》、間《かん》者《じゃ》ずら」

『孫子』に記してあったことを、しかし、これをやったらこの組、団、党も疑い深くなって暗くなると思うのだが、虎太が口にすると、なぜだろう、親方は、

「ま、ま、待ちやれ、虎。おめえは百姓の生まれ育ちと聞くが、今川の侍の子けえ？　武田か北条のそれかなあ」

と制止して、辺《あた》りを見渡した。

もしかしたら、もしかしたら、同じ強盗の群れでの争いや、同じ一向宗の中でもあれこれ信じ方や方策で食い違いがあろうから……既に、石川の親方の周りには怪しい者がいる……のか。

では、ないのか。

一時は止《や》んでいた若い女の呻きと喘ぎが、いきなり音を高くして「あう、ううっ、ううーん」と聞

こえてきたせいか。

　そしたら。

　老いた女の人が、あれ、新人を訓練して囲んでいる道場にいる「おひろさん」が、入ってきた。

　おひろさんは親方に頭を下げるどころか叱るようにして、何ごとかを親方の耳許で言った。どうやら、石川の親方の母親か、いずれにしても親しい間柄だが厳しい躾《しつけ》を親方にしてきたらしい。親方は「うん、うん、分かったがな」と素直に頭を上下に振った。

「よっしゃ、清水の虎太。その後の話は後日に。でもな、口先だけの奴《やつ》は、いざとなるとどじを踏んだり、腰を抜かすのが多いのやで。胆を据えてやりいな」

　親方が、戒《いまし》め、皮肉、淡い期待と交ぜた態《てい》で立った。

「親方さま、もう一と言、許してくれずら。若い女の人が、たぶん、風邪か何かで軀が火照って熱くなり、肺の臓も痛くなっているはず」

「何だ、清水の餓鬼い、おめえは薬師《くすし》の倅《せがれ》なんか」

　襖戸《ふすまど》のところで親方は振り返る。

「いえ、貧しいので母さ、母が、薬草を採り、売り歩いていたでのう、その手伝いを」

「ふうむ、そうけ。けれどな、先《さき》おとつい、きちんとしとると評判の薬師を雑賀《さいか》の港の町から呼んでも、その薬師は、ひゃくいち、どちものくさい、こけそのものやて、あかんね」

　こけは馬鹿《ばか》の意味と解るけれど、ひゃくいち、どちものくさいとまるで解らない言葉を親方は吐く。どうやら部下の頭《かしら》の竜一の京と大坂の間あたりとは別の土地の育ちらしい。

「ならば、裏庭に繋っている杉菜《すぎな》、つくしの大人《おとな》を、この晴れた日に急いで天日《てんぴ》に干し、からからにして煎じて一日三回、それと、同じく裏庭の、たぶん厠《かわや》の傍らに生えているどくだみをすぐにしなしなに乾《かわ》かし、煎じ、飲ますのが治《おさ》まる早道。必らずや、火照りは治《おさ》まるずら、効くでのうっ」

虎太は、母さの右《ゆう》の「薬草の売りの骨《こつ》は、自信たっぷりに『治《なお》るっ』、『効くっ』と言い切ること。実のところ、目の前に病人がいたら、そう、病の人の気持ちは弱っているから、力強く、少し優しさを含め『辛抱はあと二日か三日、必らず楽《らく》になる、なる、なりますうっ』と言い切ると病人はその気になって病も治り易い」を思い出した。

「虎、清水。でもな、一人娘、あ、いや、娘は、いや、いや、女は息をするのが辛《つら》いようなのでえ」

「それだったら、すぐに、石蕗《つわぶき》の葉っぱを竈《かまど》のとろとろした火で炙《あぶ》り、しなしなしたのを、胸に張り付けるずら。あ、石蕗の葉っぱの四隅には、表の門あたりの黐《もち》の木の肌《はだ》を削《そ》いで、ねばねばのところを用《もち》いて……のう。効くう、効きまっせえ」

終《しま》いの言葉を頭《かしら》の竜一の京か大坂の言葉で、強く虎太は言い切り、口を結んだ。

「おいっ、ツネ、おめえは黐《もち》の木の肌を削って肉を持ってこいや、すぐにや、すぐっ」

この石川の親方は小柄なのに、いざの時にはかなりの大きな声となるみたいだ。

「んで、竜一ら四人の新入り係、裏庭の杉菜と、臭くて臭いどくだみの葉を集めるのや。んで、真夏みてえな今日の天気、物干し台で干《ほ》せえ、すぐにからからになるはずやでっ」

せっかちとゆうか、すぐにことに応じる才と能があるらしく、ま、だからこそ、推し測るに百人を越す盗賊の群れ、組、団、党を作れたのであろう、次から次へと言い付け、命《めい》を発する。

「おい、そこの、新入り、次の部屋の隣りが厨《くりや》やて。うん、獅子松とゆうのやな、小枝をくべて、弱《とろ》火《び》にしとくのじゃい」

親方の言い付けに、体格も頑丈そうで色男、でも理屈っぽい獅子松は、もちろん不平など言葉にせず、嬉嬉《きき》として頭を垂れた。

「清水の虎太。どくだみも杉菜も分かるのやが、石蕗《つわぶき》がはっきりせん。儂《わし》も、おめえに学ぶわい。案内せえ」

親方がせかせかするのは、つまり、要するに娘がひどく可愛くて堪《たま》らぬらしい。なお、「せっかく十七まで育て、生きてもろうて、ここでくたばられたら、儂《わし》の一世《ひとよ》は何やったのや……となるわい」

と口走った。

六

陽が陰ってきた。

天日《てんぴ》でまだ干し足りないが、杉菜《すぎな》とどくだみを竈《かまど》の細めの火で別別に煎じ、石蕗《つわぶき》の葉も大ぶり六枚を炙り、準備ができた。

「よおっし、ツネ、竜《りゅう》、景《かげ》、新入りの獅子松、とやら元へ戻れえっ」

指し図する親方の顔、気、姿にはまるでゆとりというものがない。おのれの命の終《しま》いほどの焦《あせ》り方のように映る。一人娘への可愛さは、この戦の世にはふさわしくないのに。しかし……人の史《ふみ》、うんと、うんと昔からの大事と映る性《さが》……だ。

「まあ、まあ、虎ちゃん。こん男、親方はわての死んだ姉さんの子でな、できの悪い次男で」

おひろさんが、厨《くりや》と廊下の仕切りに現われた。新入りを扱《しご》く道場の夕方の飯の、いつもの通りの、ふくよかな頰っぺたで穏やかな丸い左目で微笑んでくれる。半分しか開かない右目も和らぐ。でも、育ったのは別のところか、言葉に親方との違いがある。

「叔母はんっ。今は、一人娘のさとの命の瀬戸際やなのでえ。そない、のんびりしたことを言うてはあかんねん」

たぶん、どの家の男の子もおのれ虎太と同じく最初は父親を慕い、やがて人として目覚めると父に背き、そして、そのうち、内心は限りなく好きな母親へすら抗《あらが》うのがもしかしたら尋常か。だったら、おのれ虎太は、夫を失なった母さの右に甘えるだけ甘え、だからこそ、浜辺のきつい走り、山道の息の苦し過ぎる登りの急ぎ足、あんまり役に立つとは思えない学問と、素直に従ってきたのは幼いゆえ……か。親方は、亡き母の妹のおひろさんに文句を付けた。たぶんおひろさんは親方の母親代わりを長くやっていたに違いない。

それで。

肝腎の、熱《ねつ》に魘《うな》されているらしい上に、胸の息遣《いきづか》いが苦し気な女、親方の一人娘の部屋へと行こうとした。

「おいっ、虎っ、清水。待てっ。これで、両目を塞《ふさ》がにゃあかんでえ」

何と、親方は、腰の帯にぶら下げた手拭いで、虎太の両目をきつく縛った。

「おまえなあ、左門。いくら何でも、恥ずかしやなあ、娘を大事にし過ぎの果《は》てに娘の命を危うくするわ」

真っ当な忠告とゆうか叱咤《しった》とゆうか、おひろさんが言う。

それで、虎太にも勇気が湧いてきて、親方に、ひどく軽さを装い、やんわり文句を付ける。

「親方さま。石蕗《つわぶき》の炙《あぶ》った葉を、娘さんの胸に貼り付けるのは、何も見えないままでやったら、誤って腹《はら》までやってしまうかも……のう。しかも、手と指で葉っぱを貼る場所を探すしかなく……おっぱいとかに触れ、揉んでしまうかも知れねえずら」

本当のところ、胸の肋《あばら》の骨をほぼ埋め尽くして石蕗の葉を貼るのは難しいことではないが言ってみる。やはり、直の目ん玉で、若い娘の乳《ちち》の房《ふさ》は見たい。それから……胸苦しさと軀の熱さを鎮《しず》める薬用の葉を、なのだ。

「よっし、しゃあねえさかい……せやけど、さと、娘の軀を助兵衛な眼《まなこ》で決して見るやない、良《え》えか」

この親方左門も案外に解ってねえなと思わせることを口を尖らせて言う。いんや――解っているのかも「目は口ほどに物を言う」の諺《ことわざ》も……ある。


――目隠しを外されて寝床を見下ろすと、へえ、阿弥陀《あみだ》さまさえ許しはしまい大悪人、それも年若い男や女を騙してかどわかし、強盗、殺し、火放《ひつ》け、それに海賊までやっている親方の一人娘にしては、いや、一人の若い女としても、可愛らしいのう。熱《あつ》さで苦し気に、捲《まく》れ気味の二つの唇を開けて息をしているが、虚《うつ》ろに天井を見る二つの眼はいざ的《まと》を目がけて矢《や》を放つ寸前の弓の弦《つる》のように丸く、張り詰め、反っている。大盗賊の娘なので食い物も良いのか、母さの右《ゆう》や、去年の八月まで楽楽《らくらく》と過ごしてきた遠江《とおとうみ》の外れで色目を虎太に使ってきたおたつとおまさの痩せた細長い顔付き軀付きとは異なり、虎太好みの丸顔、ふっくらした軀付きだ。たぶん、百姓の、滅多にうまい物を食えない僻《ひが》みの根性からくるおのれの憧《あこが》れ……か、ふっくら丸顔は。

そういえば、天竜川の中流あたりで銀と銭で人質の身を解かれたトキ、中級の武士の娘らしいが、やはり、ふっくら、ぷっくら、ぷちぷちとしていた印象だった。

どちらの娘が良いのか……。

ええーい、大盗賊になって、この大悪人の一人娘と、今川の下の松平とかに仕えている侍の娘を本《ほん》音《ね》と騙しで誘い、掻っ攫えば良いのだ。

「おいっ、虎、清水、早く薬を施すのや」

真剣なる怒りを籠めた震え声で親方が告げた。

虎太は、親方の一人娘、おさとの、白地に藍色の薊《あざみ》の花と棘《とげ》のある葉の浮く帷子《かたびら》の胸許の衿《えり》を、わざと、情の一と欠けらもないように、強く、衽《おくみ》まで引っ張るように大きく左右へと広げた。

うわーい。綺麗そのもんの、滅多に遠江《とおとうみ》では出会えない雪みてえな、けんど、白さに微かに薄い桃色が満ちている肉、肌ずらーっ。

乳房は、もっと、迫って魅《ひ》く惑いの力をよこしてくる。麦粥《むぎがゆ》を入れる椀《わん》の整った形をしているのに、てっぺんあたりは富士山みたいに急な傾きとなっている。揉むことができたら、どんなに楽しいか。

「恥ずかしい……やて」

「我慢じゃい、えーと、おさとさん」

「せやけど、治るのか……なあ」

「流行り病ではねえっ。治る、必らず、治る。治るに決まっておるーっ」

虎太は、母さに教わった通りに、暗《あん》の示《しめ》しで病む人を癒して治す、強《し》いての言葉を口に出す、「治るのが当ったり前」の態《てい》を取り。

おさとの乳首や乳房にも貼り付けたいが耐え、その裾のすぐ横から、炙ってしねしねの石蕗の葉を黐《もち》の木の肌のねばねばの肉で貼り付け、更に、その下へも貼り付ける。

おさとの半身を起こさせ、虎太は、干した杉菜《すぎな》、同じく干したどくだみの葉を煎じ、遠江では滅多になくここではざらにある瀬戸焼きの茶碗に入れたのを代わり番こに飲ました。

「優しゅうしてくれて……おおきにや」

「いえ、人としての務《つと》めです」

「あーら、許してや。あ、はあっ、はあ、へえーっ」

「この胸への貼り薬、飲み薬で、今夜から、うんと遅くても明日の夜から急に良くなるずら。ゆっくり、眠りなせえ」

「そう……かあ」

おさとが父たる親方の綿入りの胴服《どうぶく》なのか三枚を重ねて被り、眠りについた。


——おさとが微かな鼾《いびき》を掻くや、親方の左門が、猛猛しく、虎太を、部屋の外へと連れ出した。

おひろさんも、ついてくる。

「おいーっ、虎あ。おどれのやることは、薬の貼り付け、飲ませ方、みーんな、狂言の役者みたいや。それより、狡《ずる》くて、巧みや。おいっ、おどれーっ、藪《やぶ》どころか、何も知らんのに知っとると嘘をこく贋《にせ》の薬師《くすし》、医師やろう？　えっ、正直に打ち明けるのやあーっ」

あーあ、親方の娘のおさととは襖戸《ふすまど》一枚しか離れていないのに、薬と言葉の効き目をなくしたり、薄らぐことを口に出す。

おひろさんすら、頭を傾《かし》げている。

「親方殿お、その、今の言葉は、命を賭け、許さねえずらと叫びたくなりますでのう。必らず、さっき進ぜた薬は、効くーっ、効くーっ、効くに決まっとるーっ、ですわい」

既に、苦しそうとしても眠りに入ったおさとの耳に入っては眠りを妨げるかな、いいや、ここの怒鳴り声、怒り声の方が、おさとには大切と虎太はかつてない大声で張り叫ぶ。

「あさってに熱《ねつ》が引かず、しあさってにも治らなかったら、親方、俺の首を刎《は》ねて下せえ」

「えっ……そうか」

「俺の首を、刎ねるんだよおーっ。じゃなかったら、座って、詫びろいーっ……と言いたくもなるずら」

「えっ、おい。そんな……」

こんなことを、殺しに慣れた盗賊のその上の上のてっぺんの人に言ったら、もう、先はないと知りながら虎太は告げたけれど、親方もまた、一人娘の幸せと、自らの誇りの谷間でうろうろするらしい。解《わか》るの……だけど。あの、おさとが余りに魅く力で呼び、匂うのだ、「助かりたい」と。

「ほらほら、左門っぺ。座って、頭《こうべ》を垂れ、謝るんだよ」

おひろさんが、おさとが伏せて眠っている襖戸の隙間に息を吹き込むように、嗄《しゃが》れ声を大きくした。

「へ、へ、へーい。清水の虎太さん。あのな、虎太は、すぐに改名しねえとや。あ、済みませんでしたわ。許してくんなはれ」

何と、親方は、胡坐《あぐら》ではなく、両膝を揃えて詫びを入れた。

目立たない工夫か、ごく普通のおっさんふうの広く頭の毛を剃《そ》った大月代《おおさかやき》のてっぺんに、そして項《うなじ》に、汗がぐっしょり溢れている。

推し測るに百や二百の人を殺し、殺しを命じた親方が娘のためには……こうなるずら。

虎太は思う。この件で、親方の怒りがもしどこかへ去って行ったら、どこぞの女と婚を成し、子を生もうと。この、そう、親鸞の言ったらしい〝愛〟を知ることができる……かも。

——親方と、おひろさんから離れ、みんなが従って待つ部屋に戻ると、頭《かしら》の竜一が、褐色の顔を青みを帯びた土色《つちいろ》に変えて突っ立っていた。

「おまえはん、首を洗って、五日間、待っておるのや。わいも、もしかしたら、危ないやろな。せやけど、良《え》えってこと。大盗賊を志《こころざ》す者にも、上下、命令のみではないと教えてもろうてな、おまはんに」

ふつらふつらと言い訳みたいに頭《かしら》は言う。

「親方に、畏《かしこ》まらせて、詫びを入れさせるなんつうこと、あり、なんやろか。あり、あり、あり、やったんわい、い、いーっ」

ツネという、別の頭《かしら》が、長い、長い、好きな母親の死の際のような吐息をついた。

七

次の次の日の早朝。

竜一と、景清と、ツネの三人の頭《かしら》が叫ぶ。

「ほれ、これが実の戦に使う槍や」

「槍で突くってえのは嘘の思い込みだわい」

「良《え》えか、槍の打柄《うちえ》の硬い芯《しん》を巻いた竹のしなりで叩くのやでえ、叩くのやっ」

何やら今までの稽古とは別の固い表情で、道場でなく、外の庭へと新入りや既にここの賊に入っているがまだ慣れていないのであろう三十人ばかりを前にして三人の頭は気合いを入れた。

そして、本物だ、本物の、真っ直ぐで太い棍棒のような中指から肘ほどの長さの、鞘《さや》から抜くと刃は青青と匂う腰刀を一人一人の帯に吊るさせた。

槍は先っちょがたんぽに包《くる》まれてはいるが、びっくらこくほど長い。大男二人分の長さの、遠江《とおとうみ》の差金《さしがね》では十二尺ほどが最も短く、長いのは二十尺もある。

「突くのやないっ。槍身《やりみ》の刃が、たんぽを抜けて人が死ぬでえっ。叩いて、相手を転ばし、崩すのやあっ。そいで、崩れたところで刺すっ」

赤い鉢巻《はちまき》十五対白い鉢巻十五で槍を構えての合戦の稽古に、頭の竜一はかつてなく厳しい態で指図《さしず》する。

虎太は、頭達が、一昨日《おとつい》のことの後に、大親方から新しい命《めい》を貰ったと推し測る。やばいが、何となく、潜《くぐ》り、経て、当面の敵に勝たねば生き残れんずらと決心をし始めた。

しかし、槍の長いこと、重いこと。叩く、という動きよりは、軀が振り回される。そもそも、突こうとしても目当てなどへ届かぬ。遠江の悪餓鬼どもとの戦ごっことはまるで異なる。戦の兵《つわもの》は、実にしんどいのだろうと、おのれ虎太は躰の儘《まま》ならぬ攻め、防ぎで解ってしまう。

危ねえーっ。

たんぽに包まれた槍身が、虎太の眼の見える外れからいきなり左右から二本きて、やっと身を躱《かわ》した。

おいーっ。「突いてはあかん」と頭達が言っているのに、突いてくるのもいる。三本の槍だっ。が、なるほど、先の槍身は、虎太から、ぶるぶるぶるんと震え、遥かに外れた。三本とも。

槍は、実の戦場では主となりつつあるらしいが、軀がごつくて、重さがある者しか扱えない武器と知った。

それだけでなく、虎太を狙うのが二人足す三人、計五人もいることを知る。

妬《ねた》まれておるずら。

決して、妬まれてはいけねえ。

盗賊で生きるのなら、身内、仲間、組、団、党から怨まれてはならぬ。

そもそも、仲間に裏切り者を抱えていては、組、団、党は、お上《かみ》への密告、孫子の言う「用間《ようかん》」、つまり間諜《かんちょう》、回し者によって潰《つぶ》されてしまう。

多少の争いはあってごく普通だが、妬みが怨みとなり、憎しみに膨《ふく》れたら、仲間が何人もいる組みたいなものは内から互いに……たぶん、殺し合いに。これは『孫子』から学ばずとも、同じ村の中で、近隣四村の間でも、その芽と茎としても確かにあった……。

内側の争いは滅びに至る……おいっ、おのれ虎太、ここをじっくり考えるずら。胆《きも》に銘《めい》じろ。

同じ新入りでも、別の組で好きになれない奴《やつ》もおる。

おのれより古い組の者で威張ることしか知らない奴もおる。でも、殺しと盗みは経ているはず……最初の仕事は、実に、しんどかったろうに。それを重ねてきたら……心の中は、どうなるのずら……。


——槍の打ち合いを終えたら、頭《かしら》三人がひそひそと木陰で相談を始めた。

「あんなあ、槍は、あくまで、家の外、野っ原、木立《こだ》ちのねえ丘や山、海の上か、浜辺……で使うのやでえ」

相談が終わると、頭の竜一が、とりわけ虎太を見て告げた。

「そうやねん。町のぽつねんの一軒家の金持ちや土倉《どそう》を狙う時は、出てくる奴らを槍……でかい屋敷を守る用心棒や雇い兵を蹴散らす時も」

ツネと呼ばれる別の組の頭が言う。

「ただな、槍で倒して転ばした後は、息《いき》を入れず、まっこと素速く、兜《かぶと》を脱がすか、ずり上げ、顎下の喉を麻紐《あさひも》か腰刀で水平にや。それと、具足《ぐそく》は、実は、小便用には上手にできとらんやて。股倉へと腰刀の刃を斜めに掬《すく》い上げるのや」

頭達は、どうも、大名などの兵を相手にしての稽古と説教という気配をさせる。

「せやけど、一番の侍、武将の隙《すき》は、鎧《よろい》では隠せん二つの眼や。実は鼻でない。それに効くのは、大工道具に使う錐《きり》や。これで、両眼を潰せば、後はこっちの思う通りでえ」

説き伏せることをツネという頭は言い、自ら、錐《きり》を、一人一人に渡し「すぐ解《ほど》けるように、腰刀の紐に結ぶか、腰刀の袋に突っ込んでおけ」と命じる。

「それでだ。えーと、今度の、あ、いや、済まん、〝花を咲かす〟ところは、いや、いや、家の中での敵の制《せい》し、うんや、懲らしめは、やっぱ、腰刀。手に馴染《なじ》むように、人のおらんところでいじるのや。それで、何十日前にも訓練したのやが、一撃で、鳩尾《みずおち》か、胸の左上の心の臓か、喉許を狙うんや。外しては、あかんぞ」

それとなく、ごく近近、初陣《ういじん》、あ、そのう、初めての大罪をやるという気分を沁み出させ、頭の一人、景清が命じた。

虎太は、必死になる。

気が付く。

相手の背丈、向きによって、喉笛《のどぶえ》か、心の臓《ぞう》か、鳩尾《みずおち》かを、予《あらかじ》め見切《みき》っておくこと。

そして、速く、躊躇《ため》らいなく、刃の先で刺し貫くこと。

でも、でも、でも……。

相手だって、生きておるずら。

どんな阿漕《あこぎ》な、強欲で無慈悲な人でも、脈脈として心の臓を打ち、父と母を慕い、女人に恋をして、助兵衛をしたいはず……おのれ虎太と同じく。

駄目ずら、こんなことにぐずらぐずらしていては、生き抜けねえ……。

八

それから七日後。

初夏《はつなつ》の陽差しが日に日に眩《まぶ》しくなり、空ゆく雲も一日一日白さに輝やきが満ちてきた。

夕飯の後、後片付けや箸や椀の洗いは新入りの仕事となってきているのだが、頭《かしら》の竜一が「おい、虎。いや、虎太はん、ちょっと」と、広い意味での檻《おり》か、普通の意味では訓練所か道場から外へと導いた。

夏至《げし》まであと四、五十日で、陽光のおかげで暮《く》れ泥《なず》むのさえ遅い夕方、竜一は、道場の裏の若葉が新緑から深いそれへと移る公孫樹《いちょう》の大木の陰《かげ》に回り、ぼそぼそ声で言う。

「あのな、大親方が『褒美《ほうび》を与えよう』と言うとるのや」

「はあ、何への御褒美ですかのう」

「そりゃあ。あ、いや、嬢《とう》はんの病が、おみゃあの、虎太はん、虎太の見立《みた》てと、石蕗《つわぶき》の貼り付けや雑草の生薬《しょうやく》で、強く強く言い切った通りに、次の次の日の朝にはけろりと治り、相撲《すもう》まで取りたがり、嬢はんの五勝一敗ゆうことや。ま、ひどお親馬鹿でもあるだんね。ふへっ、内緒やでえ、大親方には、他の者にも」

頭《かしら》の竜一の話に、虎太は怖《お》じ気《け》づく。ぷっくらして、目ん玉二つは反り上がって弓弦《ゆみづる》のよう、二つの肉の詰まっていそうな厚い唇も吸ってみてえずらの心をそそる捲れ方なのに、もし、婚をして一緒になったら喧嘩を仕掛けられ……実に厳しいのではないのか。ま、どう考えても、近江《おうみ》、山城、河内、摂津、和泉《いずみ》あたりで一番の大泥棒で強盗団、副業として海賊をもやる頭領の一人娘で、やっぱり根性が突き出ているらしいからおのれ虎太を相手にはしまいけれど。

いや、そうではなくて、親、それも父親しかいないので、その可愛がり方の深さが一人娘を、健やかに、強気で、きちんと「優しゅうしてくれて……おおきにや」と言える躾《しつけ》ができたのか。だったら、家族の愛《いつく》しみは、浜辺が何里、何十里と続く砂の中で湧く、真水《まみず》の泉のごとき力があるのか……。

「おいっ、おまえ……虎太、どないした、むっつり考え込んで」

「済みません」

「褒美は、京見物、十二日間もやて」

「うひょーっ、やったあ。女ごの裸を見られたり、助兵衛もできるのでっか、竜一さん、頭《かしら》あ」

嬉しくなり、虎太は、ぴょんぴょん、地べたから跳ね上がる。女ごの銭金《ぜにかね》ぐらいは、あの大親方はくれるに違いねえずら。

「駄目や。発覚したら、わいの首は締《し》められるか、斬り落とされるでえ」

頭《かしら》の竜一は、渋柿《しぶがき》を食ったように、実に渋い顔付きをして、久し振りに、目ん玉に棘《とげ》のある芯を浮き立たせた。

「何で？　……頭《かしら》あ」

「おまえさんは、胆の据わり方、唐《から》の国のあれこれの知《ち》、頭抜けてはおらんがまずまずの腕力と動きの速さは……あるけどや、要《かなめ》の男と女について解っておらんのやな。あほに近いわ」

「はあ、ごめんなさいまして」

「うむ」

「で？」

「あほのあほお。嬢《とう》はんが、おめえ、おっと、やがての親方かも、おみゃあ、いや、失礼でんね、虎太はんに、そのう、察《さつ》するに、推し測るにや、一目《ひとめ》惚れ……かも」

「まさ……か」

「でもやで、雑賀《さいか》どころか日《ひ》の本《もと》一の商いで賑《にぎわ》っていよる堺《さかい》から呼んだ医師も治すことができへん病を、おみゃあが、いや、虎太はんが一発で治したさかい……有り得るのや。いや、実のことや……さかい」

頭《かしら》の竜一の言い分に、虎太は、遠江《とおとうみ》でもやった、死者の精霊《しょうりょう》の慰さめの念仏踊り、なぜか盆の時に村の衆がやったけれど、その音頭《おんど》に従うように、ついつい、頭の前で、両手を挙げて小躍《こおど》りしたくなる。

「おいーっ、虎太。ほんま、おみゃあは、全ての望みは実にやれる、く、よ、く、よ、せんでも上手に世は進むゆう……この戦世《いくさよ》に珍しい餓鬼んちょやな」

「はあ」

躍《おど》りの代わりの両腕のぐるぐる回しを止《や》めて、確かにそんなに世の中はうまくは進まねえずら、と思い直し、虎太は、頭の竜一の前に、直立した。

「あの大親方だって、てめえの命《いのち》と、銭《ぜに》の入りと、この組の今と将来を見据え、軽軽と、いくら可愛い一人娘とゆうても、簡単には『うむ、そうか』など首を縦《たて》には振らんのや」

「で、しょうな」

「そうや。そんで、俺《わい》すら呼び出して言い張るのや、きつくな」

「はあ、そりゃ……そうずら」

「聞け、褌《ふんどし》の緩《ゆる》みを直し、腰を据え、背筋を伸ばし、何より心の在《あ》り処《か》の胆《きも》を空《から》っぽにしてや」

頭《かしら》の竜一は、石川の大親方の命令、言い分を、大事そのものと感じているのだろう、公孫樹《いちょう》の大木の根元に腰を落とし、告げた。

一つ。口先、思いの伸びやかさ、現《げん》の組の欠点と直す方向を、清水虎太はしっかり考えとる。

二つ。しかし、世の中の法《のり》、掟《おきて》、普通の心情を大いに疑わせ、乱し、壊すところの奥深い道理《どうり》については、借りた学問でしかない。実際に、人を殺め、殺められる切羽詰まった気持ちからの道理と無縁である。

三つ。しかし、薬師、兼ねての医師としての能《のう》と才《さい》はある。実の殺し、銀銭の奪い、人質の騙《だま》しの上での入手などよりは、この組、百人余りの薬師と医師としての仕事をやらせた方が良いのかも。そして、進み、毒草を的《まと》に盛り、あの世へと葬る任務へと。

「わい、俺は、毒草のトリカブトの根っこで人を殺すのはできませんです、頭《かしら》」

「そうか。そう……だんね」

何か「ほふーっ」と安心するような溜息を頭の竜一はつく。殺しは、そもそも、好きではない。が、今の戦《いくさ》の世は、殺しの的《まと》の確かさ、例えば、戦国大名そのものの人、そして、戦を担う勇猛そのものの侍達、おまけに、やはり同じ兵を殺す人の数が値打ちになっている……。

「やはり、刀と刀で、やりあっての、的《まと》の倒しと、おのれの死が……でかい問題で、関門ですわ」

虎太は、何となく、合戦を気分で描いていると自ら知る。これは……しかし、間違いかも。戦とは、たぶん、決まり、則《のり》や法《ほう》などまるでなく、許しの無く、切りの無く、枠《わく》など無いところからの殺しと滅びへの導き……。

「それにな、大親方は、おんしゃに拘《こだわ》るさかい、言ったわ」

「はあ……何と？」

「『口先だけの餓鬼んちょ、荒れた京や大坂におる変な髪と服で目立とうとして何もできへん奴らと、清水の虎太は同じじゃ』と」

「ま……そんなものずら」

そもそも、実の大きな泥棒、強奪、その前後に起きる殺し、何一つ、虎太は経ていない。潜《くぐ》っておらぬ。しかし、大義はないはずの、それでも、強奪する時の、人を殺す時の心情は如何許《いかばか》りか……。

「それでや、大親方は『清水の虎太に、でかい実際を踏ませ、験《ため》すのやあ』と大声で、嬢《とう》はんに言い聞かすみてえに叫んだのや」

一気に、根っ子の根を、頭《かしら》の口から大親方の考えの中心が分かった。

「そう、虎太。銭の奪い、あ、いや、強いられたとして奴《やつ》らの利益、儲けの幾許《いくばく》かの寄進、あ、いや、献金《けんきん》を我が党が得るのが大事、根っこ、要《かなめ》やね」

「ま、そうです……よね」

戦国のこの世で刀と槍と弓の力で伸《の》してきている大名が、自領の民《たみ》にはかすかすに生きさせ、他領の民には田畑の荒らし、戦の源となる人の容赦《ようしゃ》ない殺しをするわけで、しかも、その目当ては天下統一という大名の権勢と名誉への欲、領の拡げと税と兵で搾《しぼ》れる人人の増やし……それに較べれば、盗賊の罪はちっこい……はず。しかも、嘘か真《まこと》か、石川の親方は「奪った金の十のうち一を貧乏人に与えておる」と言う。ま、里の遠江《とおとうみ》とは異なり、大きな町の京、大坂、ここ雑賀《さいか》と遠くはなく唐の明《みん》

との交易で栄え民の会合衆《えごうしゅう》によって自らを治めるという堺《さかい》にも、かなり大きな貧民の街があるという
から、親方は、その街の頭や顔役に銭を渡している……のか。
「聞いてんのか、虎太あっ。あ、いや、虎太はん」
「はい、聞いてるずら」
「大いなる親方は、『実地で、銀五百匁《もんめ》、銭十貫をものせん奴《やつ》は信用できへんぞおっ』と怖い顔で、
おんしゃの係の頭《かしら》のわいに迫ったのや」
「はあ。そりゃ……当たり前で」
うん、ここは何しろ生き延びるため、きっぱりと、盗賊になり切るしかないと虎太は観念し、実の
行ないへの準備を決心した――好奇心や、ここまでの当面の命の安全よりも深いものをおのれの心身
の奥、全てから否応《いやおう》なく求められ、苦しい決心だった。
ついに、故郷の遠江の戦ごっこが、実の人殺しへ……なのだ。
「せやから、京見物は、実は……実は、京の甲冑《かっちゅう》屋を的《まと》にしていて、場合によってはことの前のこっ
そりの調べが本音やで」
「そう……ですか」
「むろん、盗賊ゆうても、この世がどない有りさまか、権勢はどこか、皇尊《すめらみこと》か将軍か、戦で領土と絞
る民草《たみくさ》を増やしでかい顔をしとる大名か、仏の道の法華宗かありがてえ浄土真宗が強いか、知るしか
ないわな」
「それは……そうで」
この石川組、いや、もう少し規模は大きくて石川党か、それなりに属する人の目の広さ、世間に通
じる知《ち》などを求めて、竜一は教えようとしている。

「梅雨に入った五月頃に、しとしと雨で襲う音が少しは目立たぬ頃に、大親方の考えで決行するのやて。おんしゃには、初めての試練やて。頑張りいな。せやけど、今度の京見物の最中にも、決行は有り得るのや。胆《きも》は、決めとくしかねえ。良《え》えか」

「あ、へい」

「わいにとっても、この組に残れて、しかも、大親方の下の重い役の五人に入れるかどうかが掛かっておるんや。頼むわ……な」

「そう」

「大親方は、一旦は、真宗の教えのことと、稼ぎのことで喧嘩し、真宗のある寺の偉い人と『さいなら』して別れたのやが、元の同朋《どうぼう》と復縁してえらしいのや。そいで、銭が要る、ぎょうさん。で、戦の負け組の死人の冑《よろい》や兜《かぶと》や刀や腹巻を情け容赦なく剝《は》がして、おまけに女の屍《かばね》の笄《こうがい》まで外して盗み……ぼろ儲けをしている甲冑屋《かっちゅうや》に花を咲かす……いや、そのう、的《まと》とするんえ」

どうやら〝花を咲かす〟はこの組の隠語、符牒《ふちょう》らしい、「襲って、強奪する」の。

「京見物、下見は、三つの組が別別やが〝花を咲かす〟日は、一緒にやるのやて。大親方に従う百四十人の二割弱ほど、二十人ぐらいやろか」

頭《かしら》の幾人かと先日の親方左門の話の気分では、この賊の党は百人をかなり越えているはずとは薄薄《うすうす》知ってはいたが、虎太が推し測ったよりかなり少ない人数だ。戦の名人の大名に太刀《たち》打ちするのなら、精鋭《せいえい》は三百人が必要か。その回りに、根性のある仲間が三千人。うーむ、ちぃーっと、甘過ぎる算盤《そろばん》……ずらね。共に泥棒はしてくれなくてもむろん良いけれど、好意と熱さを持って見守ってくれる人人が三万人……夢か……のう。

そもそも、戦国の大名と大きさの違いはどでかいが、盗賊と較べどちらが人人を苦しめておるずら。

戦世《いくさよ》の大名は、そこそこの銭や兵糧米や、敵の屍が身に着けていた衣類や鎧《よろい》や刀や兜《かぶと》や籠手《こて》や臑当《すねあて》を戦に勝った時のみ兵となった百姓に黙って認めて与えるが、敵の田畑は焼くか掘り起こし、戦に応じない百姓には酷《むご》い税を吹っ掛けて取り立て、いや、その前に殺す。

盗賊と戦の大名のどちらが、人として阿漕《あこぎ》ずら？

虎太は、若いゆえに、真面《まとも》に、悩みだす。

この盗賊の組、石川党も、信じ方の違いがあっても一向宗、真宗、浄土真宗にあるのはほぼ間違いない。今朝も今朝とて、大親方の死んだ母親の妹のおひろさんが、真宗の念仏を道場の後ろの部屋で唱えていた。

「善人が救われるのだから、悪人はもっと」の口伝《くでん》による教えは、本当に、人を幸せに導く……のかのう。

これを悪人の願い、思い、切なる望みを主《おも》とすれば、なるほど、とはなるけれど、普通の暮らしをしておる人人、善人にはどうなるずら？

解らん。

むしろ、戦の大名ほどに銭を稼いで、稼ぎの八から九を、戦で父を、母を失なって飢えている文字通りの餓鬼どもや、戦に狩り出され、そりゃ一時《いっとき》は負けた国の女をものしただろうが、腕や足を失ない今は田畑を耕せなくなった者に、銭を、の方が人の類《たぐい》の道ではねえのか。

解らんけえ。

九

母さの右《ゆう》が教え、ここでもほぼ通じる夜明け前の寅《とら》の刻、夏至が近いけれど、なお藍色《あいいろ》の濃い空の下、頭《かしら》の竜一の命《めい》に従い、虎太、痘痕《あばた》顔で道化《どうけ》が巧みな豊丸、二つ齢上で濃い髭の理屈《りくつ》に長《た》けてる獅子松、攫《さら》われた当初は怖かった六助の四人が出発の準備をした。

旅の姿、恰好《かっこう》は、警戒されぬ行商人姿だ。虎太は、女物の櫛《くし》、笄《こうがい》、紅《べに》を、麻布《あさぬの》に包んだ葛籠《つづら》に入れた。むろん、中指の先から肘《ひじ》までの長さの短刀、例の小指ほどの太さだが強くて丈夫な、身の丈三人分の長さもある麻紐も葛籠に仕舞うように言われた。

これでは、途中に通るかも知れない、堺や大坂で女《おな》ごに声を掛けられたりはしまいと、遠江《とおとうみ》の田舎育ちの虎太にも分かる、足は二《ふた》ツ乳《ち》の草鞋《わらじ》ではなく、おひろさんが渡した使い古して穴だらけの黒い足袋《たび》、下半分は股引《ももひき》に脚絆《きゃはん》、上の方は、少し気張っているのか灰色の無地《むじ》の小素襖《こすおう》でその上に職人風の縞《しま》模様の半袖《はんそで》の姿だ。

別の部屋の様子も板戸から見えるけれど、別の組の頭《かしら》のツネ、常吉《つねきち》と分かったが、その配下が着換えをしているし、隣りでは景清《かげきよ》の配下がやはりあれこれ準備している。

やっぱり、総勢二十人から二十五人の京見物というより、泥棒、強奪の出で立ちであるずらねと虎太は心を締め直す。

「虎ちゃん、もう、出発だあね」

道場の引き戸の前で、おひろさんが手招きをした。

「いいか、虎ちゃん、聞きなせえな」

笑顔と泣き顔をしていたおひろさんが、虎太の背中に両手を回すと、いきなり強ばった声を耳穴に吹き込む。どこの訛《なま》りか、京坂《けいはん》ではない響きだ。

「今度の御褒美の旅は京の見物などではねいっ」

「はい、分かってます。見物の序《つい》でに、いや、えーと儲け過ぎてる甲冑屋に〝花を咲かす〟ことは覚悟ですずら」

「ほお」

「はい、おひろさん」

「けどな、『覚悟』なんてえ、外面《そとづら》は良いが格好を付けては駄目でんね。楽しくぅ、ぅ、嬉しくぅ、ぅ、と襲い、盗み、奪《と》るのが、はやあ、骨《こつ》でのぅ」

「はあ」

虎太は、胆《きも》を抜かれそうになる。泥棒、強盗、場合によっては人殺しを「楽しくぅ、ぅ、嬉しくぅ、ぅ」と為《な》すなど……。

ただ、ここが、大盗賊の極意《ごくい》とは、解りかけてくる。むろん、今は解るはずもないが。

「〝花を咲かす〟ことにうまく行ったら、その銭を銀を、腹を空かしてひもじい人に、父さん、旦那、亭主を戦で失くして春をひさぐしかねえ無数の女に分け与えるのを望みにしてな」

ひさぐの意味が解らないが、要するに〝軀を売る〟とのことだろう、おひろさんは皺だらけの頬っぺたの真ん中二つをへっ込ませ、笑顔を作る。

「あ、はい」

「これ、虎ちゃん、耳を籍《か》すのじゃ」

「え、へえ」

大親方の母親の妹ということよりは、一人の老いた女の人としてのおひろさんの優しさ、迫る力に参り、虎太は右耳を差し出した。

「よおっく、聞け。姉さんの子の左門の一人っ娘《こ》のさとは、病を一度で治してくれたもんだから病に似た恋心を虎ちゃんに持ち始めておるのだわ」

「えっ、ほんとうずら?」

「とぼけやがって、虎ちゃんのやつぅ、う」

老いているのに動きは若く素速い、おひろさんは虎太の背に回り、尻をぴしっと叩く。

「そんな」

「恋の病に目醒めた後は、ふふっ、ふひっ、地獄やけど」

今度は、おひろさんは虎太の前に出て、左の頬を抓《つね》る。い、い、痛え。あれーっ、本気《ほんき》でやってるわ。口も十《とお》の女のように尖らし、これは焼《や》き餅《もち》を焼くってやつじゃねえのか。

「へ……え」

「んでな、虎ちゃんは、もっと、焦《あせ》りに焦《あせ》って女を知らんとどうもならんやて。ここの道場は山ん中、京や大坂の商店を襲ってそこの女を手籠《てごめ》にしても心や情けなど無縁のこと。だから、今度の京への旅、いんや、初の〝花咲かす〟の強奪の間に、女を知らんと駄目や」

「だけど、十二日間の旅で、女ごなど……」

「あっほお、お。何が何でも、銀の二百匁、三百匁は奪って手柄《てがら》にするのや。左門のあの馬鹿、『でかい的《まと》で五百匁の銀を手にできんのは屑《くず》や』など抜かしおるけど、本音は五十匁、銅の銭にしたら四貫。ま、銭を盗んでも重くて逃げるのがてえへんやで」

「そ……う」

「その手柄の余った銀で、帰り路、奈良のその手の町に寄るとか。あのな、初《うぶ》な虎ちゃん、この大和の国で、女が操《みさお》を売る町のないところはど田舎だけや。この戦の世、かつてないほどの現われ方なのやでえ、父母を亡くし、旦那を殺された女達で」

確かに、おひろさんの耳穴へのぼそぼそ声の忠告は正しいような気もする。

「けんど、銭と、あののあれの取り引きでは……納得できん。詰まらねえずら、佗びしいずら、おひろさん。情けが欲しいーっ。互いの心の思いで、あれをやりてーっ」

「ふっふ、若いのぅ、虎ちゃんは。だったら、今度の盗み旅で、銀千匁《もんめ》、一貫《かん》をものして、あの親方、左門につくづく感心させ、その尽力《じんりょく》の返しで暇を六十日ぐらい貰い、素人の女を落とすが良いでの。女子《おなご》との出会い、漁《あさ》りの旅をや」

ちょっと夢の濃いことを、おひろさんは耳許に、唾と一緒くたに言葉と共に囁く。

「おいーっ、虎ちゃん。いずれにしても今度の京の試練は、的《まと》の商店にきっちり〝花を咲かせ〟て、銭、銀を、しっかりものにすること。良いか、銭とか銀は、錠《じょう》の掛かった箱や唐櫃《からびつ》の中、そうでなかったら然《さ》り気《げ》なさを装って割と大きい芥《あくた》や屑《くず》を捨てる甕《かめ》の底にあるのがごく普通。上手に探すことだわ。案外に、引き戸や障子の上の鴨居《かもい》に隠すことも。あの、しみったれのくせして工夫《くふう》のない左門が、ふっはあ、そうじゃった」

おひろさんは、どうもいろんな国を経て生きてきたらしく、言葉の尾っぽがくるくる変わる。

しかし、虎太は、おひろさんに途轍もないほどの感謝をして、耳を元に戻す。感謝には、役に立つまい襲撃についてのことも含まれている。強奪には人殺しが付き物なのに「楽しく、嬉しく」など、故郷の禅寺の僧の無了が聞いたら怒るか、驚いて腰を抜かすか、感心して「禅問答の名解」と呻《うめ》くか……。

「虎ちゃん。あのう、あのう、そのう……ね。頼みごとが……」

別れ際というには早いか、おひろさんが、いきなり、急に、俄《にわか》に、土鍋《どなべ》の色をした顔にほんのり紅色を内側から浮き出すみたいにして、両手を重ね、それから、右手の人差し指で左の掌《てのひら》の真ん中に円《えん》を描きだす。右の半開きしかできない眼が、潤《うる》む。

「はい。何の力もねえ年若の餓鬼んちょでしかなく、どこまでできるか……安請《やすう》け合《あ》いはできませんけどのう」

「大丈夫、はやあ、大丈夫」

「はあ」

「昔、おんねえ、いいや、あては、ここいらの山への歩きを楽しんでいたらなあ、山賊に連れ去られ、飛騨《ひだ》の国へ、美濃《みの》の偉くなりたがり屋のところと違うその飛騨で過ごしてのう、十七で、面立《おもだ》ちは少し怖くて両目が吊り上がっていたけどなあ、性《たち》はすっきり勇ましく……そん男に惚れて、はやあ、惚れて。似とるわあ、虎ちゃんに」

「そう……ですか」

やっぱり、この、言葉の法《のり》を崩して話すおひろさんは、苦しんだ人生を歩んできたらしい。紀伊国《きいのくに》のこの雑賀《さいか》から、飛騨まで掻っ攫われて若い女の盛りを過ごしたのだから……。

「なら、あれ、ごめんしどうりーなあ。額《ぬか》に、口吸《くちす》いを……頼みますう、う」

俯《うつむ》いて、おひろさんは、細い声で、つっかえ、つっかえ、言う。

戸惑った、虎太は。

否《いな》、すぐに、すぐに、返事をしなければならぬ。

「当ったり前。おひろさん。では……」

虎太は、よろめくおひろさんの両肩を両手で抱き、皺の四本ばかりが深い額に、両唇を当て、強く吸う。うへーい、しょっぱい。

「おおきに、ありがとうございます……う、う、虎太しゃま」

おひろさんは、頭を臍《へそ》まで深深と垂れて、礼を口に出した、震える声で。

虎太もまた、不思議な快さとなり、礼を返し、御辞儀をする。何ずら？　この気分の良さの感情は。

「じゃ、あばええ」

聞き慣れぬ「さようなら」の言葉はかどわかされていた飛騨のそれか、珍しい別れの言葉をおひろさんは口に出した。

「あ、いや、虎っ。盗賊の戦の術《すべ》は、攻めが三割、逃げが七割やて。良《え》えか。逃げ道を、しっかりとことの前にはっきりさせておくんのやでえ。小賢しい頭《かしら》どもは、この大切中の大切を新入りの命《いのち》を安く考えて教えんさかい、気い付けんとな」

そうか、逃げ道、退く方法が、一番大切なのか。そうだろう、捕まって首を刎《は》ねられたり、火炙りになったり、その前に斬り殺されたら、次の盗みもできねえ。未《いま》だ知らぬ女の心を盗めねえ。二つの足の間の、恋い焦がれる秘処も拝《おが》めねえ、触《さわ》れねえ。

「それとな、たいがいの高利貸し、そ、土倉《どそう》だわな、それに酒屋とかの銀の仕舞い方は麻か草の網目《あみめ》のない袋やあな。銀は粒《つぶ》だったり、板《いた》だったり、塊《かたまり》もあるし、零《こぼ》れんようにするためじゃ。近頃は撰《えり》銭《ぜに》の令《れい》とかあれこれで嫌われいよる銅銭は、だいたい一貫ずつで紐《ひも》のさしを通していよるから逃げんので大雑把《おおざっぱ》な網目で中身が分かる袋……これ、大事な区別やあ」

なるほどと考える、新しく、本当のことらしきを、おひろさんは説く。

「そんでは……おひろさん」

「うん。生きて、生きて、ここへと帰って……くるのや、生きてのう……あばえ」

おひろさんは、さらりと、未練の尾など引きずらないように、道場へと消えて行った。でも、足取りがとぼとぼしている。もしかしたら、何かの病に……。いや、この時世《ときよ》、人の均《なら》した命の限りは、たぶん、たぶんずら、三十半ばか四十ぐらいのもの、六十そこそこのはずのおひろさんはきちんと生き切った……のだ。

第三章　初めて〝花を咲かす〟道

一

晴れでも曇りでもない、虎太の心情を持つ空の下、いざ出立《しゅったつ》だ。

とどのつまり、頭《かしら》の竜一以下、当初は意地悪をしたが暴れ天竜川を無事に渡れてから齢上なのに弟のように慕ってくるロクスケこと六助、虎太、豊丸、本来《ほんらい》は別の組の獅子松、同じく別の組の既に二十を過ぎ、鼻髭が見事で、敏捷そうだが奇妙に色白で無口で花車《きゃしゃ》な軀付きの佐武《さぶ》、うへーい、嬉しいのう、足手《あしで》纏《まと》いになるのは必至だろうが仁伍《じんご》爺い、自称五十五だが実際は六十を越しているはずの爺さまが一緒の当面の京見物の班とゆうか集まりとゆうか、仲間となった。計七人だ。

一日目。

頭の竜一とむっつり六助は目立たぬ無地の茶色の小袖《こそで》に袴《はかま》の姿、その上に薄地の長羽織、残りの一行の行商人の実際にも外目にも分かる指示役と守り役、薄地の長羽織の下には刀を差しての姿だ。虎太以下は、二人に一人は振り売りの恰好で、天秤《てんびん》棒に籠《かご》に入った飴《あめ》や団子を提《さ》げているか、または、麻布《あさぬの》に包んだ葛籠《つづら》を背負っている。葛籠の中には、変装用の衣、鬘《かつら》ばかりでなく、脅しや実の殺しのための鉞《まさかり》、短刀、戸や扉を打ち壊すための才槌《さいづち》、玄能《げんのう》、鏨《たがね》と入っている。当たり前、首を締めてあの世へ送る、端《はじ》に鉄でできた鉤型《かぎ》の楔《くさび》が付いている、ことが近づくと左腰に纏《まと》めて巻いて何気なくぶら提げる、身の丈の三倍の長さもある麻紐も。虎太を始めとして、新入りは慣れない衣などに時をどうしても費やすが、一人だけ、別の組の佐武は素速い。鼻の下の黒い口髭《くちひげ》がこうなると立派に映る。

新入りを除いて、頭《かしら》の竜一、新入りだが前があれこれある六助、仁伍爺いは慣れているらしい、雑《さい》賀《か》の岬へは出ず、いきなり獣道《けものみち》の細く、急な登り道、くねくねした道へと入って行った。この幾月かで分かったが、ここいらと大坂ぐらいまでは何とか同じ一向宗の繋がりでうまく通れるらしいが、奈良、いわんや京へ近づくと幕府ばかりでなく戦国大名、法華宗、京を囲むあれこれの悪党、足軽、諸《もろ》諸《もろ》の群れが入り乱れ、勝手に関所まがいを作っているらしい。味方にならぬと考えると通せんぼ、少くとも通行の銭は巻き上げるのは普通なのだ。

思えば、成長したせいもあるのだろうが、脚《あし》は掻っ攫われた時より辛抱強くなったずら。時の測り方は母さの右《ゆう》に教わった数え方がここは京に近いせいか、その通りに通じ、やがて真昼になる前の巳《み》の刻に道場を発《た》ち、とっぷり暮れた戌《いぬ》の刻にもあんまり疲れを感じなかった。

その戌の刻に頭《かしら》は「この下が、今は日《ひ》の本《もと》一番の商いの町、堺《さかい》やでえ。唐の明《みん》の国との商売、出入りの船への関税《せきぜい》とかゆうやつ、銭貸《ぜにか》しで儲ける土倉《どそう》、蔵《くら》を貸してしこたま儲けとる納屋《なや》、商いの品の運びや保《たも》ちの問丸《といまる》が力を持っておるのや。大名や国人《こくじん》やに文句を付けさせんで自ら治めておる、金持ち連中が結束してな」という町に、辿り着いた。

そういや。

おいっ。

夜って、闇《やみ》そのもので、黒《くろ》一色で、地獄の王の閻魔《えんま》さまが支配するか、魑魅魍魎《ちみもうりょう》が暗躍するのが普通の人人の思いなのに、点点と、橙《だいだい》色の灯が眼の下に見える。へえ、灯は、一つ、二つ、三つ、四つ、五つ……十、数え切れねえずら。

　でも、泊まりは、ちっこくて無人の神社の縁の下。

「蚊遣《かや》りの煙で蚊を燻《いぶ》し出すのは、目立つ。火事のこともあるのやでえ。我慢やてーっ」の頭《かしら》の命で、縁の下で寝た。けれども、すんげえ蚊の襲い。ぷーん、どころか、う、う、うーんと、牛の欠伸《あくび》の唸《うな》りよりでかい音なのだ。

　いや、蚊だって一日一日、血を吸って生きるしかねえのでのう。てめえの亭主や女房を探すための力の源としても、子を産む滋養《じよう》の力としても……血を。

　蚊の命運に同情したら、痒《かゆ》さはかなりとなったが、すうっと、眠りに入れた。

　眠りの中の夢に蚊と遊ぶおのれが出てきて、そのうち蚊の一匹は、あの天竜川で銭と交換に帰されたトキになってふんわり飛び、あ、あ、あ、それ、まずいですずら、大親方の一人娘のおさとが現われてトキを槍で引っ叩く。

　いや……いや……夢なのだ、おのれ虎太。

――頭《かしら》の「起きよおっ」の命の前に目醒めた。

口を漱《すす》いで口の臭いを消したい。道端で獅子松の奴は銅の手鏡で前髪を整えていたが「貸せ」と頼むのはみっともない。が、おのれの顔を確かめたいので借りた。はあ、こりゃ、天竜川でサカキバラ家のトキに出会って別れ、今度は親方の愛娘《まなむすめ》で一人娘のおさとと巡り合わせ、しかし、上手にものすることはできん真四角の顔ずら。おのれの長所、欠点を奇妙に気に出しておる……と解りかける。

　おのれは、今、今なのだ、せいぜい長くて四十年の人生の春、それも、青っぽくて、至らなくて、みっともなくて、しかし、でも、でも、女も、強盗も、殺しも吸い尽くして肥《こ》やしにして……でかくなれる時、盛りの時、旬《しゅん》……ずら。

外面《そとづら》に思いを寄せることは当たり前、気にするでねえ。

「おら、おら。口漱《くちすす》ぎの水は、これでやれ」

ぶっとい竹でできた水筒を仁伍爺いは、虎太に渡す。

漱ぎをした水を、地べたに雑草と一緒に繁って咲く露草《つゆくさ》の紫色のちっこい花に吐き付けてしまい、ほんのちょっぴり可哀想と思ったら、仁伍爺いは、今ある小さな丘から下の方を指で示す。

「ほれ、分かるかいな。この、眼の下の、大名の城の石垣や濠《ほり》など比較にならねえ鉄の防ぎ、鋼《はがね》の守りやが……のう」

仁伍爺いの嘆声か溜め息か、その感じを確かに眼《まなこ》の下にある光景は示す。東、南、北と、朝日に水の輝やく、あるいは日の陰となってのいかにも深く、そして実に幅の広い濠《ほり》が町を囲んでいる。しかも、西の方角は海。でかい町はこの石川党によってかどわかされて、木曾川に違いない大きな川の下流の尾張の町を素通りしただけで、二度目だ。何となく「うおーん」という町全体の音鳴りがしてくる。しかし、町並みはどっしり落ち着きがある。

固い守りの町である上に、港に錨《いかり》を下ろし停まっている大きな船は七艘《そう》もあり、うち三艘は何と二階建ての家が船内に立っていて、一艘は弓矢を弾き飛ばすためか、火事を防ぐためか、色からして黒黒とした、間違いなく鉄でできた四角い城みたいな船で……虎太は驚きの両眼を見開き「うひょお」と嘆声を出す。

「虎っぺ。港に停まっている船は、唐《から》の国の明《みん》とのほぼ内緒の交易のためや。うちの大親方の権《けん》と利《り》が半分のも一艘あるのやでえ」

「そ……う」

「けんど、海賊の党員はしいんど、しいんど。明《みん》の国や、場合によってはその周辺に嵐の中でも出かけるけどな、船の中で流行り病になったら六、七日中にみんな死に、船は海の上をふうらふうら。他《ほか》の強え海賊に乗っ取られもするべい。儂《わし》は二度、働きの銭が高いので乗ったどもにゃ、二度とも死ぬ寸前……懲《こ》りたでや」

仁伍爺いは「ちょっ、ちょっ」と舌打ちをする。

「親方は、海賊は『まだまだ、これから繁盛するのやでえ』と熱心だけど、騙《だま》されんやないどぉ」

おひろさんの喋《しゃべ》りの調子もくるくる変わるが、仁伍爺いもまた言葉の調子と終わりが変わる。でも、どこかに、消せない芯《しん》がある。気にするなと言われても、気になる。今の時世、やっぱりおのれの国と周辺が好きになるし、その柵《しがらみ》から脱けられない。遠江《とおとうみ》にいた時は、あんまり力《ちから》や才のない戦国の大名の今川には「もっと根性を出すずら」ぐらいしか思っていなかったが、ここの紀伊国の雑賀《さいか》、そして今の和泉《いずみ》の堺にくると、一応は皇尊《すめらみこと》と将軍の住まいの京に近いせいか「今川、もっとやれえや」に何となく心が変わる。遠江より、更に東や北の国については、京より遠いし、何となく気分にゆとりと場合によっては目の位置が高くなって見下ろす——でも、生まれた時から、去年の攫っ攫われて以後も、武蔵、上野《こうずけ》、下野《しもつけ》、陸奥《むつ》、越後《えちご》、いわんや出羽《でわ》の人とは直に交わって話したことはない。母さの右《ゆう》や、村人や、行商人の話では、陸奥《むつ》などは何でも「異人《いじん》の喋《しゃべ》り方」らしい。

「あんですね、仁伍爺いの生まれ、育ちはどこずら」

「えっ、ええっ、え……虎っぺ。教えられね。生まれ育ちも、本当の齢《とし》っこも」

どうやら仁伍爺いは、出身の地と年齢は、みんなに嘘をついてきたらしい。

でもでも、解るずら、ちょっぴり、その心と情と惑いが。

「虎っぺ。おら、おっと儂《わし》が有りがたさを納得できねえで、納得できんさかい……せやけど思うのは、明《みん》との商いで日《ひ》の本《もと》一に儲けておるこの堺《さかい》は、まるで正反対の無駄、んでね、画《が》や楽《がく》みてえな遊びの芸《げい》ごとで、じっぱり、あ、いや、ぎょうさん儲けとるのや」

「へ……え」

直感としては、おいしくて堪《こら》えられぬらしいが毒が回って人の正気を消す麻薬ではと思ってしまう。

「茶っこ。あんな、我が里では、祭りと彼岸《ひがん》と正月にしか公家と侍の飲む土色の麦の茶は飲めねえかったけどや。ここでは、茶を臼《うす》でひいて粉にした茶色にわずかに緑色の混じる茶を飲み合うのやで」

「へ……え」

「その、茶を飲むのに、恰好を付けて、道具を大事にして、競い合うでやあ。ま、解るわけはねえはずの、茶を淹《い》れた水の出どころ、茶の出どころの当てっこもするど、下らねえ。要するに、問題は茶碗こだべい。明《みん》との交易は、朝鮮をも含んで、朝鮮のが高雅《こうが》で、すんげえ値《ね》となる……のやでえ。一つが、銀四十匁になったりするど」

「ええっ」

虎太はびっくらこいてから、だったら、人殺しを含めての賊より、この茶の道具の一つの主なる茶碗を自ら工夫して作り、場合によっては偽りの作りをやった方が銭儲けには早道ではという思いが掠《かす》める。

「ふひっ、ひっ、ひっ。駄目だど、虎っぺ。豪商や、大名すら懸命になるこの茶の道《みち》には、なぜか、どんしてか、嘘とか、偽りとか、贋《にせ》とか通じねえ場《ば》、世の中、約束《やくそく》の……仲間同士……でな」

仁伍爺いは、あんまり自らを誇らない人で、励ましはあっても、むろん、法螺《ほら》は口にしても、こ、こって場合の嘘は吐《つ》かないというより吐《つ》けねえ老人、この話は本当だろう。あーあ。

「ただな、ここ堺で武器の類《たぐい》で儲けた茶の名人でタケノジョウオウが忙しく、その弟子で、儂《わし》が将来は大物になると目を付けておるセンソウエキっちゅうのがおる。どの守護も、大名も、時に国衆も、涎《よだれ》を垂らして『この茶碗を何としてでも』、『あの茶碗をくれたら貴殿の、あ、配下に』と、このセンソウエキに両手を揉んで近づいたり、仲介を頼むのが出てくるはず、たぶん……だもにゃ。ま、例えばの話こ、だあ」

「は……あ」

「何ちゅうこともねえ、茶を飲むことが、その道具が、芸の果てへ、そうだべい、び、ちゅうのに行く、し、こ、た、ま、儲かる。び、とは美しいと書くべ……摩訶不思議《まかふしぎ》な時世が……きただあよ」

とどのつまり、仁伍爺いは半分納得できて、半分は虎太が魔法《まほう》をかけられた気分なのだろうことを告げた。茶など飲む贅沢《ぜいたく》な習いのないおのれには……どうでも良いけれど。

――朝飯は抜きで、再び、表街道ではなく裏の杣道《そまみち》、急な登りがあったり、くねくね曲がったりの道を行き、腹が空《す》いて堪らんという頃に、峠に粗末な小屋があり、それより先あたりから赤子や幼い子供の泣き声が風に混じった気もしたが、あれ、やっぱり、石川の親方の党の網《あみ》はしっかりしてるわい、その八畳ほどの小屋で待っていた女四人に、嵐がくれば吹き飛びそうなこの約《つま》しい小屋に若い女がかと少しの驚きはあったけれど、折敷《おしき》に、箸《はし》を並べ、山の中なのに石鍋《いしなべ》に青菜と皮剝《かわは》ぎの煮物を皿を食み出すほどにして出してくれた。

そして、気づくと、この峠には別にこう一と棟《むね》の小屋がある。そしてこの小屋が傾きかけるほど、枝《えだ》を払った樫《かし》、栗《くり》、櫟《くぬぎ》の木が縄で括《くく》られて積んである。炭《すみ》の元《もと》だ。

あかん……て。

女四人のうち一人が、十八、十九、二十か、いや京坂《けいはん》の女ごは遠江《とおとうみ》とは違って年増《としま》に映る、十六、七、八か。むしゃむしゃとがっついて飯を食ったら女に舐められる、恥ずかしいずらね。いや、四人のうちの一人の女に対してだけだ。

その一人が、

「へえ、すぐに分かったなしてよ、おまんが虎ゾウと。頭《かしら》より先にこの小屋に入ろうとして、急に我慢して譲《ゆず》って、まあ……ふふっ。あては、ゆりやて。覚えてくらんしょ」

その一人の女の言葉は新入り訓練道場のある雑賀《さいか》あたりと知らせるが、石鍋《いしなべ》に平《ひら》べったいしゃもじで湯気の立つ玄米の飯を盛る。

「虎ゾウでなく、虎太です、おゆりさん」

「ごめんなしてよ」

「いえ……はい」

ひっそり声で虎太は言う。が、頭《かしら》の竜一以下、虎太とおゆりに目を集める。いや、別の三人の女もそれぞれ男達に語りかけ、目が散らばった。

「ほれ、お汁も啜《すす》るのし。石川の大親方の直の命で、蛤《はまぐり》の醬汁《ひしおじる》や」

女は、こね鉢《ばち》に汁を注ぐ。

おいっ、やっぱり、良い娘ずら。おいしそうずら、乳房《ちぶさ》も、尻も、窄《つぼ》んだ両唇も。

おゆりは、どうしても飢えて、血で血を洗う時世ゆえに虎太はぎすぎす痩せた女より、ふんわりゆとりのある丸顔が好みとおのれを知るけれど、ふくよかで顎の張り方も目立たぬ柔らかい線の顔つき、両目もけっこうおおどかで開き切った冴えた淡い紅色の鹿《か》の子《こ》百合《ゆり》のよう、あーあ、勿体《もったい》ない、こんな、風が吹いたら風と風鳴りで眠れそうもない粗末な小屋に。

「えーと、えーと、何で、間違いとしても、俺の名を知っとったのでしょうかのう」

「石川の大親方の直《す》ぐ下の下の上から三番目の御人《おひと》がきたのし。『男嫌いのはずの嬢《とう》はんに色気がきたわい』とな」

　ふんっ、と仕草で頭を斜めにおゆりは振った。親方は別として、親方の娘のおさとを舐《な》めてるらしい。

「あのう、ごく、たまたまのことで。風邪に効く薬草を……だけど、早とちり、誤解を生んじまったようで」

　ちょっぴり遜《へりくだ》って、しかし、本音の八割五分のことを虎太は口に出す。

「へんっ、まだ女《おな》ごも知らん餓鬼が自信たっぷりによお。虎ゾウ、いんや、虎太については、三日前、おまんが囚われ、扱《しご》かれ、厳しく見張りをされとる道場の、ある頭《かしら》がここへきてのし、そいでくっちゃべったわい」

「そんな……こと」

「はい。おひろさんとかゆう婆さまの使いの八人のうちの一人の頭《かしら》よし、その人は」

　かなり気の強い女と、このおゆりの話し振り、他の仲間への気づかいの無さで、虎太は知る。いや、おゆりは、少しの間盗賊仲間の汁の注ぎ足し、玄米の注ぎ足しと、動く……けれど。

「あんね、そうございますのし」

　虎太の前へと戻り、今度は改まった口の利き方をおゆりはする。

「そう、おひろさんはその頭《かしら》の一人に『たかが盗賊の一人娘、我が儘を言うでねえ』、『盗賊は、腕ずくで、人を殺しても銭、銀を我が物にする根性が全て。女ごも、そうなのじゃあ。一人の女に、ぐたぐた構うなんど最もの邪悪』と言うたと……その頭《かしら》は、額に汗たっぷりで……のし」

「は……あ」

ま、嬉しさに浸りたいが、現《げん》のできごとの実《みの》りは何一つないわけで、虎太は困る。

「ここの家、宿は、どないなところか、虎ゾウさん、いんや、虎太さん、解ったやろね」

うーん、良い女ごずら、頬っぺたに赤みを射し、俯《うつむ》く。

「いえ……そのう」

「大親方の情けで、強奪中、殺しのさなか、逃げ方の失敗で死んじまった男達に残された……寡婦《やもめ》の寝泊まりの小屋……なして。今の今は、若いのが九人やけど、いつもは二十代、三十代、四十代と狭いところに二十人以上も犇《ひし》めき合って住んでるのし」

うえっ、あいーっと感じてしまう悲しいことをおゆりが告げた。胸が裏と表から圧《お》され、苦しくなる。

あ、そういえば、峠のてっぺんか、あちら側から、赤子、幼ない子の泣き声、嬉しい「きゃっ、きゃっ」の声が届いてくる。

「出発、準備いーっ。良《え》えかあ」

頭《かしら》の竜一の声が、すぐ側《そば》から轟いた。

束《つか》の間といえども、その竜一の両眼に、虎太をおびき寄せた時の、棘《とげ》が現われ出てきた。

やっぱり、この盗みの旅は、かなりきついことに出会いそう……ずら。

二

いざ、次へと発《た》たん。

雨は降っていない。が、空の雲が低い上にかなり濃い素鼠《すねずみ》色になってきた。いけねえ、道場を出る時には皮籠《かわご》とか、葛籠《つづら》などに雨のための蓑《みの》など入れてなかったと気付くと、奥の十畳ほどの小屋から女九人が揃って出てきた。女達は肩口から腰まですっぽり隠れる胴蓑《どうみの》を頭《かしら》の竜一以下に被せてゆく。かなり、この組の縦と横の繋がり、団、党は、きっちりした網《あみ》を持ち連絡をし合っていると再び解る。予《あらかじ》め、雨具はここに用意されていたのだ。

虎太には、おゆりが「流行り風邪を貰わんでな。何しろ、生きて帰ってくるのし。あては、次の冬がくるまではここにいますわい。気が向いたら訪ねてくる……がよし。ここにきて、わてを呼び出し、すぐに、すぐに消え、この上のどでかい赤松の三本木下《こした》のところで待って……くれたら……なあ……」と、虎太を屈ませて胴蓑を着せてくれた。

その虎太の姿を、無口で花車な軀の佐武《さぶ》が鼻髭を横一直線に怒らせ、両目を吊り上げ睨んでいる。おいーっ、豊丸、痘痕《あばた》だらけの顔のおめえはこんなに女《おな》ごに大事にされるんか、女二人に、しかも、女二人が「あてがする」、「ふんっ、引っ込んでるが良《え》え」の争いまで招き、蓑を被せる先陣争いを生んでいる。女に……持てるずらあ。

ま、夢のまた夢だが、ここの団、党の親方になったら、豊丸には泥棒はさせずに紐《ひも》の元《もと》になる女を三十人ぐらい作らせ、銭や銀の稼《かせ》ぎ手《て》にしよう。無理か。そう、女が男を欲しく飢えているのだ。う、うーんと悲しいずら。

いんや、負けるわけにはいかねえ、おのれ虎太だって、頑張る。

あれえ。

頭《かしら》の竜一が、さっきは手下《てした》達の朝飯の面倒を見ていたが、一番の年増の三十半ばと思われる女に胴蓑を丁寧に被せられ、怪我をしないようにと三十女の祈りか、いや、単に愛しさ、名残り惜しさゆえか、両腕、胸、鳩尾《みずおち》を撫で回されている。

おい、おいっ、おいーっ。

頭《かしら》の竜一が、ついさっきの「出発っ」の号令の時の、両目にささくれた芯《しん》を持つ瞳とはまるで拘《かか》わりのない、でれん、芯さえ失くし、赤ん坊みたいな眼差しで三十女に頭を下げ下げしている。つまり、普通の考えでゆくと、頭はこの女に惚れて……いる。


——ほんの微かに海の潮の匂いがやってくる。だから、道場で地勢について習ったように、難波《なにわ》の海から遠くはないらしい。

「あの、一番の後ろ、殿《しんがり》でも良いですかの、頭《かしら》」と、虎太は、ここまで二番目に歩いてきたが願い出る。今更、逃げる者が出るとは思えない。ちょぴっとゆとりを持って、大坂という、うーんとでかい町の風景、人人の気分、匂いを知っておきたい。できれば、天竜川で出会って別れたトキとか、親方の一人娘のおさととか、今朝に出会い、すぐに離れ離れとなったおゆりとかより、そう、それより、心をぎゅーんと魅く女《おな》が他《ほか》にいるか否《いな》かも知りたい。「いない」……はず、ではあるのだけれど。

ああ、男って……実《じつ》にはできねえのに、思いだけでは、最も望ましい女ごを、その心を軀を求めてしまうのう。あ、女ごもまた、そう願う……のか。

──あまりの急ぎ足に気付いたか頭《かしら》の「大坂から、奈良へと入るう。少し、ゆっくり歩くのやあ」の一旦の休みの言葉の時、虎太は、休んだ寺の本堂の賽銭《さいせん》箱の脇のところの下の階段で、仁伍爺いの隣りとなり、意気込む心を抑え、控《ひか》え目にして聞いた。

「あのう、今朝の朝飯を御馳走してくれた女ご……の人達は、この石川の団や党で旦那さん、おっ父さん、父ちゃん、亭主を、強奪の際《きわ》に殺され、そのう、寡婦《やもめ》に、後家になったのは本当？」

「そんだあよ。あ、そうや、虎っぺ」

「あの、だったら、あの小屋は、もう一つの小屋も、もしかしたら……色欲《いろ》しさ、女《おな》ごの弱みを狙って誘う男ども……場合によっては銭と女の操《みさお》を交換する家ですかのう」

聞くのは、あのおゆりの実際がばれる、駄目だあ──とも、いいや、答はもっと怖いと恐れながら虎太は聞いてしまった。

「ま、普通はそう考えるだべいな。実際、一年半ぐらい前に、この小屋の裏の松林で、五日間で七人の男とべべをした女がいただよ」

「べべ？」

「いけねい。おめこをして、銭を貰って……それが他の女に知られて、大親方の命《めい》でおめこをした女が首を刎《は》ねられただもにゃ」

「う、うう」

「それからは、女《おな》ご達は真面目に、黙黙と、商家などに売る焚《た》き木《ぎ》集め、炭《すみ》の元になる木を伐《き》るなんどに精を出しているものね」

「だったら、俺ら新入りと同じで、逃げられねえ檻《おり》みてえ……なところかな」

「いいや、自分のわらし、いいや、子供もみんなで面倒を見合ってくれるし、焚《た》き木《ぎ》と炭の売り上げの四割ぐれえは貯《たくわ》えても良《え》。別の働き口が見つかったり、新しい旦那ができたら出て行くのは気儘《きまま》……勝手というやつだもしゃ」

うーん、こういう場所を、亭主、夫、旦那が団や党のために死んだら用意してあるという考えを持ち、実に行なうという親方は、単なる一人娘可愛さの好好爺《こうこうや》ではないと虎太は改めて知る。凄え大切なこと——一向宗、真宗の志、心、情なのだろう、大泥棒なのに。いや、大泥棒ゆえにか。

でも……。

「仁伍爺い、あのさ」

「爺い、と呼ぶでねえ。偉人《いじん》、これはちょっとしょすな。風流人《ふうりゆうじん》、そんだ、茶っこを貶《けな》したり、花、そんだ、立《た》て花《ばな》やなげ入れの花を飾るのをことさらに芸とするのは嫌いだ……けど、茶も花も解るのが儂《わし》だびょーん、だから風流人と呼べや。あ、しょすは恥ずかしいのことやで」

「長ったらしくて、言いにくいのう」

「だったら、名人《めいじん》、これで。虎っぺ」

盗みの名人の名人か、でも聞いたら誇りを傷付けると虎太は見逃すが、やはりちょっと気になる。

「名人。あんな山奥の峠に、男がくるかのう」

「はんかくさい男だ、いや、あほや虎っぺは。もう二年か三年が経つと軀の真ん中からの欲で解るだろうが、男のがんも、いや、ちんぽは、女の裸と裂け目への欲で正気を失ないかけるべい。女も、同じく然《しか》り。だから、男はあんげな急な坂道を必死に登ってくるべしゃ」

「は……あ」

二、三年先でない今でも、さっきのおゆりと助兵衛ができるのなら、再び、いや三度四度五度と急な獣道《けものみち》を闇雲《やみくも》に登りたい。

「でもな。んだ、んだ、十日に一度、一向宗の門徒、同朋《どうぼう》、それまでは空海《くうかい》さま、最澄《さいちょう》さま、法然《ほうねん》さまと崇《あが》めていた男も俄《にわか》に『親鸞さまは御立派ですねん。あやかりたいのやて』とやってくるのだべい、日暮れ前に、帰りの明《あ》かりの栄螺燈台《さざえとうだい》を大事そうにぶら提げてでや」

「へえ」

「そんで、炭焼きの小屋の方で、まず、ついに儂《わし》は訳《わけ》は解らんできて、あのう、あのうだけんど、『こうげんぎぎ……いじんむごくう、う……』と経を唱え、終わると、けっこう真剣勝負みてえな自分の信心《しんじん》と至らなさの振り返りを女達で言い合うども。どんだらことか、ここさ、この一向宗の力の源《みなもと》でねえっか。下《しも》の集まりは、下《しも》同士で話し合い、論じ合うのは」

「へ……え」

仏の道は、故郷の遠江《とおとうみ》の廃寺をどうにか再建しつつあった無了が禅宗の僧なのに、自らはあんまり頼ったり信じたりしてなくて、他宗についても浅いとしても触《さわ》りを教えてくれただけ。解らんずら。

しかし、しかし、盗みのためには人殺し、人攫《ひとさら》い、放《つ》け火《び》をもやる集まり、団、党が、こういう仏の一つの派としても、きっちり、やっていることに凄まじい力を思ってしまう虎太だ。「北陸の加賀の国では、五十年ほど前に一向宗徒が守護を自殺させ、それから、同じ信徒と支配を続けている」と、禅宗の無了から聞いている。

この本《もと》となる思い、熱さ、滾《たぎ》りを二百年以上前に呻《うめ》きの上で炙《あぶ》り出した親鸞っつう御人は凄過ぎる。いや、親鸞の信じの種を蒔《ま》いた人人も。

もっとも、これから襲って、うまくいけば銀や銭を得られ、失敗すれば私《わたくし》の刑で殺されるか、役人に首を斬られて死ぬかの京では、十年ちょっと前、幕府の大役人のあんまり実の力のない管領《かんれい》による煽《あお》りで法華宗の人人が一揆を起こし、遠江の僧侶の無了の話によると「一向宗は、どんな悪人をも念仏さえ唱えれば極楽への、夢物語り」、「法華宗は現世利益に拘《こだわ》って今の今にがちがち。ま、経では、どでかい宇宙《うちゆう》についても述べていて、こりゃ、規模《きぼ》が大きい」ということだけれど、要するに一向宗は京では法華宗に負け、砦の本願寺や同じ宗の寺寺は灰と屑《くず》となったとの話だ。もっとも、一向宗は大坂の石山《いしやま》に本寺を移し、かえって勢いを増している。

「男と女のべべ、べっちょの話なのに、聞いてるだか、虎っぺ」

「あ、はい」

「その信徒、同朋のおのれの振り返りとこれからの生き方などの会が終わると、やっぱり酒こは出る。かなり生真面目《きまじめ》な集まりの後で、和《なご》やか、しかも持てない男達と、父ちゃんを失なった女達だべい、そりゃ、あれこれ出てくる、あるに決まっとるべ。そんで、好き合って堺《さかい》の町の野辺《のべ》や浜や茶屋や宿で会う女もいるど。で、次の人生を決めるのがけっこう出てくるはんで」

「ああ、良かった」

おのれがこの党の親方になれるなど甘過ぎる考えだが、そこへと至るまでに婚《こん》を為したら、やっぱり、妻の、母ちゃんの、女房の、自らの死後について、かなりどでかく心配になる……のがごく当たり前。

「おい、今朝の薪《まき》集めや炭小屋で働らく女の……話をしとるのやろ」

頭《かしら》の竜一が、やや侘びし気な気分を両肩に乗せたようにして、やってきた。

「そうでんね、やっぱりおす。ふひっ、さすが頭やて、良《よ》お、分かってはる」

仁伍爺い、おっと名人が、急に、西の言葉となった。

――頭《かしら》の竜一は虎太達を、隙《すき》を突いての甘い言葉と菓子などで釣《つ》り上《あ》げた時と異なり、地べたに、尖った枝先で、今いるところ、これから進む道、次の寝床の場所、そして目当ての京の図と描く。どうやら賊同士の直の子分《こぶん》、親戚みたいな仲間、一向宗のかつてか今の親しい同朋のところを渡り歩くらしい。きのう、今日と通り過ぎた舟や家が沢山《たくさん》集まる堺《さかい》は「摂津、和泉、河内の三国《さんごく》の国境《くにざかい》」とこの日、頭の竜一は説いたが、石川の親方の配下はこの三つの国ではかなり伸び伸びと動けるらしい。そもそも、この摂河泉《せっかせん》三国の戦の大名や実力者は京からして然《しか》りらしいがくるくる変わり、入り乱れ、大泥棒を捕まえる力や連絡の網《あみ》はないという……だったら、良いけど。三国に共通する、孫子《そんし》の言う戦《いくさ》の鍵の間諜《かんちょう》がいたら、そう、密偵がいたら、この団、党は全員が捕まり、崩れ去る。同じ仲間にだって、的《まと》や、罪人を捕えて縛る役人と連《つる》みだすのがいたら、ほぼ潰《つぶ》れる。

「これから、ちょっぴっとずつ道は登りで、今夜は生駒山《いこまやま》の麓の潰れた寺で泊るのや。良《え》えか、食い物は、干《ほ》し飯《いい》、小魚の甘露煮《かんろに》だけやで。道の途中で、猪《いのしし》、猿、雉《きじ》、野犬と出会うたらすぐに教えよ。良えか、みんなで狩《か》りや。楽しいわな。せやけど、餓鬼んちょのちんぽの毛が生えたばっかりの新入りどもお、女《おな》ごは、そうとはならん……わな。今から、知っとくと得《とく》……ま、良《え》えわい」

おや、これから出陣となる前の摂津は大坂、今夜の泊まりの南都《なんと》の奈良、そして京の図を枝で地べたに描いていた頭《かしら》の竜一が、屈んだ姿勢から、ぺったんこと腰から崩してしゃがみ込んだ。

「えーと、えーと、人と人の女と男とは……別やて。そうや……そうやのう、せやけど、獣と見たら、取っ捕まえ……食うのやでえ。えーと、あ、野菜は、虎太、虎太はんは薬草すら知り尽くしておるわいな。食える野の草を挙げてや」

〝仕事〟の最中に、どうしたんだろう、頭《かしら》は、と惑いながら、おい、おいっ、これから盗みが目当てで序《つい》でに殺しをするかも知れぬ七日ぐらい前なのにと心配してしまう。

あ。

そう、堺の町の外れの山の中の女に……か。

「今の季《とき》に食える道の端、垣根、築地《ついじ》の下、野の原に生えてる草草では、とげとげの刺《とげ》が痛いけど、もう芯の茎は固くて食えないけど、独活《うど》の新芽と先っちょの茎、女郎花《おみなえし》は未だ花は咲いてないけど茎と葉、桑の実はどどめ色となった実、でも、あと四、五日で腐って落ちるから、急ぐ……」

ここまで、母さの右《ゆう》に教えられ食ってきたことを自信に満ちて口に出していた虎太だが、仁伍爺い、豊丸、獅子松、六助、その他が欠伸《あくび》をし始めた。

そう、この時世《ときよ》は、薬のためとか殺しの草草は別として、日日、生きるための野草は必須の知と実のことなのだ。遠江《とおとうみ》より、切実な飢えを経てきてそれなりに知り尽くしているのだろう……か。知っている。

あんれ、なお、頭《かしら》の竜一が、地べたにしゃがみ込んでるだけでなく、両頬を、ごつく、毛も荒く生えている両腕で挟《はさ》み付けている。

「虎っぺ。見るでねい。見過ごしてやるだ。悲しんどるで、頭《かしら》は」

仁伍爺いが、虎太の耳穴に声を吹き込んだ。

「あ……そうがんすか」

「おめ、その田舎臭い訛りを早く直さねばやずかねよ」

「あ、はい」

「頭《かしら》は、堺《さかい》の山ん中の柴刈りの女、炭の元の枝集めの女に惚れていてしゃ。でも、どんも、ならね」

「あの、仁伍爺い、おっと仁伍名人、男が女に惚れたって……祝うことじゃないのお」

「馬鹿っけ、虎っぺ。頭《かしら》の同じ仲間のシンイチちゅう男が、かつて生きていての、一つ齢上でな。この頭の竜一と、けんど、仲の良い実の兄弟みてえだったしゃ」

「は……あ」

「シンイチは、京三条の銭貸しの家に〝花を咲かす〟はずで、帰りの逃げる道で待ち伏せにあって、銭貸し、土倉《どそう》の用心棒、雇い兵に八つ裂き……おら、儂も、身の丈二十人分先で見ただもしゃ。血が、三方、四方へとでかい湧き水みてえに噴いて、首が身の丈ぐらいに吹っ飛んで……あいやあ」

「そうですか」

こりゃ、今度の京の甲冑屋《かつちゆう》を襲い、撃ち、強奪するのはかなり危うさが伴うと虎太は胆の底から知らされる。とりわけ、親方の叔母のおひろさんが忠告した通り、〝花を咲かす〟後の逃げ方が重い……ようだ。

「そのシンイチのかみさんに、頭《かしら》は惚れているだあね。んだども、かみさんだってな、そりゃ、人《ひと》の道《みち》ってえことで引っ掛かるべ……そんで、どんも、ならねえ、え、え」

盗賊としては出世《しゆつせ》できないらしい仁伍名人だが、この〝職〟に就《つ》いてからはけっこう長いはずで、その人が「人の道」と言うと、虎太は、戸惑う。しかも、貰《もら》い泣《な》きまでして目の下を指で拭いている。

果てに、どんな極悪人も、心のどこかに、必らず〝良心〟を持つ……と虎太は考え始める。他人への……優しい思い……だ。

だったら、殺しは、できる限りすべきではねえ……。極悪人の中の〝良心〟が膨らみ、でかくなる元を秘め、孕《はら》んでいるから……。

いいや、あと十日もしない内に、初めての〝花を咲かす〟ことが待っているのだ。弱気になってはならねえずら。

でも、でも、……しかし。

――奈良の生駒山《いこまやま》の麓《ふもと》らしいとしても、実際は山頂は見えず、西北へとかなり歩いたところの五軒並んだ農家の向かって左端の軒《のき》の板の白さが目立つ、新築で間もない家だった。

脅《おび》えながら迎えるとかとは無縁に、まこと嬉し気に、今時《いまどき》珍しい長生きできた七十ぐらいの老夫婦と、四十がらみの女の人と、十六、七、八の娘が足を洗う桶《おけ》を出してくれた。

頭《かしら》の竜一と仁伍名人が、出迎えてくれた老夫婦と、あれこれ挨拶を含めての話をしだして、四十がらみの女の人の旦那は「戦《いくさ》が儲かるやんけ」と美濃《みの》へと行って久しく、老夫婦は心配している。もっとも、その息子、女の人の旦那は赤毛の鬘《かつら》を被って長矛《ながほこ》を振るうのが得意、六年ほど前には、何と東の下総《しもうさ》の国府台《こうのだい》まで出かけ「敵を懲らしめてやあ」で、その銭でこの家を新しく建てたという。今の時世《ときよ》の、百姓の賢く、勇気に富み、滾《たぎ》って止《や》まない手本《てほん》そのものと虎太には思える。

それで、老夫婦は、次いで、男の孫二人、二十一歳と十七歳が「耕やす田畑を倍にするでな」、「百姓はどだい、しゃらひんで。戦でえらい功《こう》を為して武将になるしかないわい」と、三河や備前《びぜん》へと行っているという。「どだい」は「まったく」、「しゃらひんで」は「しょうもねえ」の意と、仁伍名人は虎太に訳してくれた。

でも……ずら、一つの家族の七人のうち三人が戦《いくさ》へと行って銭儲けとは……本来《ほんらい》の家族と違い、どこかをおかしくさせ……壊《こわ》すような。それも、どうも強《し》いられてではなく、自らの欲と願いでの……戦へ。

「はあ、おいでな」との老夫婦の孫娘の声で、無駄にだだっ広いと映る客間に、頭《かしら》以下ぞろぞろ移る。

あ、虎太自らの年頃のせいか、十六、七、八の孫娘の顔立ち、姿形《すがたかたち》、ぐっふん、ん、匂いが気になる。

　うむ。親方の娘のおさと ほど丸くはないが、ゆとりある顔の丸味を帯びた形、上唇が尖って文句《もんく》や注文を付けそうな口の形、両目には、そうなんであろうのう、戦ばっかりの世を怨み、果敢《はか》無く思うみてえな、滅多に見ない、空《むな》しさを持っている。

　やっぱり。豊丸が、もう、「御親切に。わいが手伝いますわ」と近づき始めた。そうか、女に持てるとは、会ったその時から、既に始まり、胡麻《ごま》を擂《す》り、女の気持ちに寄り添うことなのか。しかし……のう。

　そう、堺《さかい》の山の上の小屋でも、ここでも、みーんな豊丸に女《おな》ごのことでは負けている。虎太の誇りまではゆかぬが、いや、若いとしても男《お》の子《こ》としてのあり方《かた》が、かなり揺らぐ、揺らぐ。豊丸が、より上だからだ。名誉の気持ちを抱く、たぶん胆《きも》にあるだろうそこが、引っ掻き回される。

　客間の床の間に、やっぱり、『南無阿弥陀仏』の六字の名号《みょうごう》と呼ぶのが、人の背丈の五尺ぐらいの紙の上に、黒黒として力《ちから》のある文字で記され、吊るされている。

　そうなのだ、一向宗の絡《から》み、仲間なのだった。

　うひょう、こんなどでかい石鍋《いしなべ》があるのか。荒れたままと人は噂をするが、京の近くで、南都《なんと》とも呼ばれるところ、その大きい石鍋が文机《ふみづくえ》二つに置かれた。もう、湯気《ゆげ》はもちろん立っていて、海から遠いはずなのに、蛤《はまぐり》、浅蜊《あさり》が入っている。そういえば、ここの近所にうろうろしていた鹿の肉か、赤黒い肉も見える。おいしそうっ。

　えっ、おいっ、酒も出るぞ。

　四十女の人が頭《かしら》から並び順に、高級そうな陶器の平瓶《へいへい》で盃《さかずき》に酒を注いでいき、十六、七、八の娘が気に入った順か、初めに豊丸から「つたと申します、よろしゅうな」と注ぐ。やっぱり、豊丸の方がおのれ虎太より女《おな》ごには持て囃《はや》される。

と、虎太は豊丸の狂言の役者のような立ち回りとか、痘痕《あばた》だらけだが味のある顔つきとかが好きなのに、女のこととなるとおのれの方が優れた位《くらい》にいたくなることに気づく。そうか、大人達が言う「色気付く《いろけ》」年頃に自らも至ったのか。母親兼姉、そしてちょっぴりは怖い恋人のところも兼ね持っていた母さの右とも遠く離れたし……。
十六、七、八のここの主《あるじ》の孫娘であろう女ごは、無口で、奇妙に色白で、花車《きやしゃ》で、しかし強気《つよき》とも映る。佐武《さぶ》の折敷《おしき》の前を通り過ぎた。なるほど、佐武は男として魅《ひ》く力は実は、ほとんど無《む》と思える。
「はあ、おしまいな。そうでんね、今晩は。わては、つたと申します。おまはんは？」

やったぞ、豊丸、聞いてるか。おまえさんへより、このおつたの口数《くちかず》は多いずら。

「俺は、虎太です。獣の虎の虎……でんね」

虎太は初めて西の国の言葉の尾っぽを口にした。今の世の中、京を中心とした国国の方が、遠江はもちろん、武蔵、相模、駿河の国などより遥かに進んでいる。仁伍名人がどうやら奥羽の出羽あたりの出自を誤魔化す気持ちが解ろうもの。

「な、な、な」

おつたが、回りを見渡してから、朱塗りの盃《さかずき》に酒を注ぎながら、上体を前のめりにさせた。

「虎太はん、な、新入りの二年はしんど……さかい、覚悟を決めんとな。生き残れるのは十人に二人か三人」

「そ、そ……そう……でっか」

「そうなんや。今度だって、危ない……橋を渡ることになりそうな匂いがしますやて」

更に、ぐっと前屈みとなり、おつたは上目遣いだが睨むように、真っ直ぐに虎太を見た。真っ黒な瞳で、ぱちーんと弾《はじ》ける寸前のような、純《じゅん》な気持ちが籠められてるみたいな両目だ。

あれ、別の組なのだがここの実行の組に入れられた佐武が、おつたばかりかおのれ虎太を話を盗み聞きしているのか、きつい眼で睨んでくる。おっ、女にしたらひどく魅く力を持つ両眼だ。急な谷を流れる水みたいな……。

「無事で手柄《てがら》を立て、雑賀《さいか》に戻れたら、親方に『生駒山《いこまやま》のショウベエのところへ、礼《れい》をしに行く』と告げ、おいでな。虎太はんが生きておったら、親方は喜んで許すはずで」

「はあ……」

しかし、親方の一人娘のおさとというのがいて、病人だったゆえに薬草で癒《いや》され、本当は解らぬが、その気になったとか聞くわけで、うーん、ん、ん。

「気ののう返事をして、何や。ま、けんど、頭《かしら》達とたぶん京へやろうけどな、京は荒れ放題から力《ちから》を元に戻しかけたとゆうてるが、何しろ人が多い。せやさかい、流行り病が出るとすぐに広がり、七日八日でおっ死《ち》にますわ。気い付けなあかん。夜になると追《お》い剝《は》ぎ、強盗も出てくるのやで」

これだけ囁くと、殿《しんがり》を務《つと》めているというよりは、老いて足がのろいので殿《しんがり》しかできない仁伍名人へと、おつたは酒の酌《しゃく》に行く。けれど、強盗もやる盗賊の男に……「強盗」か。

「どうだ、豊丸、見たか。俺は、おめえさんより長くおつたと話し、考えようによっては再びの出会いを呼び起こしたでのう」と虎太は胸の内ででかい声を張り上げたくなった。

ん？

しかし、待て、待て……。

おびき寄せられて、天竜川でトキという侍の娘と出会った頃から、色気《いろけ》に足を踏み入れることになったのか。親方の娘のさと、やっぱり女《おな》ごへの気配りと習慣、おさとと心で呼ぶべきだろう、おさとの胸の綺麗な出っ張りを見てとてもどきんどきんと左胸の上は波打った。堺《さかい》の盗賊の夫を失なった女達の小屋のおゆりの哀し気な美しさに後ろ髪を引っ張られる気分になった。今また、どうも虎太んちよりここの方が五倍は豊かそうだが同じ百姓の娘のおつたが優しく気配りに満ちた声を掛けてくれ、その気になりかけている……おのれ、虎太は。

　女について、他人よりおのれ、他人を押し退《の》けてもおのれとなっている。そりゃ、未だ知らぬ、見ていない、匂いを嗅いでいない、指の皺《しわ》の感じ方も知らない、ほどほどに熟れた女《おな》ごの秘めた裂け目、乳房、尻の谷はものしてえ。

　でも、でも……。

　この女の内緒に映るあれこれをものする気持ちを、おのれの気持ちを、他の男、仲間と競《せ》り合わせて思ってしまう……のは、おかしいずら。較べて、上に立とうと欲を掻くのは……みっともねえずら。いいや、男が、もしかしたら女が、こうやって、おのれ、俺、わい、あたし、あてとなったら、村の絆《きずな》も、戦《いくさ》に明け暮れていても国の中の仲良い集まりも、目ん玉の中に、心の枠《わく》に入らなくなり……崩れて、自らおかしくなり、滅びてしまう。戦によって潰されてしまうより、もっと厳しい。内側からの壊《こわ》れだから。

　だったら、俺が、私が、おいが、我《われ》が、あいが、あてがのおのれの尖る気持ちは、消せないとしても堪《こら》えるしかねえずら。ここ、大事そのもん。

　人の類《たぐい》として、その類の一人として。

　いわんや、生《せい》、死、重い傷を共にする団、党、組に入ってしまったからには——どうして逃げられるずら？　逃げたくもないけれど。賊は、人として、最も人らしい人として、互いに大切にし合って生きるほかはねえ。

この団、党で、生きるしかねえ。

だったら、おのれ、俺、わい、わては、捨てることなんざできるわけがないが、他人と、うんといっぱい、折り合いを、譲《ゆず》りの心を、場合によっては自らの軀と命を仲間のために。そう、果てに、もっと大きな志《こころざし》を作るしかねえ。しかし「もっと大きい志」とは何か。天子、幕府、大名、国衆の命《めい》とは反対のことを為し、強盗、でかい盗みを為すおのれ達の志……。必死に探そう。探せるか。

——眠る前に頭《かしら》の竜一がやってきて「良《え》えか、ここからの道の景色、目立つ木立《こだ》ち、家、寺を頭に刻みつけ、もし京で散り散りになっても、ここまではひっそりとでも辿り着けるようにや。良《え》えか、行きと帰りでは風景が逆になるのやで、そこも頭に入れとくのや」と、虎太に囁いた。

そう、大悪人にも情《じょう》は通じ合うずら。

互いに情を持ち合うのなら。

志《こころざし》の最初は、同じ罪人、悪人、非道の、賊同士の情……だろう。

三

主な通りや、銭を取る関所を避けての迂回路《うかいろ》を辿るので、胴蓑《どうみの》がたっぷり雨を吸い、重くなった。川の水が新しく鮮かに匂うところに、石清水八幡宮《いわしみずはちまんぐう》が、男山《おとこやま》と呼ぶ山上に鎮座していた。神社なのだが、そこはそれ、敷島の国、同じく山の上には護国寺《ごこくじ》とかいう仏道の寺も並んであった。つまり、宮寺《みやでら》だ。鎌倉という相模の国に武家の幕府ができる頃から侍の層が信仰を強くしたらしい。

広く大きい神さまの舎殿前の階段のところで頭《かしら》が「大親方には内緒やで」と明銭《みんせん》の永楽通宝《えいらくつうほう》二枚を虎太を含む手下に渡した。賽銭《さいせん》箱に奉じろとのことだし、「内緒」とは親方があれこれ別れて派を作ってきたらしいが一向宗の強い信徒、しかも、仏でなく神の方への奉じなので気にするのだろう。しかし、これから〝花を咲かす〟実《じつ》の立ち回り役の頭《かしら》としては一行の武運を祈りたくなるのは本音だろう。

六助だけは明銭を「許してつかあさい」と受け取らなかった。ん？　おうや……。仏の道に律《りち》義《ぎ》……ずらね。

——ここの護国寺は何宗か、故郷の僧の無了からちらりと聞いたところでは真言宗系、空海が開祖のはず。それと一向宗とどんな関係があるのか、そもそも大盗賊と……。

僧坊が驚くほど沢山あって、そのうちの一つに入ると、公家や大名か豪商しか敷くことのできない畳が十枚ほどもある部屋で、既に十人が車座となり、握り飯や青菜の茹《ゆ》でたのを頬張っている。別の組の頭の景清《かげきよ》が円《えん》の形の小さい敷物《しきもの》に座っている。渦巻《うずまき》の形をした藁蓋《わろうだ》に座っているので初めて見る別の組の頭だろう者が筋張《すじば》った体型で踏ん反り返っている。

「あ、兄貴。あの、あんですね」

「何や、ゴン……あそこへ」

頭《かしら》の竜一が、明かりを取る連子窓《れんじまど》のある僧坊の隅《すみ》へと握り飯一つを手に進むと、たぶん別の組の頭の新しく見るゴンという男が、高価な紙でも反故紙《ほごし》だろうけど、それを丸めて竜一の後に従う。景清も、「負けじ」の感じでついて行く。

三人は、ひそひそ語り、やがてゴンという男が丸めていた紙を拡げ、それは京の絵図らしく、いろいろ説明していく。

――景清の組の五人、ゴンの組の五人が時を違《たが》えて消えた。

「良おっく、目ん玉に刻みつけておくのやでえ。この三、四日の今の今の京の街の図やで。上の方が、北や、上京《かみぎょう》で、天子の住んでる内裏《だいり》がここ、帰ったばかりの将軍はここいら……そんで、下の方、南へ、下京《しもぎょう》へと結ぶ一本道は一番賑《にぎ》やかな室町小路《むろまちこうじ》。追い出された法華宗の門徒が帰ってきて多いわの」

頭の竜一はなまじゴンからの受け売りではなく、幾度か〝仕事〟としての強奪、盗みを絵図で示す京で為したことがあるらしく淀みなく喋る。

「ほんで〝花を咲かす〟のはここいら、上京の北の端《はじ》あたり、立売《たちうり》ってえ町の賑《にぎ》やかなところ。せやけど、ちょぴっと応仁の時の乱とその後の一揆やらで賑《にぎ》わいが取り戻せんところでもあるわな。せやけど、町町には、構《かま》えっつうのがあって、堀や土塀《どべい》で仕切られ、守られ、区切られておって、木戸《きど》も門《もん》番《ばん》付きでぎょうさんある」

やや苦《にが》い顔つきに頭の竜一はなった。守りが固く、攻めにくいということだろう。

「応仁の時の乱から後《のち》、京の偉い人、町衆も守りに敏《さと》くなったのや。せやけど、町に入れば、かえって〝花を咲かす〟には易《やす》くなっとるんや」

新入りや部下を前にして、しっかり自信を持って説く必要があると頭の竜一はすぐに思い直したらしく、両目に例の痼《しこ》りの尖った芯を鋭くさせる。

「狙うところは、この、上京《かみぎょう》の端あたり、室町頭町《むろまちかしらちょう》にある甲冑屋《かっちゅう》やて。向かって右は両替屋、左は空き地やでえ。しかも、店の背中の蔵の裏は林なんやて。わての勘《かん》では〝花を咲かす〟のはそないに難しくはない」

大きな勝負なのであろう、しかも慣れていない新入りも含めての強奪の小さいとしても戦《いくさ》なのだからして。

「解《かい》の難しい問いの一つ、戦に負けた奴らのを剝《は》いだ鎧《よろい》や兜《かぶと》ではなく、刀剣でもなく、儲けた銭、銀の在《あ》り処《か》、仕舞い場所や。これは、別の組がもっともっと調べる手筈《てはず》やて」

頭の竜一の目ん玉のきつい芯や痼《しこ》りが黒黒としながら燃え立つように爛爛《らんらん》としてくる。

虎太は思う。なお、でかい盗み、人を殺めても為す強盗にかなりの「待て」の気分と、大いなる義を探し尽くせないのに、この竜一の、位《くらい》は上としても同じ賊への活《かつ》の入れ方の熱さ、活《かつ》を入れることによって自らも焰《ほむら》に燃え立っていく様《さま》は、かなりの迫る力、経た場《ば》の数数《かずかず》を示しておるずらと。

「もう一つの問題は、銭と銀をものした後の逃げ方やで。さっきゆうたように、京の町町は頑丈な土塀、泳ぎができへん奴は溺れる堀で区切られ、場合によっては夜中も門番がいよる。ただな、外からの守りに気を配り過ぎておる。閂《かんぬき》や、用心棒や、錠は、外からの侵《おか》しを気にして町の内側から掛けておるのがほとんど。内側からは開け易い。それができんでも、稽古をして教えたようにや、鉤《かぎ》付き麻《あさ》紐《ひも》を用いて攀《よ》じ登ったり、馬乗りをすれば簡単に構《かまえ》の外に出られるんやっ。な……佐武。あ。済まん」

女みたいに花車なのに、鼻髭《はなひげ》だけは奇妙にきりりとしている佐武を気にしながら、かなり難しいはずの逃げ方を、頭の竜一は「いとも易い」ように説く。でも〝花を咲かす〟要は、おひろさんが忠告した通り、ここいらだろう、逃げ通すこと、ここっ。

「それと、今晩から、二人で一つの槍、刀や。厠《かわや》に行く時も一緒やで。良《え》えか、京の下見《したみ》、いや、見物の時も二人で一人や。糞《くそ》も小便もや。良えか、守らん奴は首を締めてあの世行きを覚悟しえーい」

おいっ、両肩を上下させて怒らす頭の竜一は、裏切り、逃亡、もしかしたら銭や銀や甘言での寝返りを既に気にして、視野に置いてるずら。確《たし》かだ……とも、今からそれをやっちゃ大いなる泥棒の絆《きずな》が危うくなるとも虎太は考え……てしまう。しかし、故郷の遠江だけでなく、いろんな国の村の人人は、自らの国衆や大名と敵を、秤《はかり》にかけ、強い方へ寝返るのはごく当たり前。已《や》むを得まい。

「おいっ、問いのある者は、今のうちに聞いとけや。何でも許す、聞け」

頭《かしら》が促す。

虎太は、奇妙に納得する。賊の下っぱにも疑問を許すのだから。そう、それを受けることによって、下っぱも〝花を咲かす〟ことを納得するはず。

「あのう、京の女は日の本一と天竜川の川沿いでも涎《よだれ》を垂らすほどでした……でござる。推し測るに二日や三日は京見物ができそうで、後《のち》の人生の勉強のため訪ねたく……どこにありますかいのう、遊《あそ》び女《め》のいるところは」

うーむ、さすが豊丸、女《おな》ごについてもっと広く、深く知《ち》を磨《みが》くことを心掛けている。立派ずら。学ばねばならねえ。

「下京《しもぎょう》へ行けば、至るところに女が群れとる。けどや、哀しいやて……みーんな、戦で父《てて》を、亭主を、旦那を失くした女ばかり。たまあに、若くて初初《ういうい》しいのがおると、両親は鴨川の河原に済む職人で明日は分からん貧乏の底の娘や。男のもんが切《せつ》なくて縮むでえ」

うーむ、こういう頭《かしら》に掻っ攫われたのは幸せだったのかも。竜一は、母さの右や、運《うん》が悪ければ転んで落ちるしかなかったであろう今川に仕えてるとかいう松平の家来の娘、トキの命運に思いを馳せてしまう。

「あんですね、京の町町を区切って守る構《かまえ》とかの塀の高さ、堀の深さはどんくらいですなも」

壺《つぼ》を押さえた獅子松の問いだが、これだけは高さ深さだけでなく、実地に塀の頑丈さや、堀の両岸の様子を手触りや目で何気なく調べておく必要があろうもの。

「うん、良《え》え問いや。この三日以内に、塀は六尺や八尺の高さやろうがおめえさんの指、腕、目ん玉で確かめろや。ほかには、ないんか」

そういえば、景清とゴンの組は五人、この竜一の組は七人、今度のことのかなりの主なる役割を担《にな》うということ……か。たまたまか。

「頭《かしら》あ。京を牛耳《ぎゅうじ》り、政《まつりごと》をやり、実の力を持つのは誰ずら」

不運の中の中《ちゅう》くらいだろうけど、捕まった場合を考え、いや、この日の本の最もの都がどうなっているのか、ゆくゆくどうなるのかを含め、聞きてえずら、虎太は座ったまま背筋を伸ばした。

「う、う、うっ。難しい問い……やな。天子から任された将軍の足利義晴は最近京へ舞い戻ってきたのやけど力はねえとのこと。将軍の下の管領《かんれい》の細川は山城、摂津、丹波に、ここにも少しは力を持ってるらしいのやが、実にはその下の三好長慶《みよしながよし》が……せやけど、追《お》っ払《ばら》われて帰ってきた法華門徒も許されて強え。それに、京は町衆の力が堺《さかい》の次にぐらいに凄いのや。せやから、公家、僧侶、大名、町衆が互いに睨《にら》み合い、けんど互いに利益を分けあい……入り混じってや……混沌《こんとん》」

「混沌」など、故郷の母さや僧侶の無了から習った荘子による『荘子』の考えを頭《かしら》の竜一は口に出した。

つまり、捕える大名の配下の役人や町衆の人もあれこれとあり、首斬りや火炙りはいとも易く実に為《な》されても、拷問《ごうもん》とかは厳しくない気分が漂《ただよ》って……いそうだ。甘いのか。

「ほかには……」

頭が、六人の部下を見渡す。

「はいっ」

両膝を立てて座っていた、無口《むくち》、口髭が立派としても花車《きやしや》、奇妙に色白の佐武《さぶ》、目付きが山地の急流の水を思わせる佐武、むろん、通称とか自称とかの名であろうが「武において佐《たす》け、やる気満満《まんまん》」の思いとゆうか思い込みとゆうかを胸の内に持つらしいその佐武が、きっと背筋を伸ばして声を挙げた。変に甲高い声だ。

えっ、あっ、おいっ。

真っ黒で、幅が厚く、横にも長い上にぴんと両端で撥《は》ねていた鼻髭が、左の上へとずれている。目を凝《こ》らすと、そういえば、真っ黒の髭の端から、左右へと、ごく細い、しかも肌色の糸が両耳へと繋がっているではねえか。

「おい、佐武。鼻髭が、大きく曲がっとるで。鬘《かつら》、衣などのあれこれの係のトクゾウの奴《やつ》う、しっかりしねえと……あ、いや、佐武。部屋の隅で、髭を直せ。柄鏡《えかがみ》は持っとるんやろ。直してから、問いをせえや」

頭《かしら》の竜一が怒った顔つきと、困惑の果ての顔を半分半分にした。

「待てないのや、頭。ええーい、むさくるしゅうて、汗ばっかり掻いて、もう要《い》らんわいやい」

佐武は、偽《にせ》の鼻髭を外し、天井へと放る。それどころか、職人ふうの茶筅髷《ちやせんまげ》、そう、その鬘《かつら》も邪魔そうに、これはしかし作る技が難しいらしくやや静かに畳の上に置いた茶筅髷が紙の髻《もとどり》ごと畳の上で揺れる。

ありゃ。そうだろうな、女ごだった、女ご。

それも、かなり上品《じようぼん》の女ごずら。

「わてはな、ここにおる新入りと違うて、予《あらかじ》めここが賊、それも槍と刀に強い義賊《ぎぞく》と知って志してきたんえ。先達のチエはん、マサはんがおると知ってな」

どうも京の女《おな》ごらしく、弁《べん》が立つ。この日の本の中心に育って、気が強えずら。いや、この団、党には、他に女もいるのだと虎太は知る。そりゃ、そうだろう、落ち着いて考えると、襲う目当ての密偵を含めての探り、賊とは思わせない気分、いろいろ大事な役割があり、それぞれ重いはず。それにしても「義賊」――自らを誤魔化し、酔わせる言葉だ。儒の道の「仁《じん》と義《ぎ》」からくるのだろうか、「義賊」など……。

「そこなわてが、厠《かわや》を新入りの男らと入って、おいどを見せんとあかんのえ。わてが、最も敬まっておるおひろさんが聞いたら、そうえ、親方を躾《しつけ》て育てたおひろさんや、どない、天を衝《つ》く怒りになりはるか。おのれ、竜一の頭あ」

「ま、せやけどやあ、おしのはん、おい、しもうた佐武……なら、組む相手は、女に優しい、そうでんね、豊丸に」

「駄目じゃ」

「ならば、ゆとりたっぷりの獅子松と」

「えずくろしい、あかんえ。そもそも、生《なま》っちろくて、青っぽい男と、何を考えとるのや」

「待ってくんさい、佐武はん。あんたがおらんかったら、京はよう分からんさかい。あ、えっ、そう、外目《そとめ》は、いや、中身も、田舎者やけど、実は、暴れ天竜川を手の内に収め、仲間まで助けた……そう、遠江《とおとうみ》の虎太と組むのはどうですやろ」

「ふんっ。そないなことを言うてるのではない……ま、せやけど、重くて難かしゅう勤《つと》めになるやろう大一番、考えとくわ。答は、明日の朝にや。ま、新入りへの躾《しつけ》、教え、礼《れい》を知らせるのも、そろそろのあての務《つと》めやさかいに」

男になり変わって装っていた佐武は、鬘《かつら》を脱いで鼻髭がなくなると、二十よりは齢を食っていると分かる。でも、尼《あま》さんみてえなつるつる頭だ。

それより何より、佐武、おしのと本当は呼ぶらしいが、この名とて賊ゆえに仮の名かも知れないけれど、よくよく見ると高い山の下へ走る清流よりは、両目のわずかな反り、目ん玉が真夏に蕾《つぼみ》を持って初秋には楚楚《そそ》として、しかし、切なさをたっぷりに咲く紫の桔梗《ききょう》の感じをよこす。これで、性《さが》が厳しくなくて優しかったらのう。

こんな女《おな》ごと、裸同士で戯《たわむ》れたらなあと、はっきり色気づいたと自らを知る虎太であるけれど、ちょっかいを出したらとんでもねえ目に遭うのう、「恐ろしいずら」とも考えた。

「ごきんとはんでは、あかんね、虎太はん」

よく解らない京言葉で、佐武ことおしのは、部屋の隅の畳の上に、自らの衣と、もう乾いたらしい蓑《みの》を掛け、眠りについた。

虎太は、頭《かしら》の竜一に肩を叩かれ、佐武と反対の隅で眠りに入ろうとした。

怖い京女が佐武ことおしのだけれど、この戦と戦で血を浜名の湖《うみ》の嵩《かさ》ほどに流す時世、やはり、女は戦やそれに伴う世の情の大いなる乱れに構えているだろうし、必死になるしかないわけで、ごく当たり前の、真っ当な思いの盗賊の仕事、男装の姿、形かとも考えだす。

遠江にいた時の村の大人達、母さの右《ゆう》、廃寺を何とかしつつあった僧の無了だけでなく、掻っ攫われてから同じ団や賊から聞いた話では、女はいざとなると、かなりの根性があって凄まじく、場合によっては男よりも執念深く闘うらしい。敵に攻められて城に避難した女が子を守らんとする心か、敵が城門から侵入するとごつい石塊《いしくれ》を矢《や》よりも早く続けてぶつけたり、決死の覚悟で尖った丸太で敵に向かうなど、ど偉い力を出して奮戦し、時に城の濠《ほり》が女による攻めで敵の兵で埋まり、この屍を取り除くのに二た月ぐらいかかったとの話を党の道場で聞いた。

「あのな、虎……はん」

眠りに入るところで、頭《かしら》の竜一に揺り動かされた。

「我慢してくれや、虎はん。あのだいだけもん、我が儘な女がおらんとな、今度の〝花を咲かす〟は雑《ざっ》になって失敗するかもしれへんのや。目当ての甲冑屋の具《つぶ》さな調べ、攻め方、落とし方、それに逃げの道と……生まれ育ちが京の真ん中の佐武が一番なのやで」

ぼそぼそと掠《かす》れた声で、頭は虎太の耳穴に声を吹き込む。

「何しろ、良《よ》う、京都の一軒一軒の商いの店について知っとるのや。父親が下京にかつていて、長屋みてえなところに住んで表向きは菓子とか、張子《はりこ》と人形を扱うとか、女の洒落《しゃれ》用の笄《こうがい》とかの振り売りをしてて……実は、実は、店先の、戦で殺された女の櫛《くし》、花簪《はなかんざし》、添《そ》え毛《げ》の、そう、ごくちっこい鬘《かつら》みてえなかもじを盗み、時に魚や野菜を買いながら笊《ざる》に入った銭を盗む……こそ泥。これ、内緒やぜえ」

「は……い」

「それが、五年前の冬、現《げん》の現《げん》の銭の盗みでばれて、町衆に取っ捕まり、荒縄で縛られ、鴨川へと五条の橋から捨てられる時に、たまたま居合わせたおひろさんが『悪人の命を奪う者は、阿弥陀さまの怒りの炎に火を放《つ》けるわいーっ。すぐに、止《や》めーい。とんでもない不運に遭《あ》うう、うう』と一人で立ち塞がって、佐武のお父ちゃんは助かったので」

「へ……え」

「せやから、泥棒の血の脈はとくとくと佐武に流れ、血筋は凄いし、純《じゅん》やし、気合いに迫る根性があるんや。この石川党でも、大いに役立つ。いいや、宝となっとるわい」

「そ……う」

それならば、決行の時まで、いいや、幸せにも逃《に》げ果《おお》せるまで、佐武、こと、おしのと共に、違うな、その下になって働くずら。

——夏で日は早く昇るのに、暗いうちから頭の竜一に「おきろいーっ。ほかの参拝の人、坊さん、神主さんに迷惑をかけず、ひっそり井戸端へ行くんのやあ」と命じられた。

口を漱ぎ、顔を洗い終えると、景清の部下がやってきた。

僧坊の軽軽と横へと開く戸を開けると、黒《くろ》色から藍《あい》の色に明かるさを帯びてきたがなお薄暗いところに女ごが立っている。佐武、おしのだ。匂いで、分かる。

「お早うございます、佐武……さん」

「うん、虎っぺ。どうえ？　眠れたん？」

「はい」

「ま、遠江《とおとうみ》のど田舎《いなか》から騙されて誘われた餓鬼んちょやから、おのれは」

「そう……」

「頭の竜一に『下手《したて》に出るんや。我慢せい』と説教されたのやろな。ま、せやけど、今度のことは『花を咲かす』に絞《しぼ》らんとな。かなりの危なさの度合いが濃いわい」

同じ組の者が擦れ違って入ってくるが、佐武は気にせず説く。

刻刻と日の昇りと共に明かるさがやってきて、あんれ、佐武、おしのは、鼻の下に口髭を付け、職人ふうの茶筅髷《ちゃせんまげ》を結《ゆ》うとる、いんや、鬘《かつら》を纏《まと》っている。でも、口髭は、やっぱり、わずかに水平ではなく、微かに左へと傾いている。

「あれーっ、佐武。そ、そ、そうやねん。あんがとしゃん、良《よ》うく、新入りの躾《しつけ》、育て、実の場の踏み込みへの教え……と」

そっと現われた頭の竜一は、まことに、人臭《ひとくさ》いと虎太は嬉しくなる。虎太の願いと思いを告げているる。うんや、竜一だけでなく、仁伍名人も。そして女に持てるが、詰めで甘いと映る豊丸も。ゆとりが、いつか、この石川党にそしておのれ虎太に役立つと期する獅子松も。この団、党の筋をきっちり通して笑顔を送ってよこす。

「希《のぞ》みある明日は斬首か火炙りか」、それこそ、一知半解でしかないけれど母さの右《ゆう》から少しだけ教わった連歌の発句《ほっく》と呼ぶのような気分をよこす朝となってきた。

よっし。

おのれは、ここの仲間で、どんな悪さをしようとても居続けるでのぅ。

ひどく、とんでもなく、厳しく、時に、いや、ほぼ道に外れ、死を待つ仲間だけれど、短い今の一生で、掛けがえのない人と人との絆《きずな》、情、義理が、しっかと、あるずら。

四

雨は、まるっきり上がった。

空の濃い青さに圧《お》され、時に吸われそうになる。

次の次の日の昼過ぎ、東寺《とうじ》は応仁の乱からのあれこれで黒い燃《も》え滓《かす》と灰に帰したと頭《かしら》の竜一は言うが、あんまり目立たない京の入口の一つと佐武、つまりおしのの忠告を受けたらしく、どうも日の本の中心の都とはぴんとこないところあたり、東寺が元気だったらしい時の入口から入った。前日の素人の宿で、といってても石川党とはつうかあの仲なのだろうが、振り売りの中身を女物の紅、白粉《おしろい》、笄《こうがい》、櫛《くし》の小間物や、宿が準備してくれた団子などに変え、その他の仲間は京へのお上《のぼ》り見物の姿となった。

振り売りの格好とその手伝いの姿は、六助と仁伍名人が対《つい》、豊丸と獅子松も対《つい》だ。お上《のぼ》り京見物人は頭《かしら》が一人、佐武、いや一度は尼さんみたいな頭《あたま》とかなり女としての魅く力に満ちている顔を見たからおのれ虎太の思いの中ではおしのとしておこう、おしのと虎太は二人で一緒の動きだ。いつ怒鳴られ叱られるのか怖くもあるし、もしかしたら律義なところもあって厠《かわや》に二人でも有り得ると楽しくもある。

背伸びしても、都らしいきんきらきんとした建物は目に入らない。

「良《よ》お、見ておくのや」とおしのに勧《すす》められ、指先から肘《ひじ》ほどの一尺の高さの石まで「ほうれ、落ちてはあかんえ」と準備され、北方角を見渡すと、都は麦畑、桑畑、芒《すすき》の緑《みどり》が広く占めている。けれども、あの土色《つちいろ》の壁が、かなり頑固に延延《えんえん》と続くと映り、区切りのあるのが構《かまえ》、あるいは惣《そう》構《がまえ》と緑の中に分かる。

日がそろそろ沈むのと反対の東の方へと歩んでいたが、大通りを北へとおしのが先へと導き、再び東へと歩み、そしてまた北へだ。

あっ。目の先、千歩ほどに、くっきりと構《かまえ》の塀の土色が、空の浅葱《あさぎ》色を削り、区切っている。塀は、頭の竜一の説くような六尺から八尺ではなく、大男二人分の十二尺ほどもあり聳《そび》えている。そうか、日の本一の町、都も、守護大名や戦国大名の山城《やましろ》みたいに石垣と窓のほとんどない塀で囲む……のか。

「あんな、虎しゃん。あの塀は、大坂《おおさか》のある摂津方面からの攻めとか西国からの攻めに備えての思いで『守りは固うなりおるのやでえ』の訴えなのや。京の商人、職人などの町衆ばかりでのうてころころ変わる武家の奴らの」

おしのは「虎」から「虎っぺ」、そして「虎しゃん」と呼び方を格上げしてくるようだ。

「へえ……そう」

「あの構《かまえ》の中が下京《しもぎょう》やけど、段段と塀は低くなるんえ。離れた上京《かみぎょう》の構《かまえ》は、もっと低くなるわい。ま、天子《てんし》の住んどるところに近くて、戦の大名が鬩《せめ》ぎ合っとる近江《おうみ》あたりへ続く京への入口あたりになると、俄《にわか》に、また塀は、防ぎのために高うなる。将来、武田氏、北条氏、今川氏、尼子《あまこ》氏がいつやってくるか解らんさかい。しかし、町人の町や、京は。塀、壁、堀では息が詰まり、西、東、南から人が寄ってこん。上京の西の方の構《かまえ》は、ちゃちゃむちゃくに低い」

「は……あ」

虎太は、おしのの案内が、町のそれだけでなく、政《まつりごと》すら含んでいると感心してしまう。

幅十二尺と大人二人分の道だが人通りの少ない道から、北へと真っ直ぐに進むらしい九尺の幅の道の交叉するところで、いきなり、先へと三歩四歩行くおしのが立ち止まり、頬を染め、桔梗《ききょう》みたいな両眼の下の肉を腫《は》らした。

「おいっ、わては、雉《きじ》を射《う》つわい」

「はあ……弓と矢は仁伍名人と六助さんの担ぐ葛籠《つづら》の中ずら」

「どあほ。小さい方のあれや」

急ぎ足で、道の脇の蓬《よもぎ》の生い繁る草むらへとおしのは行く。「雉を射つ」は立ち小便、おっと野の小便の隠語らしい。ならば、大きい方は「鹿を射つ」か。それとも「熊を射つ」か。

「これーっ、虎っぺ。他人《ひと》の目に触れんように、守り役をするのじゃ」

小袖の裾を持ち上げてくるくる巻き、ああ、ああ、白い尻を晒《さら》し、おしのが小声で叱る。慌てる気持ちよりは、大いなる好き心の嬉しさを胸に抱えて、虎太は、おしのの屈む前にと陣《じん》を取る。

うへーい、大人の女ごの腿は太い。太さと白さが脳天を撃つ。おのれ虎太よ、勇気を出せ、もっと地べたへと低く屈め。

見たあ、人生初めての大人の女の内緒のこんもりした丘、強《こわ》い繁み。おいーっ、おおっ、繁みの下の裂け目ずらあ、あ。甘酸っぱい山桃《やまもも》の色、鮮やかな桃色そのもん。

「あんなあ、虎しゃん、虎はんは、守り役なのや。これって、人の道に反する覗《のぞ》きじゃあ」

こつんと、おしのが虎太の頭を小突いた。

「うんと……済みません。では……しっかと」

虎太は、自らも「しっかと」の意味がもう一つ分からないまま、おしのの後ろに回った。

おいーっ、今度は、まるまると天へ外へと張った白い尻が目の前に。あ、蚤《のみ》か壁蝨《だに》が、もったいねえでござるよ、赤い点が、えーと、ひの、ふう、みいー……九つもある。

「んとに、虎はんは助兵衛やな。せやけど、尻の穴は見てはあかんえ」

おしのが念《ねん》を押す。

そうはゆうてもだ、虎太は、豊かに実り、しどけない、尻の谷間を見てしまう。杏《あんず》の皮ほどに濃く赤い皺《しわ》が息づいていて、窄《つぼ》み、拡がるの謎めいて蠢《うごめ》いている。女《おな》ごだ、生きている、きちんと、きっちり。

ぶちゅうっ、ぶしゅっ、ぶ、ぶ、しゅうっ。

よほど溜まっていたらしいけれど、もっと品《ひん》のあるのを期《き》……してたずら。

「ふんっ。仲間に、どないなことがあっても喋ったり、密告《ちく》ったりしたらあかんえ。せやったら、これで、ぐいーっやからな」

気付くと、やっぱり女《おな》ご、帯に差した脇差しは束頭《つかがしら》から小尻《こじり》まで紅の布地に白い椿が咲く模様《もよう》で包んであり、その頭の方の刀の柄《つか》をぴたぴたと叩いて脅す。血を見る刀での殺しより楽《らく》ちんで、確かに殺せそうな、例の鉤《かぎ》付き麻紐の束も、もう白い尻を小袖の縦褄《たてづま》に隠し、帯の脇にゆらゆら揺れている。

「何や、そのでれーんとした両目の垂れと鼻の下の伸ばしは。男は、虎はんみたいな餓鬼も、大人も、中年男も同じやなあ」

「済みませんずら、大人の女の人のを……見たのは生まれて初めてで」

故郷の、おまさとおたつが未《いま》だ毛のないつるんとしたのを自ら開いたのを見たし、指で確かめたが小便臭さと、狭間の深い赤さと白さしか胆に残っていない。あれはあれとして魅《ひ》く力はあったけど、でも、でも。

「ほんまかあ、嘘をついたら舌を抜くえ……ま、それは可哀そうやな。けどや……今、十六やな、今度の勝ち負けはちゃちゃちゃむちゃくに厳しゅう……て。女を知らんで死ぬのは……阿弥陀しゃまでも、泣くわいやい」

「は……あ」

「良《え》えか、今日から三日は下京の五条の宿、ことの要《かなめ》となる三日前からは法華宗から睨まれとる堀川《ほりかわ》通の安宿。どこかでわては深酔いになるさい、そん時に訪ねてくるのや」

「えっ……」

「ちんぽを洗ってくるのやで」

故郷の寺の僧の無了は「この時世、戦に揉《も》まれに揉《も》まれ、女ごは強い……かつての日の本のこの国では初めてのことでは」と言っていたが、その通り、うら若い虎太はびっくりする。

　そう、男も女も明日は分からないのがこの時世と前の時世との重い違いではと、嬉しさと、惑いと、躊躇《ためら》いの甘い波に揺れてしまう。

五

　それから、四日が経つ。

　既に、的《まと》の甲冑《かつちゆう》屋を、竜一と景清と権と書くと分かったゴンの組の中のそれぞれと、虎太とおしの、の二人組で、怪しまれぬように、物珍らし気に、鎧と兜だけではなく、刀、槍、籠手《こて》、臑当《すねあて》の並べているのを見ている。ほとんどは戦利品、つまり、戦に負けた者の具足《ぐそく》であろう、血の跡としか思えぬ黒い染《し》みが斑《まだら》に、あるいは寝小便を漏らした形に付いている。新品らしいのもあるけれど必死に闘った、あるいは闘うしか妻子のためには有り得ぬみたいに匂っているのがほとんどだ。同じく戦の場で屍《かばね》から剝《は》いだのであろう、もしかしたら生き残って売られゆく身だったか、女の履物と思われる尻切《しりきれ》草履《ぞうり》、緒太《おぶと》、二本歯の足駄《あしだ》も並べてあり、櫛《くし》も沢山置いてある。もちろん、銀や象牙《ぞうげ》の笄《こうがい》も。

　つまり、おのれ虎太ら、石川党が襲う目当ての甲冑屋は戦で敗北した者たちを裸に剝いたか、その遺品でほぼ商いを成り立たせている。

　こりゃ、この襲う的《まと》は酷いのでは？　やっぱり、戦で死んだ男とか女には、心を、少しは籠めて葬いの情けと、あの世での幸せを祈ることが誠であり、大切——それを全て、銭や銀に換《か》えるのは、おかしい……のかも。いい……や、武による益《えき》も、何でもかんでも銭にしていく利得を力《ちから》にしていく時世……なのだ。

店の表の守りは、厳しい。表には、はっきり雇い兵か用心棒と分かるのが左にある長椅子に座っている。二人だ。大人の背丈の倍の十二尺の先に鉄の太い針のある棒を二人とも脇に抱えている。

血糊《ちのり》の饐《す》えた匂いと鉄錆《さび》の匂いの満ちる店の中には、なるほど流行《はや》りに流行る店だ、兜《かぶと》の上へと二つの勇ましい雷の稲光《いなびか》りみたいな鍬形《くわがた》と呼ぶ角《つの》を光らせて宣《の》べ広《ひろ》げをしている男二人が左右にいて、入ってくる客の一人一人を咎《とが》めるように見る。つまり、店の宣べ広めだけでなく、賊の襲いや一揆が起きたら一向宗の門徒や法華宗の信徒、戦が起きたら大名の配下のその下の雑兵への血を交えても覚悟の守りの構えだ。

うう、うーむ、これを突破するのは、かなりの高い壁があるずら。店の表と中だけで四人の武装した男達がいる。

店の真ん中には、主か番頭か、一段高い床に机があり座っている。あっ、銀や銭を入れるのか、白木の箱が二つあり、口《くち》からは網《あみ》の目の袋の入り口が、締める紐がしどけなく垂れ、ぱっくり口を開けている。

見張り台とか、勘定をする台とか、番台《ばんだい》と呼ぶのか、その机の背中の五尺もないところに、ほぼ間違いないだろう、蔵《くら》の入口があり、いかにも「入《はい》れるわきゃないやろうが」と無言で叫ぶように、鉄の輪と輪に、樫《かし》と映る一本の棒が錠として差してある。

詳しくは頭《かしら》達が決めるだろうが、表から襲うのは、実に、実に厳しいと分かる。四人の雇い兵か用心棒を倒し、殺し、しかも客を黙らせ、その上、店のやや広い道の向こうは旅籠《はたご》屋、すぐに騒ぎに気付くはず。

死への……道ずら。

どや、人の命は、常に自身の身の丈を映す影のようにしつっこく付き纏う飢え、たった六、七日で村中の命を奪い去る流行り病、国衆や大名の命によって、いや、百姓は天秤にかけて選びもするが、戦での少少の米の報償と、敵の武具の剝がしと、女を犯してその代償としての死が普通。

　ならば、仕方ねえのう。

「何や、諦《あきら》め切った悲しさすら……忘れた顔付きは」

　いまだ女《おな》ごの内緒のところを触るとか、大人の男への旅立ちは許してくれない佐武、こと、おしのは、甲冑屋の店先と店内への若い男女の二人連れのお上《のぼ》りさんの姿と装いをした探りの後に、静かに言った。つまり、おしのは鼻髭は外し、桔梗の花模様の小袖姿、女の姿だ。店の警戒の心を解くための頭の竜一の命だ……が。

　あれ、こういうおしのの声だって、甲冑屋の表と店の中の厳しい守りのせいか、ややかったるい響きをさせる。ううん、もっとだ、そうだ、思い出した、唐《から》の老子が唱え荘子が追った、ちょっと解りにくかったが「有るとか無いとかを超えての無為自然《むいしぜん》」の虚無の顔つきだ。

「裏へ回ろうや、虎太はん」

「は……い」

「今夜、わては酔っぱらうわい。介抱してな、ひっそり、目立たんようにや」

「はい」

　虎太が返事をする前に、甲冑屋の隣りの空き地へと、おしのは大股に踏み込んで行く。

　いんや、やっぱり、おしのはこそ泥棒、盗賊の生粋《きっすい》の血を引く力に満ちている、空き地に生い繁る芒《すすき》、ぺんぺん草、別名、なずなを踏んづけて、甲冑屋の裏の小道へと急ぐ。

「うんっ、きゃあっ」

いざの時、急な場合でも慌てたり、叫んだりはしないと映るおしのが案外に危《あや》うさに遭《あ》っての甲高い声を出したと思ったら、躓《つまず》き、前のめりに倒れた。左肩に提げた小物入れの籠が空に舞い、小袖の裾が跳ね、まぶしく、おぞましいほど白い脛《はぎ》と、腿《もも》の内側が虎太の脳天を撃つ。

いけねえ。

おしのは咄嗟《とっさ》に顔を庇《かば》ったが庇い切れずに、地べたに転んだ時、鼻を強く撃ったらしく、両手から、同じ血でも濃そうな鼻血が溢れだした。

「大丈夫か、おしのさん」

虎太は腰手拭いを帯から外し、倒れたままのおしのの鼻あたりを拭く。

「あんがと……。せやけど、あんまり騒いじゃあかんえ。〝花を咲かす〟下見《したみ》を気付かれるさかい」

すっと、何ごともなかったようにおしのが立ち上がり、地べたを睨《にら》みつけた。

虎太も、器用そうで敏捷《びんしょう》なおしのがと下の方の蹴躓《けつまず》きの石塊《いしくれ》など探すが、ない。

あったのは、無言ながら「この空き地は我がもの」との自説を強く言い張るみたいな、しかし、持ち主の欲の弛《ゆる》んだ荒縄だ。甲冑屋の裏道と同じ道との境にある。

「こない縄に転ぶもんやろか。鼻血を、両手に受けて二つほど出すもんやろか、虎太はん」

「ま、色が……」

空き地の芒《すすき》やぺんぺん草の緑と、文字通り縄張りの縄の色が似ているからと口に出そうとしたが、縄の色は土地の持ち主が染めたか、土色《つちいろ》が鮮やかそのもん。

「そうなのや。分かった。縄の高さが低いのじゃ。膝までも高さがのうて、臑《すね》の半分やて。ふうむ、これは忍者の学びも躾《しつけ》られたのに……見落としておった。ちょっ」

口惜《くや》し気に、おしのは舌打ちをして、甲冑屋へとすぐ続く小道へと出た。

いけねえ。

小道の際《きわ》の先のあちらは堀《ほり》になっている。

堀にゆるゆると流れる水には浅いゆえに溺れることはないだろうが、幅が人の身の丈の倍の十尺はあり、しかも、堀の向こうには大男ほど背丈の六尺の塀がある。構《かまえ》というやつだ。北方角の先には、あーあ、門番が一人、長刀を枕か杖《つえ》の代わりにしてしゃがみ込んでいる。公家とか、将軍とか、大名とかに従う者ではないだろう、丈《たけ》の短い小袖の尻っぱしょり姿で藍染《あいぞめ》の褌《ふんどし》を締めているから。町衆に雇われていると推測できる。暇《ひま》そうだ……が。


——甲冑屋の裏に回った。

「用心されるから、色ぐるいの男と女の振りや」と、おしのは軽くしがみ付いてきたり、股間を撫でたりして「何や、こないなことでちんぽを尖らせて、あかんのじゃ。ま、せやけど……良《え》えか、たぶん、虎太はんの仕事は、この樫《かし》の大木八本先の蔵《くら》への攻め。きちっと貰えるものは貰うが三割。それより、逃げ切るのが七割の大事なのやて」と実の姉はいないが姉のように、情人《いろ》にも似て、忠告をした。

樫の大木の間に、天幕がある。天幕の布地を通して、男一人が守っていると分かる。

黒い壁の蔵には、当たり前、四角い、未だ虎太は見たことのない四角い、頑丈そうな、手の平ほどの錠が差してある。しかも錠は、唐《から》の明《みん》の国からきた新しいやつか、力ずくでは壊れない、内証《ないしょう》の鍵がないと開かぬやつ……とはっきり思えてしまう。

「何や、虎太はん、あないな錠に暗おなっとるんか」

「ま……そうで。玄能《げんのう》でも、錠も、壁もぶち壊せないようで」

「安心せえや。新しいものこそ簡単に、内証を崩せるんえ。これ……わての……もしかしたら冥途《めいど》への土産や。大切にせんとあきまへん」

おしのは、小袖の袂《たもと》から紙入《かみい》れを出し、そこから、二本の、鉄の釘《くぎ》の頭はそのままで先を平《ひら》べったくして細長いものを虎太の手の平へと押し付けるように載せた。

「これでな、そうや、錠には必ず相和《あいわ》する穴があるんえ。そこに、挿《さ》し込む。すると、引っ掛かりがあって、こちょこちょ擽《くすぐ》って探すと、ぱくーんと錠は、ひどく素直に開くのや。似てるやろ、何かに、ふっふ」

「へえ……え」

「錠が大きく、ごつく、金《きん》ぴかに光っておるのは、盗む者への脅しやて、見栄《みえ》も兼ねてな」

「そう」

「そうなんえ。ほなら、ぼちぼち、もっと蔵の裏に回って、下見《したみ》をせえへんか」

「ええっ、甲冑屋の敷地の中にい？　ほれ、見張り天幕の中に、刀を持つ雇い兵か用心棒がいますけど、佐武さん、あ、おしのさん」

「だからこそ、実地の厳しい勉強になるのや、虎太はん」

そもそも吊り上がり気味の両眼をもっと反らし、このぐらい女というのは美しくなれるものか、凛《り》凛《り》しく、先に立ち、これはわざとだろうか、低い、身の丈半分より少しだけ高い裏木戸を通る。〝とおせんぼ〟する閂《かんぬき》の横木は、故郷の隣りの隣りの村の豪農の家と同じく、ごくごくすんなり、軽く滑《すべ》り、木戸は開いた。

後に——。

虎太、こと、やがて石川五右衛門《ごえもん》が省《かえりみ》て、感嘆の吐息を深く、長く長く引きずって吐《つ》くのは、このおしのの、賊としてのこれからの若者への躾《しつけ》であり、教えである。ゆくゆく、大名の城の奥にさえ忍び込み、侵し、凄まじい値《あたい》の銀と銭すらものした男の心にこのことは深く刻まれた。

――裏木戸を過ぎて、二、三歩、蔵へとおしのは賊としてのいざの歩みの左手と左足の歩み、右手と右足の摺《す》り足で近づき、蔵の前できりりと錠を両目で確かめ、虎太の頭をこつんと叩いて同じことを勧《すす》め、再び、音無しで蔵から離れ、いきなり、腹から、しかも、臍の下あたりから絞り出す声で、喘《あえ》ぎ喘ぎ、声を出した。

「ああんっ、シンパチさあん、止《や》めてえ、なっな、な、な、乳房《ちぶさ》だけ……やん」

突っ立ったまま、おしのは、天幕へと甲高い声を向けた。

ごそごそ、天幕の中の見張り番が立ってくる気配がするや、おしのは、虎太の耳許に「良《え》えか、虎太はんはシンパチや。わては、ゆり、いいや、すず、ううん、ええーい、ぎんやて。間違えたらあかんえ」と囁き、やはり手の中指から手首までぐらい背が低く、伸びをしながら虎太の首に抱き付いた。乳房の厚み、先の尖りの固さ、ずしりとする撓《たわ》みのあるものが虎太の胸の肋骨を圧《お》し、撫で、擽《くすぐ》る。

「おしのさん、あ、違う、おぎんさん、臍の下のあそこ、あれを、股を拡げて……な」

「どあほ。虎太はんは、狂言を見たことはあるのやろ？　今は、狂言の役者と同じ嘘をやっとるのや」

何か、虎太の高ぶる思いを殺《そ》ぐことをおしのが告げた途端……。

「おいっ、いくら、ここが木立ちがあって、暗うて、男と女が仲良お……したくなるところでもな、あかんわい」

ちょっぴり逸《はや》る態《てい》と、面倒臭い態を半半にして、かなりの老人が天幕から出てきた。同じ賊の党の仁伍名人よりもっと年を食っていると映る。そろそろ古稀《こき》、七十ぐらいか。うーむ、ここの甲冑屋は儲けをかなり凄くしていると映るが、こんな老人を、用心棒……に雇うのか。

「五十ちょっきりにしか見えない御人《おひと》さま、ごきんとはんは止めてえな」

ごきんとはん、とは「お固いことで」の意味か、おしのは、えっ、おいーっ、虎太の右手を、膨《ふく》よかと感じて「おお」となる臍《へそ》のあたりの丘の肉の心地良さへと、見張り番の大老人に見せつけるように導く。

「もっと、もっと、きつくやでえシンパチはん……ん」

「そうでっか。ほなら、頑張り……ま」

虎太は、なお慣れないこの国の正しい言葉を混じえ、ええーい、謎めいた小さな丘から下へと、五本の指を進めた。

「こりゃ、虎太はん、いいや、シンパチ……それ、早い……やて。堪忍《かんにん》え」

おしのが、拳《こぶし》で、本気のように虎太の鳩尾《みずおち》を小突く。痛あ……。

「おーい、若い二人。頑張るのや、楽しむのや。わいの天幕の机を使って、思う存分やて、どうぞ、どうぞ」

あれ、この甲冑屋の裏の守りの要《かなめ》と思った大老人が裏木戸へと歩む。

「男と女の助兵衛こそ……この日の本の国、大和《やまと》、敷島《しきしま》の国の一番大切、厳《おごそ》か、目出たいことやねん」

京の大老人は、思いの外を口に出し、天幕へと虎太とおしのを招く。

「わいの息子二人は、三好《みよし》と浅井《あざい》の兵となって、三十五、三十ちょっきりで死んでやな。その子供、孫は、三人の娘の一人は十三で盗賊に掻っ攫われて行方が不明、一人は糞《くそ》が小便みたいなってのう、十四でおっ死んでのう。残り一人は、嵐のきた大文字山に登って山崩れに巻き込まれ、土色の顔であの世行き……」

大老人は、ごくごく普通にあることがらとしても、でも、やっぱり、切ないことを口に出した。

「そうや、せやから、天幕の中の机を寝床にして、助兵衛の限りを……わいの、孫三人の分《ぶん》も……いいや、魂のゆったりの慰め……のためにもや」

金輪《かなわ》の中に楔《くさび》を打ち込んで四隅を止め、天井は樫の木に吊るしてある獣の皮の天幕の入口へと、大老人は案内する。戦《いくさ》の大将が陣取る幕の中もこんなものではないのか、畳三枚を敷けるほどの広さがある天幕の中で、火鉢もあり、鍋が掛けてある。

「ほれ」

大老人は腰手拭を丁寧に拡げ、一畳もある机に敷いてくれる。でも、かなり黄ばんだ手拭いだ。

「わいは老いて、覗《のぞ》き見《み》をする気はあらへんさかい、ゆっくりな、御二人はん」

齢を食っても物言いがしっかりしている大老人だけれど、七十歳ほどになると足腰が弱るのだろう、支えてやりたいほどによろよろしている。

「せやけど、日が落ちる前にはこん店も閉まるし、そん時はわいもここへと戻って見張り番をせんとあかんえ。申《さる》の刻には、切り上げて……や」

母さの右《ゆう》の教えた時の数え方は、京ではごくそこいらにいる人にも通じると大老人は知らせ、裏木戸へと、とぼとぼ、ふらふらふらら歩む。

「おおきに……な、五十ちょっきりにしか見えへん御人《おひと》」

これほど和《やわ》らいだ声をおしのは出すことができるのだ。虎太を躾《しつけ》るような、誘うような、甘く騙《だま》すような声とは一線を画し、人と人との付き合いの一番の初めの元《もと》みたいな心が入った礼の思いを口に出した。そして、おしのは、虎太の脇腹を小突く。挨拶せい、との合図だろう。

「あ、爺さま。いや、五十少しの御人、ありがとさんです。う、う、おおきに……で」

慌てて、虎太は、大老人に御辞儀をした。

「うんや。先おとつい、おとつい、きのう、今日と、朝は何と寅《とら》の刻の薄暗い時から、酉《とり》の刻まで、ここで見張り番や。くたびれ果てて。こん主《あるじ》は大儲けしていよるのに、ちゃう、大儲けしてるさかいゆえ、もっともっととどけちやねん」

「まあ、まあ、それはむさんこ……たいへんでおへんか」

おしのは、裏木戸まで大老人へと近づき、太鼓の楽《がく》のように快い調子で両肩を親孝行娘みたいに叩く。

「うひょーっ、気持ち良《え》え肩叩きやて。十五年前に、洛外で出会った強盗に殺された女房より……上手やねん。ま、せやけど、行くわ。くたびれ過ぎたんやて、怠《なま》けて、休むわ。急に、主《あるじ》や頭《かしら》がきても、あんじょう巧《うま》く、誤魔化しといてや」

「五十ちょっきりにしか見えへん御人。任せておきい……な」

おしのが話を引き取ろうとする。

「ああ、気持ち良《え》え、肩叩きや。お若い男はん、ついでに揉んでもろうても良えかな」

大老人は、肩叩きだけでなく、語らいの人が欲しいらしい。そりゃそうだろう、息子達が死に、孫が実にそれぞれの不幸で行方が分からなくなったり、流行り病にやられたり、山崩れに巻き込まれたり……妻すら強盗に殺されたのだから。

「どうぞ、どうぞ。どこを揉んだら良《え》えのかの」

「そ、肩のすぐ下が凝《こ》っておるし、やりまひょ」

虎太、おしのと応じる。

「あんな、わいの役目など、ここの主は、軽う、軽う見て、どうでも良《え》えと考えとるのや」

うーん、やっぱり、齢を食っても生きている人は、人としての誇りがかなりと虎太は解ってしまう。やや辛《つら》い解り方《かた》としても。

「せやけどな、御二人はん」

老いて立ち続ける力を失くしたか、大老人は裏木戸の真ん中に、ぺったんこと座り込んだ。

「聞いておくれやす。日が落ちる頃、店の表ではその日の売り上げを入れた網《あみ》の中、それは白木の箱に、値打ちある銀と銭を別別に仕舞うたのを蔵の中の前の方へと運ぶのやけど、それは十日毎に数え直し、蔵の奥へや。蔵の裏の、すぐそこにや。せやから、そこに、棚《たな》があるそこに銀の粒の網袋、銭の網袋と並べておるんや」

大老人は、自らの務めを軽んじる主《あるじ》と回りへの怒りが、かなり溜まっているらしい。老いて褐色の額の血の脈を浮き立たせ、蔵の錠あたりへと指を向ける。

「なのにや、店の終わる時に、ここの、大事中の大事のところへやってくるのは雇われた、それも、戦は一度だけで雑兵をやっておった四十男の一人しかこんのや。用心棒でんね」

「そりゃ、駄目おすな」

にたにたとも、むろん、にこりとも笑わず、おしのは座り込んで大老人の肩を揉む。

「そう、こんなんではあかん……え。実際、四年前の今頃の季節、雑賀《さいか》がどうも砦《とりで》らしいのやが、ここに強奪にきたんえ。ほんまや」

大老人が、苦しいのだろう、背筋に苦竹《にがたけ》を入れたように伸ばし、しゃきっとさせた。あん？「雑賀が砦」って、我が党……。

「そん時は、店の表に六人の雇い兵と用心棒、店の裏に四人の用心棒を置いていて、少しの格闘はあったのやが、守り切れた。相手の、いんや、強盗団の死人は初めは五人、こちらは一人。雇い兵が賊を追いかけて更に五人を殺《や》ってな。せやけど、この時世、雇い兵は仁義など失《な》くして、賊の盗んだ銀と銭を手前のものにしてとんずら……ああ、あ」

大老人の、それなりに生生《なまなま》しい過ぎたことへの話に、虎太は身を引き締める。

「五十ちょっきりの、あなたはん、御人は、その時、どないなされたん」

おしのが、おいっ、この大老人が消えた時は助兵衛などさせてくれないほどの険《けわ》しい顔つきで、額に深い皺を二本刻み、眼《まなこ》の光を俄《にわか》に鋭くさせた。

「そうやて、ここに雇われる前で、町衆の力のある人に、構《かまえ》の堀の溝《どぶ》さらいの日雇いにしてもろうて、下見できた、その日……でんね。きりっとして、美しゅうて、優しい嬢《とう》はんやあんたはんは。あんねえ、若い男はん、あんたは幸せでっせえ、こないな女の人と」

ほぼ実の話であろうことを、大老人は告げた。しかし、計十人の強盗団の死……しんど。

「その雑賀《さいか》を根城にしてた盗賊って……どない人達やったろか。いいや、どない悪人やったんですやろ」

推し測りができるが、敢えてか、おしのは聞く。

「石川党でんね。失敗、挫《くじ》けはあろうけどや、ありゃ、大いなる奴らの負けやろな。あ、あんがとしゃん、肩叩き、肩揉み。わいは、構《かまえ》の門番のタキチと無駄話をしてくるわい。やつも、そろそろ六十五。老いた者同士でやあ」

大老人は、よろめきながらも、強《し》いてのように胸を反らし、ゆっくりゆっくり、北方角へと歩みだす。

　そうか。

　今度の、ここの甲冑屋への襲いは、四年前の失敗の回復、仕返し、次への大きな跳《と》びであると虎太はとことん知らされる。大親方の石川左門の眼《まなこ》と胆《きも》があと二、三日の行ないに、直に、ぎりりと向いている。

　――大老人が、壁と堀に添って北方角へと消えた。

　虎太は、やっぱり、人というのは、孟子が唱えたように「人の本性は善《ぜん》」という説の正しさを大老人の人の善さに見てしまう。

　しかし、甲冑屋の用心棒と雇われ兵とかは、賊を追って殺し、賊の盗んだ銀や銭を自らのものとしてしまう……とは。「人の本性は悪」がむしろ……むしろ、正しいのかも。いいや、やっぱり、時世、戦ばっかり、その合間《あいま》に猛猛しい腹下しや軀の異《い》な火照りに襲われる流行り病、葛《くず》の根などの一時《いちじ》凌《しの》ぎの食糧では間に合わぬ飢え……のせいか。自らと、妻と子とが生き延びるためには……しゃあない……のかも。

「あんな、シンパチさん、ぼけーっとして。こっちへきんしゃい」

　そうだ、天幕の中の一畳もある机の上におしのに横たわってもらい、うふっ、うふっと、虎太は樫《かし》の木の浅い林というか、雑草が生い繁る地べたを逸《はや》って急ぎ足となる。

　あ、あっ、あっ。

　ずでーん、ん、んっ。

　虎太が、前へとのめり、地面へとぶっ倒れた。通草《あけび》の這いずる蔓《つる》か、葛《くず》の蔓か、雑草の根っこか、足首の上あたりに引っ掛かった。

「大丈夫かあ。ふーむ、足許は、足首から臑《すね》の半分以下が目ん中に入りにくい危うい場所なのやな、虎太はん」

「らしいですのう、新入りの稽古《けいこ》にはなかった……人のかなりの弱い点みたい」

「ほれっ、起き上がるんや。短い時の間に教えておかんと……成果も死も、危ないことが多くてな、成果と死の二つは付き物や」

おしのは援《たす》け起《お》こすよりは、たぶん戦場の侍が雑兵を厳しく扱《しご》くように衣の襟首に手を掛けて強く引っ張る。

「付いてくるのや」

虎太が従って行くと、下半分は黒い板、上半分は白い壁の蔵の裏、頑丈そうな扉だ。おしのは軽く舐《な》めているふうに評しているが、ずしりと重く、鉄の鈍《にぶ》い光すら「おいっ」と睨《にら》むような立派そのものの錠が扉を鎖《とざ》している。

「さっき虎太はんに分《わ》けた釘《くぎ》の鍵を出してみい」

「あ……はい」

「まだ、あの老人の人の善さにうっとりしてるのやろ」

「え、そうです」

「わても……そう思ってるんえ」

「はあ」

「強奪に成功しても、店の用心棒が追い掛けてきて、その宝を貰《もろ》うて、どろんとか」

「そうですよね」

「あんな、これから盗みに入るところへ、賊が、わても賊やから文句を付けるのは、あのう、そのう、せやけどな、賊と通じる者を店に入り込ませたりしたら、呉服、反物《たんもの》、刀剣などの大店《おおだな》は一《ひと》たまりもない……はずやて」

おしのの言うことは、真っ当だ。これから襲う店に、孫子の大事にする〝間《かん》〞、つまり間諜を送り込んだら、賊の〝道〞は立たぬ。そう、賊を超えて、人の道が。

しかし、この戦世《いくさよ》がもしかしたら終わり、何百年後、何千年後の、その次、その次の次に、世の中を変える党や団には、これを専《もっぱ》らにするところができるのかも……。他の国や党に〝間《かん》〞を送り込む、最も汚ないことを……為《な》すかも。確かに、銀銭を増やす捗《はかど》り具合いは良い。その分、人として、腐りに腐る……だろう……に。

「そんに、虎太はん。あん大老人は、回りくどかったのやけど、店の表より、店の裏のこの蔵への攻めの方がやり易いとも言うとった」

「あ……そうだった」

「んで、やってみい。厳めしく、格好が良い錠だけれど……穴を探すのや。よっしゃあ。んで、釘の、潰《つぶ》して平べったい先を埋めてみい。優しくやでえ。ふんっ、まだ女《おな》ごを知らんとゆうてもな、闇《やみ》雲《くも》はあかんえ。でも、埒《らち》が明かん時は、押してみるのや」

偽《にせ》の鍵、鉄釘《てつくぎ》の平べったい先っちょを錠の穴へと差し込み、おしのに命じられた通り、こちょこちょと回してから、すっと押すと「んとっ」と軽やかな音鳴りで錠が鳴り、錠が蛙《かえる》が逆さになるような感じで解けた。

「よおっしゃ、虎太はん。実の女《おな》ごの時の扱いも、ふ、へーん、こないに……やれるかなあ。楽しみやでえ。はい、次や。駄目や、しっかり見とるのや、おいっ」

おしのの掛け声は勇ましさに溢れているのに、蔵の扉は、ありか、雀《すずめ》の羽とは言わないが鳶《とんび》の翼みたいに、楽楽と童歌《わらべうた》を口遊《くちずさ》むごとくに開いた。

おいっ。

虎太が伸びをすると、一段が一尺半で、五段になった棚には、大老人の告げた通り、濃く、密《みつ》な、麻糸であろう網《あみ》に包まれた袋が置いてある。外からの光で、袋の入口を結んだ紐《ひも》の下に銀や銭が入っていると分かる。他の棚の中には、故郷の遠江《とおとうみ》の升より少し小さい京升か、そこへ鈍く光る銀が山盛りになっている。

戦の世は、兜《かぶと》や鎧《よろい》、刀剣、死んだ女の簪《かんざし》などで、こんなに儲かるのかのう。だったら、戦に負けた男ども、女《おな》ごどもの売り買いも、虎太の暗算を遥《はる》かに超えて同じように流行っているはず。もし、この二、三日後の強奪に成功したら、必らず、いつか、人身の売り買いの店を襲うずら。

「ほら、ほら、決戦は二、三日後。今から、きょろきょろ、あれこれしたら、気付かれるのやで」

おしのが、厳しく言う。

が。

良いのかのうと虎太は考えるが、おしのは升《ます》に盛り上がった銀を十粒ばかり、ささっと撮《つま》み、握り、すぐに蔵の扉を閉め、錠を鎖した。さすが京の盛り場で盗みの〝学び〟を実地に経てきただけはある。

「しかし、おしのさん。銀や銭を、こんな気軽に無造作に置いておくものかのう」

「わてもかなりびっくりしたわ。てっきり、錠を三つ四つと重ねた金具だらけの唐櫃《からびつ》か長持ちの中にちんと隠して仕舞おておると」

「そうずら」

「虎太はん、正しゅう大和言葉を使わんと、どこの生まれ育ちか知られてしまうわいに。せやけど、銀一匁《もんめ》はおおよそ銭八十文やて。米を京升《きょうます》で一升《しょう》、酒なら一升と少し買えるのやで」

「うーん」

「虎太はん。甲冑屋の主《あるじ》の思惑《おもわく》は、値打ちの張るもんを然《さ》り気《げ》なく、然《さ》り気《げ》なあく、隠したつもりなのやな。盗みに入るのは普通は真夜中から日の出前やから蔵の裏から入っても、好い加減な仕舞い方だからこそ銀とか銭とかとは思わへん。いいや、お天道さまの輝いている昼間でも蔵の中は真っ暗。やっぱり、なかなかぶつは探せん」

「ごめ……ん。盗みは稽古《けいこ》ばっかりで、まだやってなくて」

「虎太はん。手燈や燈台を使う手もあるけど、火打ち石と火打ち金で時を食うしな、場合によってはそれが元《もと》で火事になってや、無縁の人達をも巻き込んで死へ追いやる……から、できるだけ使わんようにするのが良《え》え」

「へえ」

「石川の親方の考えやて。一向宗を強う信じておるのは立派やけど、そうやねん、『悪人こそ救われる』の他力《たりき》への思いは凄《すご》う……とゆうか、自らの科《とが》を阿弥陀しゃまに預けて逃げる欲が強お……さかい」

「は……あ」

「賊や銀銭を守る人は殺しても良《え》えが、それと関わりがない人は傷つけてはならんと、石川の親方は思い込んでおるのやて」

「うーむ、そりゃ、それで、なるほどずら」

「おいっ、虎太あ。こない辻褄《つじつま》の合わん親方の考えに異《い》を唱えんのかあ」

おしのの口の利き方が、急に、険《けん》を帯びてきた。互いが無事なら、これが何年も続くのかのう。でも、おしのは、大いなるとは言えないが、かなりの根性のある女盗賊と虎太は心の芯で解った。この時世、天子を難《なん》じる公家《くげ》はいまい。昔からの守護大名、この何十年で伸《の》し上《あ》がった戦国大名の部下にも、あれこれ腐《くさ》しても根っこまでは悪口を言わないだろう。「これから何十年と下克上は消えない」とは故郷の僧の無了の言《げん》だが、自分より上を殺して滅ぼす下の者は、そもそも、批判や悪口など隠して上を狙うのでは……ないのか。

「あ、そんな、親方の考えに靡《なび》くのはまだまだ早くて。俺は、一番下の新参の賊、石川党の見習い……に過ぎませんずら」

期待した天幕での、生まれて初めての女ごとの交わりが〝無《な》し〟になっては余りに悔しいと、懸命に虎太は言い繕《つくろ》う。

しかし、本音では、石川の親方は、子分《こぶん》の生死と死の後、その寡婦《やもめ》の面倒見、襲い方の気配り、でも、執念の一本槍の確かさがしっかり筋を通してあると薄薄《うすうす》知らされてくる。

「おいっ、虎太。ならば、やっぱり、親方の一人娘、さとと妻夫《めおと》になりたいのが本音かあ。なら、やらせてあげへんさかい。ふんっ」

おしのの怒りは本当らしい。両肩を怒らせ、ぷりぷりと腰を揺すり、でも、ちゃんと蔵の裏口の付近で手にした銀を帯に挟《はさ》んだ巾着《きんちゃく》に入れ「入ってくるな」と示すみたいに左手の後ろ手で示し、天幕に入って行く。

虎太は、自らが何者であるのか、自らを認められることが欲しいと、この甲冑屋への襲いの旅で知ったけれど、今度は女人《にょにん》の自らの誇り、他の女との競《せ》り合《あ》いへの強く烈《はげ》しい思い、違う、生温《なまぬる》い言い方だ、自らの命を賭《と》しても良いほどの力《ちから》を持つと知った。

ならば。

ううん、そもそも、獲物を求めてのこの襲いの旅で分かった。

この、おしのが、故郷の遠江《とおとうみ》、賊の故郷か現の砦《とりで》の雑賀《さいか》、堺、奈良、京で会った女ごの中では一番に魅く力を持っている。

顔の面白さ、おっと、凄みのある美しさ。夏の終わりに咲く桔梗《ききょう》の七割開いたような両目、吸ったら丸《まる》五日は飽きないような分厚い唇、撫でても摩《さす》っても叩いても弾き飛ばすような尻の肉と形ずら。

良《よ》おっし、このおしのと妻夫《めおと》になるずらあ。

ん？　しかし、十六と、推し測るにおしのは二十二、三、四——え、えーい、女《おな》ごが逆なら何の難《なん》癖《くせ》も付かん。女人を公平に扱かわんこの世の習いや考えがおかしいのだわ。

進むのだ、いざ、おのれ、清水虎太。

天幕の入口へと、気を抜かぬ態で虎太は近づいた。

「えーと、えーとです。おしのさま、俺は、おしのさまと婚を為《な》したく、そうずら、妻夫になりたく、何卒《なにとぞ》、御受けして下さいますように。ついては、裸になって……頼んます」

平べったく大きい机の脇で、虎太は頭を垂れた、地べたへとすれすれまで、深く深く。

「あんなあ、とっても嬉しいおまはん、虎太はんの言葉で泣きとうなるけどや。序《つい》でとしても、銀二十匁《もんめ》ぐらいを盗んだわけで、落ち着かんのや。その上、あん疑いを知らん大老人の情けを考えるとな」

おしのは、大老人が残した黄ばんだ手拭いはそのままにして、肩に掛けていた小物籠《こものかご》から、新しいのを二本出し、机の上に四つ折りにして重ねた。大老人への礼の心なのだろう。

「では、おしのさま、机の上へと横たわり、妻夫の儀式を」

「おしのさまの『さま』は止《や》めといてや。気分がいきなり公家はんの娘みたいになるわ。そもそもここでは、あかんて。大老人の情けに済まんとは思うけれど。矢《や》銭《せん》、ふんふふっ、戦の資金も二十匁は入ったし、さ、行こ、行こ」

六

――日の暮れるかなり前だ。

導かれて、下京《しもぎょう》の、いかにも安そうで、しかし、男と女のしんねりむっつりする匂いと感じをよこす宿へと入った。戦、戦、戦が重なったから仕方ないのか、違う理由か、安普請《やすぶしん》で窓の障子が破れて風がひゅーいと通り抜け、鴨川という大きな川の音も入ってくる。

すぐに、裸になってくれると思ったのに、おしのは、着衣の小袖姿のまま、両膝を揃えて、虎太に向き合った。

おいーっ、裸と裸で睦《むつ》み合う前に説教かあ。

虎太は気付く。六つや七つや八つも齢上の女《おな》ごを女房にしたら、生涯、説教と一緒に暮らすことになる……と。

でも、おのれは年若で未熟者、我慢するしかない。どうせこの戦世《いくさよ》の時に生まれ、先は、いや、二、三日後にでも〝花を咲かす〟その最中に花を見れずに殺されるか、運が良くてもいずれ遅くはない時に……。

ううん、我慢ではない。喜んで、あれこれ教えてもらおう。そもそも、この甲冑屋襲撃の者達の中で、おのれ虎太を男として選んでくれたのはおしの――何と男として自信が満ちてくることか――嬉しいずら。

そもそも賊入りの覚悟をしたのは、初めは、逃げては殺されるという、強いられた力によってだったが、そのうちすぐに仲間の人としての桁外《けたはず》れの活力《かつりょく》、酷《むご》さと情けの奇妙な同居に魅かれ、やがて、銀や銭欲しさとなり、女《おな》ごもかなりの数《かず》が手に入るらしいという欲……そんなに甘くはないはずだが、いつかは頭領、親方になって貧民へ少しでも分け与えることができるかも……となってきたのだ。その賊の道は、このおしのの気配り、技《わざ》だけでもかなりで、もっともっと深いところを教えてくれるのは間違いない。

「何や、虎太はんは集中せえへんな、わての話に」

「あ……はい」

「なら脱がしてや。細帯《ほそおび》を解いて……な」

立ち上がり、おしのが言うというよりは命じる雰囲気で、秋の花のきりりとした桔梗の感じをよこす両目となった。虎太は、遅かったが、おしのの小袖の模様も紫ではないけれど白い桔梗のそれと気付く。はあん、魅き寄せる力を自らかなり気にして、虎太に知らせているのだ。女ご、女人、女は、自分を男に訴えるとんでもない賢さを持っている……らしい。我ら男どもは学ばなければいけねえ。

「もったもったして。将来は大盗賊、少くとも石川党の親方にはなるとの前評判の虎太はん、鼻の下だけは中年男みたいにびろーんと長くして、せやけど、震えたまま突っ立っていて。あかんねん、優しく『好きや、お天道《てんと》さまの輝やきと同じでひょ。いんや、それより勝《まさ》っておるわい』とか、そうやねん、格上とか齢上の女にはな。せやけど齢下の女には『極楽を教えたるから、早よう脱げ』とか『ごてくさ抜かすな、裸になるのや』と乱暴気味に……やて」

「あ……はい」

「あんな、わてが忍び込んだ公家はんの屋敷があって、主のそん人は、刀剣を使えないのやろな、口《くち》の勝負で言うてた。『この大和の国の史《ふみ》、歴史では、女人の力がこれほどの時世はなかった、稀《まれ》なこと』とな。助兵衛心《ごころ》もあったらしいのやけど、わてに史《ふみ》を説いてな『およそ九百年前、天子さまの政《まつりごと》のために、後の天智天皇、中大兄皇子《なかのおおえのおうじ》が、蘇我《そが》の親子の私《わたくし》の政《まつりごと》を暗《あん》の殺しで引っ繰り返してから、女子が力を握ったのは鎌倉に幕府があった頃の源頼朝のかみさん、北条政子《まさこ》しかおらへんのや』とな。おまけに『あんたはん、泥棒は良えが、政《まつりごと》に口を出してはあきまへん』とな」

おしのさんね、史とか歴史は大切とは考えるけど、今は、この際は、あのう……でのう。

ま、しかし、日《ひ》の本《もと》のどこの国でも戦、戦、戦で、男は稼ぎのためと負け組の女をものにできるの欲と、無理やりに兵に狩り出される谷間の中で忙しいのに、女は田畑を耕し、子育てをして、子の躾《しつけ》を……し。戦場によっては、逸速《いち》く女が駆け参じて、女の屍の衣や湯文字《ゆもじ》や簪《かんざし》を剝《は》がすというし……。

戦の場ゆえに、男があの方に飢えているから、相場《そうば》の二倍、三倍、四倍の値で男と寝る……。何ごとにつけ、女の方が活《い》きが良いような。現《げん》に、この京の商いの店の店先で客を大声で呼び込むのは女が十中の九。

「あ、いや……そうやな、初めてのことなんでんね、虎太はんは。あてが……脱ぐ」

かなり白《しら》けた気分を頬っぺたの緩《ゆる》みに作り、おしのは、立ったまま細帯を解いた。小袖の着物と、小さめの湯巻《ゆまき》二つを一緒くたに脱いだ。素裸になった。

ああ。

行灯《あんどん》の光から橙色を抜いて、もっと白く明かるい裸だ。

助兵衛と思うより前の、遥《はる》か先に行く源《みなもと》の、乳房《ちぶさ》の張りと尖りだ。綺麗だのう。

でも、腿の太さの胆《きも》を撃つ豊かさは、何ずら。中指から肩口までの二尺の隔《へだ》たりが、虎太の鼻穴とおしのの股間にあるのに、菜の花《なはな》、しかも闌《た》けて終わりの頃の匂いが押し寄せてくる。

「おのれ、うんや、おまはん、あなた、虎太はんも脱がんと。女と男の助兵衛、つまりや、人の類《たぐい》の持ち続けと増やしは大切なこと。焦《あせ》ってはあかんえ。ほれーっ。うわあ、桃色ちんぽやあ。せやけど、きちんと剝《む》けとるわいな。済まんね、懐《なつ》かしい、あん人の……十七を思い出すわ」

「そ……う」

「あかん、許してや。あのな、前の男とか女のことは禁句やからな、仲良うする時には口に出さんようにな」

安い宿なのにずいぶん、豪勢な燈台で蠟燭《ろうそく》の輝きの、明かるさが普通のしもた屋の三倍もある。そうか、男と女が情《じょう》を交える宿だものなと虎太は気付くが、おしのは、その四角で脚の長い行灯の光に、素裸を曝《さら》してくれる。

女人《にょにん》の軀はこれほど見事《みごと》か。乳房が丸味を持ってわずかに反っている。あ、尻を向けた。真ん丸が二つで弾む力があると分かり、その狭間は謎めいて仄《ほの》暗い。

虎太は、学問は母さの右《ゆう》と、廃寺を興《おこ》してかすかすにやっている無了にしか教わっていないが、直の感じで、何千年、何万年の間、男が女ごを抱いて種を注ぐ中途半端ではない力《ちから》を知ってしまう。同じく、女ごを巡って殺し合い、女ごをいっぱい堂堂と、嫡室《ちゃくしつ》、側室《そくしつ》、側女《そばめ》、妾《しょう》などを天子、将軍、守護大名、戦国大名、国衆が作りたい欲をまざまざ解ってしまう、「家《いえ》の安泰」だけではない……この欲の深さは。だけれど……その欲は。

――あまりの心と軀の高ぶりのせいで三度、交わりに失敗した。目当てを前に、自ら爆《は》ぜてしまった。

四度目。

「深あく、息を吸うのや……そして、吐いてえ。うん、また吸ってえ……そう、吐いてえ、え。あん、強い……え、え。しっかりしとるわあ。そん調子……そうやあ、及第《きゅうだい》でんね」

おしのの導きで、やっと貫き得た。

刺し貫いて、おしのがおしのらしくなく虎太にしがみついてきて、とても大きな肺の臓《ぞう》だ、「ふうう、ううっ」と、太い油の芯の行灯を吹き消した。

——男と女の交わりは、終わってみれば、女にとっては、たぶん、爆《は》ぜる命の営《いとな》みの後の、寺の鐘の撞《つ》いた後の響きだろうし、もしかしたらおのれ虎太は例《れい》の外《ほか》か、あの唐《から》の古代の老子の説く「有るとか無《な》いとかを超えてある境地」の〝虚無〟か、かなり空しい感情に嵌まってしまった。

かつてない、棘《とげ》を失くしたような和《なご》やかさ、大いなる怒りやちっこい不満を吸い取って股の内緒に収めたみたいな満ちたりた穏やかさでうつらうつらするおしのを見て、女人は、そもそもは男より健やかで幸せな質《たち》、感じ、肉を持つと見えてくる。女を不幸せにしたり、女に突発に似た感情の暴れを為《な》させることや、女が男より細かく法《のり》や規則や掟を守り守らせる癖は、世の中が敢《あ》えてそうさせているゆえではないのかのう。つまり、男どもが、無理に、女の長所、強み、不屈の魂をひん曲げて、殺《そ》いでいる……ずら。

もし、もし、もしかしたら。

賊の親方になったら、女人が活躍し易い組、団、党、仲間にするしかねえ。

——はっきり目覚めたおしのは、ちょっぴり慌てたごとく衣擦《きぬず》れの音を立て、月の光も差し込まない闇の中で、きっちり両膝を揃《そろ》えて座り込む気配をさせた。

「聞きなはれ、あんたはん、虎太はん」

「あ、はい」

素っ裸では、妻夫《めおと》になる間柄でも礼を失すると、かなり汚した褌を虎太は身に着け、畏る。

「人の生《せい》は、いつも、瞬《まばた》き、束の間や。ここに在《あ》るおのれ、人、場、時を大切にせんとな」

つまり、その時時のごく短い間の、おのれと、人と、ところとを大切にせよだろう。そりゃそうだ、もしかしたら、二、三日後には相手に負けて……おっ死《ち》ぬ。

「それと、大悪人、とんでものう賊としての思い、考え、決心を、しっかと固めんとあかんえ。この、二、三日以内にや」

「は……あ」

「一向宗の大本《おおもと》の親鸞さまが説く『悪人こそ救われる』だけでは駄目と思うのや、あては。確かに、大地を揺るがし、大空を震えさせる考え、信心の芯《しん》や……せやけど、おのれの欲のために銀や銭を奪い、人殺しもするとなると……実際に行なう罪人は、親鸞さまに縋《すが》ることさえ……見失うはずや。犯した罪深さに」

「は……あ」

故郷の僧侶の無了に、法華宗、浄土宗、浄土真宗即ち一向宗の概《おおむ》ねは批判じみて教わったけれど、禅宗から拗《す》ねて見たかなり偏った考えだったはずで……解らんずら。

「それと、賊としての根の心の構えほどではないのやけど、忘れてあかんのは勇気《ゆうき》かつ大胆の心や。攻める前だけでのうて……退《ひ》く時もや」

「は……あ」

「わての最初に惚れた男は退《しりぞ》く勇気がのうて、十八で、奈良の紙屋《かみや》への盗みで四人の用心棒に囲まれ八《や》つ裂きにされて死んじまったん……ね」

「それは……それは……悲しいのう」

本当に辛《つら》かったろうと思うが、その後、何人の男と裸になって交わったかも、虎太は聞きたい。しかし、焼き餅、悋気《りんき》、妬心は女《おな》ごのもので、男のものではないという今の時世の人の道なので聞きづらい。

「せやから、親方、頭、上役、兄貴分の命《めい》、言い分を鵜呑《うの》みにしたらあかんわ」

おしのは、虎太の助兵衛へのぎこちなさへの叱りとは別の、桔梗《ききょう》のきりりとした両眼を、未だ観《み》ていない、でも、遠江《とおとうみ》でも村人の大人が憧《あこが》れのように語っていた能の山姥《やまんば》の、虎太が思い描いたそれみたいに、恐ろしくきつく、冷えた光で睨んできた。

「は……あ」

「『行け、行くのやあーっ、そこやあっ』とわての最初の男に命じたのは、石川の親方でんね。そんで……わての愛しいあん人は、耳を削がれ、右肩から斬られ、胸を刺され、鳩尾《みずおち》を貫かれ、右膝から下を失くし、血だるまになったその上、首の半分にまで刀を入れられ……あん人は、十八で……死におした」

はっ、はっ、ははっと、さっきの妻夫《めおと》の交わりの初めより忙《せわ》しない、激しい、切羽詰《せっぱつ》まった言い方をおしのはする。

悲しく、切なく、辛《つら》い別れを、初めの男と為《な》したのずらねと、虎太は、おしのと気持ちの揺れの波を同じくしていく。

いんや、でも。

おしのは親方、石川左門すら、かなり憎んでいると分かる。百二十人も賊が集まると、いろいろと仲間うちの仲間、内輪での揉めごとはあるらしい。いや、避けられないこと……なのだろう。

「あんなあ、虎太はん。親方と、頭《かしら》七人は、この党の総勢を百二、三十人と言うとるけど、実は三百人とちょっとや。伊賀、奈良、山城、近江にも仲間がおるのや。そもそも、雑賀《さいか》には百五十人」

「ええっ……」

虎太は、びっくりする。

「石川の親方は、戦国の大名ほどに賊の兵を増やして持ちたいらしいのや。それは、けどや、無理、無理。賊には水《みず》の滴《しずく》の一つほどの〝義《ぎ》〟がないのえ」

「う、う、うう」

「ま、良《え》えわ。せやけど、まことに考えてみい、賊の〝義〟を。脂汗をだらだら垂らし……命を削るほどにや。それがでけたら、それを編み出したら三百人は三千人になれるわいに」

やっぱり、ここにくる——と虎太は腰の骨、胆《きも》のあるという肝の臓、脳味噌あたりが熱くなる。

「あ、あとな、細《こま》いことになるのやけど、下見《したみ》はきっちり、物見《ものみ》の人に任せんで、自分でやることや」

「は……い」

「但し、間《かん》、敵陣の内を調べる回《まわ》し者、間者《かんじゃ》については慎重にや。場合によっては、党への信《しん》を不信に追いやるわい。そもそも、党の一人一人が、人の誠を信じなくなるわい」

ぎょっ、と思うことを言うなり、男と女の秘めごとで疲れたか、かなりの甲高い鼾《いびき》を搔いて、おしのが眠りだした。

でも、おしのその鼾は、何でだろう、故郷の遠江で、たぶん〝神隠《かみかく》し〟にでも逢ったのだろうと、毎日毎日、海へ、丘へ、山の中へと虎太を探しているであろう息せき切る母さの歩みの喘《あえ》ぎを思わせる。

七

次の朝。

そんな質《たち》や柄《がら》ではないし、その才もないし、その銭もないけれど、岩絵具《いわえのぐ》の浅葱《あさぎ》の色で高価な紙に空《そら》を描きたいほどの京の空だ。もうすぐ梅雨だがその兆《きざ》しはない。

「わては、集まりに呼ばれとるから、一旦さいならや。そうや、上京《かみぎょう》の北、大徳寺近くにある船岡山《ふなおかやま》に登って、京全体を目ん玉の中に置いておきいな」

おしのは、葦簀《よしず》張りの小屋で買った、粟飯《あわめし》を藁《わら》の苞《つと》に入れて、おかずは京の日野菜《ひのな》漬けの弁当を買って、虎太に手渡した。

「良《え》えか、夕方、申《さる》の刻、三十三間堂《さんじゅうさんげんどう》の、千手観音像《せんじゅかんのん》の間の身舎《もや》での集まりは決して遅れてはあきまへんえ」

どうやら、おしのは京に最も詳しいだけでなく、頭《かしら》ほどの扱いをされているらしく、その集まりに出るのだろう。

「あんな……」

急に声を細くして、おしのはおしのらしくなく俯きながら告げた。

「勇気を奮い起こして大胆そんもんで攻め、もし負けて、用心棒や雇い兵に追いかけられたら、やっぱり勇気を持って逃げ……堺《さかい》のあんところにきいや、三日後の午《うま》の刻、真っ昼間に」

おしのは、弱気なことを口にする。これから、二人は短いだろう人生を懸命に歩むはずなのに。

いんや、おのれ虎太の生き残りが心配なのだろう……か。

八

船岡山を見物する途中、京の北、紙屋川沿いの惣構《そうがまえ》の堀と壁を、再び、この両眼でじっと調べた。甘く見てはならぬ。

堀の深さは、目当ての甲冑屋の裏よりかなり深く、身の丈の倍ほどある。おのれ虎太は荒海で鍛えているが、仲間が……。

でも、壁は、ところどころ丸かったり角張ったりしている手の平ほどの穴があり、握《にぎ》り拳《こぶし》に力を入れて試してみたが、何とか穴は拡がりそうだ。むろん、玄能《げんのう》の力は借りるしかないとしても。

壁の高さは、今まで調べた通り、大人の背丈より少し高い、遠江の尺度でも京のそれでも六尺から八尺。仲間による稽古をした通り、人が子供のやる馬《う》遊《ま》びの通りにやれば越えられる。

問題は、馬遊びの馬役の一番下の二人か三人だが、これも、時を費やすだろうが、鉤《かぎ》付きの麻紐を壁のてっぺんか向こうへと引っ掛ければ越えられる……はず。そして、最後の手として玄能で壁をぶち壊す……。

でも、でも。

京は、戦を度重ねて経たゆえだろうか、天子を守る塀と堀がきっちり連なっていて、大名の城と城下と守りを広く大きく吸い取っていると分かる。

九

うんと昔は火葬場、応仁の乱の戦の跡の残る船岡山に登った。

京の全体は少し見えにくいので、何の木か、沢山の樹木に囲まれてきた田舎者の虎太さえ名の分からぬ木肌のすべすべした大木があり、木登りは得意なので登り、下を見降ろすと、上京《かみぎょう》の惣構《そうがまえ》がくっきりと黒ずんで定規《じょうぎ》の筋のごとくに目に入る。

う、う、うーんと広い地は「末寺がぎょうさんあって、禅宗の大きな相国寺《しょうこくじ》」とおしのが京の図を書いたところだろう。その下、南の原《はら》っぱの更に下は、こぢんまりしているが、しんねりむっつりして金黄土《きんおうど》色の、つぎ接ぎだらけで風に揺れている簾《すだれ》が辛うじて目に入る。

流れの半分も見えないが、あれが賀茂《かも》川、いや、どこかで鴨川となるとかいう川のせせらぎが空の青さを孕んで目に清清《すがすが》しい。

狙いの甲冑屋は、右目を眇《すが》めてみたが、かなり、あやふやだ。

ま、いい。

てっぺんと決めつけるほどではないが頂《いただき》あたりをぶらぶらすると、へえ、銀や銭にはならないだろうが、小競《こぜ》り合い、それなりの戦の跡と分かる。刀の鞘が後ろ半分から折れて目貫《めぬき》と柄《つか》だけのが七、八本、地べたの落ち葉に塗《まみ》れている。甲冑屋すら「売れへん」と拾わなかったのだろう。

たぶん、土に埋もれて、もっともっと、戦の跡《あと》があるずら……と、てっぺんの八畳ぐらいのところで東と西、北と南と、おしのに言われたように見る。

頭《かしら》どもの考えで決まるだろうが、もし、このここが、甲冑屋を襲った後の集まる地点なら、かなり的《まと》を射ている。用心棒、雇い兵、追手《おって》、諸諸《もろもろ》の敵から自分を守るため奴らを上からの目で見つめられる。ん？　闇《やみ》がきたら、意味を失なうのか。

へえ、やっぱり、この急とは言い表せず、緩《ゆる》い坂の上とは言えず、でも、登り切るには若い虎太すら息が上がるが、そうか、京の四方を見渡せるこの山は、北、東、西、南の四つの登り道があると知った。場所が京、しかも、戦が起きたら全てとは決めがたいが七割から八割の勢いの分かるところ……何でもない山なのに、故郷の遠江では丘に過ぎないのに、ここは、かなりの史《ふみ》、歴史を積んだ場《ば》なのずら。

――一旦は、西方角の登り道を、そう、定かには分からないけれど、かの金閣寺《きんかくじ》のある西の方角へと虎太は下る。

へえ、人の丈の五尺から六尺の道の両側にきっちり規則正しく、これは何という木か、若いだろう木が植えられていて、互いに笑い合っているようだ。根っこも、瘤《こぶ》が少なく、てっぺんに近い急な坂から身の丈二十人分ほど下へと続く緩《ゆる》い坂まで、道を隔《へだ》てて仲良く並んでいるずら。根回りは、中指の先から肩口までの一尺半に過ぎないけれど、初初しいのに逞《たくま》しさがある。

うん、この木は、山桜ずら。春なら結構な花見の場所だろうのう。

十

夕方。

日は、まだ落ちていない。

三十三間堂の長廊下とも映る身舎《もや》だ。

虎太と同じ田舎者のお上《のぼ》りさんが「きゃあ、千手観音ばかり、有りがたいけど気持ち悪いわ」、「噂と違うて、庇《ひさし》の外の景色はきっちり見えんとね」、「けどや、どこかしら、狂言の嘘が真《まこと》として出てくるところじゃのお」とか、はしゃいでいる。

そこへ、大胆にも、頭の竜一以下の十七人が円陣を組み、竜一の示す図を見ている。

――既に、甲冑屋の店先から襲う務《つと》めは、竜一と権《ごん》の頭《かしら》に従うということで、十人が決められている。

先っちょを切る時は竜一の低い声だが引かぬ強さがあるそれで「晴れや曇りの日と雨や風の日と違うのやが、てえげえ、申《さる》の刻、侍どもが夕飯を食う頃」と告げた。その襲う始めの合図は、あれ、あーあ、京に慣れてるのだから仕方ないとしても佐武、こと、おしのだ。「耳たぶを研《と》ぎ、耳穴《ほら》をほじくっておいて、佐武の口笛、そうや、子守歌の『寝入れえ、寝入れえ……』を聞き逃すな。法螺、笛とか太鼓では、敵の店先の奴ら、用心棒に気付かれるのや。良《え》えか」と竜一は実に厳しい顔付きになった。なる……ほど。

――店の裏の蔵に強奪を仕掛ける責《せき》を負うのは、頭の一人の景清だ。

そして、どこかで語っているが予《あらかじ》め成果は薄いと踏んでいるのだろう、仁伍爺い、いや仁伍名人、誰にも泣きがあるけれど泣きが性《しょう》の真ん中になっているので新入りや見習いに辛《つら》く当たる先達の六助、新入りのとぼけたっぷりで機転が利く豊丸、賢さとゆとりを持つ獅子松、そして、おのれ虎太だ。

ちょっぴり、悪い予感がする。

頭の一人の是清が「決まったことは、一つ一つ守ってやらんとあかん」とうるさく言うのだ。景清は、背丈も五尺五寸ほどあるし、骨と肉は頑丈そう、部下への睨《にら》みも厳しいけれど、どうも融通《ゆうずう》においてその枠《わく》が狭過ぎる。景清の部下一人一人の、一日に使った銭に付いて、一日の武術や盗みの稽古《けいこ》の中身に付いて、みんなとの動きでない時でも服装の帯の位置に付いて、「党の決まりが命」と言い、厳しい注文を口に出す。ま、しかし、こういう性格の仲間、党の人も、必要だろうのう……とは、近頃、虎太は考える……のだけれど。

　店の裏を襲う時は、佐武、こと、おしのの口笛を、隣りの空き地で聞いて、すぐに伝える役は、虎太自身。頭の竜一は、虎太とおしのの阿吽《あうん》の呼吸を考えているのだろう……か。

　――強奪品、おっと、戦利品、いいや土産は「今から渡す頭陀《ずだ》袋か、蓋《ふた》付き葛籠《つづら》に。欲をこくな。せやけど、金目《かねめ》になる物を。鎧《よろい》や刀《かたな》は、あかん。銀や銭に換える手立ては、まだ、我が党は少ししか持っておらん。そもそも重うて逃げられんようなるわ」が竜一の命だった。

　〝闘い〟の終わりの合図については「わいが『ありがとしゃんっ』と叫ぶ。そしたら、欲深《よくふか》は止《や》め、すぐに引き上げるのやて」と竜一は言い「辛《つら》いが、行ないの最中で死んだ者は、あるいは助からん者は……放っておくしか……あらへん……のや」と声を細くして、そろそろくる梅雨の気配を三十三間堂の外に窺いながら、目を潤ませた。

　――頭の竜一の終《しま》いの言葉は「わての『ありがとしゃんっ』の大声の後は、惣構《そうがまえ》を越えて、北西の船岡山へと一時《いっとき》は集合や。一番に気い付けなあかんのは、甲冑屋の雇った用心棒や雇いの兵《つわもの》やで。わいらに解らんように、ひたひた追い駆けてきて、油断しおったら、わいらを殺して戦利品を横奪りして、どろーんや。その気配があったら、散るしかあらへん」だった。そして「五日後、雑賀《さいか》の住み処で再びや」と付け加えた。

十一

京の空は、なぜか、故郷の遠江《とおとうみ》より高い。

そして、暑さがいきなりやってきたというより空から降ってきた。

喘《あえ》ぐ。

前の日は、鴨川を越えて、若狭《わかさ》や越前へと続く道の脇のちっこい寺に泊まった。

決然と起《た》つ前に、おしのと、せめて手と手を握り合いたいと念じたが、儘《まま》ならなかった。やっと四回目で軀と軀で結び合えたことよりは、おしのが優しく、時にとんでもなく厳しく説教し、しかし、しどけなく小水みたいな水のような蜜を放ったことが虎太の胸の八割か九割ぐらいを占めてくる。


――思いっ切り、勇《ゆう》を持って踏み込み、大胆に行なう時がきた。

四月十八日、今夜の月は満月から四日目、下弦までは五日がかかり、ことが遅く終われば月の光で追いかけられ易いが、慣れない京の地なので逃げるのには有利か。

京の寺寺の鐘の響きを頼りに、出発こそ下京の外れの移されて再建されつつある本能寺まで一緒だったが、申《さる》の刻の四半刻前には三三五五、甲冑屋周辺に通行人やお上りさんや職人風の姿でいかにも用が有り気に屯《たむろ》している。

虎太の格好は、ごく有り得る侍の供《とも》のような小素襖《こすおう》だ。帯の左腰には刀の先の鋩子《ぼうし》から尻まで、一尺半、つまり中指から腕の力瘤《ちからこぶ》あたりまで、短剣を帯び、右腰には先っちょが鉤《かぎ》付きの身の丈三人分、十五尺より少し長いか、麻紐を束《たば》ねて吊している。但し、短刀と麻紐を隠すために胴服《どうふく》を小素襖の上に重ねている。だから、ことの前に、もう汗ぐっしょりだ。戦利品を担ぐための蓋《ふた》付き葛籠《つづら》さえ湿って、既に重く感じる。それにしても、変装する衣服などを寝泊まりするところに準備している我が党の幅の広さ深さに感心しちまう。あ、一向宗の縦糸横糸のせいか。

仁伍名人は、へえ、頭を剃っての墨衣《すみごろも》だ。やっぱり賊としての年季が入っているずら、虎太など胸騒ぎや、それを打ち消しての強《し》いての勇ましさを掻き立てているのに、名人は嬉嬉として甲冑屋の裏あたりを踊るように一人うろうろしている。

豊丸、獅子松の格好は麻の筒袖にくくり袴、人夫とか輿舁《こしか》きのそれだ。二人とも不平不満のある顔付きで、色《いろ》を商いとする女と擦《す》れ違《ちが》う時は、下を向いたり、そっぽを向く。あんな、職に対する蔑《さげす》みで、正しくねえずら。

蔵を襲う責《せき》を持つ頭《かしら》の一人の景清は、無地の灰色の小袖に肩衣の姿で、低い位の侍のそれ。似合っている。

要の佐武《さぶ》、おしのは現れない。

――あ、きたきた、おしのが、南、下京《しもぎょう》の方角から、銀鼠《ぎんねず》の無地の小袖に紅《くれない》の細帯姿だ。帯の結びは右腰で蝶結び。良《い》い……のう。〝花を咲かす〟のが始まる前に、抱きてえずら。

けれど、こちらを向かない。

おしのは、大きめの竹籠を両肩に提げ、京の惣構《そうがまえ》の外から近いところに住んでるような、ごく市井《しせい》の女のように甲冑屋へと寄る振りをして、そして店の中に入った。

いいや。

おのれ虎太は、おしのの子守歌の口笛を「始めっ」として伝える役。だったら、隣りの空き地の端、道に面したところで待つしかねえ。

——ちょっと間延びした頃に、おしのが、いろんな新しい仏の教えが細かいとしても溢れているけど、その信者の一人みたいにして、的《まと》の隣りの空き地へとふらふら、ふらふら、口を尖らしてやってきた。

「虎はん、唇に口吸いを……くんなはれ」

この大和の国は「男と女については、うーんと、おおらか」は女《おな》ごに持てそうもない故郷の寺の無了の言葉で、「でも、南蛮では、唇と唇が愛の初めらしいのう」と無念そうに言っていた、その口吸いだ。

むろん、両唇の全ての力を籠め、気持ちもそうだ、虎太はおしのの唇を吸った。

そしたら、おしのは、ひどく魅く力に満ちて、上と下の唇が外へと捲《まく》れている口で、歌った。虎太だって知っている「寝入れえ……え　寝入れえ、え……」と、母さの右《ゆう》が、今、目の前で歌うように。

そして、それをおしのは口笛に変えた。

すっと、通りへと、おしのが歩みを戻した。


——「始めっ。行くっ、進むっ、合図が出たあ」と、いけねえ、ついつい、もっと隣りの甲冑屋の裏と蔵の、すぐ近いところで叫ぶべきことなのに、おしのと離れたすぐ後に叫んでしまった。しかも、かなりの大声で。

裏木戸を通り越した。

そうだ、と、思って左の横を見るとあの大老人のいた天幕はぺちゃんこ、よしよし、と蔵の扉を見ると、頭《かしら》の景清は刀を振り上げ、豊丸と獅子松は玄能を持ち、仁伍名人は素手で楽し気に飛び跳ねている。

うんや、用心棒か、雇い兵か、けっこうがっしりした守り役の男が背中を向け、蔵の入口と錠のあるところに立ち塞がり、万歳の格好で守っている。しかし、背骨の真ん中に曲がった撓《たわ》みがある。老人だ。

あの老人ではないだろう。若若しい。扉と錠を守って防ぐ姿が、きりりとしている。

「ほーれ、退《ど》くのや」

いざとなったら頭の一人の景清も、暮らしと、誇りと、賊の党の中の位が伸《の》し掛かってくるのか、きんたまあたりからの、低いが、圧《お》す脅しの声を出した。

でも、老人は、たった一人で武将の陣取る山城《やまじろ》の虎口《こぐち》を守るみたいにして背中を見せたまんま、蔵の扉と錠に、しがみつくようにしている。

仕方ねえずら。

殺そう。

それも、店の前に陰に陽に屯《たむろ》している用心棒に死ぬ間際の呻《うめ》き声が届かぬように、麻紐で首を縛るのではなく、短刀で一と突きで。盗賊のこれからのおのれの人生がかかっている。

鳩尾《みずおち》が痛む。

左の胸の上が熱い。

これでは、ならじ。

虎太は、短刀の尾っぽの目貫《めぬき》と束頭《つかがしら》にぬるぬるした汗を感じながら、蔵を守る一人の老人の肺《はい》の臓《ぞう》の右上へと軀ごとぶつかった。肋《あばら》の骨に切先は掠《かす》りながら、柔らかい肉へと入っていく。

「うおっ、うおおっ」

守り役の老人が、前のめりになり、凄まじい悲鳴を上げた。

いかん、一と突きでは決められなかったと、虎太は、守り役の老人の肺の臓の左へと、短刀の鯉口《こいぐち》まで埋めた。切先は、肺の臓を突き抜けたらしく、布地と擦れ合う変で空《むな》しい感じをよこす。

「うぎゃ、ぎゃ、ぎゃあ」

喉に刃物は届いていないはずなのに、喉笛が掻き切られたようなあたりの気《き》をつんざく声を守り役は出す。でも、まだ死んではいないゆえのどでかい悲鳴だ。

守り役は、背中を見せながら蔵の壁に両手を突いたまま、きんぴかででかい錠を必死に守ろうとして、束《つか》の間《ま》は立っていたが、腰からずるずると俯《うつぶ》せに崩れだした。

人の骨とか、肉は、脆《もろ》いのう。おのれの肉と骨も、そうかのう……そうだろうのう。

けれど、人を殺すのは辛《つら》いずら。いくら、この大和、敷島の国のほとんどが、大名などの陣取りや仏の道に厚い信者の一揆や反乱ゆえに、群れと群れ、集まりと集まりが、際限《きり》なく殺し合う時世《ときよ》としても切《せつ》ねえずら。

「ううふ、ううふう……」

なお、蔵の守り役は背中を見せたまま生きている。

このまま、この老いた守り役をどこかへ運んで逃がしてやりてえ。でも、四半刻、玄米を研《と》いで潤《うる》かして火を付けて炊《た》く前までの間、そう、それしか生きられないだろう。

だったら、いっそのこと苦しみを断つために、次に喉笛を水平に掻き切る方が……。

うんや、この守り役の老人の凄まじい呻き声は、店の表の用心棒や雇い兵への合図かも……。立派だのう、首の皺も、手の甲の皺も、濃い茶色で縮れているのに。

よっし。

首の骨を、短刀……で。

一旦、守り役の老人から刃を抜くと、夥しい血が固まりかけていて、虎太の爪の間、指、手の平、手の甲、手首と、べっとりと粘って貼り付いている。そもそも、老人の小袖の帯の上あたりは、真《ま》っ赤《か》っ赤《か》。袖からも雨垂れみたいに血がぽとぽと落ちている。

でも、でも。

この守り役の死の際の苦しみが少しでも短いように。

虎太は、衣の裾で短刀の血の汚れを拭《ぬぐ》う。

短刀を握り直し、構える。

「あのな、虎……もう直《じき》に、死ぬからに」

「あんね、虎さん、十中八九、既に、死んどるわ」

振り返ると、気転の利いたことを為す豊丸と、かなりの色男の獅子松が、それぞれ、虎太の右腕と左腕に手を乗せている。

賊を仕事としている頭の景清は、どうしてるんか。

あれ、むっつりしながら、下を見ている。

六助は、屈《かが》んで震えている。

仁伍名人は、先刻まで飛び跳ねていたのにじいーっと立ち止まり、首をゆっくり右へ左へと振っている。

そしたら。

要《かなめ》の蔵の守り役の老人が、後ろへと、仰《あお》むけに、引っくり返った。

いっけねえ。

あの、老人だあ、すんげえ、人の善い。

この蔵の下見を、盗賊などとは疑いもせずに、たっぷりさせてくれた老人だ。おしのとの目合《まぐわ》いを勧《すす》め、唆《そそのか》し、用意してくれた大老人だ。

運命《さだめ》の大いなる、どでかい一歩としても、この老人を短刀で深深と刺すとは……肉は柔らかく、恩義をもっともっとくれるように呆気《あっけ》なく刃を受け入れ……。

あっ、という間もなく、守り役の老人の顔が、うっすら赤みが走っていたのに、栗《くり》の皮の茶色となってしまった。胸の上下の動きがない。息も、しない。死んだのだ。

虎太は任《つと》めを放り、合掌しようとした。

えっ、おい。

甲冑屋の店の前の方から、怒鳴り声が出始めてきた。

悼《いた》み、苦しさ、悲しさは、一旦、放るしかねえずら。

既に、頭《かしら》の景清と獅子松が、玄能で、蔵の扉を叩き、押している——無駄だろう。

虎太は、おしのから貰った偽の鍵を帯の間の紙入れから出し、景清と獅子松を退《ど》かす。

おしのの切実な心が籠もっているのか、一発で錠は開いた。扉は、田舎のどさ回りの狂言みたいに、いとも易く、音すら子守唄みたいに開く。

真っ先に蔵へと入って行ったのは仁伍名人だ。ここに責《せき》のある景清が「待つのやで。わいが先や」と引き止めるが無駄だ。

日暮れ前の夕焼けの残りの光が蔵に差して、薄暗いとしても獲物の品品は何となく分かる。

「あのな、豊丸、獅子松、あ、いや、六助さん。値の張る銀とかは網の袋にが、多いようで。重いのは駄目、銭だから」

「うひょう、あった、あったわいな。女《おな》ごの湯文字《ゆもじ》、帷子《かたびら》、あれっ、褌《ふんどし》も。良《え》え、かまりっこだもしや。洗ってねえやづだびょん」

蔵の奥、いや、店先から見たら前のかなり暗いところで仁伍名人の声がやってくる。

虎太は〝名人〟の意味がよおっく解った。

いけねえ。

店先の怒鳴り声が、耳をつんざく悲鳴と、刀と刀がぶつかる硬い音へと高鳴ってきた。

「急ぐしかねえっ。欲をこくなあ」

頭《かしら》ではないのに、何でもかんでも頭陀袋と葛籠《つづら》へと仕舞う党の仲間についつい虎太は叫んでしまう。

自らは、銀の粒と塊《かたまり》が入った麻の網の袋を三つ葛籠に仕舞う。

重い。船岡山までは急な坂。追っ手がきたら走れない。二つの網の袋を捨て、一つを豊丸に、一つを獅子松に。自らも一つ、両肩に括《くく》り付けた。

――京の北西へ、船岡山へ急ぐ。

ついに、頭の竜一の「ありがとしゃんっ」の合図を聞くことができなかった。

それでも、急ぎに急ぐ。

惣構《そうがまえ》の壁は、玄能の、一つ、二つ、三つ、四つ、五つ目で、ぱっくりと割れて、通れた。惣構の外の町並みへと抜けた。後ろに、人が付いてくる気配は、今のところない。

しかし。

船岡山への麓《ふもと》からの登り道が急だ。

虎太は、怖い母さの右《ゆう》のおかげで急坂は楽ちんだ。しかし、戦利品の扱いには細かくうるさいとの話の頭《かしら》の一人の景清すら、何の袋か分からないが三尺ばかりの筒形の袋二つを草叢《くさむら》へと、山登りに邪魔、荷物になり過ぎるとばかり捨てた。目立つずら。

文字通り〝足がつく〟と虎太が長細い袋を拾おうとしたら、たぶん、女の帷子や湯文字や褌だけしか入っていない軽そうな頭陀袋《ずだぶくろ》のせいか、景清の捨てた二つの筒みたいな袋を懐《ふところ》に抱いて、仁伍名人は喘ぎ喘ぎ「これは刀だものしゃ。鞘がねえ。んだから、ひどく安くしか売れねえ」と呟《つぶや》き、中身を取り出し、かなりの隔《へだ》りを置いて別方角へと、ばらばらに草むらへと捨てた。

獣道《けものみち》よりは幅が広いが四尺ぐらいしかない細道を登るけど、先っちょを行く景清がのろいし、仁伍名人を見守って待つしかなく、なかなかてっぺんへと辿り着けない。

そして、闇《やみ》が、ひたひたやってくる。

ふと。

いや、今さらだが……。

当ったり前だ。

ことを為した後の集まりの場を船岡山にしたのは誤まりずら。

誤まりだけでなくて、この賊の組、石川党へ潜《もぐ》り込《こ》んだ者の考えではねえのか。

ことを終えた後に、戦利品を背負い、抱え、山へと登るものか。しかし、虎太すら事前にここを下見したのに、戦利品の重さを計《けい》に入れなかった。でも、やはり、間《かん》がいるのでは？　それも幾多も〝花を咲かせた〟古参の仲間に。

京が一望できるとしても、それは夜の京。この日の本では堺《さかい》かここ京が夜の灯が多いとしても、何も分からぬ。

夜だから、京に慣れない者が多いから、道に迷う。迷わなくても、草の根に、木の根に蹴躓く。昼の光があっても、そうなのだからして。

もしかしたら、潜り込んでいるのは、京の町衆の京の守りの人の一味、あるいは、武家の一味……か。『孫子』で説く、重くて決め手の間《かん》、つまり密偵。

いや、もしかしたら、この賊の組、党のやり方がおかしいと、組、石川党への警告とか、それ以上の、仲間を割って新しい組、石川党を壊すか裂《さ》くかしての生み直しを……狙っている者か。

あん？

ことの後の船岡山への集まりを決めたのは、頭の竜一、権《ごん》、景清、そして京の生まれ育ちで詳しい佐武、こと、おしの。

おしのまで推し測りがきて、あの、夜なのに、素裸の白さの目映《まばゆ》さが虎太の両目を撃って止《や》まない姿が現《げん》のように浮かんでくる。

それどころか、おしののあまりに美しい裸を、どうしてか、あの甲冑屋の背中の蔵を守っていた大老人の死の際の呻きの姿が隠し、いいや、虎太の両指、両手首が未《いま》だ後ろめたさに強《こわ》ばる。強ばるどころか、小刻み、時に、大きく震える。あの肉は、あんなに柔らかだった……のに。易易《やすやす》と短刀の刃を受け入れ……死んじまった。いや、おのれ虎太は、はっきりと殺す気《き》、尋常《じんじょう》ならぬ決意、行ないの果てすら、つまり、賊としての人生の成り立ち、ややこすいとしても出世まで的《まと》に入れて……いた。

地獄に落ちるずら。

亡者の罪に裁きを下す閻魔《えんま》さまに……よって。故郷の母さが、戒めていた、人の生き方を審《さば》くあの閻魔さまが。

いんや、「悪人こそ救われる」と、一向宗の最もの先祖の親鸞が……。

おのれ、虎太、考えを休み、断《た》て。

今は、逃げることに気《き》を集めねば。

「あ、あ、あか……あん」

頂《いただき》まであと百歩かと思う四尺の幅の道で、頭の景清が躓《つまず》いた。

「おい、六《ろく》、明かりを灯すのや。早ようせい」

景清が怒鳴る。

あーあ、六助が、かなり時を費やして、火打《ひう》ち石とか火打ち金《がね》とか、もやもやっとした近頃出始めた木綿の綿《わた》とか出し、火を作って、土瓶《どびん》の燈台に火を灯した。

この明かりが、もし、甲冑屋の用心棒や傭われ兵の目当てとなったら、尾《つ》けられ、囲まれ、お終《しま》い……かも。

いろんな戦の跡《あと》でもあるとゆう船岡山のてっぺんへと辿り着くと、おいーっ、もう、先に、新入りで道場では別の組だった門太《もんた》、次助《じすけ》と地べたにしゃがみ込み、荒い息をして両肩を上へ下へと動かしている。

「他《ほか》の連中は、どうしてるずら」

蔵を襲う頭《かしら》の景清が、ただ、自らの喘《あえ》ぎの息をしていて埒《らち》があかないので、虎太が、かなりの気分が焦《あせ》りへと走る中で聞いた。

「虎太の頭の竜一はんは真っ先に用心棒に囲まれて十ヵ所以上刺され、すぐにあの世。権《ごん》はんは、店先で首を横へ一直線に刎ねられたわ。実は女の佐武は、腹を五回、六回、七回と刀で刺され血の海の中で死んでしもうたのや。残ったのは二人やねん。ああ、きついわあ」

門太の言い方は、根《ね》であっさりしている。戦の最中の死には慣れているとしても。

ああ、頭の竜一が死んだか……。

そして、それより、おしのが死んだとゆう……か。

賊の生き方の実の行ないの最初の一歩を教え、敵の調べの重いことを教え、男と女のはらはら、どきんどきんとする心の遣り取りを教え、軀と軀の交わりの喜こびを教え……。

それだけでなく、賊の組、石川党の大親方の石川左門への文句を付け、批判し……。

あっ。

頂《いただき》の向こうの斜面から六人か七人か、声が聞こえてくる。

やばいーっ。

「敵がきたっ。逃げるしかないっ。ほんじゃ、奈良のあそこで」

頭の一人の景清が息が上がっているので、出過ぎと思いつつ、虎太は、小さく叫んだ。

「頼むべしゃ」と女の汚れた帷子《かたびら》などの入っている荷を確かめ仁伍名人が言い、「虎さん、俺の命を宜《よろ》しくな。それにしても葛籠《つづら》が重い。ここを逃げ通せたら、分けて、穴に埋めるしかねえんじゃないかな」と豊丸が九つほどの痘痕《あばた》全てに汗をうかばせ聞き、体格も顔つきもしっかりしている獅子松が「虎太、おめえが指し図しねえと皆殺しにされるわ。頼む」と縋《すが》ってくる。

十二

下り始める。

「六さん、明かりは消して。早く、早く」

六助が燈台を消すと、星明かりは案外に明かるい。でも、星明かりでしかない。

「おいっ、この下の二、三十尺あたりに、もこもこしてんのは、別の追っ手の連中やないか。ほれ、あそこ。延暦寺のある東方角からてっぺんへとやってきとるねん」

獅子松が小声で虎太の耳許で告げた。

京に慣れ親しんでいる者には、あれこれ見えるのだ。

いけねえずら。

すぐさっき頂《いただき》あたりにやってきた敵が六、七人、今度もまた手雪洞《てぼんぼり》を先頭に八、九人。計十四人から十六人。こちらは八人、倍の敵と争うことになる。それに敵は土地勘があるのに、こちらが京に詳しいのは頭の一人の景清と、獅子松ぐらい。そもそも戦利品を担いで動きが鈍い。

「よっし、躓かないように、転ばぬように、下るっ」

命が懸かっている、景清の指図を待っているわけにはいかねえ。

虎太は先頭になり、月明かりに慣れてきた眼と、町外れで風もない静けさでかえって音に敏《さと》くなり、敵が船岡山のてっぺんで合流してこちらを探す気配が分かってくる。

幅が身の丈の五尺もない杣道《そまみち》を、転ばぬように急ぐ。

何の木か定かには判じにくい木木が、杣道の頭上で、仏さま、阿弥陀さま、序《つい》でにおのれ虎太の命を合掌するように繋っている。

「ん、あっ、あっ」

抑《おさ》えたのだろうが小さい叫びがした。振り返ると急な道、木の根やでこぼこ、焦って急《せ》かされる気分のせいだろう、軀は頑強で虎太より二つ年上の京に詳しい獅子松が前のめりに転んで両手を伸ばし、地べたに這っている。

いけねえ、危ねえ。

敵が、獅子松の小さい叫びでこちらの気配に気付いたらしい。

「おいっ、この下あたりにまだおるんや、奴ら」

「上から攻めたら勝つのは戦《いくさ》の正道。刀を取るんやっ」

「皆殺しや。奴らの奪《と》った銀と銭の半分はいただきやで。全て殺せば闇《やみ》ん中、密告《ちく》るのもおらへん」

敵の張り切る声が、かすかすかすに届いてくる。

「皆殺し」だってか。

虎太は、獅子松を援《たす》け起《お》こしながら、若い人生における最大の決心を迫られる。

あん？

若く、頑健な獅子松さえ蹴躓《けつまず》く山道、そう、お天道《てんと》さまが輝く昼さえ、そういえば、虎太が甲冑屋の偵察中に転んだように自らの目ん玉に入らないのが足首から半尺ぐらいのところ。

いんや、その前に。

「みんな、覚悟しとくれっ。背負った荷は草むらに隠すしかねえ。それより、命を守るしかねえずら。敵は、俺らは皆殺しにするつもりだあよ」

でかい声では居場所が敵にばれるけど、やっぱり、全身の肉と喉を使って虎太は叫ぶ。

「刀を抜くしかねえ。一人が一人をやっつけるしかねえ。けんど、もしかしたら、いんや、必らず勝つっ。鉤《かぎ》付きの腰紐を出し、解《ほど》くんだっ。んで、こう」

敵の声がもっと近くに聞こえてくる中で、星明かりを頭の上の木の繁みに妨《さまた》げられながらも、虎太は、道の片方の木の幹の根っこの上、中指の爪先から手首から肘《ひじ》ぐらいまで、麻の紐《ひも》を巻き付け、鉤《かぎ》で止《と》めの念を押し、正反対にある別の木の根から幹にも巻き付けた。

虎太が、腰の刀を抜いた。

善人としか思えない甲冑屋の裏口の大老人の番人とは違うはずだが、寒くはないのに、両手の指がかじかむ。手首が震えだす。

仁伍名人以下、やはり、てっぺんからやってくる足音に現《げん》の今の、命の切羽詰まった危なさを知ったのだろう、荷を丈の長い草むらに隠し、刀を取り出した――いいや、頭《かしら》の一人である景清だけはここに至っても、軽めの荷を肩に背負って、おろおろしている。何なのずら、この男ぉ。

蹴躓《けつまず》いた獅子松は刀身が一尺半もない短刀の鞘《さや》を払って腋に挟み付け、鉤付きの麻の紐を、もう遅い、敵の、どっ、どっ、の駆け下ってくる音が響きだしているのに、木の根から幹へと足首から、たった、中指ぐらいの隔《へだ》たりのところに、杣道《そまみち》の木と木の間に、紐を渡した。

「虎太、ここで皆殺しより、丁寧に詫びを入れてやな、盗んだ銭と銀を渡して……何人かが助かった方が……。うん、組、団、党のために」

景清が、とんでもねえというか、そんなこたあをやったら、文字通り〝皆殺し〟は必至ずら。このお。一向宗のどこかで記している「絶対」の、その絶対、駄目な指針ずらっ。

「殺す、殺す、殺すしか、残りの命は有り得んでな。ここに張った麻紐に足を取られている奴らを……いんや、殺すよりは……俺達を追いかけてこねようにが肝心《かんじん》そのもん。利き腕、足を狙うしかねえずら」

虎太の本音であるけれど、かなり無理して勇気付ける声が終わる前に、ずどずど、どんどん、の足音が、だだっ、だだっ、だだんっと近くになってきた。

「おるやんけえ」

「たった七、八人やないかっ」

「ぶっ殺せっ」

土瓶燈台《どびんとうだい》や、あんまりでかくはない炎の松明《たいまつ》の明かりが揺《ゆ》らめいて、あーあ、ここが若い十六の人生の最期なのかのぅ、十六、十七、いいや二十人とも闇の中に映る敵が、足音で急ぎ足、小走りでやってくる。坂道なので、勢いがある。

よっし、しゃあねえよ、生きるため、佐武ことおしのとのことを思い返し、繰り返し心の中で悼《いた》むため、母さの右《ゆう》が生きている間に会うために……やるずらっ。

「あ、いーっ」

「あかんねんっ」

「おいっ、何やあ。駄目やーっ」

「狡《ずる》っこいっ、罠《わな》やんけえっ」

急ぎ、気が逸《はや》っているであろう敵の五人が、ほぼ同時に、張り詰めた麻紐に足を取られ、ずどーん、ずるずるずるーん、ぶじゃっと前のめり、あるいは、後ろへと転んでいく。

虎太は、いろんな思い、情け、仁や義、しかし、貧しい底の人、泥棒しかやれない人達の心情を引っ掛けて重ねながら、最初に転んだ男の後ろの首根っ子に刀の切っ先を、思いっきり突き刺した。足や手首より、刀の先の鋩子《ぼうし》が首根の近くにあったからだ。案外に柔らかい肉なのに、梅雨時の細い用水《ようすい》の流れより早く、夥《おびただ》しい嵩《かさ》の血が、月明かりにも目立って噴《ふ》き出した。

よっし、と言うべきか。

虎太の張った麻紐に転んだのは五人で、気転の利《き》く豊丸が恐る恐る一人の尻へ、素っ転んでこの場《ば》を作った因《もと》の獅子松が首の左右へ右へ深深、左は浅く短刀を刺した。

けれど。

敵の用心棒のどでかい体の大将らしいのは、まず、最初の麻紐の線を越えたけれど、次に獅子松の張った線で見事に俯せに転《ころ》がり、四股をばたばた水泳ぎの真似をさせている。

「こん、女ごを、生娘も、年端《としは》もいかぬのも、大坂、ここ京と売り買いして、博打《ばくち》で儲け、お上《かみ》、豪商の手先ばっかしのおめーえっ」

あれ、仁伍名人が、これが本気の時の顔つきか、ゆらゆらする月明かりで両眉、両目、両唇を逆立て、敵の大将らしいのを「えいーっ、おいっ」と俯せから、仰向けにして「良《い》いだよ、爺さま、顔を踏んづけるだけで。もう、勝ち負けははっきりしたずら」と虎太が言う前に、一尺もない短刀で、ぎっ、ぎっ、ずぶっ、ずぶーっと、喉許へと刀の先を埋め込んだ。

やはり敵の親方か大将か、木戸銭を払って見る勧進《かんじん》相撲を職とするような大男が刺されると、戦意を失うのがその下の男達だ。逃げ惑う——そこへ、獅子松が続けて二人の腿、後ろ首と刀を突き刺した。この獅子松は敵に回したら、怖いかも。あの新入りの他《ほか》には弱い六助まで、道を遡り、逃げる男の背中を突き刺した。何も言わず、行わないのは、おろおろ顔の、頭《かしら》の一人、景清だけだ。

血は血を呼び、人殺しは人殺しを呼び、悪の細《こま》かさはより大きい悪へと呼ぶ——のずら、修羅《しゅら》の地獄がこれか……のう。

十三

——つい、この前、雑賀《さいか》の道場と呼ぶか訓練場というかに帰ってきたのは、甲冑屋を襲ってから半月後である。夏至が間《ま》もなくて、雨の合間にやってくる御天道《おてんと》さまはぎらりとしている。昼も夜も暗い五月の闇に、急な晴れもまた、佐武ことおしのを思わせ暗い気分となる。

帰るのに時がかかったのは、きりりとして、でかく、命懸けの〝仕事始め〟の後始末があったからだ。

――船岡山の下りの中腹での人生初めての修羅場を踏み、いや、おのれ虎太と仲間の命が助かると生きていて欲しいのぅと思ぅ敵のあの後のことに心をやりながら、夜を徹して、頭《かしら》の景清一行と共に、京を知ってる獅子松の導きで、船岡山の麓《ふもと》から衣笠山《きぬがさやま》へと辿り、なお明け切らない藍色の空の下、要の戦《いくさ》が終わってから俄《にわ》かに気合いの入った頭の一人の景清の案内で、賀茂《かも》川と高野《たかの》川に挟まれた神社、あん、寺でなく神社だ、その参道に行った。

さすが、俺らの石川党ずら、頭の一人の常吉の手下か、初めて顔を見る男二人と女一人が待っていて、仲間全ての血のこびりついた衣類を、棒手振《ぼてふ》りの少し古びた半袖《はんそで》姿に替えた。

振り返る。

――空に鷗《かもめ》の頭の羽根の白さが入り、再びの出発となって、賀茂川から鴨川に名が変わる土手から下流を見ると、人人がびっしりといて、それも、いかにもくたくたになった帷子《かたびら》姿の乞食らしき人とか、戦に負けたか戦を逃れたかと推し測れる粗末な衣の人とか、職人でも下の下の底の人か漁師みたいな袖のない手無《てなし》を着けて褌《ふんどし》一丁の人などが群がり、朝飯の用意か煙を出したり、黙黙と動いているる。でも、石川党とは似ていて別の、奇妙な活《い》きの良さが満ちている人人の集まりで、うーん、これほどの人数を見たことがないけれど、母さの教えた算盤《そろばん》でも滅多にその桁《けた》の玉を指で弾かないとしても、三千、いや、七千、ううん、一万人ぐらいはいるのではねえずら。

おい、目の下にも、五百人余りが鴨川の堤に沢山いて、赤子や幼児もいて「腹が減ったんや、早ようう」と叫ぶ幼い少年が泣き、喚《わめ》いておる。

「頭《かしら》あ。銀と銭の入った葛籠《つづら》は重てえ。しかもこの格好では、奈良のあん人の家、それから雑賀《さいか》に辿り着くまで、変に映って、あれこれ疑われ、問い質《ただ》されるたい」

「そないなこと気にするのやない」

船岡山の中腹の「ここっ」まではもたもたしていて、しかも、六助に手燭の燈台の明かりを灯させて敵に一行の在《あ》り処《か》を教えるみたいなことをしてきた景清が、俄《にわか》に一転して、細長い胡瓜《きゅうり》顔を角張《かどば》らせ、六助を叱りつけた。

「いいや。そもそも、ここに住みつくしかねえ人に、銀や銭で、少しでも、暮らしが楽《らく》になるようにするのは、人のい、ろ、は、のいの務《つと》め。葛籠《つづら》二荷《か》は、ここの人達へ。共《とも》の今日と明日の命を祈ってのう」

虎太は、人殺しの上の強奪をしての義《ぎ》はやっぱりおかしいと思いながらも、寝床が筵《むしろ》、今は夏だからどうにかなるだろうが冬場を考えると凍《い》て風に吹き曝《さら》しでは空恐ろしくなる寝床や衣の類《たぐい》を考えると、ここは互いに、一つとはならぬとしても結びつく心情を現《げん》のこととして、実《じつ》として現わしたいと切《せつ》に願っちまう。

「何え。こん新入り一年も経《た》たへん小僧があ、許せへんで。戦《いくさ》の最中の口答え、命《めい》への逆らいは則《すなわ》ち斬首の刑なんや。分かっとるのか、虎あ」

糠味噌《ぬかみそ》に漬ける前に胡瓜《きゅうり》を塩で揉んだらこんなものか、細長い顔を硬くさせ、景清が額《ひたい》の左に青筋を浮かした。

仲間が、景清と虎太の話の熱さに気付き、二人を囲む。いや、神社の境内のすぐ外で衣類を準備していた三人は、きょとんと突っ立ったままだ。

仁伍名人が、景清を睨み付け、うんと北の方の訛りを丸出しにして説《せっ》を打《ぶ》ち始めた。

「おいっ、頭《かしら》になって一年半にもなんねえ、景清。銀と銭をものにできたのは、殺された佐武の娘っこと虎太の命懸けの下検分のおかげだべえっ。違うけ。んだびょん。船岡山の追っ手を潰せたのも、虎太の知恵と度胸のためだあっ。おめだば、ここから頭《かしら》は降りて、虎太に任せろでやあ」

「こん惚《ぼ》け助兵衛爺いっ、やかましいのやっ。頭にしたのは大親方の命《めい》やんけっ」

闘いの中でもこの勇ましさと口回りの良さが欲しかったと考えるが景清も唾《つば》の飛沫《しぶき》と一緒に激しくやり返した。

「大親方には雑賀に無事帰ったら、おらほの頭《あたま》の付いた首と交換で、おめえの一旦の頭の交代の許しを乞うどもにゃ、景清」

「っるせえちゅうのやあっ、爺いっ」

胡瓜《きゅうり》顔の額の左上に、くっきり青い血の脈を浮かせ、景清は刃渡り三尺はある刀の鞘を握り、先っちょの鐺《こじり》に指を掛けた。

「何え、こん役立たずの組、党、団の威張りんぼめえっ」

身の丈は遠江でも京でも同じ、五尺八寸近く、肉付きも逞しい獅子松が景清に体当たりすると、景清はどだっと仰向けに空《そら》を見上げた。

六助までが、景清の刀を鞘ごと引っこ抜き、履物《はきもの》の緒太《おぶと》の底で、無言のまま景清の顔を踏んづけた。

うーむ、これがこの日の本の天下ではなお勢いがあって久しいという下克上《げこくじょう》の一つの姿かと虎太は強く煽《あお》り立てられる。

人が集まる組、団、党では、常に、敵だけではなく、内側からの下の役から頭、親方、頭領は動き、行ない、心まで、見つめられている。

もし、もし、おのれ虎太がこの党の中心の者、頂《いただき》に立つことがあったら、行ないも心情も、きっちりと仁と義の道に置いて取り仕切るしかねえ。

景清が六助に踏んづけられて鼻血を流しているのを、神社の前で待っていた三人が、甲冑屋のことか、船岡山の闘いを見ていなかっただろうから当たり前だ、抱き起こして手拭いで血を拭《ぬぐ》う。

その短い時の隙に、豊丸が虎太にすっと寄ってきて「葛籠《つづら》二つは、雑賀《さいか》の大親方がたぶん怒りまくるでの、一つ、で」と囁き、虎太が「もしかしたら万《まん》を越える宿無しに、あまりに足りねえずら」と答えると、「虎太、この石川党だって強く、勢いを増し、日日の飯《めし》の食らいが前の前に横たわっているんだよ。な、な、な」と頼み込んだ。しゃあねえ、「うん、分かった」と虎太は答えるしかなかった。石川の親方の唱えるように「困っている奴らに一割から二割」では義が立たぬ。三割が今の実として、五割を目標にしなけりゃ。

「ならば、俺、行ってきますぜ。乞食の親方、流民の親方、植木職の親方、居付きの河原者を含めた親方に話を付け、俺らの名も宣《の》べ広《ひろ》めんとね」

豊丸は痘痕《あばた》だらけの顔を笑いで崩し、ぽんぽんと獅子松の肩を叩いて手伝うように促した。

——自らの葛籠《つづら》の荷から銀と銭の詰まった網の袋を取り出し、豊丸は獅子松と共に走りだした。

雷雲《かみなりぐも》というか、蟻《あり》の巣というか、ひどく大勢のいる塊《かたまり》というか、今日も明日も定かでない人人の群れに二人は入り、また出て……再び潜り込み……が目に入った。

やがて。

「わたしどものお、石川党はあ、皆さんのためにいっ、命を尽くしいーっ、汗を流しておるのやでんねえっ」

浜名の湖あたりの育ちの豊丸の甲高い声が、切れ切れだが聞こえてくる。川の土手、河原に、銭と銀が散っていく微かな鈴《すず》に似た音も。ほお、ふーむ、宣《の》べ広《ひろ》めは、もしかしたら大事なのだ、これからの時世は。なるほどずら。そう……宣べ広め。

「おおきにいっ、大泥棒はん、ん、ん」

「二日《ふつか》は凌《しの》げるでえ、え、え」

「序《つい》でに、戦《いくさ》をなくしてくれなはれーっ」

こんな声が、鴨川の下流のずっとあっちから聞こえてくる。

「義賊ぅ、ぅ。石川あっ」

年増であろう女の声も、届いてくる。

嬉しいには、嬉しいけれど。そもそも〝義賊〟ってありなのか……あるらしいのぅ。

おいっ、豊丸、我らの組、党の名を名乗り、売り込み、宣べ広めるのは……やり過ぎだ。この貧民の群れには、襲った甲冑屋の用心棒どころか、足利将軍の捕吏《ほり》とか、管領の細川の部下とか、その下の三好《みよし》の侍とか、いいや実の力を持っている町衆の人とかがおるはず。ことがばれて、危ねえって……と虎太は胸に呟《つぶや》いてから、「いんや」ともはっきり考えた。あまりに眩《まぶ》しい〝義賊〟ずら……。

――それで、虎太は、豊丸と獅子松が戻ってくるなり、京に詳しい獅子松と相談し、すぐに雑賀《さいか》への帰り道へと歩みだした。

しかし。

いいいよたよた歩きの元に戻った仁伍名人が、つかつかと若い女を誘って騙《だま》くらかす男盛りのように背筋をしゃきっとさせて近付いてきた。

「おのれの好き嫌いや、凝《こ》り固まった考えではねえでや。それでいくと、景清とは別の道を。んだ、んだよ、ここで別れておかねえと。おめ、虎太の命が危なくなるべし。良《え》かっ」

「命が危なくなる」理由が何となく肌とか胸とか胆で感じていた虎太は、「そうっ」と仁伍名人の言葉に従った。

ゆえに。

「五条大橋を渡ったら、景清さんらと一旦俺達は別れる。追っ手や捕吏のことを考え、別別に、雑賀《さいか》へ帰る。俺達は、山の道を伝って。景清さんは海側の道を」

虎太は、きっぱり告げた。

景清を含めて、異《い》を唱える者はいない。

ま、そのう、これは、義でも仁でもねえな、情けだ。虎太は甲冑屋から強奪した中から、銀の二十粒を旅の銭として渡した。

でも、残りは、きちんと数えてはないとしても、なお、銀の一貫どころか二貫はあるのではないのか。

十四

——虎太に従ってくるのは、仁伍名人、むっつり六助、豊丸、獅子松、次助《じすけ》の五人だ。門太《もんた》は景清の一行に入らせた。「現場を見て潜《くぐ》ってるべい、大親方に聞かれたら、たぶん正直に話すびょん」の仁伍名人の考えを大事にした。

京を出て、同じ生業《なりわい》の盗《ぬす》っ人《と》団や野盗、いろんな武将や寺社や幕府の関《せき》が至るところにあるので裏街道のまた裏の道なき道を通り、裏の裏の道とはいえ、様子を窺うような胡散《うさん》臭い二人組や三人組の偵察の者か捕吏かに三度擦れ違った。仁伍名人と獅子松の案内に従った。どうも威張りが巧みでいざとなると腰抜けの頭《かしら》の一人の景清に「俺達は山の道を伝って帰る」とは告げたが、時がかかりそうで、その上に険しさが待っていそうだし、大なり小なりの戦に巻き込まれそうで虎太は顔に出さぬが、不安になった。

獅子松が教える前に、虎太は、ここいらは琵琶《びわ》湖、古くは近江《おうみ》の海《うみ》と呼ばれるところの近くだろうと気付いた。海の塩辛い匂いとはまるで違う真水《まみず》のしんなりした匂いが腰回りから上に満ち溢れて鼻の穴を擽《くすぐ》るからだ。

そうか、故郷の母さ、右《ゆう》が、唐《から》の詩《し》に足してこの日の本の詩をも教えたが、柿本人麻呂《かきのもとのひとまろ》という、うんと昔の歌の聖《ひじり》の『近江の海夕波《ゆふなみ》千鳥《ちどり》汝《な》が鳴けば心もしのに古《いにしえ》思ほゆ』が近いのだのうと、この聖の歌のたゆとう調子が胸に響く。上の五七五の天然《てんねん》の姿と、下の七七の「古《いにしえ》」とは、故郷の僧侶の無了があっさりしか教えなかったが、そして、史《ふみ》、歴史と小難しく呼んで記すとも教えられたが、天智か天武か、皇尊《すめらみこと》が都を作り、やがて捨てられた都のできごとの昔の昔のことらしい。

そして、この聖の歌は、今の今、母さ、右《ゆう》のおのれ虎太を思い、探す姿を、その野良着の生地《きじ》の粗《あら》さ、古ぼけた小袖の梅の花の咲く模様を目の奥に浮かばせる。

――夕暮れのかなり前に、分捕《ぶんど》った銀や銭を目立たなくするための担《かつ》いで運ぶ竹籠と帯と物《もの》など包む大きな布、そして肩から背中への荷を隠せるだけでなく野宿の冷えを防ぐ背蓑《せみの》を、豊丸と六助に頼み、大津《おおつ》の町へと買いに行ってもらった。

——神社の縁の下で、蚊《か》の低く鈍い唸《うな》り声が交じる中で、虎太は、右隣りが豊丸、左隣りが獅子松という形で眠りに入ろうとした。

豊丸と獅子松二人の温《ぬく》みは、甲冑屋の襲いと奪い、左武ことおしのの死、船岡山での倍する敵のほぼ全ての打ち負かしの後とはいえ何やら虎太を責めくるものがあるせいか、ことさら温《ぬく》い。

命懸けを共に潜《くぐ》った仲間を、うんと大切にせねばいかんのう。

激し過ぎて、厳し過ぎた初陣を経て、しかし、虎太は、この組、団、党に〝運良く〟入れたことを実に嬉しく感じ、思い、考えた。

——湖の水を恋うのか、湖に生きる魚を我ら強腕の盗っ人団と同じく食べるのか、空がなお藍色を濃く残す暁《あかつき》なのに、鳥の鳴きが忙《せわ》しない。

鳥だけでなく老人の朝も早いらしく、とっくに起きていたらしい仁伍名人が、虎太の頭あたりをうろうろし始めた。

「あのにゃ、虎太の新大将。こっちゃへ、あべ」

仁伍名人は、神社の縁の下から外へと虎太を促した。

海賊は、唐の国や朝鮮の言葉を操《あやつ》る通事《つうじ》というのを高い銭を出して雇うと聞くが、今の仁伍名人の話も通事が必要みたいだ。と言うより、仁伍名人は怒ったり悩んだり心配になると奥羽の訛だらけになるのだ。

「あの……やっぱり、海へ出て、船で帰るべし。陸《おか》は、大名、国人、幕府の密偵と、強盗、追い剝ぎが多過ぎるだも。せっかくの戦の宝こを奪《と》られるだけでね、命っこまで奪られるべ」

「うん、俺もかなり気になる、名人」

「新大将、これからは『名人』と呼ぶのは止《や》めんべし」

折髷《おりまげ》の左右の鬢《びん》を震わせ、団栗眼《どんぐりまなこ》を見開いて仁伍名人は本当に怒る風《ふう》だ。〝名人〟の由来、〝女の下着泥棒の名人〟を知っているのだ。

「済んませーん、仁伍……師匠」

「近い将来、頭領、親方になる人だば、軽軽しく詫びを入れたら駄目だびょん」

「は……あ」

「んだども、『仁伍師匠』は良《え》えにゃあ……響きも敬まう心も沁み出て、はあ」

残っている歯は、下の顎の方の前歯四本だけらしく、いや、そうだ俄《にわか》に鼠《ねずみ》みたいな顔付きとなり、鼠は笑わないだろうが、仁伍名人、おっと、仁伍師匠は笑顔となる。

「俺《おら》は、米や麦も滅多に食えねえで粟《あわ》と稗《ひえ》で育った男だけんど、手癖《てくせ》だけは悪くねえでしゃ。んだから、この石川党に拾《ひろ》われて、今年の正月で二十二年経っても、盗みや強盗の先頭には、いつも、いつも引っ掛かって、躊躇《ためら》ってな、石川党ではついに平《ひら》のげっぱの役《やく》のまま置かれてにゃ。若い者には『歩きがのろい』、『動きが赤ん坊』、『要《かなめ》は手に入れねえで、女《おな》ごの褌《ふんどし》と帷子《かたびら》狙い』と嗤《わら》われ、時に小突かれ、苛《いじ》め好きの鬼造や、昨日《きのう》今日やっと党に入れた六助にまで殴られてしゃ……。ま、腰と膝の痛みで重いのを担《かつ》げねえし、しゃあねえどもにゃ」

仁伍師匠は、地べたへと両目を向けて俯《うつむ》く。

「そこへいくと、おめ、虎太の新大将は偉《えれ》えだ。手癖も悪くねえ、今時《いまどき》は百姓すら戦《いくさ》に加わり、盗みをする、刀や槍で無理に着物どころか履物《はきもの》まで奪《と》るのにな。虎太の新大将は、今度の甲冑屋への押し込みまで、何《な》あも盗みなどしたことねえべ」

「ま、母親の教えと、取り囲んでいる村の世界《せかい》のせいで」

逆に、だからこそ刀や槍で仕掛けの大きそうな泥棒をする仲間やその実地を覗き込みたくなり、そうこうするうちにいろんな武術、忍び方や隠れ方の術を知るのが楽しくなり、例《れい》の外《ほか》はいるとしても命懸けで党にいる仲間のほとんどが好きになり、でかいやまを踏んで、〝花を咲かせる〟ことを為してしまった……のだ。

「じっぱり、もの凄《すご》く、偉い、虎太新大将は。だども、だども」

仁伍師匠は顔を上げ、悲しいのかと思うほどに白毛混じりの両眉を下げ、でも、両肩を上下して勇ましいようにも映る姿で、話を続ける。

「んだどもしゃ、この生業《なりわい》に就《つ》いてる限り、これからが勝負だあ、新大将」

「は……あ」

「その一番大事なものは何だべいか、解るか」

遠江《とおとうみ》の同じ村の老人は野良仕事で背中や腰が曲がるのが多いが、仁伍師匠は生業のせいか背筋《せすじ》が割かししゃきっとしていて、今は、虎太に強盗団の肝要を伝授したくて堪らないらしく、もっともっと真竹を入れたように背筋を直立させた。

「泥棒、人殺し、火放《つ》けの悪《あく》、それも大悪《だいあく》を為す義《ぎ》でやあ、新大将」

「師匠、〝義〟……とは」

孔子、孟子の唱える義は、とりわけ孟子の仁義は一応学んできたし、大切とは考えているが、甲冑屋の蔵の裏口を守っていた親切な老人を殺してしまってから、虎太の思いは大きく傾《かし》いでいる。

「大悪を為す理《ことわり》、道《みち》のことでや、新大将の理は『泥棒にも三分の理《り》あり』の理《り》でもあるらしいべしゃ」

「はあ」

「俺《おら》は無知、何も知らねえ老人だけどしゃ、聞いてけれ」

「はい」

「一向宗は『悪人こそ救われる』と言う俺《おら》ほも楽《らく》になる立派な教えだども。その上で、これは、悪をやった、悪をやってしまった後の救いだべい。あくまで、ことの後のことでや」

仁伍師匠は、老人特有の嗄《しやが》れた声を絞り出す。

虎太自身も、石川の大親方に呼び付けられて最初の面と向かう問いで問われた折、四半、つまり二割五分は「学問はして参りました」、そして別の四半は「組や団や党の一人一人が正しいと思わねば失敗し、潰れます」、そして今一つの四半は「俺を殺さないで大事に扱って下さい」という欲、残りの四半は「本当に信じているのですぜい」という怪しい心情で党のあり方について喋った。

しかし、甲冑屋を襲って銀銭を奪う規模と前後の酷《むご》さは、虎太の心の構えを遥かに超えていた。

「師匠は、だったら『ことの前』の義をどんな風《ふう》に考えてるのずら」

「解らねい。んだから、金持ち、公家の屋敷、大名の家来の銭の番人を襲う度に屁《へ》っぴり腰だもにゃ。んだから、石川党では出世できねえでげっぱの一番下の下のまんま」

「そ……う。石川党の大親方の信条はだったらどこにある……ずら」

この党の実の数は分からないし、知っているのは石川左門とその下の要人五人だけだろうが、少くとも三百人はいる感じだから、その石川の親方は〝義〟を、少くとも盗賊の〝理〟と〝道〟から考えている気も少しする。

「『手下、子分を食わしてやっている』が、たぶん、第一の大親方なりの道だべい。確かに、この時《とき》世《よ》、戦で田畑は荒らされ、志《こころざ》したり狩り出されて田畑は耕やせねえし、みーんな、飢えてるどもしゃ。この党に入れれば、まんずまんず、食えるべ」

そう、師匠の言う通り、石川党の道場というか合宿の家で最初に食った飯と肴《さかな》のおいしさは忘れられない。

「それと、ま、ここいらのことで、石川の大親方は一向宗の僧侶とか同朋《どうぼう》と喧嘩別れになったわけだけんど、泥棒や強盗で手にした品、物、銀銭を、行ないの償いとして貧乏人に一割か二割と称して実は一割の半分の五分ぐれえ恵んでるだけだもにゃ。これは的《まと》、目標でなくて、阿弥陀《あみだ》しゃまの許しを貰う言《い》い訳《わけ》……でしかねえ」

「う、う、うーん」

「んだけど、盗んだ銭の半分を、貧しくて飢えてる人にあげんべし。これが〝義〟だものにゃ、うん」

虎太は、考え込む。

しかし、だ。

今朝方、豊丸が、甲冑屋から強奪した銀銭を鴨川の河原の人人に分け与えたら、人人の中から「義賊うっ」の声が上がっていたっけ。〝義〟の中身を定めるのは難しいとしても、人人に、しっかり、その核《さね》はある……のだ。

「ま、新大将、悩むだあよ。んだども、早めに心を決めるだあ。今度のやまを成功させたから、たぶん、大幹部の〝まこと会〟に昇格するべやあ。んで、次から次へと、盗み、人殺し、放け火の頭《かしら》をやるしかねえじゃ」

「ん、ん、あ、はい」

虎太が、やっぱり、この仁伍師匠は師匠だ、下《した》っ端《ぱ》にいて苦労した分、どでかい根を見つめていると思ったら、六助、豊丸、獅子松達が神社の縁の下から這いずって出てきた。

「あ、虎太ちゃん」

　あのですねえ、「ちゃん」はかなりそのうですずらと言おうと思ったら、仁伍師匠は背伸びして虎太の耳に言葉を吹き込む。

「頭《かしら》の一人、景清は臭《くさ》いでやあ。どこかの、そ、公家や幕府はこんだらちっこいことには絡まねえべ、国人か、どこかの盗賊の間《かん》に違いねえべし。その間と、つまり景清は甲冑屋と連《つる》んでるじゃ」

「あ、やっぱり」

「しぃーっ。あのな、間《かん》のことは重大中の重大」

　師匠は孫子による『孫子』に記してあることをあっけらかんと口に出す。

「だども、きっちり、これっという証《あか》しが明きらかになるまでは、党の中では話しては駄目そんもん。間《かん》、間諜《かんちょう》が仲間からとんずらすることより、党の中が疑いで互いに信じられなくなるてや、内側から崩れるべしゃ。良《え》か」

「あ、はい。もちろん」

　これは虎太も感じ、思い、信じていたことだ。

「それと、山回りで雑賀《さいか》へ行くのは止《や》めんべし。一旦、踵《きびす》を返してにゃ、難波の海へ、波止《はと》へ。堺《さかい》の港には、あれこれの役人、捕吏《ほり》、見張りがおるでや、いかに自ら治めるどでかい町と港でもな。その隣あたりの大津《おおつ》の港から発《た》つしかねいと……海の商いとか、うへーい、賊の船頭とかは俺《おら》が知っとるだし」

　胸を反らして叩き、かなり得意顔で仁伍師匠は告げた。ここいらは遠江《とおとうみ》でも知られた大津だが、大坂、浪花《なにわ》にも同じ名の町があるらしい。

虎太は、ちょっぴり、運が良ければ陸路を辿って序《つい》でに奈良の生駒山の麓のおつたと会えるかなと思っていたが、諦《あきら》めるしかない。佐武、こと、おしのへの、葬いもできずに、なお憧れて、悼《いた》んで、悼み切れていないのだ。

堺の町外れの丘にあった、石川党の党員の夫に死なれた寡婦《やもめ》が集まっているところ、あの場所だけは、石川左門の大親方の仏心《ほとけごころ》に頭《こうべ》を垂れたが、あのおゆりの悲しみを孕《はら》んで魅《ひ》く女の運命《さだめ》に参りかけた……けれど、これも佐武ことおしののことを考えると避《さ》けるしかない。おしのは、地獄の隙間から……おのれ虎太を見つめ、慕《した》ってくれている……はず。

——虎太は、この時世の人人が疑わず、信じている、あの世の人の命から、おしのの熱い思いから、おのれを振り返る。

けれども。

悲し過ぎる。

十五

難波の海に面した和泉の大津の港から、やっと十人の乗れる帆掛け舟で、時に潮に流され、そして、梅雨前のぎらりの陽の中で凪が止まったりして、直に雑賀《さいか》ではなく、より先の和歌浦《わかのうら》の湾の奥の小さな港に着いた。

気になるのは、海賊まがいのことも経てきた仁伍師匠が、舟には慣れているはずなのに暑さに参ったか、褐色の肌を白くさせ、顔が変にむくんで、時折、左の胸の上の方に手をやるのだ。

――今更ながら、無理に奪ったと呼ぶか、力ずくで掠《かす》め取《と》ったというか、戦利品とするかの決め方の難しい銀と銭が、暫《しばら》く海の上であったせいもあり、石川党の道場への坂道では重い。豊丸と獅子松と担《かつ》ぐ銀と銭は分担し合ったが、そもそも豊丸や獅子松の得た銀や銭も手提げ袋にあるし、甲冑屋の表店から奪った笄《こうがい》などを背負っている次助の荷も軽くはないだろうし、仁伍師匠は年寄りの上に夏風邪でも引いたかよたよた歩き、一行は坂道の急な傾きとくわっくわっと差す陽の光に、かなりくたばってくる。

それに、船岡山の蔵からの敵の追手や用心棒だけでなく、どこでもいつでも五人ほどとか、十人ぐらいの強盗団に変わる男達も当たり前にいて、気配りもせねばならず、くたびれた。

道場へと続く道に出会い、虎太は、「よっし、少し休みを入れようや」と言うなり、六人の人相《にんそう》に険《けん》のある男どもが、立ち塞がった。

「いっけねえ」と思ったら、二人は、石川党の大親方の屋敷にいた男で、ほっ。

「清水《しみず》の虎太さん。大親方が、用《よう》があると申しましてのし。すぐ、全員が踵《きびす》を返していただかしてよ」

えっ、言葉こそ丁寧に迎えているけれど、どこかで大親方の気に食わぬやり損じとか誤りをしたかと、虎太は背中の真ん中の左にあるとゆう肝《きも》あたりが冷やりとする。

――石川の大親方の屋敷に着いた。

三和土《たたき》の上の向こうの敷居《しきい》に、石川左門の一人娘が居住まいを正しくして、仏の道の正式な座り方、左右の足を互い違いに組み、座っている。

「虎太はん、この度の御仕事、大変だったんでしょうね。先に帰った、門太の話で分かったのし」

親方の一人娘のおさとは反った弓弦《ゆみづる》の形の清清しい眼《まなこ》を緩《ゆる》めた。

ぬっと、大親方、石川左門が現われた。

「うむ、次の部屋へこい。推し測った五倍の……敵だったらしいわな。上がれ、酒を温めてるなしてよ」

石川左門は、虎太以下六人の顔よりも背中の荷へと目を張りつけ、首を、うん、うんと上下に振って次の間《ま》に入った。一人娘が病で寝込んでいた時より、態《てい》に余裕がある。

この一月頃に、党に入れるか入れないか、入れないなら消されるか、どこか遠いところで置き去りにされるかの験《ため》しをされた八畳ほどの部屋に、石川の親分に指を差されて、入った。

虎太以下、みな、張り詰めて背筋を伸ばし、腹をへこます。

例外は、党の中の出世などどうでも良い、仁伍師匠だけ。天井を向いて、下手な、童歌を鼻歌にしている。こういう盗賊の老人になりてえわの。しかし、顔色が悪い。

「先に帰った党の仲間から、うん、門太から甲冑屋の店先のこと、門太は直にはいなかったと言うが裏の蔵の抉《こ》じ開けを虎太がやって、半年分の仲間の飯代《めしだい》ぐらいをものしたとの話は聞いた。初陣にしては、立派過ぎる成果やな」

石川の親方は笑みなど浮かべず、渋い顔で茶筅髷《ちゃせんまげ》の根元に指を当てる。

「大親方様、一年分はあるはずで」

豊丸がすかさず言う。

「そうか、かめから兵《つわもの》でえ。かめからとはな、伊賀の、いや、そう、良おでけたという意味や。甲冑屋の仕事の後も追手に挟まれたりと、どすかんことを切り抜けたのやってな」

親方は、なお笑みの一欠けらも顔に出さず、虎太を見る。

「そうですわ、虎太、虎太さんの知恵で、倍の敵を殺すか半殺しにできましたのでます」

やや緊張しながらまどろこしい口振りで、豊丸は虎太を立てるというか、ことの実《じつ》を口に出した。

「そない知恵とゆうよりは度胸でひょ、虎太はんの蔵の襲いも、倍の敵のほぼ皆殺しは。ちゃちゃむちゃくに胆《きも》が据わってまんねん。あわや、殺される寸前に、罠《わな》を仕掛けましたわいやい、きつぎり」

京弁を剝き出しにして、獅子松が虎太の功《こう》を話した。

「そんだよ。いざとなったら役に立たねい頭の一人、景清なんど、おろおろするだけ。うんや、敵っこに塩を送るみてえで。虎太っぺは、じっぱり凄えはんで。大親方並みか、それより上だども、知恵や度胸だけでね、ね、ねいど、ど、どぉ」

大丈夫か、仁伍師匠の顔色が青白さから限りなく白い色になり、舌も縺《もつ》れてきた。

「虎太の力は、知恵や度胸だけでねえ。全てとはしねえが、全てを見通すほどの眼《まな》っこの広さだべい。気にしねえでけりゃんせ、大親方。大親方より広おういこと、ことの前、ことの後、ことの辺《あた》りへの眼っこの深さもあるべ」

本当に大丈夫か仁伍師匠は、虎太はひどく心配になり、その背中に回り、背中を手の平でゆっくり撫で回す。

「ま、嘘とか法螺《ほら》ではねえやろ。船岡山の闘いについては、生きていた景清の下の門太も同じことを言うてたわ」

渋面《じゅうめん》と感情を出さぬ顔を、ほんの少し和らげ、親方は軽く頷いた。

違う、ごとごとの忙《せわ》しなさから、急にしずしずの足音となり、たぶん女だろう、それも、親方の一人娘のおさとだろう、入口からこちらの部屋の襖戸を開ける気配をさせているのだ。

ん？

その前に、親方は、景清のことを「生きていた」と、そう「いた」と過ぎ去った言い表わしを口に出した。ま、いいか。ああいう、下に厳し過ぎ、おのれは敵の前でおろおろ逃げる奴は。

「入ります、皆さん、お父っさん」

もう、既に、襖戸を開けて八畳もある大きな部屋に踏み込んでいるのに、おさとは遅過ぎる気配りをして、へえ、案外に、慎ましい、父親の石川左門の後ろに畏《かしこ》まって座った。

「ま、しかし、盗賊で、世直し、うんや、戦のない日の本を作るには、軍の、戦《いくさ》の、矢銭《やせん》の、銀銭を集めんとあかん。食うや食わずの奴らへの喜捨《きしゃ》、御布施《おふせ》やな、ぐっふーん、ぐふっ、ふぐっ、ぐっ」

娘のおさとの手前、見栄《みえ》を張ったか、胸を大きく反らしたが、いきなり噎《む》せる親方だ。

「ああ、そいで、担いできた荷を解《ほど》いてくれんかいの、ううっ、ぐふっ」

親方の目が、若い女の帷子《かたびら》の姿を見つめるように、生きてきた。

猫に似た顔の次助が、甲冑屋の表から奪った、鼈甲《べっこう》の笄《こうがい》、銀どころか金の飾りのある櫛《くし》、それらとは調和しない桃《もも》の形の兜《かぶと》、籠手《こて》などを出して、床に並べた。

豊丸は、豊丸なりに必死になったのであろう、天秤《てんびん》は目の前にないけれど、銀の粒、塊《かたまり》、延べ棒と、一貫の七割ほどを、まずは見栄と親方への小さい脅しのために、七百匁ぐらいを、強いて木の床の音を誘うように置いた。そして、虎太が直に奪い、豊丸に担いでもらった、銀が主な、目分量ではざっと五貫ほどになるのか、それも。それは、虎太がものした銭と銀は三袋分だが、京の鴨川の河原に住む人人へ一と袋を献上し、うん、良かったのう、良かったずら、消え、残り二た袋を三つに分けた量だ。

「おいーっ、うひょう」

親方が、大いなる驚きの声を上げたように、銀と銭は、俵《たわら》半分の米を土間《どま》にぶちまけてできるほどの中年の小母さんの尻より大きい小さな丘となった。なるほど銀の鈍《にぶ》い白さを含んだ照《て》りは、謎めいて不思議な色艶を持つ……。天下を争う大名すら城を建てたり、交易したり、賄賂《わいろ》として贈ったりするのに必須の輝きだ。唐《から》の国の宋銭はこの国では信用のある銅銭で黄色が汚れて褐色になっているが、暮らしに必要な物を買える切実さと女を買える小狡さがあるように映る。

「おい、トメ、おおよそ何ぼぐらいや」

石川の親方が脇に畏っている党の重い役らしい四人の一人に聞いた。

「へい、ざっと銀が……十貫、一万匁。でえてえ、一日につき五千人の雑兵、人夫が雇えますわ。酒なら数え切れねえでんね、一升、十文やから……大親方の家が酒だらけ。俺らが三百二十人なら……」

「トメ、もう良《え》えわ。銭の方は」

せっかく、数の天才みたいにすらすらとトメという幹部らしきが答えようとするのに、親方は止《と》める。そうか、この石川党は三百二十人ぐらいが正しい数と虎太は分かる。

「銭の方は大したことはあらへんですな。せいぜい……一貫、千文《もん》ってえところやろか」

トメの言い方に、虎太なりに母さの右《ゆう》に教わった算盤《そろばん》の玉を頭で弾くと、酒一升が七十文、十四升ほどが買える。なるほど、佐武ことおしのの犠牲、怖い表情の中で優しさがあった頭の竜一の死などを考えると成果は……物足りない。いいや、銀で、この党のみんなは遊んで半年以上は食える。

「よっし。せやけどな、京の河原者に一と袋も、やり過ぎやで。おいーっ、虎太」

誰に京の鴨川の土手のことを聞いたのか、機嫌の良いおおらかな顔付きを親方は急に一変させ、怒鳴った。

「んでねどっ、親方。京の河原に寝床もあんべ悪く、食い物も足りねえで暮らしてるけんど、みーんな飢える人ばかりのけかち、地震や洪水、とりわけ戦《いくさ》で親兄弟、家を失《な》くして群れてるべしゃ、あん人達は」

静かにしていないと今にもぶっ倒れそうなのに、仁伍師匠が吼《ほ》えた。

「俺《おら》もそんだったよお、親方に拾われるまでは。だども、あん人達は、俺達と違って、ちゃんと壁塗《かべぬ》り、井戸掘り、池ざらえをしてその日その日を暮らしてるども。庭づくりをする者の中には、びっくらこく素《す》ん晴《ば》らしいのを……いつかは、いつかは。ん、ぐう。うっ」

「仁伍、おみゃあは、うるせえのやっ」

親方が立ち上がって、ぶるぶる震えた。

が。

仁伍師匠は、むくんだ顔の口許をぱくぱくさせ、左の胸へと両手を重ねて置いたと思ったら、どーんと、座ったまま引っ繰り返ってしまった。

虎太は慌てる。

母さの右《ゆう》の教えを必死に思い返す。むくみがあって、左胸の上に手をやって痛がるのは心《しん》の臓《ぞう》の病と聞いたことがある。特に効き目があるのは卵黄《らんおう》、卵の黄味を鍋で煎《い》り、束《つか》の間にできる卵油《らんゆ》だ。準備できるか、間に合うのか。なんつうことだ、時がねえずらあ。

虎太は、仁伍師匠の左手首の脈のつぼに親指を当てる。いっけねえっ、脈がねえ。急いで、左の胸に耳穴をやる――が、どきっ、も、ことっの音鳴りすらしねえずら。

死んじまった、仁伍師匠は。

そう、確かに、仁伍師匠は虎太の両腕の中で、青ざめた白い顔を土色に変え見る見るうちに奇妙な冷えた肉となり、強《こわ》ばりを俄《にわか》に増してゆく。

京の甲冑屋を巡る攻防では、切羽詰まって裏の律義な守り役の大老人、船岡山の下りの山腹ではたぶん二人を殺してしまったが……死ぬということは、息の鎖《とざ》しだけでなく、軀の冷めたさ、強ばりへと……だけでなく、喋れなくなり、偏《ひとえ》に、ただの物……。

「おいーっ、仁、仁、仁伍おっ。済まーん、ごめーん、許しておくんなはれ。子分らの……手前、でかい声で叱って……ああ、ああん」

もう無駄と映るが親方がおろおろして、これも無駄、いや、切《せつ》なる祈りと考えると嬉しいことずら、一寸とて身じろぎしない仁伍師匠に「生き返ってくれーっ」と喉が潰れるほどの嗄れ声で死体の両頬を擦《さす》り、喉を強く撫で、金玉まで両手で押し、虎太は親方の石川左門の心情の濃《こま》やかさを垣間見た。

だけれど、仁伍師匠、もっともっと、あれこれを教えて欲しかったのによお。いんや、黙って見守ってくれるだけでも……。

十六

その日のうちに、虎太は難しいので書けない文字のだびに仁伍師匠は付された。

石川左門の屋敷から歩いて五百歩強の、欅《けやき》の木に囲まれた平地《ひらち》だった。

墓標は白木の身の丈の二割、一尺ぐらいで、七柱《はしら》があった。盗賊の墓だからか、墓石はない。

しかし、ここの盗賊は屍を土に埋めるのでなく、一切の証しなど消すためか火葬、いや野焼きであろうか、焼き場は、平地の隅にごつい囲いがあって、そこで、薪《まき》を焼《く》べ、故郷の遠江《とおとうみ》とは別の〝死人への送りの歌〟があって、再び、虎太は、胸の底、胃袋の底が窄《つぼ》んでしまった。

木箱に骨を納め、土に埋めながら仁伍師匠のちっぽけとなったことを改めて知った。

おや、墓標の白木のない、こんもりした盛り上がりも、三ヵ所ある。

「ああ、敵、これから〝花を咲かす〟的《まと》と通《つう》じ合っていた奴らの墓でんね。浄土真宗の根っこからして、弔《とむら》ってやったわ。殺した後にだ。景清の墓だ」

額に深く三本の皺を刻んで、親方は告げた。

えっ、死へと到る罰をか。

「証しが出たのや、甲冑屋と三好《みよし》衆は用心棒を仲にしてなあなあ、べったり。三好衆の幹部が景清に送った便りが、俺《わい》らの堺《さかい》の、寡婦《やもめ》の助け合いのところへ、うむ、女に出した便りが出てきたのや」

「えっ、ほんまのことを言《ゆ》うてんでっか、親方」

ついつい、この間《かん》の京の仕事に慣れ、京弁が口に出た。

「ほんまや。『甲冑屋に出向く日と時、人の数を知らせよ』、『救い難い悪党どもの、ことを為した後の集まる場を決め、教えよ』とな。おい、トメ、ケン、センジ、確かに、便りを読んだな、達筆のくねくねした文字のを」

親方の両目の端がとんがった。

「とんでもねえ景清で」

「悪人にも一と滴《しずく》の良心があろうもんに」

「俺《わい》は首を締めただけやけど、八ツ裂きにしてえ願いでんね、なお」

この党の重い役の三人が、たぶん『まこと会』の先達だろうが、口口《くちぐち》に、喋りだした。

内通者や間《かん》は、やはり〝消す〟しかねえのだと納得しながらも、虎太は引っ掛かる。一番の、最もの、許せぬ奴らだが……敵に取っては、一番に、最もに、大事にするしかない人。そう、発覚したら、景清みたいに殺される。逆に言えば、本陣の敵に、とことん誠をもって尽くす人……となるではないのか。

いや、このことは、じっくり整えて考え、我が党に誠を尽くし生かすしかねえのう。

ありゃ、と虎太は気付く。「我が党に誠を尽くし」と、すっかり石川党の、疑いなど持たぬ、前へと進む一人の兵《つわもの》になっとるずら。

第四章　〝悪〟の道に迷いて煌《きら》めく

一

光陰《こういん》は矢より速いのではなかろうか。大空《おおぞら》へと投げた石くれがてっぺんから落ちて目の前寸前の速さだし、速さが刻刻増してくる。

清水虎太が人生最初にして最大のやまを踏んで〝花を咲かす〟ことをやり切って既にほぼ十年ほどだ――天子の暦では天文二十三年。六年前に石川五右衛門と名乗り、石川左門の親方が死に、石川党の跡目を継いだ。今は二十六歳だ。

姓を清水から石川にしたのは、おさとと婚をして婿《むこ》入りの形だからだ。先代の親方を凌《しの》いで超える志があったのに、恥ずかしい。名を五右衛門《ごえもん》にしたのは、古代では「右」より「左」が格上、左門より凄い大盗賊になると思いながらも敬意を表した。それに左門より五倍大きく羽ばたく欲であった。

南蛮でも遥か彼方で遠く、鉄炮だけでなく、遠眼鏡《えんがんきょう》や、釦《ぼたん》という穴の開いたところに嵌めて留める円いやつが付いている風変わりなまんととかいう外套などをこの国に持ち込んだ葡萄牙《ぽるとがる》の船が平戸《ひらど》に入り、その外国の人達は天主教《てんしゅきょう》を熱く信じていて、この頃は布教と交易を求め石川党の根城の雑賀《さいか》から一日半で着く堺《さかい》に屢屢《しばしば》やってきている。とりわけ布教を熱心にかつ執念深くやり、その祈りの場や教えの場まで作ろうとしているとのこと。堺《さかい》は、天子や幕府とか大名や国衆などには従わず、主に豪商から成る会合衆《えごうしゅう》の導きで自分達を自分達で治め、十年前より町の周囲を土塁《どるい》、石塁《せきるい》、見張り台などで堅固に囲み、京の町衆の築いた惣構《そうがまえ》よりがっしりしている。勢いのある大名の城を囲む曲輪《くるわ》ほどだ。

その堺から伝わってくる船主や水夫《かこ》の話による噂では、南蛮でも西の果ての国国では、天主教も、この国の仏の道と同じで、いろんな派閥があって、中には天主教を改革する動きもあって強く、揉めごとが絶えないらしい。どういう字を宛《あ》てるのか、ふらんすという国のかるばんという人が、古い天守教の教えを糾《ただ》しているとも聞く。

幼名・虎太、今は五右衛門は、京の甲冑屋を襲った闘いを経て、石川党の中心のあった雑賀に戻り、その後、すぐに、いまだひどく若いのに『まこと会』、つまり、石川左門の直直《じきじき》の下の幹部の四人から五人に増えたその一人となった。

そして、増え続ける仲間の十五人から二十人を抱える五つの組の頭《かしら》五人のその上に立った。つまり、手下八十人の上に立った。

むろん、以後、細かい仕事では、大坂での簪《かんざし》屋とか豪商の別邸とか近頃の商いらしいが金《きん》を溶かして板みたいに伸ばして印《しるし》を打つ金屋《かねや》、戦で夫や両親を亡くした女を売り物にする遊女屋、京では織物屋や天子もきたというが本当か、そもそも珍しく高級な食い物を出す料理屋、近江へも出かけて問丸、かなり遠出して、おのれも皆も〝海賊〟と呼ぶけれど実は海の旅の安全のために尽くす水軍、ま、時に、荷役も関料《せきりょう》として貰うだろうが、その海賊兼水軍の助けを得ての阿波《あわ》の廻船問屋、もっと遠征して尾張にある近頃は急に流行りだした木綿《もめん》を商なう大本《おおもと》の問屋《といや》と〝花を咲かす〟ことをやってきた。

自らを誇ることはみっともねえずらとは知りつつ、六月《むつき》に一度、かつて「疱痕《あばた》の豊丸」、現《げん》は「智恵の豊兵衛《ほうべえ》」に、そして、相手が駄目と思ったら幕府の公方《くぼう》さまささえ踏ん付けそうな「京の利かん気の獅子松」、今は「負けじ魂の勝伸《かつのぶ》」、それら二人の男の前で、ついつい酒に酔い、佐武、こと、おしのの思い出もあり、誇って語ってしまう——そう、船岡山《ふなおかやま》を下山した折のことも。誇りながら、おしのの屍を見ていないゆえに、かえって、幻は翼《つばさ》を拡げ、それは口に出さないけれど、なお葬いの心を送っていると知ってしまう。

今、なお、佐武おしのは、五右衛門の心の妻だ。だから、石川親方の一人娘のおさとが虎太、五右衛門に気があるのに頬擦りもせず乳房も見せないことを放っていた。五年半前まで。石川党の寡婦《やもめ》の互いに助け合う場のあの女《ひと》とは四度会い、三度交わっているのに。奈良のあの娘とは一度会い、深く裸で抱き合ったけれど。

いや、そういうことではなく。

うむ、細かくはない、大いなる盗みについてだ。

あれは、親方の左門が六年前、振り返れば死ぬ三月《みつき》ぐらい前の如月《きさらぎ》二月の初っぱなに、五右衛門に、その時は未だ五十前後で男盛りとも映ったけれど、もうよれよれとなって、頼み込んだのだ。

「俺《わい》は、若い時、そうや、二十三の時、河内《かわち》の谷町《たにまち》ってえところで、食う物も銭ものうて、ちっこい財布を掏《す》って、ばれて、何と生駒山のてっぺん、飯盛山《いいもりやま》城へと引きずられ、尻《けつ》の穴を小突かれ、珍宝まで曝《さら》され、笞《むち》で叩かれ……あの辱《はずか》しめ、忘れることができんでえ。『こん、ひゃくいちーっ。馬鹿《こけ》そんもんーっ』と罵《ののし》られて、檻《おり》に入れられて垂れ流しやった」

つまり、親方の左門の盗賊魂の燃えだした出発の心情を慮《おもんぱか》って、五右衛門はその気になった。

もっとも、親方は、城の主とか拷問や辱しめをよこした人ではなく、飯盛山城とゆう建物が憎いらしい。飯盛山のてっぺんにあって、人人を上から見降ろし、男と男が抱き合って寝るしかない人として扱わぬ牢の狭さを含め、憎いのだ。

「飯盛山城の本郭《ほんぐるわ》には、銀の箱が十《とお》はあるはずのし。一つでも、持ってきて、俺《わい》の怨みを晴らしてくれんかいのう」

こう、親方は必死に告げ、その頃は皺《しわ》だらけでその全ての溝《みぞ》に汗をたっぷり浮かべなお、続けた。

「そいで『花を咲かす』ことができたら、一人娘のさとを嫁にやるのし、おめえさんに。同時に、俺《わい》は引退、おめえさんを親方、頭領にするでぇ」

盗賊は、公方つまり将軍、大名、豪商みてえに代代受け継ぎ、畳を敷いて贅沢《ぜいたく》に浸ってはいけねえとは考えるが、石川党の親方は二人っきりになって、よろめきながら両膝で座り、額を青い畳に擦《こす》り付けた。

心は靡《なび》いていると推し測っていたが、心情と軀をなかなか預けない生意気おさとの乳房とか尻とか尻の谷間を踏みしだきたくなり、五右衛門は、その気にはっきりなった。というより、佐武ことおしのを忘れられずにいたのだが、男というのは駄目だのう、女の裸と心が欲しくなってきた。親方の額に、畳の目がしっかとごく小さな升目で刻み付けられていたことも圧《お》してきた。

早速、取りかかった。

大いなる親方に出世するの願いは二割あった、もっと党を大きくさせ、もっともっと戦利品を多くして、うーんと貧乏な毎日毎日食うや食わずの人人に銀銭を献上するために。その一人娘のおさとの捲れぎみの小さい唇、奇妙に突き出て柔らかさのないような乳房、見事にでかく実った桃二つを並べた尻の谷底を思う存分に見つめ、触って指で弄《もてあそ》び、口吸いしたい欲が三割だった。残り五割、半分は、自らの盗賊としての生き方、思い、考えを、侍の大親方の大名やその家来との対決で試したかった。より正しくは、なお、悪の道の正道、根っこについての道に迷いながら、決して到達は有り得ず千分の一も追い付けないだろうが、荘子の『荘子』、孔子の『論語』の凄く深い道理《どうり》を探したかった、大盗賊の生き方に。

　まず、的《まと》の飯盛山城の山・川・野・海などの土地の〝顔付き〟の調べだった。本郭、曲輪《くるわ》、敵を迎え撃つ虎口《こぐち》と馬出《うまだし》、城の高さと斜面の切岸《きりぎし》の傾き、敵の行ないを見張る櫓《やぐら》だ。そして、要《かなめ》のようには見えぬが、城主と重臣を含めての家来、奥の女、あれこれの兵の厠《かわや》と厠に収められる糞尿捨て場所と馬糞を集める場所とを調べることだった。

　飯盛山城の大凡《おおよそ》は知っていた。河内《かわち》と奈良の境の生駒《いこま》の山山の河内側だ。城を作ったのは、朝廷が南北に分かれた時に楠木正行《くすのきまさつら》がまずは砦、この二十年ほどは守護代の木沢《きざわ》なにがし、この五年余は安《やす》見直政《みなおまさ》が城主だ。安見直政は河内の北半国の守護代だ。阿漕《あこぎ》な年貢の取り立て、平然と裏切り、騙し討ちをするとの人人の評だ。

　次に、十二組、党人が増えて四百四十人から実行の組員を選んで班の編成だった。おのれ五右衛門を含めて九人とした。当たり前、既に五右衛門と名乗っていたおのれが、案を立て、実際の先頭に立つことは大切中の大切。これで〝花を咲かす〟ことができたら『まこと会』の幹部も素直におのれを親方にと同意するはず。智恵役は幼名・豊丸、その時はもう「智恵の豊兵衛《ほうべえ》」、そして実行の副隊長は、幼名・獅子松、既に賊の名の「負けじ魂の勝伸《かつのぶ》」、相談役はむっつり六助、昔の名のままの六助だ。あと、五右衛門が見出した新参者も入れた。右造《ゆうぞう》と九介《きゅうすけ》らだ。

　班の編成で、石川党は刀と槍の〝無法〟な力を頼り過ぎているので、かなり、困った。そのおのれ五右衛門の溜め息の長さや歯軋《はぎし》りのぎりぎりを聞いたおさとが父親の左門に、よたよた揺れる背中を叩いて促した。「よおっし、俺《わい》の生まれ育ちの伊賀衆《いがしゅう》を助っ人にするよし。ま、真宗の解し方で大きい借りは作るけどな。さと、硯《すずり》と筆と値打ちの張る紙を出すのや。うむ、儂が喋ることをさとが記しておくれ」と、どうやら、忍者の溜まり場への願いの文を口に出した。痘痕《あばた》は消えない豊兵衛が、すぐに伊賀《いが》へと発ち、十日後には六人の忍びに熟練した、痩せてはいるが動きが敏《さと》く鋭く、耳たぶも大きい者を連れてきた。

忍びに秀《ひい》でた参《さん》と名乗る頭《かしら》の男は、飯盛山城の全体と周辺の更に詳しい図を三郎と信介という部下に求め、現《げん》の城へ行かせた。玄次《げんじ》と強介《きょうすけ》と彦太《ひこた》と名乗る三人と五右衛門の手下三人を、飯盛山城の曲輪の内側にあるはずの肥え溜めを肥え桶で運んだり、掃除をする出入りの村や町の職人になれるように城に近い村と町へと行かせた——もちろん、飯盛山城の糞尿や馬糞の仕舞い方や捨て方は、城主の家来がやっているかも知れないが、それでも食い込むことを参という頭《かしら》は考えている。

五右衛門自らも、伊賀の忍者の特別の訓練を乞い、受けた。兎《うさぎ》みたいな可愛らしい目付きなのに全身が鉄の鞠《まり》のような参《さん》が、丁寧に、時に、きつく、兎の目を怒る猫の眼にして強面《こわもて》で教えてくれた。それも、実地《じっち》に軀の全てを動かすことで。

石川党にも厳しい稽古があるし、そのやり方は親方の石川左門が伊賀衆から教えられて学んだのだろうが、参《さん》の鍛え方はまた別だった。石川党の狙いの的《まと》は、武力で圧《お》して、豪商とか豪農、銀や金を石から生ませる場所、両替屋が主であるけれど、伊賀衆は、武力は二の次、三の次で、上手に的《まと》を騙くらかし、強《し》いて隙を作らせ、財宝を掠《かす》め取るのが目当てで、それより大きい仕事は、戦《いくさ》で忙しい大名や国衆やあれこれの党に頼まれて、城の真ん中の重要な物、文《ふみ》の類《たぐい》、財宝、動きを入手することなのだ。

だから、参《さん》が、五右衛門とその部下に与える稽古は、次の一つの幹《みき》に依《よ》った三つの枝《えだ》だ。

つまり。一つ目の幹は「人人、町、敵の砦、闇《やみ》に、あたかも浮塵子《うんか》や霧《きり》のごとくに慣れ、気付かれぬように軀と心情を鍛える」こと。そのための走り、速足、歩きの訓練は厳しかった。その一つ目の枝《えだ》は、動転したり、心を動かさず心を見抜かれないため「酷《むご》いけどやな」と山一つ越えた百姓家から馬を買って首を刎《は》ね、未だ新しい血を噴くそれを囲んでの夕飯を食らうとか、野犬の首を同じく刎ねて腹をも裂いての屍の上に板を敷いての朝飯と夕飯を課《か》した。馬や犬の屍の臭い、血の赤黒い色の前での米や麦や漬け物や魚の肉は苦《にが》いより上の辛《つら》さがあった。

要《かなめ》の目当てを達するための二つ目の枝《えだ》の技《わざ》では、走り、速歩、歩きの着地は足裏全てを平らにして行なうこと。ここは、かつて生きていた頭の竜一とか間《かん》が発覚した景清の教えと異なるが、参《さん》は「音を立てず、雲のように、霧のように、敵の陣へ忍び込むんね。そいで、春のそよ風のように、煙のように、退き、消えんとあかんのし」と説いた。

枝《えだ》の技《わざ》の三つ目は、夜、何の灯もない河原に出て、土の微かな盛り上がりや窪《くぼ》みを当てに、回りの気配に注意しながら、身の丈二十倍、百尺先の濃《こ》い土色の手拭いを被せた竹箒《たけぼうき》へと向かい、手拭いを持ち帰ってくることだった。月も星もない夜は、この稽古は必ずだったし、夜の天気が月や星のために闇になり切れない時は、道場の窓の隅から隅まで、木片《もくへん》や高価な紙を墨で黒く塗り潰して目張りをして、こういうのを漆黒《しっこく》と呼ぶのだろうか、光の一と筋もない闇の道場での動きを教えてくれた。両目に目隠しをしてのそれではないのは「闇でも感じて見える現《げん》の外《そと》の界《かい》を解るためですよって」とのことだった。

五右衛門が参《さん》の動きと心構えを静かに考え、見極めようとすると、朧《おぼろ》に分かってきた。伊賀衆の根っこには、天然《てんねん》の息遣《いきづか》い、つまり、空《そら》や気《き》や、草木、人を含めた獣の動きを慎ましく控《ひか》え目に学ぶ態《てい》があるという……ことだ。忍びの者の極意《ごくい》……らしい。

──だけれども、直には文句は言いださないが、この飯盛山城を襲うために選んだ五右衛門の手下の中から「堪《たま》らん」、「わいらは、正面を突破する大いなる強奪の党やね」、「こそこそはあかんねん」という声と顔付きが静かに現れ始めた。

そして、稽古が始まってから二十数日後。

伊賀衆の手だれの参《さん》が飯盛山《いいもりやま》城へと敵の様子をこっそり探らせていた者の一人が、戻ってきた。

その玄次《げんじ》という、物腰が伊賀衆とは思えない客商売風の低さだけれど武骨な姿勢で話した中身は約《つづ》めると次の通りだった。

いろはの〝い〟。

何しろ山の頂《いただき》の上に城は立っていて、東は深い谷、北と西は谷というより崖《がけ》で、真四角か、ほぼそれに近い急峻さ、南のみは生駒《いこま》の山山と尾根で続いていてなだらかだが、その分《ぶん》、見張りが厳しく頑丈な虎口《こぐち》がある。因《ちな》みに、飯盛山城の高さは、人の丈を五尺として二十人分、千尺ぐらいであろうとのこと。

玄次は、幅五寸、縦一尺の飯盛山城の図を示しながら、曲輪の中の人数、全ての者の集まる刻《とき》、本部の動き、見張り役の配置などを語り、その特徴の根っこを、「本郭は、天守閣の役目をしているが二階建、しかし、城は狭さに勝《まさ》り、高慢で高望みの守護代・安見《やすみ》直政《なおまさ》のもの、河内の国ばかりか、摂津、和泉の国も垣間見え、難波の海も一望の許」、「魚や野菜の商人、城の修繕や糞尿の始末をする職人なら南の虎口から楽楽《らくらく》やな。けんど、無法者のわいらや石川党の人らが城に入り込むのは無理。北側と西側はほぼ切り立った壁で谷に面しているよる東側しか城に入れんよって」とのこと。そして「この四囲の天然《てんねん》を利用した城の造り方は、この敷島の国で一番進んでまんね、油断はあかんのですわ」と足した。

しかし、五右衛門は、かつて甲冑屋を襲った時よりも、的《まと》の規模の大きさ、厳しさ、人人、とりわけ、農の民を搾《しぼ》る悪さを思い、闘いの志《こころざし》が燃えてくる。

――それから、これは重立《おもだ》った五右衛門、伊賀衆の頭《かしら》の賢さ身のこなし方のしなやかさが凄いのに可愛らしい兎の目をした参《さん》、気が利く痘痕《あばた》の豊兵衛、色男で反骨の勝伸《かつのぶ》が集まり「急ぐしかねえ」と、いささか俄《にわ》かづくりの鍛練と思わぬでもないが、雑賀《さいか》の東北にある葛城山《かつらぎさん》の山腹に寝泊まりして、獣道《けものみち》すら使わず雑木の枝と草の根を頼《たよ》っての急坂の登り、それを少し軽くするために斜めに登って横への歩き、再び斜めに登ることを一日五回繰り返した。うち二回は真夜中の稽古だった。序《つい》でに、葛城山のてっぺんに至る樹木の多さが飯盛山城の東側の谷に似ているとの玄次の調べの話があり、かつ、要の坂の壁は身の丈ほどの石垣で固めてあるとの報告で、木登りの稽古、ぶっとい木の枝にぶら下がり次にぎゅっと木の枝の上に両腕で立つ訓練を、一日についてついに八百回までできるように全ての者がなった。

――目論《もくろ》みでは、あと十日後には決行の時、あたふたとだが、よれよれの小袖に手拭いを村人風《ふう》に向こう鉢巻にして、城の麓の石切《いしきり》とかいう村落に敵を下見する一人の、五右衛門の手下の海賊を三年ばかりやっていた右造《ゆうぞう》が空が藍色になる頃、その空に溶けるようにやってきた。短い日時で忍者みたいな気《き》を養っている。

右造の告げ知らせたことは要《かなめ》を押さえて、偏《ひとえ》に簡単だった。

「へい、今、城におるのは宗房《むねふさ》とも呼び名のあるらしい安見直政、小狡い狸顔《たぬきがお》にちょび髭のその本人がこの一と月半。そいでわいら三人は、本郭の二階の直政と、その女房と、御付きの女五人と、一階の守りの兵の九人の糞と小便のおまるのそれを長筒の肥桶《こえおけ》に入れてますんでえ。奴らが食い残した残飯は鋳物《いもの》の大鍋に入れとります。信用されとるはずでんね」

と。

よおっし、町の衆と馴染《なじ》みになれた、さすがおのれ五右衛門が目を付けた右造だ。そこに、手伝いとしておのれ五右衛門、参《さん》らが加われば前途は明かるいはずだと、元来楽天家の五右衛門は楽しくなってくる。

しかし。

参《さん》は、本郭を右造達が行く時、そして、その時に城主の高慢で、人人に酷《むご》く、裏切りの好きな安見直政の動き、部下の動き、その時のかかり方と右造に細部にわたって聞いた。

そんで。

あ、と五右衛門は考えた。

城の入口である南の虎口が登りの坂が緩いゆえに一番に敵への備えが厳しいというけれど、逆に、大きな隙《すき》があるのではねえのか。

あるずら。

おのれが虎太と名乗って遠江《とおとうみ》からかどわかされて天竜川の岸辺の炭小屋に寝させられた次の日の、あの大胆にして、畏れ多く、威光とか伝統とかを虚仮《こけ》にした装《よそお》いの様変《さまが》わりによる勝ちだ。勝ちか……我ら民草のうんと昔からの威光にへいこらする哀しい性《さが》かも知れない……のかも。

もう、雑賀の主なる家、道場の公家の装束は虫に食われて穴《あな》だらけ、使えない。

参、豊兵衛、勝伸を集め、早速、相談をした。

「我らが得意とするところでございますよって。冠《かんむり》、袍《ほう》、笏《しゃく》、沓《くつ》は心配なく。いくら何でも天子そのものが訪ねてくるのはけったいなことで、大納言の姿にて」

兎《うさぎ》の目を鶏の目に変えて、参は、くっくっと笑った。

「難しいのは、知《し》らせ文《ぶみ》、告達《こくたつ》の文ですわね」

参が、今度は、腕組みをして考え込んだ。

「そんなら、五右衛門さんが良い。唐《から》の漢字ばっかりの書を読めるのだからさ」

智恵の豊兵衛が、真面目顔で言った。

「うーん、これからの商いとしての大盗賊は知《ち》が必要ってことやろなあ。せやけど、たぶん、天子による天子の命《めい》を安見直政に紙に記した文で渡すのやろから……漢字だらけの文が……これって至難《しなん》の業《わざ》とゆいますねん。おいっ、豊兵衛、五右衛門さんやないのや、五右衛門さまか、次の親方さまや、あーん」

京育ち、色男で、利かん気の強い勝伸は話の筋を変えて豊兵衛を指差して睨《にら》み付けた。

「けどもでんね、文の中身を記すのは極め付きで難しいとしても、まずは飯盛山城の虎口《こぐち》の守りの兵を誤魔化すため、文を包む縦長《たてなが》の懸《か》け紙《がみ》に銀の粉《こな》でも糊《のり》で貼っ付けりゃ、ころりと。俺《わい》は天子の告げ知らせの文は扱ったことはあらへんですが、大名、国衆、一向宗や法華宗を信じる者の文や便りは計九回偽って渡しておりまんね」

決まり、と思えることを伊賀衆の頭《かしら》の参《さん》が口に出した。

「そうでっか。今の飯盛山城主の安見直政は、前の木沢長政《きざわながまさ》の手下やった。なのに、細川晴元《はるもと》と三好《みよし》長慶《ながよし》に転んだのや。狡賢いだけであらへん、転ぶ、裏切るの知恵があるのやから、仮名文字ばかりでのうて漢字も知っておるとの考えも持たんとあかんね」

この勝伸は向こう気が強いだけでなくかなり広い考えもある。相談役にしたら心強いが、他人の心の中まで深読みする男、誤まって読まれて逆らってきたら面倒と考えさせることを告げた。いいや、部下を疑ってはいかん。五右衛門は、参、豊兵衛、当人の勝伸に分かられないように自らの頭を掻き、自らの胸を小突いた。

五右衛門以下、四人の会が終わる時、部下の海賊上がりの右造が、おずおずと入ってきて、

「あん城は、山のてっぺんにあるのに、時を知らせる鐘は耳をうんすけ研《と》ぐと、平らでゆるゆる上《のぼ》る野のせいで、奈良の西大寺《さいだいじ》から、三里《り》半も離れてまんが聞こえま」

と付け加えた。

そして、その話は、こりゃ始めから言えっつうの。時刻《ときさ》みでの、城主の住む本郭《ほんぐるわ》での起床、女房と御付きの女の一旦の出入り口での化粧、城主の外での軀の慣らしの鍛練、そして家来を集めての日日の訓示の大事なそれを知らせた。

むろん、毎日毎日の、本郭での糞尿の集めの時、家来《けらい》の詰め所の糞尿の集めと溜め場へと収める時、それも月五回はその収めた糞尿を麓《ふもと》の町や村へ運ぶ刻《とき》を。なにしろ城には、城主とその直の重立つ家来、足軽、雇い人夫《にんぷ》の夫丸《ぶまる》、明日はどこの陣に行くのか分からぬ地下人《じげにん》など四百人ほどいる。馬の糞もばかにならぬ嵩《かさ》と重さだ。それに、朝の割あい早い時には、麓から魚、野菜、乾物、女の化粧品などの細かい商《あきな》いをする者らが入ってくる。

その上で、よっし。

二

——戦の時世の大名と威張っている侍のいる飯盛山《いいもり》城を攻め、その銭と銀をものする時がきた。

四日前。

三つの班に分けた。甲《こう》班は谷を登って本郭を狙う五右衛門、豊兵衛、そして五右衛門の部下の九介と伝令役の右造と、参《さん》と参の手下の玄次と三郎だ。やる日までの寝床はもう廃《すた》れて無人の小さな神社の縁の下、飯は干し飯《いい》と蝗《いなご》の醤煮《ひしおに》。

乙《おつ》班は、本郭の糞尿と残飯を片付けながら内側を具《つぶ》さに調べている参の手下の強介と彦太、五右衛門の部下二人。これまで通り、麓の村落に止《とど》まって働らき、当日、城の中で甲班と合流する。

丙《へい》班は、班の頭《かしら》となって急に元気の出てきた、うーんと昔に虎太や仁伍師匠に辛く当たったむっつり六助、今も名は六助、気が強く京弁が地で滑らかな獅子松こと勝伸、そして参《さん》の手下の信介、五右衛門の部下の仁吉《にきち》。班長の六助は「命を、五右衛門さまには二度助けられておりますたい。一度目は天竜川で溺れかかった折《おり》、二度目は甲冑屋のことで船岡山で叩き斬られるところばい。すんなり、元の虎太さまがみんなに喜ばれて新親方さまになれるように頑張りますけん」と健気《けなげ》というか仁義を忘れていないことを言ってくれている。もっとも、天竜川の辺《ほとり》の炭小屋で公家への亡き竜一の姿と遣《や》り取《と》りは経ていて、役立つ……はず。というより、六助は、天子からの命《めい》を示達《じたつ》し、安見直政の返事を天子に伝奏《でんそう》する役として公家の格好で冠《かんむり》を被って笏《しゃく》を持って偉そうに突っ立ってれば良いだけ。取り仕切るのは、色男で公家も話すであろう京弁そのもので突っ張り屋の勝伸だ。ここいらは伊賀衆でこういうのに慣れてるはずの参《さん》の手下もいる。この丙の班は、麓《ふもと》の町の安く約《つま》しい宿に入らすことにした。むろん、五右衛門が苦労しながら記した文を本物《ほんもの》のように六助以下、頭を垂れて子供を包めるほどの大きな一枚の布の平包《ひらづつみ》に仕舞い、平包に三拝した、平包にだ。おいっ……嬉しいけど、悲しいのう。

――三日前から、五右衛門と参《さん》以下の者達は、実際に、空が藍色へと暮れ泥《なず》む頃、燭《しょく》も提灯《ちょうちん》も持たず、北のひとつ星、つまり子《ね》の星を目印にして、それに微かに漏れてくる城の灯を頼りに登り、進む道を下見《したみ》した。

杣道《そまみち》も獣道《けものみち》もなく、そもそも人が登ったことなどないであろう険《けわ》しい坂だ。伊賀衆の参《さん》すら、肺《はい》の臓《ぞう》から喉《のど》へとうびゅい、びゅう、びゅうっと荒荒しい息遣《いきづか》いを繰り返して先頭で進む。

ふと、五右衛門の、人の思いや考えの在《あ》りどころという胆《きも》の辺《あた》りを、梅雨にはまだ半月はあろうが、当日の暁の頃に雨に遇《あ》ったら北の子《ね》の星も、砦のような城の灯も見えずにことは成せないという不安が襲ってくる。

うん、明日の事前の鍛練では、雑木の葉の群れの中に、てっぺんの城からは見えぬように上手に白っぽい布切れを巻き付けておこう。

飯盛《いいもり》山城の曲輪《くるわ》の石垣まで、案外に時はかからず、出発から夕飯の始めと終わりの間の四半刻ちょっとほどの感じで辿り着いた。

敷島の国の一番の城の築《きず》きの技《わざ》と術《すべ》と巧《たく》みとは言うけれど、山並みの中の頂《いただき》にあるという自信を過ぎた慢心《まんしん》か、人の丈五尺ほどの石垣の連なりの途中、途中に石の崩れがある。前の城主、今の城主の山城《やまじろ》への備えは、山城は天然の地形を利《り》として防ぎの兵を少なくし得ても、甘いようだ。

この日、実に攻めるあれこれの取り決め、伝令役の右造の合図の仕方、武器の装い、その他を決めた。

――当日、母さの右《ゆう》の教えも京も河内も同じ、東の遠く遠い西大寺であろう鐘が微かに寅《とら》の刻を伝え、廃《すた》れた神社の縁の下から跳ね起きた。

七人が、衣の裾の広がる十徳《じっとく》の職人姿に換えた。

伝令役の右造は、目立たぬように一人で先へと行かせた。「何者じゃ」と警固の兵に誰何《すいか》されても誤魔化せるように、遠く越中《えっちゅう》からの薬売りとゆうことでだれた小袖に蓬《よもぎ》とどくだみの草と藍《あい》の干した実を入れた籠を持たせた。

うーん、さすがと言うか、やり過ぎか、かつての豊丸こと豊兵衛は、自ら出した真新しい糞を、汚ない、臭いとは思うが、やっぱり気転が利くと言うべきだろう、職人風の衣に塗り付けた。おいっ、おのれ五右衛門にも、前身《まえみ》ごろから衽《おくみ》にまで。「困るずら」とは言えねえ。

それに、豊兵衛は出発の決意を五右衛門が新たに発する時なのに、「伊賀衆の皆さんにはえらく済んません……しかしですな、おいっ、我ら石川党の右造《ゆうぞう》、九介えっ、新しく親方さまになられる人を、実際の大泥棒にしてはあかんぜえ、本当は。ええーと、五右衛門さま、やっぱり、親方は、取っ捕まったり、ぶっ殺されたりしては党が成り立たねえわ。ここで、全てを見渡して待っては如何《いかが》ですかの」と野と谷の境で誰にも聞かれないものの、大声を越えて叫ぶ。

「いんや、俺は『先《ま》ず隗《かい》より始めよ』を大事と信じている」

唐《から》の国の戦国の時世の『戦国策』から出た教訓だろうが、そう本当に考えている五右衛門は告げた。実のこと、ここは「悪を為す道義・道、仁義」の要中の要についてはなお戸惑い、ふらふらして解らぬとしても、盗み、強奪については『先《ま》ず隗より始めよ』しかねえずら。相手は甲冑屋や遊女屋とは違って大名、仲間や、部下や、助けてくれる人の命懸け、愛する人との永遠の別れ、残りの生を手足を失なってしまうことの危うさへの不安、恐怖、それを超えての勇気を、直《じか》に肌で、行ないで、金玉《きんたま》の縮み震えを共有するしかねえ。

「あ、そう……ですわね」

心の奥から納得したとは考えられないが、暫《しば》し時を置いて、痘痕《あばた》の豊兵衛が頭をひどく深く垂れた。

あれーっ。

伊賀衆が、参《さん》と玄次と三郎が、五右衛門らの石川党と五十歩ぐらい離れ、両膝を揃えて座り、西方角へと軀を向け、何やら唱えている。

経文《きようもん》ずら。

「……ほうぞうう、う、ぼさつう……いんにいじいーっ」

うん、なお生きて、五右衛門を折り折りに励ますおひろさんが朝晩に懸命に唱える経文……ずら、真宗のだ、親方の叔母のおひろさんが、大切な時に唱える……。

そうか、悪の道をひた走る者はやはり仏の道に縋《すが》るしかない……のか。とりわけ、一向宗のそれ、浄土真宗の的《まと》の要《かなめ》へと。

そういえば、参と玄次と三郎の頭と腰とは西の、今は真宗の要の要の証如《しようによ》がいると聞く摂津の石山《いしやま》方角……。

大悪の為す業《ごう》と、仏の道の赦《ゆる》しやおおらかさや、場合によっては厳しさは別の道ではなく……がっしり組み合う、根の根の根っこのどでかい問いなのだろう……か。

——卯《う》の刻前、白白と夜が明ける頃、甲《こう》班の五右衛門と参《さん》以下は城の石垣と石垣の間の崩れたところの脇に着いた。

「今のところ見張り役、警固役が本郭あたりで動いている気配はありまへん。決まった刻《とき》に、四半刻に一度、見回り役が三人組で通るだけでんね」

曲輪の石垣の外側に雑草そのもののように這《は》い蹲《つくば》っていた右造が首を上げ、ひどく低い声で告げた。

「卯《う》の刻がくると、高櫓《たかやぐら》の郭から太鼓で知らせますねん」

念のためだろう、前に知らせたことを右造が言い、高櫓のある左方角を指差した。

「五右衛門さん、全ての者が刀を身に着けまっか」

参《さん》が聞いた。

「いや、短刀を持つのは俺と参さんだけで、他《ほか》の者は素手。刀は麻袋二つに分けたままで入れ、でも、口紐は解いてすぐに摑めるように頼んます」

むろん五右衛門は、安見直政《やすみなおまさ》の家来に咎《とが》められて斬られるとかの場合は、参に予《あらかじ》め告げているように、参と共に、河内の北半国の数多い商人も豊かな農の民も支配していて、戦《いくさ》の術《じゅつ》よりは政《まつりごと》の術に長《た》けて狡くて高慢と評判の直政、河内守護代《しゅごだい》その人を短刀で脅し、人質として脱出する腹づもりだ。

「俺《わい》の手下は、吹矢《ふきや》を御守り袋に、その筒は、ほれここに」

参《さん》が手下の一人の十徳の衿《えり》をはだけると、ぐるぐる巻きした晒《さら》しの腹巻きの上に、吹矢の飛び出す竹筒の上が小指の先ほど出ている。

高櫓《たかやぐら》からの太鼓の音は、なかなか鳴らぬ。

待つ時の長さは長いと知る。

五右衛門に、ふと、不安が過《よ》ぎる。

〝花を咲かす〟ための手順は、しっかりと五右衛門自身が参《さん》の考えを入れながら決めたけれど、果たして手順通りに成功するものか。

しかも、敵は、この敷島の国の要《かなめ》あたりの河内の北の守護代だ。前の河内全ての守護代であった木《き》沢長政《ざわながまさ》の築城の技は優れものとの評もある。

あの京の甲冑屋への襲いですら、手順通りにはならなかった。かなり尊敬していた竜一が死に、人生初めて心と軀で恋したおしのを失ない、他にも死んでいる……。

うーん、こういう命懸けの時の不安や怖さを人として克服して超えるために、仏の道はあったずら。学ばんといけねえわい。

けれど、今のこの城の兵は四百人程度としても、守護代の直政が集めれば三千人を遥かに超す敵に、三百四十人から選んだ九人と助っ人の六人——の構えの図は我れながら根性も形も極めて良い。大きく威光《いこう》のある者への、小さな者達の叛《そむ》きの図だ。いや、思いに酔っていてはいけねえずら。

どーん、どどんがどんっ。

太鼓の音と共に、飯盛山城全体が「ああ」「起きるんやあ」「うぐう、う」「うおお」「朝やでえ」などと響き合った。城が曲輪に囲まれていて声や音は城の内側に籠もるらしく、よく聞こえる。

伝令役の右造が半腰になり、石垣の崩れの隙間から本郭の傍らへ近付いて行った。


——やがて。

本郭の出入口あたりから、西からの風に乗り、側室か愛妾か御付きの女達かと思える姦《かしま》しい話し声、「ぐるぐる、ぐるっぺえ」の嗽《うがい》の音、「急ぎいな、御殿《との》さま、奥方《おくがた》さま、側女《そばめ》さんがくるのえ」、「もうかいな」、「ほなら急ぎまひょ」の声が届いてくる。

武者草鞋《わらじ》か舌地沓《したじぐつ》か、三人、四人の男の慌て気味に固めた土を踏んで歩く音も聞こえてくる。

「御屋形《おやかた》さま、お早うございまする」

「お早うございます、御屋形さま、直政さま。今日は、ごてくさ天気で」

「いや、こういう天気こそ、げんくそ良《え》えのですわ。御屋形さま、お早うございます。早速、さ、さ、馬場《ばば》の広場で深い息遣《いきづか》いの繰り返し、腰回り、手足、軀の幹《みき》の動かしを。それに刀の振り回しを。それで、高櫓《たかやぐら》の上で皆に気合いを」

「うむ。ほんに御苦労なあ」

三人の守り役とは声の色の違いで分かったが、城主の朝の軀慣《からだな》らしを勧《すす》めたり、行ないの次を示したりする。「どこの守護、国人、大名も偉くなり過ぎると家来に逆に暮らしまで決められるんや」とはおひろさまの忠告の一つだが、そうらしい。前の城主から寝返って、細川晴元・三好長慶連合に与《くみ》して、この城を我がものにした男とは感じられない、ゆったりした声が届いてきた。どうやら、城主はここにしっかといるらしい。

「へんねし、こうちく、だだくさは、しゃらひんで」

言葉は柔らかいが、いんや、これは奈良の奥の方の言葉か、中身の解らぬことを城主、間違いないだろう、大和国《やまとのくに》の出の安見直政らしき男が言う。やっぱり、祖父や父の口癖はどうしても残るらしい。しかし、言葉は垢《あか》抜けないが、友の武将や上役の武将を裏切ってきて伸《の》してきた秋の楤《たら》の芽の棘《とげ》みたいなのが、確かにある。

伝令役の右造が、合図の右手を上げた。

五右衛門、参《さん》以下が、城の曲輪へと入り込んだ。

参《さん》の手下の強介《きょうすけ》ら四人が、ぶっとい棒の前と後ろに肥え桶二つを提げたり、葛籠《つづら》を背負ったり、残飯用の釜の入った大きい麻袋を首に提げたりして南方角から忙しそうにやってくる。

よおっし、行くーっ。

五右衛門、参《さん》以下が、すっすっと、音を立てぬように、肥え桶を担ぐ者達とひっそり合流する。

「お早うですーっ、まっこと美人のオサチさーん。初《うぶ》そんもので可愛らしいオモトさーん」

さすがに人を誑《たぶら》かす才をも育てる伊賀衆の欲しくなるような見事な獅子鼻の強介という男である、両手を重ねながら揉んで、本郭の入口で小さい叫びをした。

「やあ、ゼンスケさん。おっ、はよう。あらあ、今日は、職人さんが多いとちがいまっかあ」

三十半ばの女が、ごく普通に抱く思いを口にする。冷やりとするずら、胆《きも》が。

「へい。今日は、溜まりに溜まった肥え溜めの掃除をせんとあかんので」

強介は、必ずや、石川党に入れねばならぬ、ことの打ち合わせよりしなやかな受け答えをする。

「聞いて、ゼンスケさん。きのうの夜は、奥方さま、側室と御殿様が久し振りに大いなる秘めごとを貫き……もう、眠ってる一階の上の二階がうるそうて、てんどうしたったのえ」

もう一人の女が、喚《わめ》きに近い声を出す。

五右衛門には、ぴんとこない。未だ、佐武、こと、おしのの包む優しさと肉の弾みだけが極上だったから……。

「というわけで、今日は、とりわけ丁寧に、おまるや便壺を綺麗にと……やねん」

四角い両目の形を崩し、強介が、やや強めに言うと、女二人は、さっさか、本郭から出て行った。


——ここずら。

一同、本郭の二階へと、五右衛門だけではないだろう、逸《はや》る心で登る。

案外に飾り物とかがなく、屏風《びょうぶ》一帖《じょう》だけが目立つがらんとした八畳の、居間か、家来のそれか、女達の控えの間かがあり、強介は次の部屋の襖戸《ふすま》を開けた。

十六畳もある部屋に、畳んでいない褥《しとね》の上に衾四組が並んでいて、女の化粧の濃い匂いが残っている。

芸ごとに関心があるのか、豪華に見せるためか、畳一枚分《ぶん》の大きさの虎の吼えている画と、山桜の満開寸前の画が置いてある。

「目移りしまんが、どうやら長い間の忍びの勘で、あの引き出しの重ねてあるところが財の隠しどころ、客によってはそれへの財宝の見せびらかしのところかと」

つかつかと強介が、床の間の隣りにでんと立っている引き出しが重ねて並ぶ身の丈一つほどある箱へと進む。五右衛門は生まれて初めて目にする物を仕舞うのであろう箱が縦《たて》に並んでいる棚だ。

「安見直政は主《あるじ》や親しい友を謀《はか》って伸《の》してきた守護代。せやから、逆に、守りが固おなり、水軍や海賊に近づき、うむ、唐《から》か韓《かん》からこの簞笥《たんす》ゆうのを手に入れたのやろね」

参《さん》が、五右衛門に囁きながらも、簞笥なる木でできた箱の引き出しの一番上から手前へと引いた。

「ちょっ」と舌打ちをして、長筒の肥《こ》え桶《おけ》に、当たり前、未だ糞尿には使ってないそれへと女物の細かいが派手で鮮やかな小袖を投げ入れた。

「お頭《かしら》あ、大事で、凄《すご》お値の張る物は、ここへと呼んだ家来や、手懐《てなず》けようとする国人《こくじん》や有力な悪党ども、女に『見んしゃい、我が力はこないなもん』とするため。下下《しもじも》が見える目の高さ、うん、ここいらから」

伊賀衆の強介が、ふーむ、一番下の引き出しを、音の軽やかさからゆうと滑《すべ》りが奇妙に良いけど、引いた。

「おいーっ、これって、黄金《こがね》、金《きん》ってやつやねん。同じ重さで、銀の五十倍、六十倍ほどの値打ちゃでえ」

「良《え》え光を放っとるんやなあ。雨水、塩水、火山の硫黄《いおう》の煙にも質《たち》はびくともせえへんらしい」

「へん、何《な》あも知らんで。戦《いくさ》の時世《ときよ》で急に偉くなった大名は、越後の鳴海《なるみ》で長尾《ながお》、生野《いくの》で山名《やまな》だが尼子が狙おていて、それら大名などが争って石見《いわみ》で銀だけでのうて金も毛利《もうり》が、武田が黒川《くろかわ》で、金《きん》の岩や石や砂を掘って金《きん》にしとるのや。そんで、その力で我らを買い取る源《みなもと》にしとるさかい」

などなど、五右衛門の部下なる者、伊賀衆の者らが、かなり切羽詰まっている時と場合なのに、見惚れながらも口を尖らせている。いや、別の乙《おつ》班の彦太らは部屋の隅のおまる四つの糞尿を肥え桶へと捨てている、立派そのもん。

五右衛門すら、深くて長い吐息を漏らし、引き出しにぎっしり詰まっている赤ん坊の拳《こぶし》ほどの金の塊《かたまり》、延べた板、男の根の張り切る形の棒、親指の先ぐらいの形の整わぬ粒……みんな、不思議な、鈍《にぶ》いのに滅びないような輝やき、死した佐武、こと、おしのが持つ魅《ひ》き寄せる力に似た光、刀や槍では果たせないような力すら匂わせる物静かな明かるさと仄《ほの》暗さ……。

いんや、そんな場合ではねえ、急がねえと。

「仕舞え、強介、金と鉄炮《てっぽう》を。肥え桶に、入れよ、大鍋に、玄次」

五右衛門が命じる前に、参《さん》が嗄れた声で告げた。

「いや、もっとあるはずでんね」

しぶとい伊賀衆の強介だ。次次と引き出しを引いていく。

あるある、銀の、俎《まないた》ほどの大きさの延べ棒、こんぐらかって海の底に潜《ひそ》む海胆《うに》ごとき形の銀が。

「あっ、やっぱり、ありましたわ」

強介が唐櫃《からびつ》の箱の重ねた上から三段目、下から四段目を、よいこらっと持ち上げ、目を剝《む》いた。

五右衛門と参が覗き込むと、鋼《はがね》の指先から肩口まである細長く黒光りする筒のある、そうずら、五年ほど前に、葡萄牙人《ぼるとがる》が南の島に持ってきた鉄炮というやつがある。いや、その前に、倭寇《わこう》が持ち込んだとも。うん、既に贈り物用だけでなく、戦で使われだしておるという噂の武器だ。五丁ある。火縄も五本、弾《たま》は二十個、よっし。

とどのつまり、おまるの糞尿をも片付けたけれど、天秤棒で後ろは空《から》の糞尿で軽く、前は新しい桶に入れた金、銀、鉄炮で重く、肥え桶二つを担ぐのは前後の釣合《つりあい》が取れず「怪しまれるずら」とは思ったが「これで行くーっ」と五右衛門は決意した。唐《から》の古代の戦の天才の孫子が「兵の情は速《そく》を主とす」と記していたのが胸に過《よ》ぎったからだ。

あん。

南の、虎口《こぐち》の方角あたりから、何やら言い争う声が、いや、一方に偏《かたよ》って責める声が届いてくる。

そうか。

天子の御告げ文を、六助以下、強気で押すの勝伸らが、虎口でやり合っているのだ。

五右衛門は、まずは退《しりぞ》きのことを考えねばならないのに、全体を見ておこうと、上げ下げの半部《はんじとみ》の窓を上へと押し、開け放った。

「おいーっ」

城内の南の虎口は声ばかりが届いて見えないが、何と、摂津の野、家家、木木《きぎ》が息をしていて、一《いち》望《ぼう》の許《もと》だ。大坂は難波《なにわ》の湾さえ、梅雨前のおおらかにして青い色を静かに波打たせていて、五右衛門は大声を出し、しまったと悔いる。景色のあまりの素晴らしさ、広さ、大きさ、色あいの重なりの深さ……と仕事を忘れそうになっちまうからだ。

「おおっ、絶景じゃあっ。天然《てんねん》と人が一つとなって、ああ、美しいのう。家家の佇《たたず》まい、野の薄緑、山の濃い緑、海の青さ。絶景なりーっ」

いけねえっという心を制するものがありながら、それを超えて破る感嘆の声を五右衛門は出してしまった。いんや、出して、ごく本当だ。摂津の平野と人家、すんげえ、淀川すら見える。大海へとやがて繋《つな》がる……姿が。

――ああ、良かったずら。

城主というか、守護所の主というか、安見直政が家来や助っ人などに「活《かつ》を入れ、おのれの迫る力を叫ぶ」という儀式が終わる頃に、六助が公家の大納言の姿で現われて狂言以上に迫る力で、たぶん、演じたはず。黙って、突っ立つ役を。向こう気の強いかつての獅子松、今は勝伸の演じ方は、虎口《こぐち》で「そないな人って、天子の使いってあるのやろか」と問われ、「あるのやあーっ、畏れ多い、疑うなと。この尊い勅書《ちょくしょ》を見いな」、「天子って、安見さまより上でっか」、「ひいーっ、当ったり前やあ。早よう、通せ」、「せやけど、ここの責《せき》を負う三百石も貰《もろ》うとる上の役《やく》の許しを得んと」などと続けた――と、ことのその十日後に、雑賀《さいか》で当の勝伸から聞いた。

つまり、この天子からの使者の時の稼ぎと虎口《こぐち》の諍《いさか》いと兵《つわもの》どもの集まりで、本郭の五右衛門一行の〝花を咲かす〟ことは無事に成し遂げることができた。死者の一人も出さず、そう、谷を攀《よ》じ登《のぼ》った五右衛門と参《さん》以下の甲《こう》班、本郭の糞尿の片付けなどを職人姿でやってきた強介ら乙《おつ》班、天子の示達《じたつ》を大納言の姿で演じた六助と勝伸らの丙《へい》班は、虎口のわいわいがやがやの混乱の中、腰こそ尻の中心が折れるぐらいに低く低くしたが堂堂と通り抜けた。

それにしても、飯盛山城の本郭から眺めた野の薄緑、生駒の山並みの濃い緑、難波の湾の青く澄んでなみなみと溢れんばかりの海は忘れられんずら。

――なお、まだ、天子の贋《にせ》の示達の勅書の文が「本物か、違うか」、「本物なら、畿内の政《まつりごと》と戦の力の図が変わる」とかを、安見直政と重臣が相談しているのだろうか、五右衛門はやはり追っ手が気になり、それを撒《ま》くために、麓の手前から東南へと回り道をして、うんと昔に呪術の神さまだった役小角《えんのおづの》が修行したと聞く、通称『生駒の聖天《いこましょうてん》』という巨岩や洞窟に囲まれてはいるがほとんど廃寺となっているところの近くのちっこい寺町に寄り、汚れてない方の肥え桶の戦利品の金と銀と鉄炮を分担して背負い、肥え桶の持ち主の職人頭に金《きん》は見たことがないだろうから手の平の半分ほどの銀の延べ棒を礼を含めた口止め料に差し出し、雑賀《さいか》へと帰りの道を辿った。

ほぼ成功となった今、五右衛門は考える、ことを為す前の、きっちりした見積り、計りが大切と。同じく、属している組や団や党は違っても、いざ一緒にやる時の互いの信と動きの重さを——四年ほど前の甲冑屋のことは、この二つが欠けていた。いや、もう一つ、ことに当たる全ての党員の一人一人の長所・欠点を直に知ること。ことを為《な》さなくても、これは大事なことだ、党全部のために、一人一人のために。

——帰路へと辿って少しして、参《さん》の手下の強介《きょうすけ》が、涙は出さず、妙に両目を赤くして、目蓋を擦っている。参が「おいっ、目ん玉にごみでも入りよったんか」と聞き、強介はずっと黙っていたが、石切林《いしきりばやし》という野の中の町の前の街道脇の細道で、いきなり蹲《うずくま》った。

「おみゃあ、何しとるのや、強介」

参が、急がねばならぬ帰り道、苛《いら》立ったように額の右の青筋を浮かせた。

「へい、済みませんで……肥え桶を担がせてくれた職人の娘が、おかねが……良《え》え女《おな》ごでしたんさかい、忘れ難くて、あ、へ、へ、へ……い」

ど、ど、どっと、強介の両目の端から涙が溢れ出した。石川党にも欲しい男が、この二十《はたち》前ぐらいの強介、度胸が据わり、あれこれを経た強みからの勘が冴え、その場の人と仲良くなれて疑いを持たれない……。

「強介、おみゃあ、その娘っことおめこはしたのか」

「め、め、滅相《めっそう》な。せやけど、あん、目ん玉の楚楚《そそ》とした良さ……衣の下の尻の形の良さ……何より、心の綺麗さ。う、う、ううっ。俺《わい》の足を、帰る度に、木桶の温かい湯で『気持も温くなってや、心も綺麗なってや』と。あ、あん、ん」

「『人の噂も七十五日』や、強介。三月《みつき》経ったら、五右衛門さんに教わって恋文でも届けるのやな」

参は宥《なだ》めるが、今度のことは安見直政が生きてる限りは内密にして隠すだろうが、忘れ去られるはずはない。

なお二十の五右衛門は感じてしまう。

強奪、刀や刀すれすれの闘い、大いなる騙しは、命懸けゆえに、だからこそ、それを経る中で、命懸けの恋が生まれて……しまう。いや、生まれるのがごく普通で必至ずら。おのれもまた、佐武、こと、おしのに。

よっし、何とかするしかねえ……けど、相手もあることだし……難しいのう。

——摂津は安見直政が仮の心としても親しく急に力を滾《たぎ》らせてきた三好長慶《みよしながよし》の強く固い縄張り、尻の穴がせっつかれる気分もしたが、敷島のこの国で最も外《と》つ国《くに》と交流のある堺に「寄らんとあきまへんね」の勝伸の忠告と、気の利く豊兵衛の「堺こそ、石川党の〝義賊〟の宣べ広めをしないと駄目ですぜい、五右衛門さま」の意見があり、背の荷の金《きん》などは重いが、堺へと直行した。

——潮の匂いに南蛮のあれこれの匂いの混じり合う堺《さかい》に着いた。

町全てを深い堀の環濠《かんごう》で囲んでいる進んだ堺に、十五人の背中に大きな布の包《つつ》みを被せた葛籠《つづら》を背負う一行では警戒されるので、まず、大泥棒には性《しょう》が向かないが人として少なくとも義と仁は知っている六助と気の利く痘痕《あばた》の豊兵衛を、堺の支配をしている会合衆《えごうしゅう》の取り仕切る関《せき》から遣《や》った。

二人の行き先は、堺の町の東で、ごく普通の暮らしを商人の街中の、しもうた屋風《ふう》の家で幸せにも夫婦と手伝いで住んでいる同じ賊仲間の庄三郎《しょうざぶろう》のところだ。庄三郎は、石川党の左門親方ではなく五右衛門が堺に行かせた。石川党の夫を亡くした寡婦《やもめ》達が住むところの、あのおゆりのことも邪《よこし》まと知りながら知りたかったゆえ。でも、庄三郎は、石川党のかなり灰色で黒い品品を、そう、戦場から仕入れた甲冑や刀剣や着物や下着を売る店からいただいた物や品を、それをまた、石川党が奪い、それを、白い、つまり、綺麗な銀銭に換える役割をしている。

環濠《かんごう》の間にある関《せき》の内側へと、鼻薬を効かせているであろう庄三郎にすんなり招かれ、三つの班が離れ離れに歩いた。

一年に一度二度は訪れる堺の町だが、くる度に様《さま》が上向きへと盛り上がり、変えている。明《みん》との交易をこの堺の商人がほぼ独り占めしているせいか、南蛮か、たぶん明で造られたのだろう、真っ黒の船の軀《からだ》で見慣れない布柱のある鉄の板を並べた船が港に。うん？　おいっ、飯盛山城でものした鉄炮も店先に置いてある物騒《ぶっそう》な、いや、時世を早取りしている店もある。

しかし、町を自ら治めている会合《えごう》衆は、豊かな材木商、交易の儲けで蔵《くら》が二つも三つも建つ商人、薬で阿漕《あこぎ》に稼ぐ商人らが主《おも》なる人達だ。うんと豊かな人達がいるということは、逆に、うんと貧しい人人もいるわけで……。この四年の泥棒で町町を五右衛門は渡り歩き、厭になるほど直の目で見てきた。

途中から庄三郎よりは痘痕《あばた》の豊兵衛の方が先に進みだした。

最初は深い堀のある西北の、良く言えばごたごたと入り組んでいる地の隣りの、雑草だらけの空き地に、仮りの、いや、ここではきちんと見窄《みすぼ》らしい家家がぎっしり並んでいる。みんな背丈は人の身の五尺もない低さ、壁というか囲いは薄《すすき》か水辺の葦《あし》かで、屋根は桐油《きりあぶら》か柿渋《かきしぶ》でも塗り付けたか古着の繋ぎ合わせたやつだ。つまり、乞食かそれと同じの人人の暮らしのあるところだ。褌《ふんどし》も着けてなくて野良着の腰までもない姿で子供達が馬跳びごっこ、相撲ごっことやっていて、活気はかなりだ。五右衛門は故郷の遠江《とおとうみ》の外《はず》れの餓鬼んちょ同士の遊びを思い出し、既に大悪人なのに、自らの二つの目尻が垂れて、うふふ、と笑ってしまうのを知る。子供達さえ元気なら、世の中は何とかなるずら。

「おーい、皆の衆う、う。聞いてくんなはれーっ。天下の大いなる義賊のう、石川党の跡継ぎの大親方があ、皆の衆にとお」

気転が利いて、痘痕《あばた》だらけなのに女に持てる豊兵衛が大声を張り上げた。

三人の、どうしてこう似ているのか、何が起きてもへこたれぬような逞しい顔付きの男が豊兵衛へと寄ってくる。三人とも、胸を反《そ》らし、誇りに満ちたように。そう、「一寸《すん》の虫にも五分《ぶ》の魂《たましい》」ずら、そんな風な顔と態《てい》だ。

「そんではあ、どうどすやろっ」

豊兵衛が、肌色の平包《ひらづつみ》の結び目を解き、葛籠《つづら》の上蓋を外した。

いけねえ、三人の乞食の親玉が、銀の沢山を見て、手を突っ込んだ。それだけでなく、三人が口を尖らせ「俺が、ここの親分やてーっ」、「っるせえのや、力も持っとらんのに」、「あんな、どうせ二人は酒に使うだけさかい我《わ》れがもろうとくわいっ」と争い、果てに三つ巴《どもえ》で殴り合う。

五右衛門は、冷やり冷やりとしながら、金《きん》とは別の、鈍《にぶ》く落ち着いた輝きを持つ、今は一番に高い値として通用する銀の魅力、麦も米も野菜も魚も衣も手に入る力に、ううーっと、唸ってしまう。人を……おかしくさせる。だったら、金《きん》は、もっともっと、上の大名の層だけでなく、下の底の人をも……。

「ならば、阿弥陀籤《あみだくじ》で」

豊兵衛が、三人の乞食の親分に背中を見せ、線を書き、自らの筒袖の上の羽織を脱ぎ、肝腎《かんじん》のところを隠した。

とどのつまり、豊兵衛は葛籠《つづら》に入っている、半分、たぶん、銀一貫半ぐらいを分け与えた。

「良《え》えですかあ、次の石川党のどでかい親方は、この御人《おひと》お、五右衛門《ごえもん》さまでんねっ」

豊兵衛が五右衛門に頭を垂れながら、指を差した。

ああ、恥ずかしいのう。だったら、葛籠ごと置いて行った方が良いかとも悔いながら、消えようとした。

「次の親方さま、あかんて。照れとか、銀が少ないとかに滅入《めい》っては。ふてぶてしゅうして、天子、大名、国衆に代わって『大泥棒が天下を取るんえ、良《え》えか』の態《てい》を取らんと」

おいっ、何ちゅうことを、突っ張りの勝伸は。彼我《ひが》、相手と自分の力を天秤にかけていねえ、おまえさん。忠告する者としては、勝伸、修業が足りねえずら。いんや——心構えの足りなさか。

——港には近いが、暮らしの匂いの漂う川の側《そば》で、高い値打ちの畳が二百枚は敷ける原っぱに、乞食の住まいよりも粗末で低い家、いや、天幕と呼ぶべきか、ぎっしり並んでいる。

その住《す》み処《か》は、四隅は木の枝、それに犬か鹿かの、まだ毛《け》が目立つ皮や、杉の木の皮、ぼろの布で覆《おお》っている。

子供の姿が少ない、たった二人……二人だけだ。

大人は、南の方を向いて、えーと、十人が暑さの盛りにゆく日だけど、お天道《てんと》さまに頭を下げたり、睨《にら》んだり、背《そむ》けたりして地べたに座り込んでいる。

うっ、十人が十人、膝から下を、片肘を、片腕を、両腕を、片足を、失《な》くしておるずら。中には、新しくここに住んだか右腕を失なっている三十男の者がいて、いくら左手で追い払っても金蠅《きんばえ》、銀蠅《ばえ》、普通の蠅《はえ》と三十匹ほど傷口へとやってきて「ちぇっ、ちぇっ」と舌打ちしている。

つまり、戦《いくさ》へ無理矢理に狩り出されたか、飯や女や銭の欲で志《こころざ》したか、その果てに、この先は分からないとしても、今は危うさがない場所へと逃れてきた者達の住み処がここなのだろう。

女の声は、ない。傷ついた仲間同士で集まる前に、犯されているか、売られているか、殺されているはず。

いきなり。

五右衛門の胆《きも》に、鳩尾《みずおち》に、胸の底あたりに、思いが押し寄せてくる。

なお、他人《ひと》さまの、それも、できるだけ大金持ちとか、女の売買の主とか、大名とかを狙い撃ちしてきたとしても、金銀や財を刃物や欺《あざむ》きで奪う大悪人で、その正道の根は解らぬが、少くとも、貧民、爪弾《つまはじ》きにされてる者、戦《いくさ》やもろもろに傷ついた人へは、もっともっと、分け前を与える、いや、分け合うことをすべき……だろうと。

そして、それには、民草に惨《みじ》めさだけをよこす戦《いくさ》に——終わりを告げねえと。うーむ、過ぎに過ぎた望みか……いんや。

戦に終わりを告げるには、何が要《い》るのか、主《おも》に、要《かなめ》に、大事なところは何か。

盗賊の身で、盗賊の団を十倍にしても、せいぜい四千人、戦を本業とする大名に勝てない。そもそも、大義が立たない。なに、やってることは、大名、国衆、天の守護の方が、強奪の物や品や食糧、人殺しの数の夥《おびただ》しさ、酷《むご》さと何百倍、何千倍……阿漕《あこぎ》としても。

そう、戦に終わりを告げるに熱い武将に、必須な資金を。しかし、そんなたまはいる……のか。

道義を外れた武将の財を奪い、反省すれば、奪った銀、おっと金を含めて飼い慣らして、諫《いさ》めを。

うーむ、そんな素直な武将は、この戦世《いくさよ》、盗賊より賢いばかりかこすっからいのが多く……無理か。

そうこうするうちに、例によって豊兵衛が煽《あお》り声で、宣べ広めを始めた。

「俺《わい》ら、石川党はあ……ここにおられる、五右衛門さまはあ……」

豊兵衛の言葉の前に、五右衛門は自分の部下と、参《さん》の手下とで、ひどく低い家家へと訪ね始めて、

「しまった」こんなことなら値打ちの低い銅の銭《ぜに》も飯盛山城から貰っておくべきだったと悔いながら、
一つ家ごとに銀の粒の五つを置いていった。当たり前、こんなこたあでは、戦の大傷から解き放されたり、貧乏の底から這いずり上がれたりをできるわけはねえずら……と知りながら。いんや、虚しさも、重ね重ね重ねたら、少しは重さが……と。

——伊賀へと戻るであろう参《さん》に奪って残った金の半分を渡そうとして、別れづらいが別れの言葉を考えていると、「あのなあ、遠慮はいらねえのだ、命懸けの六人を加勢《かせい》に連れてきて助かったんだからさ」と五右衛門は正直に思うのに、でも、一行の頭《かしら》の参は無理としても、その手下の、気分を読む力に長《た》けて、肥え桶を担いで大事な金と銀を城の外へと持ち出し、序《つい》でに恋を失いかけてしまった強介だけは石川党に入って欲しくて堪らない。

だけれども。

ことは易《やす》くは進まないだろう。

伊賀衆にも、面目《めんもく》、仏の道を信ずる誇り、その他の実利がある。

安見直政から奪った金銀は、石川党側にはもう四割しか残っていない。十のうち半分を乞食の人と手足を失った人と分け合い、途中の世話になった人達に渡した。その残り半分を、たぶん、十人が一年は過ごせる値打ちを伊賀衆から石川党へ移る金銭として支払ったら、どうか。

いんや、人と人との生き死にと情の繋《つな》ぎ合《あ》いに、銭勘定など……。

「五右衛門さん。いや、五右衛門さま。未《いま》だ、お若いのに、実に実に……ああ、泣ける……やなあ」

参が、堺の境から凡《およ》そ八百歩の、別れの道で顔の下半分を崩し、泣き顔になった。

「俺《わい》ら六人を、丸ごと、五右衛門さまの手下にしておくんなはれ。頼みますう、う、う」

座り込んだ、参は。

あれ、参の手下も、蓬《よもぎ》の繁る道に畏《かしこ》まって座った。

「あのな……そんなことをしたら伊賀衆が黙ってねえはず。揉《も》めるだろうに」

いけねえ、おのれは若過ぎる、それよりまず熱い情と胆《きも》を受け入れ、感謝しねえとと五右衛門はすぐに後悔してしまう。

「既に、揉めて久しいよって。御存知の通り、伊賀・上野は長田《ながた》、大辺《おおべ》、服部《はっとり》、河合《かわい》らの一族一党が集まり、伊賀の守護を招いて大きい頭領《とうりょう》にして、実のところ一族一党から奉行《ぶぎょう》を選んで惣国にして纏《まと》まったものの……」

ここの点は、予《あらかじ》めもう耄碌《もうろく》しかけている石川左門の親方とその叔母のおひろさんから大雑把《おおざっぱ》に聞いている。

「う……む。んで、参さん、我らの石川党に入ってくれるのは嬉しくて堪らんけど」

「そりゃ、嬉しゅうて幸せは我が方でんやな。そいで、俺《わい》らは忍《しの》びの術《じゅつ》が主なるしのぎ、地侍や足軽に舐《な》められるだけでのうて、同じ忍びの中でも……」

「うん、同じ忍びの中でも……何なのだろうか」

「親方の真宗への帰依《きえ》が『普通ではあらへん、あかんね』となりましてな」

参が仏の道について言いだすと、五右衛門は、なるほどだのうと、飯盛山城を攻める早朝を思い出す。

けれど、しかし、だ。

「五右衛門さま。これだけはわいらの心情と行ないを許したってや」

「え、うん」

そもそも五右衛門は仏の道、その中でも現《げん》にこの敷島の国で強い一向宗、つまり、浄土真宗と、法華宗について、故郷の廃寺を再び興した僧の無了から教わっただけの知識でしかない。ま、その無了は「そんなに懸命に、必死に読まんで良いのでのう」と言った、いや、言ったからこそかえって読んだ浄土真宗の要《かなめ》の『大無量寿経《だいむりょうじゅきょう》』の中の、後に阿弥陀如来になる法蔵比丘《ほうぞうびく》の思惟《しゆい》の果ての四十八《しじゅうはち》の大願を。

何か、参が、額《ひたい》の皺に、脂《あぶら》っこい汗を滲《にじ》み出して考え込んでいる。だから、五右衛門は、あの四十八の大願のうちの、信者でなくても「おい、おいっ」、「おおっ」、「本当かのう」と考えさせるところが浮かんだ。

そう、訳《わけ》の解らぬ漢字のみの経文の脇に、高い価の紙に僧の無了が、一人合点《ひとりがてん》かも知れぬが意味を書き込んでいた。そう、真宗の人達が大切にするという第十八願でなく、第二十願だ。

「わたくしが仏となった後ですら『南無阿弥陀仏』の名号を耳にして極楽往生《ごくらくおうじょう》したいと望み、いろんな功徳《くどく》を重ねても極楽往生できぬのなら、わたくしは仏となることをやめよう」。うん、ここのところだった。一向宗の人が、真宗の人が、「南無阿弥陀仏《なむあみだぶつ》」といつも両手を合わせ、声を大きく出すのだろうから、この阿弥陀仏にやがてなるどの付く尊く偉い人はもの凄え広くて、深過ぎて喜ばしくて……。

でも、でもなのだ。金銀銭や財を奪う、そこで人を殺める、耳や目や腕や足を傷付けて使いものにならなくする、このことの義は……記していない。探せぬ。

「あ、済みませんやなあ。かえって、考えさせて。わいらの新しい親方さま」

「いや、こちらこそ、参《さん》さん」

「決め手は、分捕った金、銀のほぼ半分を、乞食、戦《いくさ》で手足を捥《も》ぎ取られた男どもに与えた五右衛門さまの心根《こころね》の広さ、清清しさ、仁義の厚さにてんどうしたった……よって」

「ま、盗《ぬす》っ人《と》にも三分の理《り》……が。ふっふ」

「そんに、五右衛門さまは、その盗っ人の皆んなだけでのうて、一人一人を大事にしてますわ。目立つ者だけでのうて、駄目盗っ人の一人一人を見て、役をやり……これ、びっくりや」

「うーん。ならば、参さんの頭目、あ、いや親方にまずは相談しねえと」

「また、泣けて……きますやな。実は、わいらのちっこい頭領も老い、回りから苛《いじ》められ、たった十九人の子分の面倒をどう見るかでおろおろして痩せるばかり。あかんねん」

「ならば、頭領ごと皆を」

「ああ、助かりま……だったら、この足ですぐに。残りの強介らの面倒を当面頼みますわ」

参《さん》は、よほど、伊賀衆の中の小さな集まりから石川党へ移りたくて焦《じ》れているらしい、担ぐ荷物を少くして、二ツ乳《ち》の草鞋を新しく履き替えだした。

「参さん、一つだけ、こちらの切なる願いがあるずら」

「へい」

「俺は勉強が足りずに詳しくは解らんけど、左門の親方以下、一向宗で固まって……そこで、揉めて欲しくねえと。むろん、読経《どきょう》も信ずる道も別別でも文句は付けないけどな」

「いや、ちっこいうちの頭領と、石川左門さまは同じ真宗でも、同じ考えでんね」

そりゃそうなんだろう、だからこそ、左門の親方は、参の頭目へと助っ人を頼んだのだ。下手な奴に頼んだら、金銀は横奪りされる、密告される。

「新しい頭領、親方、五右衛門さま。おいらは、ただ一つ、この末法《まつぽう》の時世に命をいただいた人は根において皆悪人。だから、阿弥陀《あみだ》さまの他力《たりき》に身と心をゆだねれば、そう『悪人がそれだからこそ救われる』でんね」

網代笠《あじろがさ》を真深に被り、参が前屈み姿で走り始めた。山越えの道を選んだか、真東へ。

大盗賊に仏道の話は似合わねえのうと、束の間、若き五右衛門は見送った。

が、違うずら。

ここここそ、大悪人が、問い、語らい、答を出すべきこと、

「おーい、その悪を、悪そのものを為《な》す意味、どこかしらの義《ぎ》、それこそが、大いなる、どでかい、解《かい》が要《い》る問いなんやてーっ」

と叫んでしまった。

参は、もう、振り向かない。ひたすら、という言葉が似合っている。

第五章　いかにおわす俺の母さ、

一

冬がくる。

海に近い雑賀《さいか》ではない。

隠れ家の一つ、奈良の興福寺まで四半刻、米を研《と》いで、潤《うる》かし、炊《た》き上がるほどの距《へだ》たりの奈良の町の片隅の一画だ。

あれから、飯盛山城の守りの武将や兵を一切傷付けることなく、しかし断りなく金と銀、近頃は鉄炮と書くより鉄砲と記す方が通じが良い鉄砲を貰ってから、八年と数ヵ月。

五右衛門は、二十八歳である。

「変わる度に覚えるのは苦労するど」と死んだ仁伍師匠が嘆いた元号では、弘治《こうじ》二年。

ごく近頃、葡萄牙《ぽるとがる》からきたばっかりの吉利支丹《きりしたん》の布教のやり方が、変に、火傷《やけど》しそうに熱く、その出入りが頻繁《ひんぱん》にある堺にいて石川党の連絡とかいろいろの知らせをよこす者の庄三郎の話では、南蛮でも髪の毛がくるくる捲いて色の白い人が多いという西洋では、宗教を改める改めないの争いがなお続いているとのごくごく最近の話だ。因《ちな》みに、この日の本の国にくる吉利支丹は「改めない」頑固派の中の「改め派」らしい。そして、葡萄牙の隣りの西班牙という国が英吉利《いぎりす》という国と覇《は》を争っているみたいだが、さて、この知らせは正しいか。入ったばかりのひどく新しい噂で、真《まこと》か嘘か。

この国に、漢字や仏典などを伝えてくれた父や兄の先進の唐《から》の国の明《みん》は、正式な交易と密かなそれとの区別が難しいが水軍よりは海賊なのだろう、倭寇《わこう》に苦しみながらもこれを放逐《ほうちく》する力を持っているとのこと。但し、吉利支丹の宣教師を導き役として交易の商人がずかずか明に入り込んでいるという。

この敷島の国では、三年前、川中島《かわなかじま》で長尾景虎と武田晴信が派手な戦を始め、なお、繰り返しているとの報が、石川党のたった二人の美濃の斥候《せっこう》、調べ役から入っている。

石川五右衛門は、冬が苦手だ。

ここは、奈良の、たいした高い地ではないが、少し北の京より更に冷えが厳しい。

そもそも、盗賊にとって、冬は、かなりの鬼門。凍《い》てと厚着で素速く動く、巧みに掻っぱらう、妨げる者を刺して場合によっては命を殺める、などの動作が鈍くなる。奈良や京は、冬場は雪も多い。雪は足跡が残る。足跡を追ってこられると逃げ場が限られてくる。

――ふと、目を、農家の雇われ人を兼ねて土や泥を捏《こ》ねて茶碗や鍋の素焼きの元《もと》を作っている小屋、つまり隠れ家から、簾《すだれ》の上げ下げはできるが格子のない四角い窓から向こうを見る。

雀が何百羽、いや千羽を越え、葉の落ちた胡桃《くるみ》の木や櫟《くぬぎ》の木の下に群がって騒いでいる。本格的な冬を迎えるにあたって、食い貯《だ》めしているのか。中には、一羽となって群れを離れて枯れ枝の虫を食っている雀もいる。

何かに似ている雀の千羽と一羽の光景と思ったら、おのれ盗賊の党と、おのれ五右衛門だ。春、夏、秋と荒稼ぎして、冬場は、音無しくしながらも、大名や国衆の手下に襲われたり、捕まったりを恐れ気を張り詰めている。他の盗賊の団への警戒の気もあって息《やす》まらない。

雀が頑丈な胡桃《くるみ》や団栗《どんぐり》の堅い殻《から》を食い破ってでも食わんとする健気《けなげ》な姿に、鳥も獣も人も同じ生きている類、玄米でも撒《ま》くかと考えたがやはり贅沢《ぜいたく》過ぎ、粟《あわ》か稗《ひえ》にするかとも思ったけれど、雀より大きく欲深な椋鳥《むくどり》の群れも押し掛けてきて、一升や二升で足りず、一斗かと考えると、やっぱり、心が咎《とが》める。これも、何かに似ている。

雀と椋鳥の争いつつ餌を食う賑《にぎ》わいに身につまされながら、五右衛門はこれまでの命を振り返る。

——おのれ幼名、虎太が九歳にて、父さは落馬の上に馬の蹄《ひづめ》に踏ん付けられて死んだ。母さの悲しみは深かったはず。

——十五歳で、盗賊に掻っ攫われてしまう。でも、大悪人のはずの大泥棒の人人の生きるさま、厳しさと同じく持つ優しさ、とんでもない世界を持って喘《あえ》ぎ羽ばたく姿に参ってしまった。

——十六歳となり、大盗賊の石川党に入る決意を固め、初陣。押し掛け強盗で京の甲冑屋《かっちゅう》を襲った。先達として時に甘えを許さず、でも、優しく将来へと見守ってくれた頭《かしら》の竜一を失ない、何より、小さい戦の中での心構えと度胸と燃え上がる恋を教えてくれた佐武、こと、おしのを失なった。あ、あの思いがけずに蔵《くら》の守りの善人の大老人を、人生初めての殺しとして……為《な》してしまった。済まねえな……。逃げる中で、殺しと殺しの意思のぶつかりで、勝った。戦利品の銀と銭で石川党の『まこと会』の数少ない幹部の一人となった。

――二十にして、京坂では最も新しいやり方の造りの城と噂の、安見直政の居城の飯盛山城に侵入し、殺しをせずに、金銀をものした。帰りに寄った堺《さかい》の町で貧しさの極みと戦で手足を失なった者らと金銀を共にしようとして、京の甲冑屋への襲いの後も河原に住む野宿者にそうしたが、智恵者の豊兵衛がかなり大袈裟に「義賊ですぜえ、我ら石川党は」と叫んだので、喜んで良いのか、それは大名や国衆やその他もろもろの悪党などの敵をも目醒めさせるのだろうが「義賊」の噂は京、大坂、奈良、雑賀一帯に広まりだした。

しかし、大きいのは、伊賀衆の老いた頭領や、それを支える実の力を持つ参《さん》とその部下が石川党へ合流してきたことだ。人数の点より、忍びの者の術と技を荒技に含むことができ、攻めも守りも域《いき》が広がり、応用する力がしなやかになりつつある。


――同じ年だ。うーむ、けれども、京坂から雑賀《さいか》に戻ると、あれこれ起きた。

金《きん》の妖しい光に参ったか、五右衛門一行が石川左門を訪ね、ことの概《おおむ》ねのことを報告すると、左門は盗賊の党の中の幹部達の『まこと会』を開き、

「見るが良《え》え、こん、五右衛門の働き、読む才、度胸の一つ一つが、まぶしいわい、金《きん》やてーっ。今日から、親方は五右衛門にするわ」

と叫ぶなり、震えていた左右の腕が動かなくなり、どでんと前のめりに倒れてしまった。


――左門が死んだ次の次の夜、三日後とか、四十九日後ではなく、二日後。

知恵の回る豊兵衛の曰《いわ》く「真宗の〝偉く〟、〝立派な〟、〝格の高い〟僧侶」は紀の川を遡《さかのぼ》って一日もかかるところにいて、時がない代わりに、おひろさんが葬いの経《きよう》を「……生死甚難厭《しようじじんなんねん》　仏法復難《ぶつぽうぶなん》

欣《ごん》……願入弥陀界《がんにゅうみだかい》　帰依合掌礼《きえがっしょうらい》……」と唱えた。おのれ五右衛門も、老いて念仏と祈りに熱くなるばかりのおひろさんの強い勧《すす》めで、あれこれの真宗の経を読むようになり、どうも経の漢字の難しさと意味の深さに悩むが仕方ない。

それで。

石川党の連中は新しい親方になった五右衛門が直《じか》に動き回ることに早くも気を配り、棺桶《かんおけ》の注文とか、葬いの参列者の受付の天幕を張ることとか、供《そな》える花のあれこれや木蠟《もくろう》の手配でせわしなく、然《さ》りとてうろうろするのも新親方としてはみっともないだろうと左門の屍の前で腕組みしながら座っていた。利《き》かん気《き》の勝伸が、気の利《き》く豊兵衛と口争いをしながら、古い幹部を脇に置いて取り仕切っている。

うん。その隙というか、これ一つの瞬《また》きの間を狙い、おさとを家の奥の納戸《なんど》に強引に誘い、「婚《こん》を成すずら」と、素裸にした。「ほんま？　まんま？」とおさとは喜んでくれた。

――なお、五右衛門は、義父左門の死の前後を振り返る。

――そうであった。同じ年の、同じ二十歳の、左門の死んだ同じ夜。

大泥棒の親方や頭領の死は、これから組や団や党が生き延びることを願うのなら、敵を作らない、敵をかりかりさせない、なるたけひっそりとは思うが、現《げん》の乱世、戦《いくさ》ばかりのこの世の中では、大名、国衆、あれこれの族や組が未だ大泥棒潰《つぶ》しには本格的には構《かま》えていないらしいので、少しは賑《にぎ》やかでいいのかと、五右衛門は、党の者がどうやら近隣の畑の花、近隣の敷地の中の花壇から盗んでくる百合《ゆり》、桔梗《ききょう》、早咲きの竜胆《りんどう》の花の飾りを黙って「綺麗ずら、親方の悪を消すわな」と見ていた。

人の生《せい》は、どんなに懸命に生き、功《こう》を残し、財を作っても、身を硬くして横たわる無言の左門と万人はほぼ同じ。どんなに貧しく、惨めで、酷く、戦の場で、河原で、吹き曝しの仮の宿で死のうとも、左門と同じく、苦しみながら死ぬ。

ただ、死の数刻前、あるいは寸前には、おのれの死にざま、遺《のこ》った者へのちょっぴりでもの餞《はなむけ》と励ましの言葉、言葉は無理としてもうっすらでも良いから……笑顔を送りてえのう。

と。


――左門の親方の死の五日後に、伊賀衆の参《さん》らがその頭領を、屋根はあるが覆《おお》いのない山駕籠《やまかご》に乗せ、総勢十九人でやってきた。頭領は、もう歩けないほど老いていて「俺《わい》の弟分《ぶん》が……」と、左門の仮の墓の前で泣き崩れたままだった……。


――左門が死して七日後、既に死す前から考えていた石川党の根性の確かめと鍛え直し、幹部の『まこと会』の生み直し、全体の経糸《たていと》と緯糸《よこいと》の組み合わせのやり方を、これから五右衛門を強く支えてくれるだろうし支えて欲しい気転の利く豊兵衛、強気の勝伸、そして目立ったことはできないが忠誠の心のある六助と相談した。そして、新しく加わった参とも相談した。

「さっすがあ、虎さん、いいえ、五右衛門さま、やる気満満《まんまん》。その調子でおさとさんもきちんと従わせ、手懐《てなず》けて下せえ。あ、それと、盗み、盗みのための道義も打ち立ててと願います」

気の利く豊兵衛はあっさりと、でも痘痕《あばた》にすら汗を溜め、要《かなめ》の中の要を告げた。うーむ、難しさの果ての注文ずら。「考えてるけど、豊兵衛」と幾度となくおのれ五右衛門が自らに問いかけた答を五右衛門はなお確かな自信がなく、胸に仕舞った。

「これから、この戦世《いくさよ》はますます激しく、乱れるさかい、いろんな敵が出てきてしんどいはずや。せやから、五右衛門さまが死んでもびくともせん、次の党の構えをしっかりやってほしゅう思いま。それと、いろんな敵の間、間諜、探り役を炙《あぶ》り出し、消してしまう隊を作ることが要《い》りまんね」

強気の勝伸は、真っ当なことと、鋭さに過ぎることを口にした。間《かん》、間諜の役割は古代の唐《から》の孫子による『孫子』にても、戦の大きな節《ふし》、要であるとしていても、このことへの警戒が先に立つと仲間は、党は、互いに疑いの泥沼に溺《おぼ》れて信ぜず、暗くなり、自滅する予感がする――その上で、重いことと考えてしまう。

「俺は、命を五右衛門さまに二度、実際に助けられ、今度は『まこと会』に入れて下さるとのこと、三度目ですたい。懐《ふところ》にも銭が多く入るやろうし、ほんまばってん、頭《こうべ》を垂れるしかのうて」

これが我ら庶民、弱い者には威張り、強い者には頭を垂れるしかない……わけで、六助は、むぐむぐと言った。

が。

「五右衛門しゃまは、弱い奴《やつ》ら、主に戦《いくさ》のせいでしんどくなった奴らにいさぎゅう優しかね。我が身はどぎゃん苦しか目に遭うても、手下になって、泥棒の道《みち》が少しでも得られるばいと嬉しゅうなるたい」

と、六助は言い切った。あんなに死んだ頭《かしら》の竜一から「早く、正しい大和言葉を覚えるのやでえ」と叱られて直したはずなのに、ついつい西国あたりの言葉を出し……。

――参《さん》と相談した。

いきなり、石川党の経糸《たていと》と緯糸《よこいと》の組み合わせを話したら、つまり、『まこと会』への参の加わりや、小さいとしても亡き左門の兄貴分の歩くのもほぼできぬ頭領の誉《ほま》れの役割を切り出したら、参に嗤《わら》われるかと考えたけれど、これから増え続けるはずの仲間、党の志《こころざし》の〝誓《ちか》い文《ぶみ》〟については五右衛門自身が惑っているので後に回そうとした。

「新参者のわいが、重い役など、畏《おそ》れ入りますでえ。ちっこいとしても我らの頭領を、名誉親方にしていただき、ああ、嬉しやなあ」

参は、両膝を揃えて畳に座り平伏した。

でも、肝腎《かんじん》のことには、申し入れをしてきた。

「新参のわいらも、先達の石川党の皆さんも、薄かったり、濃かったりしても真宗に思いを入れてますよって当分は揉めごとはないと考えますわ。しかし、堺に、俄《にわ》かに、ほんま急に吉利支丹《きりしたん》熱が湧いているように、いろいろ信じる道はありまんやね。ここを互いに大らかに、のびのび、自由にと」

「自由」など、僧侶と公家しか知らない言葉を参は口にした。

そして、党の〝誓い〟、つまり、志を文にすることに話が及んだ。

「勝手な理屈を言わしてもらいますんなら、俺《わい》らは、五右衛門さまが身を、肉を、命を以《もっ》て飯盛山城を攻めたことも然《しか》りでんが、堺《さかい》の町で乞食、戦で儘ならん軀になった人らに金や銀をど――んと……『悪人は善人よりも許される』の真宗の魂《たましい》を一歩、二歩、三歩越え『悪そのものの現世《うつしよ》の意味』を教えてくれたことでありますよって。てんどうしたわけでえ」

この参は、おのれ五右衛門よりあれこれ学んでいる。大切にしねえと……。

――先代親方の死の二十日後に、まずは重い役の集まり『まこと会』を開いた。

煮え切れていないし、惑い、迷い、吹っ切れないところがかなりありながら、おのれ五右衛門も狡くなったと恥ずかしくなりながら、まずは『まこと会』の人の入れ替えを告げた。

会の人数は増やして、七人にした。会の新しい者は、おどおどとなおしているが忠誠を尽くす六助、痘痕顔《あばたがお》など河童《かっぱ》の屁《へ》で気転の利く豊兵衛、京や大坂に更に近頃は堺にも詳しい強情っぱりの勝伸、むろん参も入れた。その代わり古参の中の二人には、女房と子供の暮らしの銀と銭をたっぷり出して退いてもらった。そう、参《さん》らの頭領は名誉親方に就《つ》くように願ったけれど、伊賀衆の根性ある人、真宗の信仰はどれほど曲がりくねっても貫いた人は、受けなかった。

大事そのものだが、生煮えの〝誓い文〟も、読み上げた。

一つ。我らと我らの家族、それと同じく、底で飯にもありつけぬ者や戦で深手《ふかで》を負った者やその子供達のために、進め。大胆に、主《おも》に要《かなめ》に、富める大名、国人、豪商、豪農から金品を奪え。

二つ。仲間とは仲良くやるのや。口喧嘩をしても、手や刃物を出すな。出したら、重い罰を覚悟せい。

三つ。これから狙う的《まと》や敵と内内に通じる者は、許さぬ。但し、ことの前に打ち明けたなら別である。

四つ。仕事や働きの最中に、女を犯してはならぬ。十歳にならない子供を斬ったり殺したりはしないこと。

五つ。仏の道を信じ、大事にすることは宝である。せやから、ゆえに、従って、懸命に祈り、敬《うやま》い、行なうことを勧《すす》める。が、違う宗派の者をいじめたり、除《の》け者にしてはあかん、許されぬ。

我れながら、五右衛門は文の下手糞さを知る。声に出して、解った。これからは、日日の暮らしを記して訓練するかのう。いいや、それでは、大名らの捕吏《ほり》に毎日の〝仕事〟がばれる。うん、危ないことはおのれ五右衛門のみが知る符丁《ふちょう》で記し……。いや、今からでも遅くはない、母さの右《ゆう》や、禅宗の僧の無了に教わったよりも深く学ぶため……奈良の古寺の僧を招いて……うーむ、これも〝悪事〟が発覚するきっかけとなりかねない……。独学《どくがく》でやるずら。

——新しく党の編み直しをして、部下をそれぞれ二十五人ほど持つ二十人の頭《かしら》に、〝誓い〟を唱えるように求めた。気が付けば、党は〝花を咲かす〟以外のあれこれをする者を含め五百人を越えている。次に、五右衛門は党の者らの動き方、住み方、新しい者の誘い方、新入りの訓練の仕方の今までの踏襲と革《あらた》めについての考えを練った。

一つ目には、おのれ五右衛門だけでなく党の全ての者は、やがてどこかの大名がこの敷島の国を、あるいは京坂を制圧したら〝治安《ちあん》〟のために狙われるのは必至。いろいろな農民や武将や商人や〝同業者〟や仏の道を歩む僧侶達との付き合いをする者、新入りを誘う者、宣べ広めを担う者などはおおっぴらに家や稽古をする道場に住んで動き、働く。仮に〝表《おもて》〟の係としておく。的《まと》を襲う役割の者は隠れ家を持って、人人に顔を曝《さら》すことなく動き回り、普段は人人に溶《と》ける装いで田畑仕事の手伝い、箸《はし》や木箱作りの手仕事をやる。これは〝裏〟の役割としよう。——但し、『まこと会』は、隠れ家や寺の縁の下や祠《ほこら》の裏あたりで秘密のうちにやる。

二つ目には、これから目当てとする大名、公家、豪商、豪農、戦場の負け組の男や、とりわけ女を売り買いするなどの質《たち》の悪い商人などの建物、人物、財の場所、逃げ道などの下調べを専門とする役を作ること——ここまで考え、さすが戦《いくさ》の大いなる名著の『孫子』だ、手っ取り早いのは的《まと》に間《かん》、間諜を潜《もぐ》らせることと気付き、胸が苦しくなる。しかし、思えば、伊賀者の参《さん》は飯盛山城に侵入する時、もう、既に、手下を城下の町や村、城そのものに潜らせていたわけで……。仕方ないのだろう。

いや、下調べの正確さが、ことの成否を決める。この係を作るしかない。しかし、これは、もっと苦しい思いになるが、隠密にことを運ばねばならぬ。当面、参と、豊兵衛と、勝伸、六助だけに打ち明けることにしよう。

ああ、こうやって、おのれ五右衛門は悪人として〝成長〟し、善き人としては衰えていく……のか。

そして、三つ目には、痘痕《あばた》が無数に顔に貼ってあっても女に持てる豊兵衛と女に持てなくても強気の勝伸の二人以外は参も六助も渋い顔をしたが〝女人組《にょにんぐみ》〟を作ることにした。死したおしのの大いなる役を果したことだけでなく、女の力がなくして石川党は強くならぬからだ。

その上で、四つ目には、党の人数を倍、倍倍、十倍にしたい。そうすれば、我らと貧民、戦の生け贄《にえ》になった民草《たみくさ》が少しは救われる——いんや、焼け石に水か。その上で、でも、戦を無《な》くす武将や仏の道を邁進《まいしん》する人達と合従《がっしょう》し連衡《れんこう》する道があるわけで、金銀と刀剣や鉄砲の武器は重いが人数はもっと重い気がする。そう、新人を掻《か》っ攫《さら》う手は古いというより、その父母兄弟を悲しませる。説き伏せて、喜んでこの党へ——甘いか。いずれにせよ、新人の誘いの係が必要だ。

五つ目には、痘痕すら気転の弾《はず》みの強さにしているような豊兵衛が、京の甲冑屋と船岡山の闘いの後の鴨川の河原で、そして、飯盛山城の後の堺で見せたごとき宣《の》べ広《ひろ》めの係を作ることだ。何だかんだいって〝大泥棒〟の我ら、黙っていたら顔を背けられ、蔑《さげす》みの眼を向けられ、拒まれ、退けられるのが普通、命運《さだめ》。けれども、豊兵衛がいみじくも叫んだように〝義賊〟にはなり得る。人人の広い懐《ふところ》、そして実際の石川党への眼差し、扱いは大切ちゅうの大切なこと、この人人の助け、好意を大《たい》海《かい》として生きる切実さがある。何ゆえ〝義賊〟なのか。〝義〟そのものと泥棒、的《まと》ではないけれどこの成り行きとして殺し、打ち壊しがどうしても伴うわけで難しい。でも、この戦世に伸《の》してきた大名、国衆、いろんな悪人より、そう、皆殺しをする奴《やつ》らよりずっと増し……あ、これ、おのれ五右衛門は、自らの行ないに……酔っておるのう。けんど……。

六つ目には、かなり、細かく、場合によってはぶっとい係となるが、日照りなどの飢饉《ききん》の時の党の皆が、飢えた人人がみないし児《ご》が食えるように、野薊《のあざみ》の根、葛《くず》の根を採って灰汁《あく》抜きして料理する方法や、刀剣による傷の癒《いや》し、風邪、火傷《やけど》、腹下しに効く薬草を用意する係も必要だ。いや、党の者だけでなく、薬師や医師などに銭を払えぬ人人にも。〝満たし浄《きよ》め役〟とでも名付ける係とするか。

七つ目、八つ目と考えが湧く。が、やはり主力は、やる気の満ちた党の者達の一人一人の、そう一人一人の生み育て、突き進む力やろな……死んだ頭の竜一から「遠江訛りを正しい言葉にせえ」と命じられたができなかったのに、あれ、やっぱり、京坂近くに住んで久しいと、言葉の終わりあたりが染められてくるでえ。


——そして、今の今。二十八歳の中冬。

その前、三月《みつき》前、秋の盛りだったが、五右衛門に、子ができた。

雑賀《さいか》の町の周辺、先代の親方左門の住み処に生まれた。近所のとりあげ婆《ばば》に抱かれ、丸い木桶《きおけ》の湯に浸かりながら、子は男と示して、父たるおのれの耳の奥を劈《つんざ》くほどの泣き声を出した。この時世の習わしと情、そのひどくちっこいちんぽに両目を釘付けにされながら、五右衛門は偏《ひとえ》に嬉しくなった。自らの子種を持つ血が、ちっこいけれど、こない泣き叫んで元気な赤ん坊として実ったのや。

うーん、大泥棒の長男では……可哀想やで、悲しいのう。しっかし、今の子供は皆、こんなものずら、こないなもんであらへんか。

名を、太郎とした。

「おんぎゃあ、あ、あ、あ、あ。ぎゃあ、おおん」と太郎は、この世に現われたけれど、その後の一日一日の、何とも世の中を祝いたくなる育ち方の速さ。太郎が、うんちの固まったのを出した五右衛門の嬉しさ。笑いではないのか、でも、頬ずりすると頬を緩《ゆる》めて笑うように見える嬉しさ、御襁褓《おむつ》を替えてやる時の心地良さ気なゆったりした顔つき……。

母となったおさとは、でも、「石川党三代目がこの子。甘やかさんでな」と厳しいこと。

その後、豊兵衛、勝伸、六助、参の四人がきて、

「新しい親方の党の組み替えのことはほぼ終わり、動きだして順調です」

との旨《むね》を四人とも申し出た。党の組み替え、編み直しは大切で、大胆に、かつ慎重にとしても、うまく動くにはかなりの年月がかかった。

どうやら、大盗賊の親方が、子の出生で、でれんでれんしているのはみっともないとの意《い》が籠められている。

二

五右衛門が息子の太郎と会えるのは、三月《みつき》に二度、つまらんのや、つまらんずら。

五右衛門は窓の外の雀の囀《さえず》りと頑張りを見ながら、代替わりしての期間の成果と負《ふ》のあれこれを考える。

成果は、確かにあった。

五右衛門が石川党の首領となってからもう八年近く経つ。そして、この二年有余、目当ての京、大坂、奈良の商人、とりわけ、戦場で虜《とりこ》となった者の売り買いでひどく儲けている商人、夫《おっと》が戦に参じ

たか死んだかの寡《やもめ》の女を買って遊女屋に売り飛ばしたり買ったりする者達を、なお新しい石川党の係や班の組み替えは試《ため》しの歩み始めだとしても、きっちり襲い、財をかなりものにしている。そうだ、銭、銀、金の出入りと出《で》とを元締《もとじ》めする係か班は必要と思わせ、籾《もみ》付きの米《こめ》にすると五千俵以上を石川党のものにし得た。

的《まと》の選び、的《まと》の場《ば》と人と営《いとな》み方の調べの専らの係を作ったので、やっとこさあの商人や店は襲わずに済み、楽楽《らくらく》と、財を奪《と》れるようになった。

もっとも「おいっ、有《あ》りか」と感じたのは、おのれ達の為《な》した業《わざ》ではないのに、どうやら、悪党どもと甲賀者の忍びの者でやったらしい、金や銀の塊《かたまり》を鋳《い》る親方や儲けている主ではなく、その職人の長屋を焼いて、職人がやっとくすねていた金ではなく銀の幾許《いくばく》を得て「義賊、石川党の業」と喧伝《けんでん》されたことだ。

――「隗《かい》より始めよ」とのおのれ五右衛門の信ずるところもあり、『まこと会』での抱負《ほうふ》や新しい指針を出した後、五右衛門は、隠れ家暮らしを始めた。

隠れ家は、ここの奈良の興福寺《こうふくじ》の近くの小屋の他に、京の鴨川の東に一軒、大坂の淀川の河口近く、堺の町のど真ん中に一軒、それに、雑賀《さいか》へと流れくる紀の川の上流の高野口にも、一軒家ではないけれど別棟とか小屋などがある。

ひとまず五右衛門には、豊兵衛と勝伸よりも参《さん》と六助の強い意見で防御役《ぼうぎょやく》を付けることにした。『まこと会』の頭《かしら》達への連絡役も兼ねるので胆っ玉の据《す》わった者で動きが速い者を選ぶことにした。

一人は、参をなお頭《かしら》とする、盗みたいほどの獅子鼻で、飯盛山城の大泥棒のことでは麓《ふもと》の町で糞尿を集める職人の見習いをしながら、きちんと本郭に出入りして働きながら職人頭の娘の女に惚《ほ》れてなお失恋中の強介。恋文を麓の職人頭の娘にわざわざ直に渡しに行き、身分や職を問われ、思わず「石川党」と打ち明けたら「出入りはあかん」と職人頭と娘に告げられたとのこと。五右衛門より、一つ齢上だ。

　それと、一人は、伊賀衆としては古参で三十半ばの三郎で、飯盛山城では確かな働きをしている。

　一人は、五右衛門が虎太と名乗っていた時、雑賀の港で、大人の漁師相手に骰子《さいころ》博打の親《おや》をして銭を巻き上げ、「いんちきや」と文句を付けられたら「何いーっ」と居直って若い漁師三人を殴ったので、直に五右衛門が「友になろう」と石川党に引き込んだ右造《ゆうぞう》だ。博打の親をやるにしては餌をねだる土鳩《どばと》みたいな真ん丸でちっこい目をしている。暫く海賊見習いから本職をやったこともある。でも、飯盛山城の先兵と伝令の役はきっちり熟《こな》した。ただ、部下なのに、豊兵衛、強介を除けば、むろんほとんどが五右衛門より齢上の石川党の者達だが、右造は一つ齢下だ。齢上の仲間に慣れてきて「丁寧に、奇妙に威張らない」は自らに言い聞かせてはいるが、一つ齢下はなぜか気を遣ってしまう。

　もう一人。参が「隠れ家に男三人が暮らすのは、どこか世間には異《い》な感じを与えてあかんね。女も」と言い、痘痕《あばた》顔の豊兵衛が「そ、そ、そうや。おさとさまの焼《や》き餅《もち》があっても」と応じ「女人組から」と忠告した。

　おさとと別れて過ごすと、党の者が恋する女、情人《いろ》、女房といながら一人で踏ん張っているのが多いと今更ながら分かり、驕《おご》って高慢《こうまん》なことを為《な》すことはできないわけで、おさとの母親代わりのおひろさんに選ばせて、できるだけ年増の女を雇うことにした。しまった、女人組は未だ九人しかおらぬ。戦の場でも女が、男だけでなく女の飾り物や衣を手に入れる時世に、石川党には女は佐武ことおしのしかいなかったわけで、遅れを取っている。ま、おひろさんのことだ、年増の三十女か、出戻りの女か、かなり悲しいが寡《やもめ》かが、防御と伝令役の強介と右造が連れてくる手筈《てはず》だ。

もっとも堺に出入りする吉利支丹の話では「夫婦は男一に女一。これを破るとデウスの厳しい罰が下される」とのことで、かみさん以外の女を思ったり、寝床を一緒にするのはとんでもねえことらしい――が、この敷島の国に通用などするものか。

――別のもう一つの五右衛門の希《のぞ》み、願いの伝えの返事も『まこと会』の者らの他に、女房のおさとの考えも含め、返ってくるはずだ――そう、故郷の遠江《とおとうみ》に帰り、母親と会うことだ。

先代の石川左門が死して八年有余、案外に効きめがあり、的《まと》を撃つ回数、奪った金銀銭の大きさ、宣べ広めの働きもあって党の人数は半年で百三十人も増え、計八百人弱だ。大きな声では言えないが、金銀銭は、隠れ家五つに分けてはいるけれど、合わせれば倉の一つ分だ、窮民《きゆうみん》、戦に敗《やぶ》れた者に分配した上でも。

――五右衛門は、冬場は稼《かせ》ぎにならぬこの季《とき》に、故郷の母さの右《ゆう》に会いたくて堪《たま》らぬ。そうや、堪らんのやて。頬ずりしたく堪《こら》えられん。懐《ふところ》に飛び込んで甘えてえずら。実の弟の信太はどないしてるん。励まさんと。

三

重苦しい鼠《ねず》色の雲の動きがのったりのったりの朝早く、奈良から五右衛門らは発《た》った。

勝伸を親方の代わりにして、党の仲間への名目《めいもく》は、諸国の事情を探るため。でも、これは、かつて伊賀衆にいた参《さん》が、五右衛門の了承を求め、人数を二十六人にして、既に、半年前から、近江《おうみ》、美濃、信濃、甲斐、相模、駿河、武蔵、五右衛門の故郷の遠江まで斥候《せっこう》、つまり物見の係の者を遣《や》っている。むろん、斥候の役の十人ばかりはそれぞれの地に隠れ家を持つか借りながら、武将の力とその配下の人人、城の配置《はいち》、商いの許され方、勢い、同業者で協力し合える組や団、そして吸い込んで石川党に組み入れることができそうなところを調べている。

母さに会いたくてのう、「大盗賊になっているずら」とは当たり前に打ち明けられんでもやあ、「元気で、女房を持ち、可愛い過ぎる男の子も生まれよってなあ」ぐらいは直の口で言いたいのぅ——と五右衛門は、遠江《とおとうみ》の喋りと京坂の正しさの怪しい喋りを混ぜ、胸の中へと語る。

——旅の道連《みちづ》れは今や石川党に不可欠の豊兵衛、防御役は、伊賀衆の出で冷静なのに大胆な獅子鼻の強介、それに忠誠だけはかなりの六助、ぽっぽと鳴く土鳩の目に似た右造、それに……えーと、そう、おひろさんが薦《すす》め、妻のおさとが了解した、三十女、今の時世、よほど賢く、父と母が健やかでない限り、確かな年齢など分からぬ、「三十五よし」と自らは言う。名は、おはる。さすが、もう惚《ぼ》け始めているおひろさんが薦《すす》め、妬心《としん》でうるさいおさとも直に会って納得するおたふく顔で、なるほど、手を出すのには大いなる勇気が必要という感じだ。が、笑うと案外に人懐《ひとなつ》っこく安心できる気分をよこすし、父親が摂津《せっつ》へと戦に足軽として稼ぎに出て、おはるが九《ここの》つから会っていない淋しさを話す時には泣くまいとして歯を食い縛り、身につまされてしまう。あと一人は参の元で石川党に入ってきた三郎だ。身の熟《こな》しが敏《さと》く、壁や天井に貼り付いたら三昼夜は身動きしないような男だ。

——飴《あめ》、人形、独楽《こま》、羽子板と羽根、遠江ではひどく珍しい遊びの凧《たこ》と呼んでいたが日の本の中心の京坂でも滅多に見られぬ紙鳶《いか》と呼ぶそれなどを葛籠《つづら》や竹籠に入れ、つまり子供用のあれこれを担ぎ、むろん、底の底には然《さ》り気《げ》なく短刀と端に金具付きの長い紐の武器は準備し、出発した。

伊賀衆だった強介と三郎の出身地に近いのを当てにして伊賀に近い鈴鹿峠《すずかとうげ》を越え、海沿いに遠江《とおとうみ》へとが、五右衛門の思いであるし、腹積《はらづも》りだ。何しろ、おのれ五右衛門が無事に母さの右《ゆう》に会うことが大事で、山間《やまあい》の道では闘い慣れてない山賊に出合ったら土地勘がなく苦しむ。海沿いなら、京坂に面する湾、瀬戸内《せとうち》の海、西海《さいかい》あたりとは違って伊勢《いせ》の海以東は海賊、おっと水軍も少ないし、水軍と出合っても「石川党」と言えば、常日頃の仲、「なあ、なあ」で済む。

——旅の四日目の昼前、桑名《くわな》という町を通った。大名、守護、国衆とは別に独り立ちして自らを治める町は、堺《さかい》ほどの外から見た活気はないし、堺ほど自らを守る張り詰めた気《き》はなく、どこかしらおおどかさに満ちていた。ひどく安値にしたので子供達が群れて、飴《あめ》、正月が近いので独楽《こま》や羽子板と羽根を求めてきて売り切れそうになり、困った上に嬉しくなった。

——ところが、揖斐《いび》川を浅瀬と中州《なかす》を頼りに渡り、どでかい木曾川を渡しの舟に乗って良い気分となって向こう岸に着くと、いきなり気配がぴりぴり、現《げん》に戦《いくさ》はないのに差し迫ったものがやってきて、五右衛門一行の竹の大籠、葛籠と調べる者が現われた。冷やりと胆が縮む。石川党に馳せてきた参《さん》が、五右衛門に二た月前に調べの報告をしたように「尾張《おわり》の織田信長は、仁義や情とは正しく反対の質《たち》でえ。とりわけ、真宗を目の敵としとりま。部下どころか民草も厳しく扱ってますんな。この四月に、尾張の北西の清洲《きよす》城を攻め、居城《いじろ》にしたんやね」の通りだ。

が。気の利く豊兵衛は荷物を調べる、たぶん織田信長の下下と推し測る侍に「この羽根を、ひどく珍しい紙鳶《いか》、凧《たこ》を子供さんに。そう、飴もや」と渡すと、あっさり「通りやあも。要《い》らん、要らぬ、荷など見せんでもよお」と快い態《てい》となった。

――けれども、見た、五右衛門は、むろん、一行も。

序《つい》でに、尾張では有名な熱田《あつた》神宮へと寄り道しようとしたら、信長と反信長の戦の直後か、信長による領土での民草の背きへの懲《こ》らしめか、まだ血が固まっていなくてぬらぬらした屍が、甘酸っぱいけれど辛《から》くもある臭いを放ち、小山《こやま》ではなく、平べったく、二百体ほど、いかにも死後の時が経ってないように強ばり、中には刀剣を帯びている死者もいて、並んでいる。女達、老いた老人、十《とお》に満たない人達が屍の脇を歩き、たぶん、自らの夫、息子の屍を探し、確かめているのだろう、屍の顔を逆さにしたり、横から覗き込んでいる。冬は音無しいはずなのに、おいっ、鴉《からす》が群がるほどではないけれど、二、三十羽しつっこく、血の出た傷口へと寄っている。

やっぱり、戦《いくさ》の屍ではないらしい。信長という武将、いや、大名と呼ぶべきだろう、それによる懲らしめだろう。屍から、五十歩離れて、侍《さむらい》らしきが、十人ほど、見つめている、屍とゆうよりも寄ってくる者を。

――胆の凍て、時世《ときよ》の戦、領土の治めの凄さ、一人一人の死の果敢《はか》ないあっさりさなど、五右衛門だけでなく、豊兵衛、六助、右造、強介、三郎、おはると共に感じ入ったに違いない。踵《きびす》を返すのに無言で従った。

思えば、五右衛門自身、豊兵衛も、齢下の右造や強介も南蛮では二十五、六、七くらい、この国でも二十六、七、八、静かに考えれば若いのだ。生身《なまみ》の死と血のかなり固りかけた屍の並びに圧《お》されてしまうわけだが、自称「三十五」のおはるだけは動転などせず、「人って、生まれた時から死を宿《やど》してるのし、当ったり前や。殺すばっかりで、殺された者の心情が解ってない餓鬼んちょさん」と、強《こわ》ばった笑いを投げてよこした。

——三河《みかわ》に入った。

国と国との境に昔から決められた印《しるし》などは滅多になく、あっても石とか木の標《しるべ》があるだけだろうが、間《ま》の抜けた家紋の赤鳥《あかどり》ののぼり旗を暇そうに掲げている二、三十人の兵の屯《たむろ》する姿で分かった。伊賀衆の出の強介は、こういう噂や知らせには敏《さと》く「甲州、相州、駿河の、武田、北条、今川三氏の同盟は確かみてえでんね。今川は、きちんと国境を守るようになっておりま」と言った。なるほど、五右衛門が虎太時代に遠江《とおとうみ》で過ごした今川とは少し、いや、かなり、張り切り方が上向いている。

でも。

あれこれ今川の兵に誰何《すいか》されながら、すかさず、天秤棒にて担いだ荷の中から、飴の幾つかの品を揃えて差し出すと、ああ、懐かしい喋り「通るずら、途中、じくねる追い剝ぎが多いでのう、気を付けて行くべえ。あ、飴、ありがとござんす」と一番偉い役の男が顎を抉《しゃく》るのでなく、頭を下げた。この仕草も、古里のものだ、お人善しなのだ——と五右衛門は思いたい。

四

極月《ごくげつ》十二月の半ば、東へ下る道には、相変わらず、いや、やはり十数年前の倍ほどか、行き倒れ、四、五人の一家の塊《かたまり》みたいな屍の抱き合っての重なり、褌《ふんどし》さえもない素っ裸の屍と多い。

なのに、どでかい海原沿いで、お天道《てんと》さまの陽が降り注ぎ、景色と天気は、もう、故郷の遠江《とおとうみ》のそれだ。乾いているのに湿った感じの屍と、まるでそれと無縁な大海原の明かるい気《き》が、正反対に……決まっている風景だ。

奈良の隠れ家から発《た》って十日目だ。

あの、故郷で、今は属するだけでなく、若くして親方となってしまったおのれ五右衛門がかつて騙され連れ去られ、増水の上の暴れ谷で験《ため》された天竜川を、渡し舟で向こう岸へと着いた。

ふと……。

あの、松平家の家来のサカキバラの娘のトキを思い出してしまう。

あ、今は、おのれ五右衛門は、妻を持つ身。

あんまり浮いた心でいては、仲間に申し訳が立たぬ。それぞれ、世間《せけん》では大悪人、その女房、かみさん、妻、愛人はしんどい思いをしているし、いつ、殺され、処刑されるかは運《うん》、不運次第。吉利支丹の説く「一人の夫に一人の妻」は、この国で受け入れるのは天子を初めとして守護、大名、国人とほぼ誰もいないだろうが、真《まこと》のことかも……知れねえのう。

けんど、その上で……。

「あのでんね、強介さん、三郎さん」

「親方、強介、三郎と呼びつけにして下はれ」

「え……うん」

五右衛門は、強介と三郎に、ついつい邪《よこしま》な願いゆえに下手《したて》に出て反省する。かえって見抜かれる。その上で、かつて、仲間にかどわかされて試練にかけられた時の、人質の年若い娘について、照れを懸命にひた隠し、その所在、暮らし、むろん、何とかなるなど有り得ぬが、ひっそり頼んだ。自らの思いがかなり後ろめたいし、いかに伊賀衆出の参《さん》の部下の強介としても探すことなどできないだろうけれど。うん、強介は疑いはしまい。そもそも、あの、トキは既に二十六か二十七、八、どこかの侍の妻だろうし、不運なら流行り病か、戦で負けて殺されている……。不幸なら高級の方の遊女……。

「あ、六助は、あん時におったから、その顔に見覚えがあるずら」

いけねえ、正直に喋り過ぎだのう、と五右衛門は自らの頬をぴしゃっと叩く。

そうなのだ、妻のおさとすら同行を認めたおはるが、おのれ五右衛門と強介の遣り取りを、横目で見ておるわいに。

「親方、難しさの果ての求めやな。けんど、松平、その大将の元信は今川の人質になったり、途中で掻っ攫われて織田の子分にされたり……不運に塗《まみ》れた男……その家来のサカキバラは聞いたことはあらへんけど、やってみますわい」

忍者の修業を苦しく、長年、耐えて潜《くぐ》り抜けてきた者には、おいーっ、男と女の〝阿吽《あうん》〟の匂いも嗅《か》いで解るらしい。頭を、実に、ゆっくり、静かに、強介は振って頷いた。

「親方あ……あのです……よって」

どうも、先代の左門の叔母に当たるおひろさんと、妻のおさとの監視役、場合によっては密偵、間《かん》と今頃に五右衛門が分かりかけたけど、おはるは、然《さ》り気《げ》なく、東の大海原を見ながら強介の言葉を遮《さえぎ》るようにひっそり声で物を言いかけ、止めた。

「もっと熱く、京坂《けいはん》だけでのうて、東へ西へ、守護、大名、国人、地侍《じざむらい》、豪農、豪商、同じ盗みの輩《やから》について、調べないとあかんのて」

「そう」

「京坂一の大泥棒、別名〝義賊〟だけでのうて、西国、東国でも一《いち》に」

「ま、頑張るわい。共に……よろしくな」

「もちろーん、はい。もう、尾張《おわり》の清洲、駿河の駿府《すんぷ》には……親方の銀と銭を元に、間《かん》を」

あっさり、強介は〝間《かん》〟という言葉を出した――『孫子』にある通り、争い、戦《いくさ》、強奪には実に確かな方法、役割だが、暗い、暗いだけでなく、それへの疑いで組、団、党の根っこを、ぐちゃぐちゃにさせる……怖くも、切実なる〝両刃《もろは》の剣《つるぎ》〟、そんもの。しかし、女の躾《しつけ》への望みと女の焼き餅は、いとも簡単に間《かん》などを作る……し。

そして、六助を、この役割として別の動きをさせてほしいと強介は申し出た。

――五右衛門は、にやにや笑って見ている党の重い役の豊兵衛を見て、このゆとりは自らの留守の石川党にとって大事と気付き、京坂の本拠に帰すことにした。狡さからではねえずら。

「へい、任せてくらあさい、親方」と、なお含み笑いをして豊兵衛はすぐに踵《きびす》を返した。

五

次の日。夕方には、ちょっぴり時がある。

自分達は牧《まき》ノ原《はら》と呼んでいた小高い丘と、木木がこんもり繁る緩《ゆる》く斜めに反っている低い丘を越えた。

故郷《ふるさと》って、何なのだろう。

懐《なつ》かしい。が、懐かしさだけではなく、幼少の時からの自らの生《せい》をも炙《あぶ》り出す、それも、楽しく、わくわくさせ……。でも、胸を締め付けてくる痛さと。

大海原の先の先の果てに何があるのか、どんな島があるのか十余年前と同じく分からないけれど、海原の匂いが、和歌浦《わかのうら》とも難波の湾とも、尾張の国に面している伊勢の海とも違って、潮の香りに鼻の奥をつーんとさせるものがある。

匂いだけでなく、赤松の分厚い林の翳《かげ》り、冬なので葉を落としているが素裸で潔《いさぎよ》い櫟《くぬぎ》の林、ちょっぴり疲れ気味の布袋竹《ほていちく》の林、身の丈半分の幅二尺半しかない用水を兼ねた小川と、川辺に春を待ち切れないように芹《せり》、嫁菜《よめな》、さっと湯通しして醤《ひしお》を垂らすとひどくうんめえうしはこべ、別名はここだけに通じるのか大はこべと既に生えている。

故郷とは、何ずら。

匂いと、天然《てんねん》の姿形《すがたかたち》が目ん玉を擽《くすぐ》るとゆうことなのやろか。

五右衛門は、この懐《なつ》かしい気分の本性が分からないが、何か切《せつ》なさみたいなものが胸底から込み上げてくるのを堪《こら》えられぬ。

ん？

しかし。

でも。

だけれども。

かつての虎太の家から、米が炊《た》き上がって火を止め、蒸《む》らす時ぐらいのところに、おまさの家があったはず、父親は戦場《いくさば》のどさくさで負け組の具足や衣を売って景気が良かったその家が——ない。いや、家の囲いの茶の垣根はある。うう、うんや、家の土台の松の幹《みき》は残っている。ありゃ、家だけでなく、柱も、板も、襖戸も、消えている。あ、盗まれたのけえ。

その三軒隣りのおたつの家もぺちゃんこだ。

とゆうより、八軒が少し離れているが家の集まりとしてあったのに、消えている。うんや、一軒、村一番の田畑の持ち主で、年二回、夏には米を冬には麦を植えてかなり豊かだった仁兵衛《にへえ》の家の土台が黒焦げを残している。

きょとんとしている、伊賀衆出の強介、海賊、おっと水軍を経ていて頼もしい右造、五右衛門の女への監視役のおはるの顔付きがおのれとはまるで別のところにいると知りながら、五右衛門は走る。走る……。

おかしい。目の前の家家が、といっても四、五軒、人ニワトリの声もしない。

畑も荒れ放題。

ああん。

海に面して、丘を背にした、おのれ虎太、今は五右衛門のかつての家は、十割中一割も残っていない。

どうも、この村に入ってから、人が、二人しか歩いていないのが気になったけれど、それも住人というより通りすがりの人らしいのだ。流行《はや》り病とかそんなものではない、もっと厳しいことが——。

一割残った我が家はぺしゃんこだ。黒焦げた柱だけが焼け残り、できものの腫《は》れたてっぺんのような灰色が斑《まだら》に残っている。

家の中、いや、焼け跡の空き地を這いずり回る。衣の残り滓《かす》も、土器や陶器の欠けらすら、ない。

むろん、母さ右《ゆう》の屍も骨も、弟の信太のそれも。

うん？

焼ける前では入口になるところに、黄楊《つげ》の櫛《くし》が……母さのものだろう。櫛の隙間の歯には、梳《す》き切れなかった黒髪七、八本に、あ、白髪も二本……。祈る……、家が焼けた後の髪の毛であることを……。

だったら。

百のうちの一、いんや、甘い、千のうち一は生きているのかも。飢えて、あるいは、虜《とりこ》にされて、もう、中年から初老なのに、遊女にか……。そういう嗜《たしな》みのある男もいると聞く。

そうずら、京坂で聞いている、二年半ほど前、今川と武田の連合は北条と戦をしていると……。その時の、戦の傷、跡、証し……。対立する大名の仲で、政《まつりごと》の婚がなって和睦しても、民草はかく酷《むご》い目に遭《あ》う……おのれらの盗賊と質《たち》を遥かに超え、互いの軍だけでなく、民の絶やしまで含む戦……なのでえ。情けも、容赦《ようしゃ》もねえ。

そういえば、畑も麦の芽が苗《なえ》となる頃なのに、ちょびちょびと紫雲英《げんげ》とぺんぺん草の若草が生えているだけ。荒れ放題……だ。

背伸びして見ると、墓場の先の田畑も、土の塊《かたまり》がでこぼこになって荒らされ、雑草が冬なのに変な力を持って繁っている。

なぜか、母さの教えてくれた唐詩が、そして、連歌が浮かんでくる。

もっと、きちんと学べば良かった……のに。

思い出す、教えられた杜甫《とほ》の『春望《しゅんぼう》』という詩を。

《国破《くにやぶ》れて山河《さんが》在《あ》り、城春《しろ》にして草木《そうもく》深し

時に感じては花にも涙を濺《そそ》ぎ、別れを恨《うら》んでは鳥にも心を驚かす

…………》

それだけでなく。

やっぱり、戦は終わらせねばなるめえに。

かつての麦畑の畝《うね》で、五右衛門は、腰砕けになった。やばい、強介も右造も、おはるも見ているの

に。その上、強さの限りまでのひどく厳しい心への胸への肺の臓への打撃で、どうしたのか、大の字になって、眠りたくなった。

母さよ、母さ。

弟よ、信太。

「眠るのが良《え》え。そりゃ、大変なこと……に出会ったわけでのう」

おはるが、あーあ、みっともねえ、しかし、どうしても眠りてえ、膝枕をさせてくれた。

……あん？

伊賀衆出の強介が六助に耳打ちしておる。

「親方の母親と弟の行方を探すように……」と告げているのか。如何《いか》に伊賀衆出の者が的《まと》に付いての探り、知《ち》、確かな見聞《けんぶん》について特にその能を発するとしても……母さについても、弟についても、余りに……無理だろうに。

六

山城《やましろ》や大和《やまと》とは違い、遠江《とおとうみ》の冬は、風は穏やか、天然《てんねん》の海、山、川ものんびりしている。

極月の残りも七日を残すばかりとなった。

母さの右《ゆう》と弟の信太の生き死にに未練を感じ、髷をむんずと摑まれる、後ろ髪を引かれる思いになったけれど、余りに悲しさと切なさを態《てい》に出してしまった五右衛門は、強介の「どうせなら、駿河《するが》の国も、今川が今は支配していてもどんな具合いか、これから義人の大盗賊になりなんとするわけで、どないやろ、見て行きまひょ……頼んます」の意見に従った。なるほど、である。政《まつりごと》の図は、京坂が中心としても、これからは分からぬ。大掛かりの盗賊には慣れていないであろう、駿河、相模、武蔵あたりは近い将来の宝の山かも知れぬ。

それでも、一行は、六助が三河と遠江の境で、済まぬ、サカキバラの娘のトキの探りと調べで消え、三郎は母さと弟のことで……、だから、五右衛門、強介、右造、おはるの四人だけ。

「そんなら、もう駿河に入ったところだけどのう、焼津《やいづ》の港で、少しのんびりして……どうですか、強介さん、いや、強介、右造、おはるさん」

母さの右《ゆう》と弟信太の行方の不明とゆうか、生死も定かでないことの痛手で、ついつい盗賊団の親方としてはみっともねえ動きと態と心情を顕《あら》わにしてしまい反省しゆとりを持つために、それに、実際に、みんな疲れただろうと五右衛門は告げた。

焼津は魚のおいしく新しいのが食える。未だ人にはほとんど知られていないけれど黒い温泉も数少ない宿にはあり、母さは真冬になると「軀が冷える、肌ががさつくから湯治に」と行っていた。

「へえ、日本武尊《やまとたけるのみこと》が、敵の付け火を退《ど》けたとこにでっか、へえ」

強介は、うーむ、伊賀衆は忍び、目当ての調べだけでのうて、広く史《ふみ》、文、地勢について学んでおる。逆だ、広く学んでおるから、忍び、的《まと》について深く知ることができる……のだ。これからの賊、党の大いなる訓《おしえ》とせねば。

「それがよろしゅうおまんな。ちょうど、三日後の真昼、由比《ゆい》のちっこい宿場で、うまく合えば、その景色の良《え》えところで、六助はん、三郎はん、三郎がやってきますさかい」

うーむ、いろいろと気配りをきっちり細かく強介はやっていて、やや気弱な笑みを浮かべた。あれ、何でだろ。

――焼津で、丸二日間、ゆっくりした。

二日目の夜、石川党として水軍見習いと水軍を経た右造が、強介、おはる、五右衛門と酒を酌《く》み交わしながら喋った。

「ありがとうごぜえます、親方の案外な温《ぬく》みを知らせて下さりましてのし」

喧嘩早い右造で、酒もすぐ早く回るのか、耳の縁《ふち》まで赤くして、こっくん、こっくん、頭を上下させた。

「母さんのいない、弟のいない空しさや淋しさを、真正直に……親方は大胆、沈着《ちんちゃく》だけでのうて、情けが深い……と」

「いや、みっともねえ……ことを」

「いんや、まるで別のし。こないな母親と弟を思う親方ならとことん、死罪になるまで付き合おうと」

「えっ……そうか」

「そうのし。わいにも母さんがいて、働き過ぎで肺の病……ごぶっ、こぼっ、ごぼーんと咳ばかりして、そろそろ、あの世。姉さんが面倒を見てて、せやけど銭がなく……この党での稼ぎでやっと薬を……感謝なしてよ」

右造は右造らしくなく、酒で染まって最も赤い目蓋を指で擦《こす》る。

「生きてんなら、幸せ、母やんが。あては、父やんが九つで戦で死に、母やんが、遊女をやりだし、働き過ぎか客の男にぶっ叩かれたか、わてが十六の時に屍で運ばれてきたねん……せやから、遊女にはなるまいと、大道芸、女だてらに振り売り、按摩《あんま》などの奉公を重ね……やっと、興福寺の側《そば》の土産屋の主に囲われ……もう、良《え》えわ、こない話」

おはるが思い出すのか、両目をしょぼつかせ、口を噤《つぐ》んだ。

「ひどお辛《つら》いとは思うけどな、おはるさん、聞かせてや。俺《わい》のためにも、許してくんなはれ親方、若い親方のためにも。おはるさん、親方は、一人一人の質《たち》を大切にする、珍しい人や」

強介が、退《しりぞ》かない風《ふう》で頼み込んだ。

「そん御人《おひと》、儲け過ぎて強盗に遭い、死んじまったのや、あてが三十七の時」

「そう、それは……酷《むご》いわなあ」

相槌《あいづち》を右造が打つなり、おはるは
「ちゃう、ちゃう、わてが三十……えーと、三十三の時やった」

そりゃそうだ、自らおはるは、今は「三十五」と大声で話しておるずら。

「そんで、やりたくはなかったやけど、奈良の町で立って……春の……客を探し、引いて……女の三十七、いいえ、三十三はもう相手にされんゆうて。そこで、通りかかったおひろさんとおさとさんに拾われ。ああ、良かった、一日二食は口に入れられるしな、嫌《いや》な男とおめこをせんで済むし……親方の女の関わりだけに気を配れば良《え》え。あ、あかん、親方さま、おひろさんとおさとさんには……あのう、そのう、黙っててや、お願いーっ」

「当ったり前や、三十五どころか、二十五に見えるおはるさん」

五右衛門に代わって右造が答えた。使える男だ、もっともっと。

「せやけど、わてはな、たった一度の人生、苦しみは苦しみ……それだけでのうて、次の望みを必らず準備してくれると……思おた。ここ、大切でんね」

おはるは悲しいはずの話なのに終《しま》いにくいっと両肩を拡げた。

いけねえ。

　こういう、身と心が経た打ち明け話は、四人という少ない数では、全ての者が話すしかなくなるように迫るのか、頭を垂れて話を聞くばかりの伊賀衆出の強者《つわもの》、強介が、しぶしぶの態で口を開いた、大徳利の酒の最後の一滴まで飲み干して。

「俺《わい》は、実は、生まれは港で盛えておって、日蓮宗の本興寺《ほんこうじ》で知られとる尼崎《あまがさき》。ちんけな舟の船頭の親父とおふくろさんにぬくぬく長男として育てられましたんね、八つの秋まで。楽しかったわなあ、おふくろさんに妹と三人、波止《はと》で親父の帰りをわくわくしながら待ってな、釣りをしながらやね。土鳩の羽の贋《にせ》の餌を鉤《はり》に三つ四つ五つ順順に付けて、鯵《あじ》を釣るのですわい」

　伊賀衆の出の強介は凄腕《すごうで》なのに、それに似ない愛敬とおどけのある丸みの強い鳩の眼をもっと真ん丸くして言い、雰囲気に合わぬが、楽しかった実の感じが滲み出す。

「近所の娘っ子とは、お姫さまごっこをやりましてな、娘っ子が仮病に必らずなり、そしたら『どないしたあ？　よっし、尻の穴を調べんとあかん。序でに、いいや、念のため、前の穴ぼこも』と……な。十人ばかりと遊んだやろか」

　強介の鳩みたいな丸くていつも驚いてるような両目が平《たい》らに緩《ゆる》む。おのれの虎太時代だって、おまさとおたつの二人しかいないのに……立派ずら、まっこと。

「親父も帰ってくる時には、ぎょうさんでかい籠に、淡路の島の果物、讃岐《さぬき》の竹細工、松脂《まつやに》の蠟《ろう》ででけた石と、筆《ふで》と積んで土産にくれてな。けどな……」

　強介が口籠もり、宿の天井の渦を見つめる。

「けどな……って、強介さん、どうしたのかな」

　五右衛門は、この後の強介の告げることとの不幸を予《あらかじ》め測ったからこそ、聞きたい。

「ううや、親父は帰ってくると家ん中でごろごろだったやけど、そいに、相撲、賽子《さいころ》博打、柄《がら》にもなく人形遊びと付き合おうてくれてな。けんど、俺《わい》が嘘を付いたり、妹をしばいたりすると、げっつい筋張《すじば》った手でぶん殴っての。鼻血を出したのは三十回より数が上やて」

普通の父親はこうであろう、そうでなければ戦で人殺しが〝真っ当〟であるこの時世に、流行り病で〝あ〟もなく死んじまう日日に、子供は耐えて、明日に向かえない弱い子となる……。

「けんど、九つの秋が過ぎ、冬がきて、正月でんね。どこの兵か、どかどか町に入ってきて、家ががたごと鳴ったら、玄能《げんのう》か才槌《さいづち》で、戸を、跳《は》ね上《あ》げ戸《ど》を打ち壊す音と一緒に、五人の男どもが入ってきて……う、う、う」

ひっくひっくと強者《つわもの》の強介は、しゃっくりするように喉を胸を小刻みに震わせた。

「男ども、たぶんどこかの雑兵は行灯《あんどん》の明かりを当てに、親父を三人掛かりで押さえ、三人で刀の先っちょを親父の首に深深と……貫いたのでんね。俺《わい》が睫毛《まつげ》を十度瞬《しばた》く後には、どばーっと血が溢れ、床に拡がり……仰天し、胆が凍えて怖《こわ》かったからに」

強介は、伊賀衆出ゆえに石川党では遠慮していたのだろう、矢の連射のように喋る、今は。

「ああ、うわーっ、辛《つら》かったやろねえ」

おはるが、強介に躙《にじ》り寄《よ》る。強介の両手を包む、両手で。

「そうや、お母《か》、おふくろさんが『逃げて、くんなはれ、兄《あに》さん、おめえ、早よう』と俺《わい》にきつく言い、妹にも命じ……けどや、跳ね上げ戸へと攀《よ》じ登《のぼ》ってお母を振り返ると、男五人が群がり……俺《わい》は、戻って、台所の包丁で、兵どもを刺そうと……惑ったけどや、お母《か》が両目を開き切って首を『否《いな》、否《いな》』とはっきり横へと振り……逃げてしもうたのや、俺《わい》は」

うーむ、ここいらの苦しみ、悲しさ、酷《むご》さの果てに、伊賀衆でも図抜けている物見《ものみ》の確かさ、いざの度胸、人に対する慎しみだけでない切り込みがあると、五右衛門は知る。

「そんで、逃げた妹は、流行り病で半月後に軀が熱さの熱さで魘《うな》されて神社の縁の下で死に……俺は、乞食、引ったくり、掏摸《すり》をしながら淀《よど》川の左岸あたり、そして京へ……。んで、京見物とゆうか偵察の伊賀衆に握り飯二つ、漬け物を一皿御馳走になり……そのまま、伊賀衆へ参じた……わけでんね」

段段と、酷く、しんどく、惨めな話になるばかりの強介の話だ。

が、けんど、しかし。

「五右衛門の親方、俺は、せやけど、お父《と》、お母《か》、妹のあんまりに、一番に、ひどお死に方に……立ち会って、眼《まなこ》で直に見て……伊賀衆の厳しさの中の優しさを見ることができたわけでな。偉そうなことを言うてはあかん……でも、でも、不運、不幸、最悪を経てこそ、次が……と」

そう、そうなんだろうなと五右衛門は同情とかの心から、強介の〝不運、不幸、最悪〟を飛び台にする前向きの心に、ほふーっ、と、感激の気分を吐く。

「親方、若いけど大いなる親方。聞いてくれまっか、俺《わい》の思い、空《そら》の願いを……」

あどけなく丸い鳩の両目の形は変わらないが、両目の端《はし》が吊り上がってきて、強介は続ける。

「戦《いくさ》、戦、戦でこの敷島の国は、百人、五百人、千人の人殺しはごく日日《ひび》のこと。これを収《おさ》めるのは至って難しゅうことでんね」

「うむ、まあな」

だからこそ、我らは、その隙間で、大泥棒、強奪、大いなる欺《あざむ》きによって荒稼ぎができるとも考えるけど……。

「五右衛門さま、大親方。やっぱり、戦《いくさ》は、戦の世は鎮《しず》めんとあかんねん。限《き》りのない人殺し、苛《いじ》めの果ての虜《とりこ》の生《なま》の人への扱い……残された家族の苦しみと貧乏、もう、厭や」

「えっ、あ、そう」

五右衛門は、この時世の根っこと、その行方を真っ当に問われ、戸惑う。むろん、折り折りには、惑いながら、考えてきてはいたが……。

「相い反するとは知ってまねん。戦のない世界と、戦があるからこそあれこれ稼いで命を凌《しの》げる、矛《ほこ》と盾《たて》の正反対とは知りつつもやて……俺《わい》の望みは、戦の終わるこの敷島の国でんね、大親方」

薄薄《うすうす》考えてはいたけれど、たぶん戦の終《しま》いは秩序と安全を厳しく問い、石川党への激しく圧す力は一気に増すわけで、戦の終わりと盗賊は正反対とは知りつつも、やっぱり、この国の人数が半分減るほどの殺しは困ると思うし、殺しの数と、その惨《むご》たらしさに五右衛門は「何とかせんと」とは強く思っている……ので、惑う。

「せやから、望みに満ちておま」

強介が、言い切った。

――宿を出ると、強介、おはる、右造の気《き》は盛り上がってきたと五右衛門には映った。

部下の休息と泣き言の喋りは、いや、おのれに取ってもかなり大切なことと知った。働きに働き、盗みに盗み、殺しに殺しだけでは活力は涸れるのだ。

七

う、うーんと昔の古くからあるとはいえちっこい焼津の港に、北風はなく、もう、東風が、そよらとしても吹いている。

お天道《てんと》さまがほぼ南中を差し、午《うま》の刻あたり。

まず、母さの右と弟の信太の行方を探しに行った、五右衛門の虎太と名乗っていた時におのれ虎太を掻っ攫い、天竜川で助《ゆう》けられてから忠誠を誓ってきた六助が小素襖《こすおう》の侍姿に変えて現われた。

「済みませーん、親方さま。二年前、いや、もう三年近くになりますけえの、今川と武田の連合軍が北条に攻められた時、北条にめちゃくちゃに親方さまの生まれの地の四村はやられ……焼き打ち、殺しを北条に加えられ、七割は死に、残り三割は四村ごと逃散《ちょうさん》かばらばら散り散りに西の方へと……だけしか分かりませんでしたけん」

ま、仕方のないことだ。六助の言い分は。

「いや、御苦労さま」

逃散なら、どこか別のところで纏《まと》まって土地にしがみついて耕しているだろうし、その噂は耳に入るはず、たぶん、ばらばら散り散りに……それだって、命があったのはたぶん三割ほど。

望みは、ほぼ、ない。

逃げた先が、京や大坂、河内・和泉・大和・伊賀あたりなら、石川党の濃かったり薄かったりの縄張り、何とか探し得るかも……だが、そもそも、命が途絶えてしまっていては。

おはるがつかつか寄ってきて、波止の石垣の先の先まで、うららかな天気とはいえ冬、波の繁吹《しぶ》きが冷めたく跳ねてくる海を見て、

「駄目、駄目やねん。親方は、顔に『嬉しい、苦しい、怒る』を出し過ぎやねん。下の人の気持ちも考え、胆の中、腹の中に思いや感じや考えは仕舞おておかんとな。それに、万が一もありま、ううん、百に一つが。元気出しなはれ」と、気合いを入れてよこした。

——取り決めの刻に、四半刻遅れ、米一升の釜の薪《まき》に火を付け、炊き上がるほどの時を置いて、身の動きが素速く、忍耐強い三郎が小走りでやってきた。

「申し訳ありまへん。親方はん、ちょびっと急がにゃあかんみたいで」

伊賀衆出の強介の命《めい》だろう、何と、三郎は京ですら滅多に見られぬ、大形《おおがた》の、南国の島津の家紋であろうか〝十〟のそれをでかく肩衣や袴に付けた姿で息急き切ってやってきた。

「何でや、三郎」

五右衛門の代わりに、強介が聞いた。

「はい、目当てのサカキバラ・トキは、こう記しますわ。もう、二十七ですねん」

波止に溜まった潮水を中指と人差し指の間に溜め、三郎が指で石の上に文字をなぞる、「榊原朱鷺」と。そうか、既に、二十七か。

「榊原は、松平元信《まつだいらもとのぶ》の家来。その親方の松平は、今川にとっての人質のはずが織田に横取りされ、でも、織田との人質の交換で今川の駿府《すんぷ》に入り、もう七年ぐらいでんね。こん松平元信、根性がのうて、今川義元の一文字を貰わされ元信と改名、今川一族のかみさんと婚《こん》を成すよう強いられ、今は、駿府で音無しゅうしとるのですわ」

身の熟《こな》しが敏く、壁や天井に三昼夜も身動きしないような忍耐強い男というのは、必らずしも知恵が同じとは言えないらしく、早呑み込みみたいなことを口に出す。それに三郎の話は回り道が多い……でも、世間と同じ、盗賊にも一人一人に得意、苦手があって当たり前だろう。

「話を、縮めるのや、三郎。そんに、その松平なにがしを根性無しと早決めしてはあかん。人は、負け、苦しみ、惨《みじ》めさの中でどでかくなるのが常や」

この強介は、必らずや『まこと会』の幹部にする必要がある、的《まと》を射つ考えを告げただけでなく、微笑みで三郎の話を聞く。

「はあ、その松平を人質にして、でかくさせせんように、威張らんように、野心を持たんように躾《しつけ》て、見張っていよる今川の、そう義元《よしもと》も、この戦の時世《ときよ》の大名としては冴《さ》えん男との噂でんね。あいやあ、歯を鉄漿《おはぐろ》で染め、髪には沈丁花の木の油の沈香《じんこう》を塗ったり薫き染《たし》めたり、よほど天子のおる京のあれこれに憧れとるのやろう、公家や芸能の輩《やから》を集め……富士山見物を、それらを集めてやったり。大将、あ、いや親方はんの生まれ育ちの遠江《とおとうみ》の一番上の男とは思えまへん」

きちんとした探索《たんさく》の中で、この三郎はあれこれを具《つぶ》さに見て、聞き、腹立たしさや苛立《いらだ》たしさが溜まりに溜まったらしい。

「おい、三郎、終《しま》いを早く決めるのや」

三郎の上に立つ強介が急《せ》き立《た》て、その後、五右衛門に頭を下げた。

「あっ、そう、そうでんね。目当ての、榊原朱鷺《さかきばらとき》は、五年前、やや遅い嫁入り、婚を、今川の中くらいの家来としてまんね。けんど、相性が悪くすぐに元の家に帰され……今川の家風に馴染み、舞事《まいごと》に入れ揚げ、そう、そう、月三回、そうやねん、明日の真昼の午《うま》の刻から半刻後あたりからも、古代から名を残すここ、ここの焼津の豪農、豊かな商人、地侍に舞事《まいごと》を教えにきまんね。そこで取っ捕まえるか、一時《いっとき》、掻っ攫う狙い時かも」

何だかんだゆうてここまで調べあげた三郎はやっぱり立派、京坂に戻ったら先見《さきみ》、探索の頭《かしら》として重用しよう。

「ここのどこ……でか、三郎」

強介は、然り気なく、声を落として聞く。おはるが、おのれ五右衛門の妻のおさとと、石川党の御意見番みたいに重いおひろさんの間者《かんじゃ》じみた役割を知っての上でだろう。

「へい、あのあそこの丘の上の、一と昔前は農をやる者の〝山の城〟。今は今川の情けか道楽かで民草の宴《えん》、連歌《れんが》の会、舞いの学びをやっても見逃されてますのや。駿河の主の砦《とりで》の駿府《すんぷ》の粋《すい》で、けったいですのう」

農をやる者が連歌かと三郎の言葉に五右衛門が驚き、だったら唐詩と『万葉集』を母から教わったおのれも……と思いかけたが、大盗賊に歌や詩は絵にもならぬ。いんや、まるで正反対に映るから面白い風情があり、正しい解《かい》かも……のう。


——次の日。

私《わたくし》のことで、それも、十年以上も前の天竜川のできごとの時に会った女に一と目会いたいの思いでは、同じ仲間、それも、部下に対してはみっともねえ、一人で行って、挨拶する機《き》があったら御辞儀だけをして帰るかのう……と惑っていたら、強介が、強介にまるで似合わぬ、若い女が秘めごとを打ち明けるように近づいてきた。

「あんですな、俺、六助さん、右造さん、三郎、おはるが親方を取り囲んで行くのは、げっついい色気がねえやて」

「そう……だわな」

「然《さ》りとて、榊原の娘は、舞事などの稽古を付ける時は、女二人、守り役の侍二人を連れて行くそうですわ」

「そうか」

「侍は侍、主《あるじ》への忠義と戦《いくさ》と刀が命と誇り。弓矢と刀と近頃は鉄砲を背にして何をせんとも限らぬ最も仏の道、人の道と遠い者ども、どうですやろ、親方の守りは俺《わい》と右造さん二人で短刀は懐《ふところ》に隠し、親方は袖無しの羽織《はおり》に裁付袴《たつつけばかま》で」

「うん、専《もっぱ》ら守りで、攻めでなく、強介さん、あ、強介」

「解ってますわい、ふひっ」

強介は、恋などを伊賀衆の厳しい日日でしたことがあるのか、鳩の目を変に緩《ゆる》め、細めた。

――かつての〝山の城〟の下の木陰で、確かに、朱鷺と付き添いのかなりの年増の女二人、いかにも血気盛んな二十代と思われる守り役の侍二人が行くのを五右衛門は見た。熟《う》れる寸前の女と、朱鷺は変わっていた。

なぜだ。

どうしてだあ。

解らん。

朱鷺が、昔と変わらぬ大きな口なのにおちょぼ口というちょいと見の感じで、一つ二つ年上のはずなのに今は年下の雰囲気で、胸を反らしに反らして行く姿を見て、五右衛門は、あのくるおしく好きだったおしのではなく、そう、おしのでないのだ、女房の、妻の、おさとをいきなり、目蓋《まぶた》のすぐ裏に、胆《きも》に、肺の臓あたりに浮かべ、思ってしまった。

とりわけ……。

父の左門を喪くしたすぐ後の夜……。

婚が決まって、五右衛門が石川党の跡継ぎの雰囲気の中で、あれやこれや小うるさく文句を付け、五右衛門が母さの右《ゆう》から習った薬草のゆえに病がすぐに癒えたこともどこかへ捨てて雪隠《せっちん》の後の手洗いのことや、部下への態《てい》に一つ一つ注文を付け、他の女を見る目付きすら小言をよこしたのに、あの夜……。

石川党の礎《いしずえ》を作った左門の葬いの準備で忙《せわ》しい中、かつておさと自らは一度も求めることはなかったのに、家の隅の隅の納戸《なんど》に強引に誘われたのは……。甘えた……。

おのれ五右衛門は父親の左門の役など果たせるわけがない……のに……甘えに、甘え。

あの女房、妻、かみさんのおさとは、良い女だ。あまりに遠くいるせいか、かえって今すぐに、やりてえ、抱きてえ。

「おっ、舞事《まいごと》の稽古が終わったようでんね」

強介の言葉で、五右衛門は自らに「しっかりせえ」と言い聞かす。なるほど、笛、小太鼓の音が熄《や》んだ。

いいや「しっかりせえ」と気を取り直しても、おさとの悲し気な弓張り月のごとき両目がしょぼついて五右衛門を見る顔が……抱き締めると子猫が甘えるような「くぅ、くぅ、くくぅ」の声を舌足らずに出す白い喉元が……。

でも、今は。

強介と打ち合わせていた通り、五右衛門は街道へと出る手前の細道で、立ち止まり、半腰になって片膝を突き、朱鷺一行を待ち、そして、一行が過ぎ行く寸前で、声を出す。

「俺、私、えーと拙者は、い、い、石《いし》……ではのうて、かつて遠江《とおとうみ》にいた清水虎太と……申しますがあ」

いけねえ、仮の名の用意がしてなかった、石川五右衛門とは名乗れない……かなり、卑怯かも。でも、石川と名乗った途端、守りの侍が刀を抜いて斬りかかってくるはず。

「遠江の清水……虎太って、誰《だ》あれ」

「はい、十年ちょっと前ほど、あなたさまが、えーと、騙されて攫《さら》われ、天竜川の炭小屋に閉じ込められていた時の……男ですずら」

言いながら、やっぱり、女子供を人質にして銀銭を得るのは道《みち》に反しとると五右衛門は思わざるを得ない。

「ああ、思い出した。極悪人の石川党の、例の外れで優しく親切な見習いの餓鬼んちょ、男の子だったわよね」

顔の形も、顔の形に丸ぽちゃの表情はなお残しているが、成熟の頂《いただき》に立っているので今は自信に溢れた顔つきで眉墨もくっきり濃く、口紅もせっかくの可愛らしさを消して厚く、化粧倒れの朱鷺となっている。

守りの侍が、朱鷺の両脇で刀の柄《つか》に手をやり、腰を低めて攻めのある守りに入った。

「どんな用なのですか、元は遠江の虎太とやら。私、この後も、今川さまの御館《おやかた》に呼ばれて、忙しいのです」

「はあ、相い済みません。ついつい、懐かしく」

「まさか、あのまま石川党に入ったんでないでしょうね。馬鹿な民草は〝義賊〟なんて呼び始めてるとの京からの噂だけど」

「あ……はあ」

「石川党の先代は死んで、次の五右衛門はもっと極悪人、民草の遊ぶ遊女のいるところ、高利《こうり》で銭や銀を貸すけど商人には大切な土倉《どそう》、戦で得た甲冑《かっちゅう》とか刀を売る店、それだけでなくて、侍、武士の誇りそのものの城を襲って銀どころか金まで盗む……とのこと。女の操《みさお》まで」

「えっ、そう……そうですかのう」

「そうなのよっ。そもそも、他人《ひと》の物を盗むのは仏の道でも最悪です」

じわりじわりが、速さを加え、朱鷺は、なお可愛らしく麗わしい顔の右の額《ひたい》に青筋をくっきり浮かべた。

五右衛門は、だったら、何千人と人殺しをして他の大名や国衆の領土を盗むのはどうなんでえ、敵を負けさせたら兵に屍《しかばね》の刀や兜《かぶと》や鎧《よろい》を商人に任せて売りに出させたり、女を遊女屋に売り渡したり、噂でなく実際に犯すのはどうなのかの反問が湧いてくる。

「もしかしたら、あんた、虎太とやら、石川五右衛門の手下じゃないのお。首斬りの刑より、火で焼き殺されたり、煮《に》え滾《たぎ》る釜で殺されるのがふさわしい大盗賊の」

眉墨を濃く、たっぷりと跳ねて塗った朱鷺が金切り声に近い声を上げた。

「はあ、今度、石川五右衛門に会うたら言っときます」

「何よ、知り合いなのお」

「え、はい。しかし、石川党は、儲けた銀銭、近頃は金銭を、貧しい人人に半分近くは分配しているとのことで」

「貧乏人は、おのれ、自らに原因があるのですぅ。働かん、戦では役立たん、のろまで逃げ遅れて手足を斬られる……身分が卑しくて毛嫌いされる」

「あ、それ、間違い」

「っるさあーいっ。ほれ、クボタ、ナカダ、駿府の御城へ急がんと」

朱鷺は、濃紫の被衣《かつぎ》の衿《えり》を両手で、きゅっと閉じ、街道へと消えた。

――その夜、なぜかのう、理由《わけ》が解らず、解る気もしたが、忍耐できず、妻のおさとを思い、激しく、幾度も、自らの指で慰めた。

――終わってから気が付き出す。人生でこの女ずらあ、と決めるまではいろんな試練があり、潜《くぐ》って……解り始めると。あの切なかった交わりと別れのおしのすら……。

八

年が明け、五右衛門は二十九となった。

京坂へと戻る旅の中で正月を過ごした。

京から、桑名、掛川、小田原、北条の支配する東海の道は、けっこう人通りが多く、それも、兵《つわもの》、旅の商人、大道芸人、誰に会いに行くのか御供付きの女、よろよろと行き倒れの寸前の老人、どこで親を失ったか前髪の残る男の子供、屈強な男か、逆になよなよした男に引き連れられての推し測るに遊女たち、中には在郷《ざいごう》の十二、三、四、五の元服前の昔の虎太みたいに棒や竹を刀替わりとして持つ餓鬼んちょが脇道から現われてくる。

気のせいではないだろう、虎太が石川党にかどわかされた十数年前より、より戦の激しさと規模が大きくなっているからだ、戦《いくさ》ごっこをする少年達より、当てどもなくふらふらして東へ西へと歩く餓鬼んちょが目立つ。街道の木の切り株に座って首を垂れていたり、街道に背を向けて屈み込んでいたり、飢えゆえか、血の縁のある族《うから》を失った淋しさのためか、八割方、虚《うつ》ろな目付きをしている。残りは、敵《かな》うわけはないのに歯を剝いて睨んでくる。

かつての左門親方の頃とは違い、五右衛門の遣り方は、強引に掻っ攫うのではなく説き伏せ、誘いで新人を引っ張るし、あの荒く暴れる天竜川の泳ぎなどの験《ため》しで殺したり、置き去りにはしない。ただ、一応、甲の者、将来の幹部見習い、乙の者、有能な働き手、つまり、盗賊、泥棒の感覚を刀の戦闘を含めてきちんと持てそうな餓鬼、丙《へい》の者、泥棒向きでないけれど、党の者の洗濯や衣の修繕の継《つ》ぎ接《は》ぎ、見張り役などを果たせそうな餓鬼、丁《てい》の者、見映えがして色男で口達者で女を引き寄せる力がありそうな餓鬼、戊《ぼ》の者、落第で元の場所の三町近くに放るしかない餓鬼と、区分けしている——が、五右衛門は、この区分けには引っ掛かっている。泥棒だけでなく、一国を盗む者、敷島全体を盗む者はこの枠に入らぬはず……連歌師、絵師、狂言の役者の全てが区分け通りにはならぬはず……悲しいかな、才《さい》、そしてやる気でことへと執念を実際で燃やす力、そして運《うん》がやはり物を言う……ような。

それでも……。

ま、飯と衣と住まいについてはほぼ真《まこと》としても、夢や将来についてはどうしても法螺と嘘の交じる騙《かた》りが付きもの、取り敢えず迷い、疲れている餓鬼んちょを納得させ、浜名の湖《うみ》の手前の引間《ひくま》で、計十三人となった。

十三人の餓鬼では目立つので、強介と六助に任せ、天竜川沿いの遠回りの道で、南都の奈良で合流することにした。

——三河の岡崎を経て、そろそろ尾張《おわり》だ。

尾張の清洲《きよす》には、もう一昨年《おととし》となるか、織田信長が一族の織田信友を滅ぼして居城としている。

京坂、奈良にも織田信長の話はそれなりに入ってきているが、うつけ者とも、非情そんものの上に短気とも、いいや大胆そんもの、敵と味方の区別の臭いを嗅ぐに敏く、それゆえに自らを信じ過ぎ見誤るとも、さまざまな長所短所があり五右衛門は摑みどころの要《かなめ》が解らなかった。

けれども。

五弁の木瓜紋《もっこう》の戦の旗を持った兵《つわもの》が七人ほど屯《たむろ》して、国の境を示しているところを過ぎ、飯を掻っ食らうほどの時を使って七町《ちょう》ばかり歩くと、やっぱり、空《むな》し気に大海の彼方《かなた》の南の空を見上げ、口をあんぐりさせて喉ちんこすら見せ、近頃は京や大坂で見かけだした竹挟《たけばさみ》を前にして地べたに腰砕けのように座り込んでいる餓鬼がいる。戦世《いくさよ》の時、どこもあんまり変わらぬ。

いいや、餓鬼ではない。既に、二十を一つ二つ越えているか。しかも、農民、商人、職人、芸人ではなく、一応は武士の恰好だ。粗い布地の灰色の小袖に小袴《こばかま》、袖無しの紺色の長羽織《ながばお》りを着ている。おーや、長羽織の背には、一応、織田の木瓜紋が縫い付けてある。織田の家来らしいが、本当かのう。

それにしても、へたり込むみたいな通りすがりの若者にしては、余りに目に付いて目ん玉の奥へと一際《ひときわ》に刻み込む顔形だ。

「こまっちゃくれた猫みたいな……若い衆だわ」

やはり、おはるも気になるらしい、若者を人差し指で示した。

「いんや、人の男と猿の女《おな》ごにできたみたいな顔付きやな」

三郎が、ほおっ、と思うことを口に出す。

「腹を空《す》かして泣いてるんでなく、若い男やから、女ごに振られたのとちゃうかな。あれ、自ら死ぬ手前みてえな気分を……よこすわい」

なるほど右造の評する通り、握り飯を包んでいたであろう笹の葉が竹挟《たけばさみ》の脇でそよ風に揺らいでいる。空腹ではなかろう。

いずれにしても、空しさの果ての眉の下げ方だし、しかし、一方で、千人どころか万人に一人みたいな賢こさを猫の眼にそっくりな両眼に孕《はら》んでいると五右衛門は思い、一行から離れ、猫顔で半分猿顔の若者へとつかつか歩み寄った。石川党に引き入れる気は、百のうち一つもない。ただ、単に、自ら死にかねないこの若者に勇気を少しでもあげたいずら、役に立たねえとしても年上の人としての……務め。松平の家来の娘の朱鷺《とき》の説では〝極悪人〟の盗賊の親方としても、人としての本来の役割として、うむ……えーっと。

そう「他《ほか》の人を励ます」、「他の人を助ける」、「他の人を出し汁にして儲ける奴ら、酷《むご》く民草の命を戦に狩り出す者らへの抗《あらが》い」の石川党の志の中身の当面三つの的《まと》のためにも……。うー、うー、これでは生温《ぬる》いのずら、戦の世に生きる盗賊の心としては。

しかし、今は。

「誰れきゃーも、おまえさんは。一人にしてくれやーも」

あんれ、この猫顔で半猿の顔の若者は、強気《つよき》で、挑《いど》む心を持っている。

それだったら、賭けの一つだわのう。

「正月だし、俺より十《とお》ばかり年下みたいだし、何か悩んでおるようだから、うん、商いで儲けたこれを新しい年、新春の祝いに」

五右衛門は、懐《ふところ》の銀銭入りの袋が重いと思っていたが、銀の延べ棒の約百匁《もんめ》を若い男に、一応は下手に出て頭を垂れ、剝《む》き出しに差し出した。京坂、奈良、紀伊国なら酒を六十升買えるか。

「えっ、ええっ、おいーっ、やっとかめ、うんや、久し振りで快い気《き》になりましたなも。おみゃあさまの御名前は？」

この若い男は、嬉し気ではあるが、当たり前のようにして五右衛門の銀を受け取った。見ず知らずの、通りがかりの男から……だ。かなりの図図しさと、強欲の根性がある。五右衛門だって、ことを為した後には、だいたい阿漕《あこぎ》で、悪く、こすい主《あるじ》とその下が生《い》け贄《にえ》になって深手を負ったり死んだりへの、ごく短いとしても両手を合わせて合掌して「済まんでのう。渡世《とせい》の義理、明日も分からぬ極《きわ》めつきの貧乏人、戦で手足を失くした者のため。我が儘そのもの我らの飯の種とゆうても、阿弥陀しゃま、仏さま」と、阿弥陀と仏の区別も分からず詫びるのに。この、猫似で半猿似の若い男は、銀を貰っても、頭を下げずに、銀の鈍い輝きに見惚れておる。

「おみゃあさん、お兄《あに》いさん、御名前は？　あ、こっちゃは、俺は、キノシタ、山に生える木《き》に、その下《した》と書きますなも。名は紫の花を咲かす藤《ふじ》、目出たい吉《きち》、普遍の郎《ろう》で藤吉郎《とうきちろう》だなも」

道端に腰砕けになって、空《むな》しさに南の空を見上げていて、いかにも腹を切ったり、鴨居や梁《はり》に首を吊りかねない気分を出していた若い男、藤吉郎は〝生きる〟の一つの前触れか、生意気、他人への胡《ご》麻《ま》摺《す》りに慣れている諂《へつら》いの卑しさ、隙《すき》あらば真向かって話し酒を飲んでいる相手まで殺しかねないあれこれの翳《かげ》りをごちゃ交ぜに含んで五右衛門を見る。

腹を括《くく》った。

本当の名を名乗っても、尾張《おわり》には石川組の調べと探索の者はひっそりと置いてはいるが、これまでことを為してはおらぬ。織田に追われてはいないはず。

「俺は、石川五右衛門とゆう者だわ」

「聞いたことがある名前なも……思い出せんでよぉ」

榊原朱鷺すら知っていた京坂を根城にする盗賊団の親方のおのれの名、この木下藤吉郎はわざと惚《とぼ》けているのか……。いずれにせよ、切腹する度胸はなく首を松の枝に吊って死にそうだったこの若者は、銀のせいか、見る見るうちにきょとん、空しい、望みなしの両眼が小賢しさを含むとしても、小雀や鳩まで襲って食う鷹のように、活き活きしてきた。目蓋をしばたたく回数が増えてきた。

よおっし、これでこの若者と別れ、帰路を急ぐかと、五右衛門は踵《きびす》を返そうとした。

「待ってちょうだあも、おみゃーさん。これ、御礼なも」

藤吉郎と名乗る若い男は、懐《ふところ》から文字通りそれなりに値の張る懐紙《ふところがみ》を小指の厚さほど差し出した。

少しの仁義は心得ているらしい。

でも、五右衛門の袖を引く力はかなりで、強引な性格も隠されている。

「頼みますなも、ここに座って、俺《わい》の悩みと……その解《ほど》きの考えを」

藤吉郎は、土《つち》なのだから埃《ほこり》を払っても無駄なのに道の端の土の上を「しゅっ、しゅっ、さっ、さっ」と口遊《くちずさ》みながら払う。

五右衛門は仕方なしに腰に吊していた尻敷《しっしき》の吊し紐を正しい位置にして、地べたに座る。

「俺は、死した木下ヤエモンの長子、ゆえあって義父がきて、湿って陰のあるその義父に苛《いじ》め尽くされ家を出て、遠江の松下殿に仕え、才のあり過ぎで仲間に疎《うと》まれ……家に帰り」

この猫似で半分猿似の若い男は、変なところに自信がある、「仲間に疎まれ」と他人を出仕の不首尾の責《せき》としている。

「ふむ、ふむ」

しかし、空しさの果ての藤吉郎の表情が上向き続けてきて、人情は大切、この人情でおのれ五右衛門は掻っ攫った頭《かしら》の竜一、元元は奥羽の田舎出で味わいのある仁伍師匠、死んだ先代の親方左門に可愛がられてきた。人情は大切そのもん。もっと畏まって孟子の説く仁義はその大成《たいせい》ずら。

「そいで、三年ちょこっと前、織田信長殿に仕えるようになりましなあも、五右衛門さま」

「織田は、京坂でも名を成しておる。難しい質《たち》らしいが」

「へい……その通りでございまする」

辺《あた》りをきょろきょろ見渡してから、藤吉郎はぐっと声を低くして答えた。殿さまの信長がよほど怖いらしい。

「それで……悩みとか、苦しみとかは何なのだろう、木下殿」

「あれ、あれ、うへーい、『木下殿、殿』などと呼んでくれてなも」

「ま、武士への……ふっひゃあ、本音とは別の気配りずら」

「は……あ、しっかし」

藤吉郎は言い淀み、目の前の竹挟《たけばさみ》の表を指先で丸くなぞり続ける。

「んで、どうしたのだな、木下殿」

できるだけ優しく、しかも、やや下からの眼差しで五右衛門は問う。せっかく、俄《にわか》に元気になりつつある若者なのだ、ここは、急ぐ旅でもない、京坂では五日に一悪なのだから、ここでは償いに一日一善で……。

「へい、俺《わい》は、織田殿御本人の草履取《ぞうりと》りだなあも。一番下の下の武士でござい、ま、半分武士なあも。織田殿の出かける時に、草履を揃え、替えの草履を持って、侍《はべ》りまする」

「うむ、町人、商人、盗賊、おっと、えーと金持ちや武将の銭や金を貧乏人に与える人、みーんな、そう、最初は」

「けんど、俺《わい》は草履取りは月の七日、残りは織田殿とその御付きの女の臭いお丸《まる》の洗い。戦《いくさ》では荷物の運び役だけだあも」

藤吉郎の弱音《よわね》を聞きながら、武士は、公家に似て、位や級や階に上下を分け過ぎているという生《なま》の感じを貰う。石川党は、そうさせまい、緩《ゆる》く緩《ゆる》く、いつでも上と下が入れ替わる道を残さねばならん……おのれ五右衛門の親方の位置すら、すぐに交代できる党でなければならぬ。覚悟せいっ、おのれえ。

「ふうん、んで、木下殿は何を欲し、どうなりたいのずら」

「そりゃ、すぐに草履取りから、中間《ちゅうげん》へ、そしてちゃーんとした侍、戦をやるきちんとした武士へ……だなあも」

つまり、この藤吉郎は正式な武士へ出世したいとの思いで、うつうつ、ぐったら、悩んでいるらしい。

よっしゃ、ここは自信はないけれど、かつての頭《かしら》の竜一、親方の左門に接した時のことを塗《まぶ》して……。

「うむ。その法は、一つに、徹頭徹尾《てっとうてつび》、誠をもって尽くす……と主《あるじ》に思わせることだ」

本当の心を主に持っていかれぬように、という言葉を足そうとしたが、止めた。

「へええ……はい」

「次に、二つに主《あるじ》が喜び、とりわけ感じ入ること、目立たぬようで目立つことを為すことだわ」

五右衛門は、石川党の左門親方の娘、今のおのれの妻の病を、母さの右《ゆう》の薬草の教えで癒し、治し切ったことをどうしても思う。あれで、先代の左門の態《てい》は、ころーんと変わった。

「あの、あの、あのう、草履取りの身分に、具《つぶ》さには何が……要《い》りますかなも」

武士の最も下の草履取りの暮らしや作法は分からないのに決まっておるのに、藤吉郎はずかずか押し入って聞いてくる。

「そりゃ、ま、うん……凍てついてる今頃は、主の草履は、予《あらかじ》め火鉢に炙《あぶ》って温めておくとか、火鉢が側《そば》にねえ時は、懐《ふところ》に入れて温めておく……など工夫して。夏は、逆に、草履を水で拭くとかして冷んやりさせて……のう。糞尿に塗《まみ》れたお丸《まる》は、誰よりも丁寧至極に洗った後に、蜜柑《みかん》の汁を振りかけて快い匂いにしておく……とかでのう」

「はあ、良い考えでよお」

別の考えも差し込まず、藤吉郎は、頭をゆっくり上下させた。

あ、そうずら、こん若い男は、出世にこだわっているけれど、ま、武士の下の位、中、上の位の者はみんなそうだろうし、だから戦では功を立てようと酷《むご》さの枠《わく》を越えるのだろうが、そこを聞きたいとすらかなりの熱さで五右衛門は思った。

「んで、木下殿。何で、何ゆえ、どうして、侍として、武士として出世したいのずら」

「そりゃ、ま、織田信長殿を助け、織田殿をこの日の本一の大名、武《ぶ》で日の本を一つに統《す》べる人にと、だなも」

「うむ。それなら、三つ目に、その、これっ、これーっの時は、命懸けで、あれこれを慮《おもんぱか》りながら、先っちょ、先っちょ、大胆に……が大事だわの」

五右衛門は十五指に余る戦闘の中でも、印象深い京の甲冑屋、河内北半国の守護代の安見直政《やすみなおまさ》の守護所、居城の飯盛山城《いいもりやま》の襲いの二度の経験で忠告する。いけねえ、この若い男の気分に、何となく気分の波が同じくなってきている。確かに、変に魅《ひ》き寄《よ》せる力を、この猫似半分の目、猿半分の目の若い男にはある。

「それと、四つには、同じ仲間、年下、部下には威張らず、一人一人を本当の弟のように扱い、付き合うことだわな。ここ、大事ずら、木下殿」

「ありがとうございまする、石川さま」

「うん、そうだ、主、主君が戦で殺されたり、流行り病で呆気《あっけ》なく死んだら、木下殿は……どうするん」

「もちろーん、戦を止《や》め、禁止し、民草も武士も、安心して、枕を高おして眠られて、夫婦《めおと》は助兵衛三昧《ざんまい》ができる世を」

「おいっ、嘘じゃねえ……んだろな」

「俺《わい》の良いところは、法螺はちょぴっと吹いても、真《まこと》の嘘は吐《つ》かんことでよお、二十一になったばかりの今の今まで」

出会った時の、意気消沈、空《うつ》ろ、死すら選びかねない顔形を変え、肋《あばら》の骨さえぽきん、ぽきぽきと鳴らし、藤吉郎は胸を張る。「嘘は吐かん」と言うそのものが嘘……ではと思わせもする。が、ま、見逃そう、せっかく、気《き》が俄《にわか》に上向き、生きる、やる気に滾《たぎ》ってきたみたいだし。

「ほいじゃ、藤吉郎殿」

「おみゃあさま、もう、行くなあも。えーと、石川五右衛門さま。あっ……京坂で、戦で得た鎧《よろい》やらを売る店、亭主を失くした女を遊び女として稼ぐ店、活力ある武将の城すらへこませる、あん人《ひと》で……なあも、思い出したなも。こん大和の国でも珍しく、もしかしたら初めての義賊の噂の頭領でございまするか」

必ずしも先刻は恍《とぼ》けではなかったのかも知れない、木下藤吉郎は立ち上がり、おいーっ、男の色の道にも踏み入れているのか、いきなり五右衛門の懐《ふところ》に抱き付いてきた。猫似の目、猿半分の目の若い男だが、筋張《すじば》って、骨も、思いの外にがっしりして逞しい。

「うむ。藤吉郎殿、さらばじゃ」

「おみゃあさま、いきなりの元気を下さり、感謝そのものだなあも。いつか、再び、会ってくれたら極楽《ごくらく》でよお」

「そうか、また、必らず会おう」

「はい。俺が偉くなったら、おみゃあさまは義賊とはゆうても盗賊、ひっそりとでも、鳩の鳴く真似をして『ぽっぽお、ぽっぽお』と口笛で合図をしてくれなあも」

「ふっふ、そういう日がくることを祈るずら」

「まめでやっとくれあーも。五右衛門さま」

案外に、温かいというよりも火照りの軀と心を持って藤吉郎が離れた。

「うむ、そう、藤吉郎殿。気《き》が沈んだり、心が暗くなったり、逆に自ら燥《はしゃ》ぎ過ぎと感じたら、たんぽぽの根を干して茶の替わりに飲むか、腹下しのげんのしょうこを濃く煎じて飲めや」

五右衛門は、この藤吉郎の気分の上下の斑《むら》、哀楽《あいらく》の波が激しいので母さの右《ゆう》の薬草を思い浮かべ、何となく憎めない若い男に餞別として告げ「それでも治らんのなら、青紫蘇《あおじそ》を、麦か蕎麦《そば》の酒に一と月漬け込んだやつを」と付け加えた。

「ありがとうございまする」

藤吉郎は、その姿が胡麻《ごま》粒ほどに小さくなるまで、突っ立って、見送ってくれた。

九

その年の、一月半ば。

この度の故郷への私《わたくし》の旅の、やや後ろめたさを感じながら、妻のおさと、息子の太郎、うるさいが石川党のあれこれの経たことを伝えてくれるおひろさんのいる、五右衛門の出立《しゅったつ》の前に変えさせた、河内の古市《ふるいち》へ、あと十里、三日で着く。古市からは、追ってくる者の有無を確かめ、奈良へと。

それにしても。

織田の当面は支配する尾張《おわり》を過ぎ、伊勢《いせ》、近江《おうみ》を通りかかった時に、道の端、松の大木の下の松葉に隠れたり、剝《む》き出《だ》しになった屍《しかばね》の多さは何なのずら。

戦の屍とは違っていた。

褌、革足袋《かわたび》、腹当《はらあ》ては残っている屍が、十体、十五体、二十体と並び、重ねられているのだ。かつて見たこの目には、戦では、褌《ふんどし》はもとより革足袋や襖衣《はだぎ》や腹当ては、値打ちがあるので剝がされていた。

つまり……。

そのう、流行《はや》り病の水みたいな便《べん》と熱《ねつ》による屍だった。

褌も、革足袋も、女ものの襖衣も、腹当ても、流行り病が伝染《うつ》ると、盗まれず、剝ぎ取られずに、遺《のこ》った下着の類《たぐい》なのだった。

近江《おうみ》の海の近くの宿で、仲居が「普通の風邪でのうて、流行《はや》りに流行って二割か三割が死ぬ病が流行り……ほんで、困っておりまんさかい」と眉を「八」の字に下げ、今度の流行り病の凄みを知った。

それでも、大盗賊のおのれが、こないことでは臆《おく》せんと、現《うつつ》に目を瞑《つぶ》り、おさとと太郎のいる地へと、いんや、後ろ髪は引かれたが、流行り病で死んだ野晒《ざら》しとゆうより、危うさをよこすと村や町から死体すら離れさせ、別に分け、直の繫《つな》がりを断つ……良く言えば知恵、悪く言えば一人一人の命は村に町にとってのみ意味があると……の強い考えだろう……放られた屍の山とそのあたりに見入《みい》った。

生死の境《さかい》は、厳しく、酷く、しかし、鋼《はがね》の質《たち》ごとくにきっちりしているのだ……。屍の山を急な造りのどでかい囲いに運ぶ者、鍬《くわ》でどでかい穴を掘る者の動きも激しい。中には、屍から直に伝染《うつ》るとか、空《そら》の下の気《き》を通じて伝染《うつ》るとかを恐れ、手拭いで口や鼻を穴をきちきちに塞いでいるのもいる。

――五右衛門は思ってしまう。

今の世の中、普通の死に方よりは戦でのそれが余りに目立ち、次に、流行り病だ。でも、じゃけえ、流行り病の屍を見れば分かるのだけど、みな痩せこけ、男の褌《ふんどし》も、女の襦衣《はだぎ》や腹当ては、擦り切れて穴が開き、とりわけ褌は小便色に黄《き》ばんで肌が透けるほど古びていて、貧しい層の者のものがほぼ全て……。

やっぱり、戦が因《もと》を作っている……ずら。勝ちそうな大名、国衆を選び、勝ちの高いのを天秤《てんびん》にかけて我が党と我が身を懸《か》けることを真剣に考えねえと。しかし、いろいろな出来ごとの様子の探索の調べが乏しく、今のところ、戦で勝利しても命をも確かに保ってくれる武将はいない。

戦の死とは違い、流行り病の死の臭《にお》いは、乾《かわ》いたのがなく、湿りに湿り、粘《ねば》ついて、臭い……。「南無阿弥陀仏」、「南無妙法蓮華経」、去年の今頃、外国《とつくに》との交易で栄えている堺の吉利支丹の伴天連《ばてれん》、ばあてれに教わった「アーメン」……、でも、伊太利《いたりい》とゆう国におる法王《ばば》以外を敬まうのは「一切、邪宗」と告げたけんど。五右衛門は、いろんな法力《ほうりき》のありそうで、荘子の記す〝宇宙〟みたいなど偉い人に、流行り病で死した屍の山の人人のあの世の幸せを祈ってしまう……祈りながら、おのれの殺《あや》めた、傷つけた人の多さに滅入《めい》り、言い訳もあんまり立たず……でも、でも……祈ってしまう。

――その上でのことだ。

おのれの島《しま》と呼ぶか、縄張りと呼ぶか、京坂、それに今は専《もっぱ》ら隠れ家や新入りの道場としている雑賀《さいか》を中心とする紀の川一帯、奈良の砦《とりで》に戻ったら、次の大いなる盗みについて、もっと大胆に歩みを進めねばならんずら。

それは、何か。

一。仲間を、党を、万人ほどにすること。それには、いろはのい。戦や流行《はや》り病《やまい》や飢饉《ききん》で父、または両親、親族を失くした子供、餓鬼の飯《めし》と衣《ころも》と住まいを準備して、党に入れ、増やすこと。いろはのろ。京坂の貧民の集まるところばかりでなく、近江、摂津、尾張、故郷の遠江まで実のことを為して勢いを拡げること。いろはのは。天竜川で掻っ攫われた時以来の仲間で部下の痘痕《あばた》の豊兵衛を軸とするだけではなく、いろいろと動かして〝義賊〟の宣べ広め。いろはのに。その裏付けというより、もっともっと真剣に、町でも大きく貧民の群らがるところに、くすね、奪い、強奪した銀と銭を。あ、この十年で金も通用し始め、かなりの値打ちだ、金をも。

二。やはり、もっと規模の大きいことを考えねばならない、実のこととして。

その、いろはのい。この敷島、日《ひ》の本《もと》を統《す》べる力のある大名の中で「戦を、これにて止《や》めるーっ」と本当に、真《まこと》に考えている大名への強い圧《お》しと力を与えること。これは、危ういし、難しい。それぞれの大名との談判などできぬ。あん？　あるかも……。しかし、こちらが欺《あざむ》かれる時もある。その場合は――ま、良い。いろはのろ。合従連衡《がっしょうれんこう》だ。さまざまな賊の組、団、党と連合し、場合によって吸い込み、党を大きくするだけでなく、意思の通《かよ》い合いをして互いの共通の目当てを撃つこと。

三。おのれ石川党の仕組みの衣替えをきっちりやること。的《まと》の据え方の明きらかさ、能と才のある者の抜擢《ばってき》、幹部の生き方を含めての闘い方を共にすること……。これは、この旅に発《た》つ時からはっきりおのれにはあった。付け加えるのなら、あの、尾張《おわり》の外れで出会った木下藤吉郎ごとき一見萎《しお》れた駄目男でも、応対によってはやる気に満ちてくるのもいるわけで、いろんな顔と質《たち》を持つ一人一人に誠を持って優しく丁寧に付き合えば何とかなりそう、党の仲間の強さにとっても大切なこと。

四。なお、迷い、足掻いているから、四にしたが、最も根っこの大事そのもののこと。

盗みを目当てにして殺し、傷付け、騙すという、仏の道、一割も知らぬが吉利支丹の道に真っ向から反《はん》することを為《な》すのに、でも、でも、しかし、しかし、必須な〝道〟、〝道義〟、〝仁義〟だ。大名のあっけらかあの夥《おびただ》しい殺しに比べれば増しとは……ならんずら。殺しの嵩《かさ》が問題ではない、その中身は……。

五右衛門は、はたと、いんや、石川党に入ってからの大いなる問いに、喘《あえ》ぐ。

やっぱ、貧民と戦で手足を捥《も》がれ斬られて苦しむ人達への銀銭、金の、与え……しかないのか。それも、京坂の貧民の住む町、堺のそれ……敷島のこの国の食い物、住まい、衣で困《くる》しむ人達には届かない……焼《や》け石《いし》に水……。

全てを統《す》べそうな「戦の終わり」を真剣に考える大名への梃入《てこい》れは、役に立つと言うのか。奴らの兵力は膨大……場合によっては天子、将軍から認められた〝正統〟の衣を着る。突っ張り合えるとゆうのか。

……悩みに、悩む。

十

伊勢の古くからの神社の参道にある古市《ふるいち》の町から、高見《たかみ》山地の山越えをして、どこから槍や刀や鉄砲が現われるとも限らず、万が一を考えて追尾《ついび》を振り切ることをした。

高見峠に立ち、母さの右と弟の信太の行方の望みのなさ、おのれが生涯罪業を深く濃く背負って生きることしかできないこと、貧民の底への銀銭の分配、いろんな盗賊との合従《がっしょう》、天下をもしかしたら統べるであろう、かも知れぬ大名への梃入《てこい》れなどの難問も越えられる、甘いと知りながらそんな気が満ち始めてきた。

高見峠の遥か南東には、大海原が摑《つか》みどころなく茫洋《ぼうよう》として見える。大いなる天然は、美しいだけでなく、人の限りを……知らせるようだ。西から西北には、この敷島で最も栄えている京坂の町も垣間見える。南には、山、山、山だらけで、でも、冬なのに、ちくちく針の葉の木木《きぎ》が「何でもやれいーっ。死は、きっちり引き取るわい」と静かだが分厚く密《みつ》な森となり、地鳴りしているような。

そう、誰にでも、例の外《ほか》はなく、兵の集まりとしても、死は一人一人にやってくる。苦しいに決まっておる。とりわけ、斬首では済まず、火炙りや釜茹《かまゆ》での刑の待つ大盗賊に。

けんど、でも、しかし、生きている限りは、とことん生き、冒険し、果ての果てまで挑み続けるずら。


——興福寺の塔が見え隠れしてきた。

あんれ。

前方には伊賀衆の強介が境内《けいだい》の入口あたりに、天竜川の盗賊としての験《ため》し以来慕ってきて、先日分かれて別別に出発した六助がいる。新参候補の餓鬼もいる。おいおい、ころころ領地を失なうのに捕えたり御節介をしたがる大名の子分どもや、捕吏らがうるせえのだ、気を付けろい。

あん、伊賀衆出の重い役の参が見えない。

でも、仲間は良い。一緒に、悩み、苦しみ、喜こび、盗みを成功させたいのう。

あれれーっ。

鹿を怖がって泣く息子の太郎がおるわ。あのな、済まんな、大盗賊の長男、厳しさの果てが待ってるぜよ。んでも、歩みも、笑いも、いんや、みーんなかわゆいーっ。

あ、あ、あ、女房のおさとが駆け寄ってくる。

おいっ、おはるさん、余計なことを喋るんではねえのだろうな、引っ込んでいてくれ。

「おさとさん、夫たる五右衛門さまは御立派。誰一人の女《おな》ごとも話さず、宿でも女ごを呼ばず、何と操《みさお》の固いことでんね。夫、父ちゃんの鑑《かがみ》でっせえ」

よっし、こう、おはるが言い終わる前に、妻のおさとは言葉を差し込んできた。

「うん、うん。それが、ごく普通で正しゅうこと。あのな、人生はたった一度、どうせ死ぬのやから、きちんと瞬《まばた》き、瞬き、瞬きで必死に生きんとな」

おさとは、いかにも年上の女房らしく僧侶の説教じみたことを口に出す。

いんや、この旅で、五右衛門があれこれ戸惑ったことを見抜いての答……か。

「茶の湯の心にも、ありますよって、虎太。あ、おっと、ごめんしゃい、えーと、五右衛門さま、至《し》言《げん》が、ありま、この旅の直前に、堺で聞きましたんえ」

「うん。そのそれは……何や」

五右衛門は、この後の生《せい》でとことんやり切る決意をしながら、しかし、おのれの最期を思い、妻のおさとの思いと決意の心をひどく知りたい。

「一期《いちご》一会《いちえ》――ですねん」

折り折り、その刹那《せつな》を、しっかりと知り抜き、そのひどく短い時を大切にせよ、の意であろう。

よおっしゃ。

「お帰りなさい、親方。あんですな、また新入りがこの四月《よつき》で四十八人増えましたわ」

痘痕《あばた》の豊丸、豊兵衛が、おい、昼中から酒か、徳利をぶら提げて言う。

「親方、出迎えにきてしもうたねん。あ、増えたのは正しゅう知らせんとな、五十八人増えましたわ。俺の勧《わい》めで『女人組《にょにんぐみ》』が十人加わったのや。みーんな、あ、うん、そう、そ、そう醜女《しこめ》で」

利かん気のかつての獅子松、今は勝仲が大木の陰から出てきて告げ、妻のおさとの顔を見てから、急に五右衛門の耳に吹き込む、

「みーんな若《わこ》おて色女《いろおんな》でんね」

と。

おいおい、誠、気配り、慎重を兼ね持つ伊賀衆出の参《さん》までが、楠《くすのき》の大木の陰から静かに現われた。

「御苦労はんでした。先に着いた強介から聞き、戦だけでのうて村狩りをする大名や国人と慣れ合ってつうつうの奴《やっ》ら、人の売り買いをする近江と京坂の商人を通じて、親方さまの母上と弟君の行方は探しておりま。もしかしたら……三割どころか四割、五割で分かりますわい」

ええっ、何と真《まこと》の情けに満ちた参か、これだけ告げると、かつての部下の強介に笹の葉に包んでちょっぴり食み出ている漬け物を渡し、春の盛りの前触れのような風のごとくに南方角へ消えた。漬け物は、宴の酒の肴《さかな》だろう。

おい、だけれど、これだけの人数で宴を張ったら、どこぞの大名や国衆や別の盗賊団などに一網打尽で取っ捕まるか、全ての者が首を刎《は》ねられるずら。けんど、十三から十七ぐらいまでの餓鬼んちょも、早く酒に慣れさせ、鍛えんとな。

そ、いいか。

死ぬのは一人一人としても、妻や子や仲間とほぼ同じ時、同じ場であの世など、幸せの果て。

だからこそ、かみさんのおさとは、ついさっき、

「一期一会」

と告げたのではなかったか。

次の資料を参考にした。

1「日本の野草」(林弥栄編・解説　山と溪谷社)
2「日本の歴史をよみなおす(全)」(網野善彦著　ちくま学芸文庫)
3「中世の光景」(朝日新聞学芸部編　朝日選書)
4「戦国の村を行く」(藤木久志著　朝日選書)
5「戦国の城の一生」(竹井英文著　吉川弘文館)
6「貨幣の日本史」(東野治之著　朝日選書)
7「日本の歴史(Vol12天下一統)」(林屋辰三郎著　中公文庫)
8「飢餓と戦争の戦国を行く」(藤木久志著　吉川弘文館)
9「歴史人」〝戦国の山城大全〟、2019・5月号(KKベストセラーズ)
10「戦国仏教」(湯浅治久著　中公新書)
11「怪異日本史」(桜井徳太郎監修　主婦と生活社)
12「紀田順一郎著作集第2巻――日本人の諷刺精神」(紀田順一郎著　三一書房)
13『生死』と仏教――名僧の生涯に学ぶ『生きる意味』」(瓜生中著　佼成出版社)
14「戦国、まずい飯!」(黒澤はゆま著　集英社インターナショナル)
15「日本史の内幕――戦国女性の素顔から幕末・近代の謎まで」(磯田道史著　中公新書)
16「歴史道」〝家紋と名字の日本史〟、2020・2月号(「週刊朝日MOOK」、朝日新聞出版)
17「一向一揆と戦国社会」(神田千里著　吉川弘文館)
18「真実の戦国時代」(渡邊大門編　柏書房)

19「一向一揆と真宗信仰」（神田千里著　吉川弘文館）
20「武士の日本史」（高橋昌明著　岩波新書）
21「悪について」（中島義道著　岩波新書）
22「雑兵たちの戦場――中世の傭兵と奴隷狩り」（藤木久志著　朝日新聞社）
23「日本史総合年表（第三版）」（加藤友康など編　吉川弘文館）
24「資料・日本歴史図録」（笹間良彦編著　柏書房）
25「日本史大事典」全七巻（青木和夫など編　平凡社）
26「古地図で楽しむ駿河・遠江」（加藤理文編著　風媒社）
ほか。

全編を通して、共立女子中学高校教諭、共立女子大講師の金井圭太郎氏に、文化・風俗・政治・社会について教示していただきました。深く感謝します。

二〇二一年一月
作者

本書は書き下ろし作品です。

小嵐九八郎（こあらし・くはちろう）

1944年秋田県生まれ。早稲田大学卒業。『鉄塔の泣く街』『清十郎』『おらホの選挙』「風が呼んでる」がそれぞれ直木賞候補に。'95年には『刑務所ものがたり』で吉川英治文学新人賞を受賞。2010年、『真幸くあらば』（講談社文庫）が映画化。他に『蜂起には至らず　新左翼死人列伝』（講談社文庫）、『ふぶけども』（小学館）、歌集『明日も迷鳥』（短歌研究社）などがある。主な著書に『悪武蔵』（講談社）、『天のお父っとなぜに見捨てる』（河出書房新社）、『彼方への忘れもの』『あれは誰を呼ぶ声』（ともにアーツ アンド クラフツ）、『我れ、美に殉ず』『犬死伝　赫ける、草莽の志士』『蕪村　己が身の闇より吼《ほえ》て』（以上講談社）がある。

走《はし》れ、若《わか》き五右衛門《ごえもん》

第一刷発行　二〇二一年二月十七日

著者　小嵐《こあらし》九八郎《くはちろう》

発行者　渡瀬昌彦

発行所　株式会社講談社

東京都文京区音羽二—一二—二一　〒一一二—八〇〇一

電話　出版　〇三—五三九五—三五〇五

販売　〇三—五三九五—五八一七

業務　〇三—五三九五—三六一五

印刷所　大日本印刷株式会社

製本所　株式会社若林製本工場

定価はカバーに表示してあります。

N.D.C.913　366p　20cm

Printed in Japan　ISBN978-4-06-522452-6